Kajsa Ingemarsson

# Liebe mit drei Sternen

Roman

Aus dem Schwedischen
von Stefanie Werner

Deutscher Taschenbuch Verlag

Von Kajsa Ingemarsson
sind im Deutschen Taschenbuch Verlag erschienen:
Vermisse dich jetzt schon ... (24466)
Eins, zwei, drei – beim vierten bist du frei (24537)

FSC
Mix
Produktgruppe aus vorbildlich bewirtschafteten Wäldern und anderen kontrollierten Herkünften

Zert.-Nr. GFA-COC-1298
www.fsc.org
© 1996 Forest Stewardship Council

Der Inhalt dieses Buches wurde auf einem nach den Richtlinien des Forest Stewardship Council zertifizierten Papier der Papierfabrik Munkedal gedruckt.

Deutsche Erstausgabe
Dezember 2006
Deutscher Taschenbuch Verlag GmbH & Co. KG,
München
www.dtv.de

Titel der schwedischen Originalausgabe:
›Små citroner gula‹ (First published by Forum, Stockholm)

Umschlagkonzept: Balk & Brumshagen
Umschlagfoto: gettyimages/The Image Bank/Jasper James
Satz: Fotosatz Reinhard Amann, Aichstetten
Gesetzt aus der Sabon 10,75/13·
Druck und Bindung: Kösel, Krugzell
Gedruckt auf säurefreiem, chlorfrei gebleichtem Papier
Printed in Germany
ISBN-13: 978-3-423-24575-3
ISBN-10: 3-423-24575-1

Es war nicht das erste Mal, daß jemand nach ihren Brüsten griff. Auch nicht das erste Mal, daß ein Mann in ihr Ohr stöhnte und sich erregt an sie drückte. Doch noch nie hatte das jemand gegen ihren Willen getan.

Agnes spürte, wie die Ziegelsteine die Haut an ihrer rechten Schulter aufschürften, als er sie gegen die kalte, feuchte Wand des Weinkellers preßte. Sie hörte seine belegte Stimme nah an ihrem Ohr. *Du kleine Schlampe!* Gérard ließ mit einer Hand von ihren Brüsten ab und begann, an ihren Sachen zu fummeln, um zwischen ihre Beine zu kommen. Agnes stand regungslos da, sie war wie gelähmt von den schmierigen Händen und vulgären Ausdrücken dieses dicken kleinen Franzosen, der soeben über ihren knielangen Rock fluchte.

Selbstverständlich hatte sie sich geweigert. Sie hatte deutlich nein gesagt, sich sogar entschuldigt und versucht, mit der üblichen Taktik zu entkommen. Hatte den ganzen Abend schon versucht, in der Nähe der Gäste zu bleiben. Aber jetzt, ganz allein mit ihm im Weinkeller, gab es kein Entrinnen mehr. Gérard Cabrol war ihr Chef. Und er war überzeugt, sich gewisse Freiheiten gegenüber seinem Personal herausnehmen zu dürfen. An den Klaps auf ihren Po hatte sie sich schon gewöhnt, und die sexistischen Kommentare zu ihrem Aussehen riefen bei ihr inzwischen nicht mehr als ein müdes Lächeln hervor. Das mußte sie wegstecken, dachte sie sich, das gehörte wohl zum Job. Aber die Situation, in der sie sich nun befand, war anders, völlig anders.

Gérard hatte es geschafft, seine Hand unter ihren Rock zu schieben und stöhnte vor Entzücken. Er glaubte sich kurz vor dem Ziel und verlangsamte das Tempo ein wenig. Nannte sie *ma chérie* und *mademoiselle Edin* und nahm sich die Zeit, die Innenseite ihrer Schenkel ziemlich derb zu bearbeiten, bis er seine »Aufwartung« schließlich damit krönen würde, sein *bite* hervorzuholen und Agnes dort an der Ziegelsteinwand glücklich zu machen.

Und endlich war da diese unbändige Wut. Sie hatte keine Chance, wenn sie nicht deutlicher wurde, und spürte eiskalte Wut in sich aufsteigen: Der aufgestaute Zorn von Monaten über all das Gegrapsche und die herabwürdigenden Kommentare brach aus ihr heraus.

Sie hob ihre Hände und stieß Gérard mit aller Wucht gegen die Brust. Er verlor kurz das Gleichgewicht, fluchte, machte einen Schritt zur Seite, stand aber sofort wieder fest auf den Beinen. Dann stürzte er sich auf sie und schimpfte, daß ihm der Speichel aus dem Mund lief. Was sie sich herausnehme, so ein undankbares Flittchen!? Doch dieses Mal war Agnes bereit, ihr Körper war nun kampfbereit, alle Muskeln waren zum Bersten angespannt. Sie sprang geschickt zur Seite, so daß Gérard gegen die Wand krachte, als er sich auf sie stürzen wollte. Wäre die Situation nicht so ernst gewesen, hätte sie lachen müssen, als Gérard sich an den rauhen Ziegeln die Nase aufschlug.

Das war kein Spiel mehr, nicht einmal mehr für Gérard. Er tobte. Sein kleiner, dicker Körper bebte, und sein Gesicht war violett angelaufen, bis auf die Nase, an der die Schürfwunde hellrot leuchtete. Er war zwar nicht so groß wie sie, aber deutlich stärker. Also versuchte Agnes, nach hinten zu entwischen. Der Weinkeller war nicht gerade groß, und schon nach wenigen Schritten stieß sie an ein Regal mit sorgfältig geordneten Flaschen. Gérard stand schon wieder vor ihr, als ihr endlich ein Fluchtweg einfiel. Doch er stürzte sich auf sie und riß ihre weiße Bluse auf. Sie hörte Knöpfe auf den Steinboden fallen. Ihr BH lag jetzt bloß, aber Gérard nahm sich nicht die Zeit, den Anblick zu genießen. Jetzt hatte er nur noch ein Ziel, und dieses Mal gelang es ihm schneller, ihren Rock nach oben zu ziehen. Er fingerte an seinem Reißverschluß und stieß auf Französisch Flüche über Agnes aus, die immer verzweifelter versuchte, ihn sich vom Leib zu halten.

Er hielt sie zwischen zwei Regalen in Schach, und es war unmöglich, sich aus dieser Lage zu befreien, doch sie sah ihre Chance, als er sich mit einer Hand seine Hose öffnen wollte. Sie streckte den Arm aus und griff nach dem einzigen Gegenstand in erreichbarer Nähe. Eine Weinflasche. Agnes hob sie hoch, um sie ihm über den Kopf zu ziehen. In dem Moment sah Gérard die Flasche und stieß einen Schrei aus.

»*Arrête!* Halt!« Seine Stimme überschlug sich. Plötzlich stand ihm der Schreck ins Gesicht geschrieben, und er versuchte, an die Flasche zu kommen, doch er reichte nur an Agnes' Handgelenk. Vergeblich reckte er seine Arme, so daß seine Rolex gegen die Manschettenknöpfe schlug. »Wenn du die fallen läßt, bringe ich dich um!«

»Dann lassen Sie mich endlich los!« schrie sie ihn an. Gérard machte schnell einen Schritt zurück, und Agnes sah, daß ihm dabei die Hosen hinuntergerutscht waren. Sie war erstaunt, welch einen Effekt ihre Waffe hatte, als hätte sie eine MP2 aus dem BH hervorgezaubert und gedroht, ihn über den Haufen zu schießen.

Er trat noch einen Schritt zurück und senkte die Stimme. »Die legst du sofort wieder zurück. Sofort! Hast du verstanden? Das ist mein Restaurant, und du tust, was ich sage! *Sale putain, merde!*« Agnes schob mit der freien Hand ihren Rock nach unten und versuchte, die Bluse zusammenzuhalten. Was für ein mieses Gefühl – immerhin war sie als Oberkellnerin in den Keller gekommen, um eine Flasche Chablis und zwei Châteauneuf-du-Pape zu holen.

Da hörten sie plötzlich Schritte auf der Treppe, vermutlich Philippe, der nachfragen wollte, was aus dem Wein geworden war. Wahrscheinlich hatten sich ein paar Gäste beschwert, so wie die ausgesehen hatten, wunderte es sie nicht. Junge Kerle im Anzug, die vor ihrer wesentlich älteren Begleitung Eindruck schinden wollten. Jetzt war Agnes dafür aufrichtig dankbar. Gérard zuckte zusammen. Eilig zog er die Hose hoch, rückte notdürftig sein Jackett zurecht und stopfte sein Hemd, das an einer Seite heraushing, wieder an Ort und Stelle.

Als Philippe in dem kleinen Weinkeller erschien, hielt er inne und starrte sie an. Erst Agnes, die krampfartig die Weinflasche umklammerte, dann Gérard, dessen Gesichtsfarbe noch immer violett war.

»Was ist hier los?« fragte er. »Warum dauert das so lange? Die Gäste beschweren sich schon.« Dann fiel sein Blick auf die Flasche, die Agnes an sich drückte, als wäre sie eine entsicherte Handgranate. Er pfiff. »Château Pétrus 1990 ... Mensch, hat den jemand bestellt?«

Gérard räusperte sich. »Nein, ich habe Agnes nur diese Flasche gezeigt und ihr erklärt, wie wertvoll sie ist. Nicht wahr, Agnes?« Er starrte sie an. Agnes schluckte. Sie hatte keine Ahnung, was für eine Flasche sie da eigentlich erwischt hatte. Aus ihrer Sicht war das Ding in ihrer Hand eine Waffe, keine wunderbare Ergänzung zu geschmorter Kalbsleber. Langsam schaute sie auf die staubige Flasche in ihrem Arm und las das Etikett. *Château Pétrus* stand dort in roten, verschnörkelten Buchstaben. Darüber stand der Jahrgang in schwarzer Schrift. Sie sah antik aus, als wäre sie aus dem Jahre 1890. Sie hatte diesen Wein schon einmal gesehen, als sie im Bateau bleu angefangen und einen ersten Rundgang gemacht hatte. Ihr fiel nicht mehr ein, wieviel er im Ausschank kostete, aber die Zahl war fünfstellig, in der Größenordnung eines kompletten Heimkinos oder eines besseren Gebrauchtwagens. Gérard hatte sie vor ein paar Jahren bei einer Auktion in London erstanden und nun lag sie da und wartete auf einen entsprechend betuchten Weinliebhaber, der einen Teil seines Vermögens hergeben würde, um dieses verheißungsvolle Himmelreich aus Trauben kosten zu dürfen.

Mit einem Mal begann Agnes fürchterlich zu zittern. Nicht nur deshalb, weil sie soeben begriffen hatte, was sie auf Gérards Schädel hatte zerschmettern wollen, sondern vielleicht eher, weil die Anspannung, die Angst und die Wut langsam nachließen. Ihre Knie begannen zu zittern. Sonderbar, sie dachte, so etwas gäbe es nur in Zeichentrickfilmen. Sie hatte schweißnasse Hände und brachte als Antwort auf Philippes Frage nur Gestotter heraus. »Ich wollte ... also, den Wein zurücklegen, äh ... ihn holen, also ...«

Vorsichtig lockerte sie den Griff um die Flasche, um sie behutsam ins Regal zurückzulegen. Gérards und Philippes Blicke folgten ihr. Keiner sprach ein Wort. In dem Moment entdeckte Agnes ihre offene Bluse. Je mehr sie sich bewegte, desto deutlicher war ihr BH zu sehen. Was sollte Philippe daraus schließen? Daß sie sich an Gérard herangemacht hatte? Sofort raffte sie ihre Bluse zusammen, um sich zu bedecken. Dabei passierte es: Die Flasche glitt ihr aus der schweißnassen Hand, krachte auf den Steinboden und zerfiel in tausend Stücke.

Agnes hörte Philippe nach Luft schnappen und sah, wie sich Gérards Gesichtsfarbe in einer Hundertstelsekunde von Violett in ein bleiches Weiß verwandelte. Nur seine Nase stach noch immer hellrot hervor. Sie wußte nicht, wie lange es so still war in dem kleinen Weinkeller, doch als sie schließlich den Mund aufmachte, war ihr, als sei eine Ewigkeit vergangen.

»Hoppla«, sagte sie und sah Gérard an, ohne die Miene zu verziehen. »Sie haben wohl vergessen, ihren Hosenstall zu schließen.«

Agnes warf sich auf ihr Bett. Sie hatte nicht einmal ihre Klamotten ausgezogen, nur die Stiefel in die Ecke geschmissen und war gleich ins Schlafzimmer marschiert. Jetzt lag sie in ihrem grauen Dufflecoat auf dem Rücken, die Hände auf dem Bauch gefaltet, und starrte an die Decke. Ihr fiel auf, wie dreckig ihre Lampe war. Hinter dem lindgrünen Glas erkannte sie kleine schwarze Punkte, vermutlich Fliegen, die sich im Schirm verirrt und nie wieder hinausgefunden hatten. Eigentlich sehr traurig. Und eklig.

Es war erst halb zehn. Um diese Zeit war sie sonst nie zu Hause, das übliche Dilemma, wenn man in der Gastronomie arbeitete. Miserable Arbeitszeiten. Keine ruhigen Abende zu Hause, immer war man im Dienst, wenn sich alle anderen entspannten. Es war lange her, daß sie im Fernsehen jeden Teil einer Serie sehen konnte. Nun hatte sie dafür also Zeit. Sie seufzte.

Den Abschied vom Bateau bleu konnte man nicht gerade als sanft bezeichnen. Als Gérard die Sprache wiedergefunden hatte, hatte er sie durch die Zähne angeherrscht, das Lokal sofort zu verlassen, *tout de suite!* Er wolle sie hier nie wieder sehen, im Grunde wolle er sie überhaupt nie mehr sehen. Weder mit noch ohne Kleider. Seine letzten Worte, die Agnes mit drei Jahren Schulfranzösisch und etwas Phantasie noch deuten konnte, hießen wohl so viel wie »Du frigide Kuh!« Doch in den sechs Monaten im Bateau bleu hatte sie schon ganz andere Beschimpfungen aushalten müssen, nein, deshalb lag sie nicht auf ihrem Bett und studierte tote Fliegen und fragte sich, ob sie jemals wieder aufstehen würde. Ihre Karriere machte ihr Sorgen.

Sie war über diesen Job so glücklich gewesen. Ihr erster als Oberkellnerin. Und dann noch in *diesem* Restaurant! Das bedeutete Aufstiegschancen, alle unterbezahlten Anstellungen als Kellnerin lagen hinter ihr, es war ein gewaltiger Schritt nach vorn. In Stockholms, nein, wahrscheinlich ganz Skandinaviens edelstem französischen Restaurant. Allein zum Vorstellungsgespräch eingeladen zu werden, hatte sie überglücklich gemacht. Sie hatte sich mit Foto beworben, genau wie es in der Anzeige in ›Dagens Nyheter‹ gewünscht worden war. Sie hatte alle ihre Anstellungen aufgelistet, von Gullans Küche, wo sie gejobbt hatte, seit sie sechzehn war, über Pizzerias, Imbißbuden, Mittagstisch-Gaststuben und später dann in einer Reihe gehobener Restaurants. Solche, in denen Nordseedorsch mit glasierten Wurzeln und Masthähnchen mit Salviapesto und sonnengetrockneten Tomaten auf der Speisekarte standen. Wenn man Gullans Küche mitzählte, dann hatte Agnes nahezu ihr halbes Leben in der Gastronomie verbracht. Sie war wirklich der Meinung, daß sie die Chance als Oberkellnerin verdient hatte, auch wenn es ihre kühnsten Träume übertraf, tatsächlich im Bateau bleu anzufangen.

Zunächst war Gérard freundlich und korrekt gewesen, wenn er sie auch gleich unverhohlen angeflirtet hatte. Wie ältere Gentlemen eben so sind. Sie fand seinen französischen Akzent durchaus charmant, auf eine andere Idee wäre sie gar nicht gekommen. Er war ja fast so alt wie ihr Vater.

Die Arbeit machte ihr Spaß, auch wenn einige der Kolleginnen hinter ihrem Rücken tuschelten. Klar, sie waren neidisch, denn sie hatte den Job bekommen. Das war ihnen ein Dorn im Auge, Agnes wußte das. Deshalb war es noch wichtiger, perfekt zu sein, ihnen keinen Grund zu geben, ihre Kompetenz in Frage zu stellen. Von Gérard kam immer wieder ein aufmunterndes Lob, und Philippe, der Dienstälteste, griff ihr in praktischen Dingen immer mal wieder unter die Arme. Sie strengte sich wirklich an, und nach den holprigen Anfangswochen merkte Agnes, wie sie immer sicherer wurde. Souverän begrüßte sie die Gäste, führte sie zu ihrem Tisch und empfahl einen Drink vor dem Essen. Servierte Dry Martini und nahm telefonische Reservierungen entgegen. Sie wußte bald, welche Gäste immer anriefen, auch wenn sie fünf Minuten später ohnehin im Lokal standen. So gewöhnte sie sich an, immer ein paar Trümpfe zurückzuhalten, um einem hochkarätigen Stammgast, der innerhalb einer halben Stunde an einem Freitagabend einen Tisch für zwölf Personen brauchte, rasch entgegenzukommen. Bald wußte sie, wie man die Pläne umstellte und die Anzahl der Sitzplätze blitzschnell erhöhte.

Sie liebte das hohe, weitläufige Lokal mit der bemalten Decke, den kitschigen Kronleuchtern und der dunklen Holzverkleidung, durch die es insgesamt gediegen wirkte. Trotz seiner etwas übertrieben prunkvollen Ausstattung war es gemütlich. Die alten orientalischen Teppiche schluckten den Schall, und die weißen Spitzengardinen, die immer zugezogen waren und das Licht in milden Strahlen hindurchließen, erinnerten Agnes an die wunderschönen alten Gasthöfe, die sie in Prag gesehen hatte. An der Decke war außerdem der Kahn befestigt, das blaue Boot, nach dem das Restaurant benannt war. Alten Erzählungen zufolge hatte es eine Witwe anfertigen lassen nach dem Vorbild des Schiffes, in dem ihr Mann bei einem Sturm ums Leben gekommen war. Agnes hatte keine Ahnung, ob das stimmte, Philippe hatte einmal verlauten lassen, daß Gérard das Boot in Paris in einer Pizzeria gekauft hatte, die pleite gegangen war.

Im Bateau bleu hatte schon alles gespeist, was Rang und Namen hatte: von Olof Palme bis zu Robbie Williams. Ohne Übertreibung konnte man sagen, daß es das berühmteste Restaurant in der Stadt und immer ausgebucht war. Agnes wußte, warum. Sie war selbst einmal Gast dort gewesen, damals hatte sie Tobias gerade kennengelernt. Es gab irgend etwas zu feiern. Ob es ein neuer Job war? Jedenfalls hatte er sie eingeladen. Sie wußte noch genau, was sie bestellt hatte. *Steak frites*. Sie dachte, Tobias machte Witze, als er darauf bestand, daß sie dieses Gericht bestellen sollte. Hacksteak mit Pommes ... Aber Tobias gab nicht nach, und sie war anschließend froh darüber. Es war definitiv eine der besten Mahlzeiten, die sie je in ihrem Leben zu sich genommen hatte. Zudem war der Service einwandfrei, und ein paar Stunden lang war sie sich wie eine Prinzessin vorgekommen. Wie eine verliebte Prinzessin.

Und in *diesem* Restaurant hatte sie einen Job bekommen. Und jetzt die Kündigung.

Sie mußte eingeschlafen sein, denn als sie vom Telefon geweckt wurde, war es mittlerweile halb eins in der Nacht. Sie war schweißgebadet und ihr war schwindelig. Verwirrt tastete sie nach dem Telefon an ihrem Bett. Kurz bevor der Anrufbeantworter ansprang, bekam sie es zu greifen. Ihr »Hallo?« klang jämmerlich.

»Agnes, bist du schon zu Hause? Ich habe gedacht ... ich meine, normalerweise ist doch der Anrufbeantworter dran?« Es war ein fürchterlicher Lärm im Hintergrund, sie konnte Tobias kaum verstehen. »Warum bist du nicht bei der Arbeit?« Agnes versuchte, ihre Gedanken zu ordnen.

»Ich weiß nicht, wie viele Male ich versucht habe, dich zu erreichen.«

»Wirklich? Na ja, mein Handy war nicht an, wir hatten ja einen Gig.« *Gig*. Er redete noch immer so, als wäre er mit seiner Hinterhofband unterwegs, dabei war er nun schon fast ein Jahr mit Christer Hammonds Rockshow auf Tournee. »Wolltest du was Bestimmtes?«

»Ja.« Agnes hatte keine Ahnung, wie sie beginnen sollte. Sie hatte schon auf dem Heimweg mehrmals versucht, Tobias zu erreichen und dann wieder und wieder, bevor sie eingeschlafen war. Sie wollte ihn bitten herzukommen. Jetzt. Sie in den Arm zu nehmen. Zu trösten. Sagen, daß alles gut wird und daß es diesem Scheißkerl recht geschehen ist, daß die Flasche dran glauben mußte. Daß sie sie eigentlich auf seinem Kopf hätte zerdonnern müssen. Sie brauchte Tobias, er war der einzige, der sie jetzt aufmuntern konnte. Sie wußte genau, daß ihre Angst vergehen würde, wenn er sie in den Arm nähme. Seine Zärtlichkeit würde die Erinnerung an Gérards widerwärtiges Gegrapsche an ihrem Körper vertreiben. Seine Worte konnten ihr die Angst nehmen, daß sie nicht für den Rest ihres Lebens bei McDonald's Hamburger braten müßte. »Ich wünschte, du wärst hier«, brachte sie schließlich heraus, und dann liefen ihr auch schon die Tränen über das Gesicht.

»Was?« brüllte Tobias. »Kannst du ein bißchen lauter sprechen? Hier ist ziemlich viel los.«

»Wann kommst du nach Hause?« schluchzte Agnes. Funkstille, nur im Hintergrund die kreischenden Leute. Man hörte eine Gitarre, jemand sang. »Tobias, kannst du mich hören?« rief sie.

»Ja, ich höre. Du, können wir vielleicht später ...«

Agnes kam nicht mehr dazu zu antworten, da hatte Tobias schon tschüs gesagt und den Hörer aufgelegt. Manchmal war es nicht leicht, ihn zu verstehen. Warum zum Beispiel hatte er sie mitten in der Nacht angerufen, obwohl er damit rechnete, daß sie nicht zu Hause war, und obwohl er offensichtlich gar nicht mit ihr reden wollte. Besonders beruhigend war das nicht gewesen, aber immerhin hatte sie seine Stimme gehört.

Agnes wollte sich gerade den Dufflecoat ausziehen, da klingelte wieder das Telefon. Dieses Mal meldete sie sich mit festerer Stimme. Es war wieder Tobias, jetzt war weniger Lärm im Hintergrund. Er hatte sich wohl in eine ruhigere Ecke zurückgezogen.

»Hallo, ich bin's noch mal.«

»Was ist los?«

Tobias zögerte einen Moment. Sie hatte plötzlich das Gefühl, als ob er Anlauf nähme.

»Du, Kleine«, sagte er vorsichtig. »Vielleicht ist das Timing nicht gerade gut, aber ich will jetzt ehrlich sein.« Wieder eine Pause. Agnes wurde ganz schlecht, war er nicht immer ehrlich gewesen? »Ich weiß noch nicht so recht, wann ich nach Hause komme, es hat sich einiges geändert ...«

»Was meinst du mit ›geändert‹?« Agnes verkniff den Mund und zupfte an ein paar versteckten Flecken auf dem grauen Mantelstoff. Sie wollte nicht schon wieder die Geschichten von Zusatzauftritten in Härnösand und verlängerten Matineen in Sundsvall hören. Es passierte nicht das erste Mal, daß die Tournee verlängert wurde, daß noch Auftritte hinzukamen. Normalerweise hatte Agnes dafür Verständnis, sie gönnte ihm seine Karriere und den Erfolg, aber heute war es ihr egal. »Ich möchte, daß du nach Hause kommst. Und zwar jetzt! Es geht mir furchtbar, ich ...« Sie fing wieder an zu schluchzen.

»Du, mach es nicht komplizierter, als es ist. Agnes ...« Seine Stimme klang auf einmal ganz sanft.

Sie wurde etwas ruhiger, aber schniefte weiter vor sich hin. »Diese verfluchte Tournee ist immer wichtiger als ich ...«

»Aber Kleines, es geht doch gar nicht um die Tournee.« Er hielt inne.

»Neeein?«

»Ich ... ich habe ein Mädchen kennengelernt ...« Schlagartig hörte Agnes auf zu schniefen. Nach ein paar Sekunden Stille fuhr Tobias mit trauriger Stimme fort. »Eins von den Chormädchen, Ida. Die Blonde, weißt du, mit dem Bauchnabelpiercing ...« Agnes war ein paarmal dabeigewesen und hatte das Ensemble kennengelernt, den Chor, die Musiker, Tänzer und Solisten begrüßt. Ja, sie hatte sogar Christer Hammond selbst getroffen, *The King of Rock 'n' Show!* Aber an ein Bauchnabelpiercing konnte sie sich wirklich nicht erinnern. Allerdings an riesige Brüste. Tobias schien ihre Gedanken zu lesen. »Na ja, vielleicht hast du den Nabel ja gar nicht zu sehen bekommen, aber sie hat ziemlich große ... Ja, richtige Granaten, wenn du weißt, was ich meine.« Er mußte lachen, wollte das Gespräch auflockern. Es gelang ihm natürlich nicht, und er wurde gleich wieder ernst. »Ja, es ist wahrscheinlich nicht besonders klasse, das am Telefon zu sagen, aber ich wollte ehrlich mit dir sein, Agnes. Du warst auch immer ehrlich zu mir. Und es wäre nicht in Ordnung, zweigleisig zu fahren, das findest du doch auch, oder?«

»Nein.« Agnes flüsterte nur noch. Ihr war nicht ganz klar, ob sie das richtig verstanden hatte. Hatte Tobias gerade ... Schluß gemacht?

»Die praktischen Dinge können wir besprechen, wenn ich nach Hause komme. Wir sind ja noch drei Wochen unterwegs, dann ist Tourneepause. Dann kann ich vielleicht kommen, ein paar Sachen abholen und so weiter.«

»Und ... wo wirst du jetzt wohnen?« Agnes suchte Halt irgendwo. Fakten. Tobias schien ihre Frage zu beruhigen. Sie war nicht zusammengebrochen, hatte nicht rumgeschrien. Sie schien es wirklich gut aufzunehmen.

»Bei Ida, habe ich das nicht gesagt? Entschuldige, man ist so schußlig, wenn man verliebt ist!« Er lachte wieder. »Du kriegst das doch hin, Kleines? Ist wohl kein großer Unterschied, oder? Ich bin ja doch nie zu Hause. Du wirst das schon schaffen. Du bist stark, Agnes!« Leises Piepen erklang im Hörer. »Oh, jetzt ist gleich mein Akku leer, besser, wir verabschieden uns. Außerdem ist es auf dem Handy auch nicht gerade billig. Laß von dir hören, wenn etwas ist, ansonsten melde ich mich wie gesagt ...« Dann brach das Gespräch ab.

Es dauerte eine Weile, bis Agnes den Hörer aus der Hand legte. Obwohl sie noch immer den Dufflecoat anhatte, fror sie. Sie konnte ihr Spiegelbild im Fenster sehen. Ihr Gesicht war bleich, das Haar im Nacken völlig zottelig. Vom Heulen war ihr die Mascara über die Wangen gelaufen, und ihre Augen waren rot gerändert.

Wie in Zeitlupe zog sie den Mantel aus und ließ ihn auf den Fußboden fallen. Die weiße Arbeitsbluse, die sie darunter trug, war schnell ausgezogen. Sie wurde ohnehin nur noch von den beiden untersten Knöpfen gehalten. Agnes öffnete den BH und streifte ihn ab. Einen Augenblick lang starrte sie auf ihre Brüste, die noch nie jemand »richtige Granaten« genannt hatte. An ihrer linken Brust konnte sie einen blauen Fleck sehen. Ein Souvenir von Gérard. Dann streifte sie den schwarzen Rock und die Strumpfhose ab, schlug den weißen Bettüberwurf zur Seite und kroch unter die Bettdecke. Als sie die Augen zumachte, schoß ihr ein Gedanke durch den Kopf. Daß es ein schlechter Tag gewesen war. Ein ziemlich schlechter.

Es brauchte eine Weile, bis Agnes wieder einfiel, daß sie am Abend zuvor gar nicht zu viel getrunken hatte. Aber die Symptome waren dieselben wie bei einem ordentlichen Kater: Kopfschmerz, trockener Mund, Gliederschmerzen, Gedächtnislükken. Die grelle Wintersonne traf sie genau ins Gesicht, so daß sie schlaftrunken zwinkerte. Offenbar hatte sie gestern vergessen, die Jalousien herunterzulassen. Eigentlich ging es dabei gar nicht um die Sonne, die ins Zimmer fiel, sondern eher um die Nachbarn, die nun einen direkten Blick in ihr Schlafzimmer hatten, denn es lag zum Garten hin. Eine Weile blieb sie noch liegen und sah zu den Fenstern im Haus gegenüber. Man konnte nichts dahinter sehen, denn vor den Scheiben hing etwas Glänzendes. Bei ihr war es vermutlich genau umgekehrt. Man sah alles. Das war ein unangenehmes Gefühl, und sie setzte sich auf, fest eingewickelt in ihre Bettdecke. Sie versuchte, einen klaren Gedanken zu fassen. Sie hatte miserabel geschlafen, war immer wieder aufgewacht, und für ein paar wenige, glückliche Minuten hatte sie vergessen, warum. Jetzt fiel ihr alles wieder ein. Sie stöhnte auf und sank entkräftet zurück in die Kissen. Nein, heute wollte sie besser nicht aufwachen.

Sie kniff die Augen zusammen und vergrub das Gesicht im Kopfkissen. Nach kurzer Zeit bekam sie kaum noch Luft und mußte sich auf die Seite drehen. Sie starrte auf den Wecker, der auf dem Nachttisch vor sich hin tickte. Es war noch früh, kein Grund, aufzustehen. Eigentlich mußte sie ja überhaupt nicht aufstehen. Sie war kein bißchen ausgeruht, kein Wunder, war sie doch in der Nacht sicher im Halbstundentakt aufgewacht. Und so fiel sie sofort wieder in den Schlaf.

Agnes schreckte vom Klappern des Briefkastens hoch. Aus dem Morgen war Vormittag geworden, und seit siebenundzwanzig Minuten lief Agnes' Waschmaschinenzeit.

Das war kein Drama, es war ihr schon öfter passiert. Aber heute kam es ihr so vor, als würde ihr Leben von den Stunden abhängen, in denen ihr zwei Wascomat-Maschinen zur Verfügung standen sowie ein Trockner, der ungefähr so viel brachte wie eine steife Brise am Polarkreis. Zugegeben, sie hatte ihren Job verloren, sich von ihrer Karriere verabschiedet und war außerdem von der Liebe ihres Lebens wegen zweier Silikonbrüste mit Spatzenhirn verlassen worden, aber trotzdem sollte doch ein Minimum an Ordnung in ihrem Leben herrschen.

Sie drehte sich aus dem Bett und irrte auf der Suche nach

Jogginghose und T-Shirt in ihrer Wohnung umher, die Nachbarn hatte sie völlig vergessen. Gleichzeitig sammelte sie ihre Schmutzwäsche ein. Sechs Minuten brauchte sie, dann war sie fertig für den Weg in die Waschküche, in der Hand zwei volle Ikea-Taschen und ein Paket »Weißer Riese«, das durch ein kleines Loch Waschpulver im ganzen Flur verlor. Den Gedanken an den Fahrstuhl verwarf sie schnell, da paßte sie mit ihren vollen Tüten nicht hinein. Statt dessen schleifte sie ihr Gepäck drei Stockwerke die Treppe hinunter, bis sie im Keller ankam. Dort stellte sie fest, daß sie den Schlüssel für den Wäschekeller vergessen hatte. Wieder nach oben. Ihr war schwindelig. Zu Mittag hatte sie nicht gegessen, Frühstück erst recht nicht.

Oben angekommen vor der Wohnungstür mußte sie einen Moment anhalten: Ihr wurde schwarz vor Augen. Sie war schon immer groß gewesen, die Größte in der Klasse, dünn wie eine Bohnenstange und mit einem Blutdruck wie das holländische Flachland. In der achten Klasse war sie bei dem Festumzug am Luciatag ohnmächtig geworden. Marie-Louise, die die Lucia spielte, war wochenlang beleidigt gewesen, weil alle sich nur noch um Agnes gekümmert hatten. Und sie, mit der elektrischen Lichterkrone auf ihrer Timotej-duftenden-Haarpracht, fand es unverschämt von Agnes, ihr einfach die Show zu stehlen. Sie hatte sogar unter erniedrigenden Umständen Agnes gezwungen, sie um Verzeihung zu bitten. Agnes jedoch fand, daß die ausgleichende Gerechtigkeit an dem Tag eintrat, als sie erfuhr, daß Marie-Louise bereits mit zweiundzwanzig Mutter von drei Kindern war. Wahrscheinlich hatte sie gewußt, warum sie ihre Zeit als Schönheitskönigin so genoß, denn die hatte früh ein jähes Ende gefunden.

Als Agnes schließlich ihre Tüten heruntergeschleppt und durchgeschwitzt die Kellertür geöffnet hatte, blieb sie auf dem Absatz stehen. Ein Typ, den sie noch nie gesehen hatte, war gerade dabei, die eine Maschine zu starten. Die andere lief bereits, und man hörte das leise Klirren der Knöpfe von seinen

Jeans. Er sah zu Agnes hoch, lächelte und grüßte. Agnes lächelte nicht zurück.

»Entschuldigung, aber was machst du da eigentlich?« zischte sie. Das Lächeln verschwand schlagartig aus seinem Gesicht.

»Na ja, ich wasche«, antwortete er zögernd.

»Das sehe ich! Aber warum wäschst du in meiner reservierten Zeit?« Sie stellte mit einem Knall die Tüten hin. Das Waschpulverpaket fiel heraus, und das Pulver verteilte sich über den Boden.

»Tut mir leid, ich dachte, die Maschinen seien frei. Ich habe in der Liste nachgeschaut und da stand, wenn jemand nicht eine halbe Stunde nach Beginn der Waschzeit angefangen hat, dann ...«

Agnes schnitt ihm das Wort ab. »Ich habe mich doch eingetragen, oder etwa nicht? Du hast doch meinen Namen auf der Liste gesehen. Hast du hier mit der Stoppuhr gestanden? Wie viele Minuten bin ich drüber? Vier?«

»Tatsächlich fast eine halbe Stunde. Tut mir schrecklich leid, es war wirklich nicht meine Absicht, jemandem die Maschinen wegzunehmen, ich habe nur gedacht ...«

»Aber du hast sie mir weggenommen.« Agnes klang sehr säuerlich. Er machte ein betretenes Gesicht. »Und wer bist du, bitte schön?« Sie hatte ihn noch nie gesehen. So viele Wohnungen waren nicht im Haus, wenn er hier wohnen würde, wüßte sie es. Ein gleichaltriger Nachbar wäre ihr zwischen den anderen Mietern zweifellos aufgefallen. »Wohnst du überhaupt hier?«

»Ja, ich bin gerade eingezogen. Im zweiten Stock. Es tut mir wirklich wahnsinnig leid.« Agnes sah ihn an. Seine Haare waren ungekämmt und rasiert war er auch nicht, er trug eine gräßliche braune Cordhose, ein ausgewaschenes Polohemd, das man grau oder beige nennen konnte, und Badelatschen an den nackten Füßen. Agnes starrte auf seine Haarbüschel an den großen Zehen. Angeekelt wandte sie den Kopf ab. »Ich kann versuchen, das Programm abzubrechen, aber ich weiß nicht, ob das bei diesen Maschinen funktioniert. Möglicherweise gibt es dann eine Überschwemmung, und das wäre auch keine gute Lösung.« Er versuchte wieder ein Lächeln, gab aber auf, als er begriff, daß Agnes nicht auf Charme reagierte. »Sobald ich hier fertig bin, kannst du deine Wäsche einstekken. Soll ich dann bei dir klingeln?«

»Nein.« Daß er bei ihr klingelte, wollte sie schon gar nicht. Niemand sollte bei ihr klingeln, sie wollte in Ruhe gelassen werden. »Aber danke der Nachfrage«, murmelte sie und verließ den Wäschekeller. An der Tür machte sie halt und trug sich für die nächste Waschzeit ein, zwei Wochen später, früher war nichts frei. Dann schlurfte sie mit ihren vollgestopften Taschen die Treppen wieder hinauf.

Als sie in der Wohnung war, sah sie sich selbst im Flurspiegel. Die verlaufene Mascara hatte sie immer noch nicht abgewischt, ihr blondes Haar stand nicht nur am Hinterkopf ab. Unter glücklicheren Umständen hatte man so eine Frisur vielleicht nach einer besonders leidenschaftlichen Nacht. Das T-Shirt mit dem Text *Bier macht mich schön*, ein ironisches Geschenk von Lussan nach einem wilden Wochenende in Roskilde vor ein paar Jahren, hatte zwei deutliche Kakaoflecken vorn. Immerhin: ihre Jogginghose war sauber und hätte sicher ganz gut ausgesehen, wenn sie sie nicht falsch herum getragen hätte.

Agnes seufzte und stellte die Taschen im Flur ab. War doch völlig egal, daß sie aussah, als hätte man sie gerade aus der Psychiatrie entlassen. War doch völlig egal, daß ihre Waschzeit flöten war und sie nun zwei Wochen auf die nächsten sauberen Jeans warten mußte. Alles hatte zwei Seiten im Leben, oder?

Mein liebes Kind, du bist das! So eine Überraschung!« Maud zog ihre Tochter in den Flur hinein. »Warum hast du nicht angerufen? Ich meine, du hast Glück, daß wir zu Hause sind.« Sie tat einen Schritt zur Seite und schrie aus voller Kehle: »Sven, komm hoch! Agnes ist da!« Es dauerte ein paar Sekunden, dann war das altbekannte Knarren von den klarlackierten Kieferntreppenstufen zu hören. Ihr Vater erschien im Flur, und als er sie sah, ging er sofort auf sie zu und schloß sie in die Arme.

»Aber, meine Kleine, du bist das! So eine Überraschung! Hast du gewußt, daß Agnes kommt, Maud?«

»Nein, überhaupt nicht. Daß du nicht angerufen hast, Liebes ...«

»So ein Glück, daß wir zu Hause sind!«

Agnes konnte sich ein Lächeln nicht verkneifen, es war nicht zu überhören, daß ihre Eltern schon lange verheiratet waren. Und warum sollte sie anrufen, es war völlig ausgeschlossen, daß ihre Eltern ihren Sonntagnachmittag woanders als zu Hause verbrachten. Noch war sie nicht zu Wort gekommen, doch als ihre Mutter für einen Moment verstummte und nach Luft schnappte, ergriff sie die Gelegenheit.

»Ich habe gedacht, ihr könntet mich zum Sonntagabendessen einladen.« Agnes schnüffelte demonstrativ mit der Nase. Es duftete schon nach Essen, obwohl es erst am frühen Nachmittag war. Doch ungewöhnlich war das nicht. Ihre Mutter kochte gerne, am Wochenende begann sie oft schon nach dem Frühstück mit den Vorbereitungen für ein warmes Abendessen. Und lecker war es bei ihr immer, auch wenn ihr Repertoire nicht direkt als innovativ bezeichnet werden konnte.

»Ja, wie schön! Ich habe Kartoffelauflauf gemacht, das dauert aber noch. Wir wollten gerade Kaffee trinken. Hast du auch Lust?«

»Klar.«

»Komm rein, Liebes! Sven, holst du bitte noch ein Tasse.« Maud drehte sich zu Agnes um. »Oder willst du eher ein Glas? Madeleine trinkt ihren Kaffee neuerdings aus Gläsern. Aber besonders praktisch ist das doch nicht, oder? Wird das nicht schrecklich heiß?« Sie machte ein besorgtes Gesicht.

»Schon. Deshalb hätte ich gern eine Tasse.« Agnes hatte ihren Mantel abgelegt und war ihrer Mutter in die Küche gefolgt. »Was gibt es Neues in Länninge?« Sie sah sich um. Im Haus hatte sich seit ihrem Auszug nicht viel verändert, auch wenn das schon fast zehn Jahre her war. Das einzig Neue war der Wandkalender von Edeka, stellte sie fest. Der neue für dieses Jahr. Ein schneebedeckter Ebereschenzweig war das Motiv für Januar.

»Ach, alles beim alten.« Maud warf einen Blick auf ihren Mann. »Wie immer, Sven, oder?« Sven nickte zustimmend.

»Ja«, fügte er nach einer Pause hinzu. »Nur in der Innenstadt nicht. Sie haben aus der Strömgata eine Einbahnstraße gemacht.« Unzufrieden zog er die Augenbrauen hoch.

»Ach wirklich?«

»Ich habe keine Ahnung, wozu das gut sein soll. Jetzt muß man ja einen Riesenumweg fahren, wenn man am Marktplatz parken will.«

»Klingt idiotisch.« Agnes mußte sich zusammenreißen, um keinen ironischen Kommentar loszulassen. In Stockholm gab es so viele Einbahnstraßen, daß man gezwungen war, über den Flughafen zu fahren, wenn man von Aspudden nach Östermalm wollte. Ein Viertel mehr, durch das man fahren mußte, klang für sie nicht besonders dramatisch. Sie selbst hatte kaum ein Auto benutzt, seit sie ausgezogen war, das brauchte man in Stockholm nicht. Dort kannte sie kaum jemanden mit Führerschein. In Länninge hatten alle einen.

»Ja, ich weiß auch nicht, was in den Köpfen der Politiker vor sich geht.« Typischer Kommentar von ihrem Vater. Die *Politiker* waren an allem schuld. An allem Schlechten jedenfalls.

»Und sonst?«

»Sonst ist alles wie gehabt«, ergänzte ihre Mutter. Agnes fiel es nicht schwer, das zu glauben. Länninge war eine Kleinstadt. Wenn man sie überhaupt Stadt nennen konnte – eher ein Dorf oder eine Gemeinde. Der kleine Ortskern bestand im Grunde nur aus zwei Hauptstraßen, gesäumt von niedrigen Holzhäusern und das eine oder andere massive Mehrfamilienhaus, das aus der Blütezeit der Stadt in den sechziger Jahren stammte. In der Mitte war der Marktplatz, der als Parkplatz fungierte. Ein natürlicher Treffpunkt, wie auch Roland's, das Café. An den Samstagvormittagen mußte man sich nie verabreden, alle waren im Roland's. Wo auch sonst? Zumindest war es früher so gewesen, als sie noch zur Schule ging. Jetzt hatten die meisten von Agnes' Bekannten schon lange eigene Familien und vermutlich keine Zeit, in Cafés herumzuhängen. Aus Agnes' Sicht war das gar nicht schlimm. Zu kaum einem hatte sie mehr engen Kontakt, und es war lange her, daß sie unten in der Stadt gewesen war.

Wenn sie »nach Hause« fuhr, blieb sie meistens im Haus ihrer Eltern, das ein bißchen außerhalb der Stadt lag. Manchmal machte sie einen Abstecher, um die wenigen alten Schulfreunde zu besuchen. Außer Agnes gab es nur noch eine Frau aus der Klasse, die noch keine Kinder hatte. Und die wurde für ein bißchen sonderbar gehalten, lesbisch oder so was, ihre Klassenkameraden hatten so etwas angedeutet, als sie sich vor Weihnachten getroffen hatten. Agnes hatte nichts gegen Kinder, sie wollte auch gern welche haben. Mit der Zeit. Sie hatte ein paarmal mit Tobias darüber gesprochen, meist im Scherz, und festgestellt, daß es keiner von ihnen besonders eilig damit hatte. Erst mal wollten sie das Leben genießen, hatte Tobias gesagt, verreisen und Spaß haben. Agnes hatte dem nichts hinzuzufügen, sie hatten ja sich. Alles andere könnte kommen, wenn es an der Zeit war, Zeit hatten sie ja genug. So hatte sie gedacht. Und plötzlich war alles anders.

Ihr Vater schenkte Kaffee ein, und ihre Mutter schob ihr die Platte mit dem Tigerkuchen hin. Agnes nahm ein Stück, das allergrößte, und trank einen Schluck Kaffee.

»Was gibts Neues von Madde?« fragte sie eilig. Die Fragen nach ihrem Leben wollte sie gern noch hinausschieben. Sie war gekommen, um sich ein bißchen Trost zu holen und von den anderen zu hören, daß bei ihnen alles beim alten war. Ihr eigenes Unglück hatte sie nun tagelang durchgekaut. Sie brauchte einfach eine Pause.

»Gut. Sie arbeitet noch immer im Kindergarten. Ich glaube, es macht ihr Spaß. Oder was meinst du, Sven?«

»Ja, ich habe nichts Gegenteiliges gehört.«

»Und dann ... aber das will sie vielleicht selbst erzählen ...«

»Was denn?« Agnes sah ihre Mutter mit großen Augen an, die wiederum fragend auf ihren Mann starrte. Sven zuckte mit den Schultern. »Ach, erzähl es ihr doch!«

»Gut ...«, begann Maud zaghaft. Agnes unterbrach sie.

»Sie ist doch nicht schwanger?!«

»Nein.« Maud lachte ein bißchen angestrengt, Agnes wußte, daß ihre Eltern sich Enkelkinder wünschten. »Nein, aber Jonas und sie wollen zusammenziehen.«

»Aber sie wohnen doch schon zusammen.« Madde und Jonas hatten sogar schon einige Jahre in einer Einliegerwohnung im Haus seiner Mutter gelebt.

»Ja, schon ... aber jetzt richtig. Sie wollen sich ein Reihenhaus kaufen.«

»Oben in Fredriksro«, fügte Vater hinzu. »Eins dieser neu gebauten.«

Agnes nickte langsam. »Das ist ja toll.« Das klang wohl nicht besonders überzeugend, denn Maud begann, von den Vorzügen des Hauses zu berichten.

»Es ist ein zweistöckiges Haus, hat 120 Quadratmeter und einen Carport. Auf einem kleinen Grundstück. Ich glaube, fünfzehn Quadratmeter vor dem Haus und dahinter, wie viele werden das sein? Vielleicht vierzig?«

»Ich glaube, das paßt perfekt«, stimmte Vater ein. Perfekt wofür, dachte Agnes. Für ein stilles Leben mit Mann, zwei Kindern, Golden Retriever, Volvo Kombi und einer Dreiviertelstelle als Erzieherin. Es war nicht so, daß sie ihre kleine Schwester für das Leben verachtete, das sie sich ausgesucht hatte, doch sie war jedesmal wieder gottfroh, daß sie selbst sich für etwas anderes entschieden hatte.

»Ja, wir haben ihr versprochen, ihnen mit dem Garten unter

die Arme zu greifen«, fuhr ihre Mutter fort. »Sie wollen nichts Aufwendiges, aber wir dachten im Vorgarten an Wicken, vielleicht Ringelblumen, Digitalis ... einen kleinen Kräutergarten, ein paar Beerensträucher ...«

Agnes schnitt ihr das Wort ab. Sie konnte sich kaum vorstellen, daß Madde und Jonas jemals von Kräutergärten und Wicken gesprochen hatten. Maddes Desinteresse an Gartenarbeit war – sofern das möglich war – noch größer als das ihrer Schwester. »Und Jonas?« fragte sie statt dessen. »Was macht er?« Damit wechselte sie das Thema und würde die unausweichliche Frage ihrer Eltern nach ihrem eigenen vermurksten Leben noch einen Moment fernhalten. »Arbeitet er noch in der Fabrik?« Einen Augenblick lang wurde es still, und wieder einmal sah Maud zu ihrem Mann hinüber. Sven räusperte sich.

»Ja, noch.«

»Wie? Was hat das zu bedeuten?« Sicherlich, Jonas war erst siebenundzwanzig, aber die Vorstellung, daß er das Länningeverk verlassen würde, war nahezu lächerlich. Sie hatte die Frage eigentlich nicht ernst gemeint. Seit er mit der Schule fertig war, hatte Jonas dort als Schweißer gearbeitet. Manchmal hat er zwar geflucht, gemeint, er wolle sich woanders bewerben, aber sowohl ihm als auch den anderen war klar, daß das nicht geschehen würde. In der Fabrik zu arbeiten gehörte zum Leben dazu, das hatten drei Generationen ins Bewußtsein der Stadt gebrannt. Länninges Industriemechanische Werkstätten, wie der korrekte Name lautete, war für Länninge wie Jesus für die schwedische Kirche. Man konnte sich das eine nicht ohne das andere vorstellen.

Daß Agnes nicht auch auf der Lohnliste der Fabrik gelandet war, glich nahezu einem Wunder. Ihre Eltern arbeiteten beide in der Fabrik, und hätte Tante Gullan nicht Hilfe in ihrem Gasthof gebraucht, hätte Agnes sicher auch im Sommer in der Fabrik gejobbt. Vielleicht noch ein kürzeres Praktikum nach der Schule, Verlängerung, Probezeit ... und schwuppdiwupp waren zehn Jahre rum. Allein der Gedanke daran war erdrückend, sie war mit ihrem Leben ganz zufrieden, oder besser gesagt, mit dem, wie es vor vier Tagen ausgesehen hatte. Sie betrachtete es gern so, daß sie eine Entscheidung getroffen hatte, sie hatte sich von den Erwartungen der Kleinstadtbürger befreit und sich ihr eigenes Leben aufgebaut.

Mit Madde war es anders. Sie hatte schon immer gesagt, daß sie nicht in der Fabrik arbeiten wolle. Und da sie das auch mit Sturheit vertrat, wunderte sich niemand, daß es dabei blieb. Daß sie sich jedoch in einen Fabrikarbeiter verliebt hatte, war ihr kleines Zugeständnis an die Gesellschaft, die alle verachtete, die sich zu »fein« waren für die Fabrikarbeit.

»Na ja, gehen und gegangen werden ...« Vater ergriff wieder das Wort. »Es wird ihm wohl eher nahegelegt.« Agnes sah ihre Eltern fragend an. Hatte sie irgend etwas nicht mitbekommen?

»Hast du heute keine Nachrichten gesehen?« fragte ihre Mutter schließlich. Agnes schüttelte den Kopf. Sie war unterwegs gewesen, hatte einen Abend lang Lussan die Ohren vollgeheult, da war es spät geworden. »Sie werden die Fabrik schließen.«

»Wie bitte!?« Fast hätte Agnes die Kaffeetasse fallen lassen. Wenn jemand gesagt hätte, das Schloß der Königsfamilie würde abgerissen werden, hätte sie das nicht mehr gewundert.

»Die können doch nicht die Fabrik zumachen? Wer ist eigentlich ›die‹?«

»Die Amerikaner.«

»Verdammt noch mal, die haben das Werk doch erst vor ein paar Jahren gekauft.«

»Das war vor sechs Jahren«, korrigierte ihre Mutter. »Vermutlich haben sie es nicht geschafft, profitabel zu wirtschaften.«

»So was Blödes habe ich noch nie gehört! Die Fabrik hat doch immer Gewinn abgeworfen! Dann müssen die neuen Besitzer etwas falsch gemacht haben.«

»Ja, schon möglich, doch der Vertrag mit Saab ist nicht verlängert worden ... Sie reden von der Konkurrenz in den neuen Märkten. Die Zeiten ändern sich, heißt es.«

»Aber das ist doch verrückt, da kommen die aus den USA, um unser Werk zu kaufen, und dann legen sie es still!« Agnes war außer sich. Ihr war nicht einmal aufgefallen, daß sie »unser Werk« gesagt hatte. »Was heißt das, wird der Laden ganz dichtgemacht?«

»Nein, nicht komplett«, fuhr Sven fort. »Die Entwicklungsabteilung wird bleiben, aber der ganze Kernbereich, die Fertigung, wird nach Estland verlegt.«

»Nach Estland! Was soll das denn? Sie können die Fabrik doch nicht einfach nach Estland verpflanzen. Was soll denn aus Länninge werden?«

»Ja, das sieht nicht rosig aus«, seufzte Maud. »Für diese Woche ist eine Großdemonstration angekündigt, aber ... ich glaube kaum, daß das noch etwas ändern wird.«

Agnes schwieg einen Augenblick und sah ihre Eltern an. »Und was wird aus euch?« fragte sie schließlich. »Werdet ihr auch gefeuert?« Sven versuchte, gefaßt zu sein.

»Sie haben es etwas anders genannt.« Er holte ein Taschentuch aus der Hosentasche und schneuzte sich laut, dann sprach er weiter. »Allen, die über fünfundfünfzig sind, wurde eine Frührente angeboten. Die Bedingungen sind nicht übel. Ja, natürlich wird das Geld bedeutend knapper, aber sie haben noch ein bißchen draufgelegt. Wer möchte, bekommt kostenlose Fortbildungen und so...«

»Man hat uns das schon im vergangenen Monat vorgeschlagen, das heißt, wir wußten Bescheid. Die Gerüchteküche brodelt ja schon lange, aber von der Unternehmensleitung hat das nie jemand bestätigt.«

»Frührente!« schimpfte Agnes. »Wollt ihr wirklich aufhören zu arbeiten? Ihr habt doch noch zehn Jahre! Das könnt ihr doch nicht hinnehmen!« Normalerweise regte sich Agnes nicht leicht auf, zumindest nicht, wenn es sie betraf. Doch nun war ihr, als hätte jemand ihre Eltern über den Tisch gezogen. Ihre lieben guten Eltern, die keiner Fliege etwas zuleide taten, die nie bei Rot über die Ampel gingen, nie über ihre Nachbarn schimpften, obwohl die meisten von denen fremdgingen und zu viel Alkohol tranken. Das machte Agnes total wütend. Wie konnte jemand Menschen, die nur Gutes im Sinn hatten, so schlecht behandeln? Agnes sah abwechselnd ihre Mutter und ihren Vater an. Maud räusperte sich leise.

»Ja«, sagte sie schließlich. »Wir haben unterschrieben.« Totenstille in der Küche. Das war zuviel. Agnes war völlig sprachlos. Ihre Mutter fuhr fort. »Ich habe ja schon seit langem Beschwerden mit meinen Knien, und für Papa sind es bis zur Pensionierung ja nicht mehr viele Jahre. Wir haben lange darüber nachgedacht, und mit der Zeit haben wir uns an den Gedanken gewöhnt. Es bedeutet auch Freiheit. Ich meine, wir haben so viele Jahre gearbeitet.«

»Ja, und Monteur zu sein ist zwar nicht schlecht«, schob ihr Vater ein. »Aber man stößt doch irgendwann an seine Grenzen ...«

»Es wäre ja auch nicht schlecht, noch ein paar Jahre zu haben, bevor man gebrechlich wird. Vielleicht könnten wir uns auch eine Wohnung in Spanien kaufen, so wie Gullan ...« Mutter schaute zu Agnes mit einem Blick, der um Verständnis warb. »Für die jungen Leute ist es viel schlimmer, für Jonas zum Beispiel.« Sie sah traurig aus. Sven fuhr fort.

»Ja, aber auch das wird sich regeln. Er ist fleißig und aktiv. Ich meine, schau dir nur mal den Minigolfverein an. Wenn Jonas nicht wäre, gäbe es in Länninge keine Minigolfmeisterschaften, schon gar keinen Verein. Ich bin mir sicher, daß er eine neue Stelle finden wird, wenn er sich ins Zeug legt.«

»Wie vielen wird denn gekündigt? Vierhundert?«

»Dreihundertzweiundachzig.«

»Okay, dann kann er sich bewerben und hat dreihunderteinundachzig andere Arbeitslose als Konkurrenz ...« Agnes schüttelte den Kopf. »Wie können die beiden eigentlich ein

Haus kaufen, wenn Jonas keinen Job hat? Dafür wird Maddes Gehalt doch wohl kaum reichen?«

»Wir haben ihnen zugesagt zu bürgen.« Sven sah sie mit ernstem Blick an und schob hinterher, um eventuellen Widersprüchen zuvorzukommen: »Und du sollst wissen, daß wir das für dich auch jederzeit tun würden, falls du einmal darauf angewiesen bist.«

Agnes holte Luft. »Und ihr? Was macht ihr jetzt? Wann habt ihr eigentlich euren letzten Arbeitstag?«

»In drei Wochen.«

»Mein Gott! Schon so bald!«

»Ja, die Bedingungen waren besser, je früher man darauf einging.«

»Diese Schweine!«

Ihre Mutter tat so, als hätte sie den Kommentar überhört. Sie war nicht der Typ, der jammerte. Jedes Ding hat auch sein Gutes, war ihre Devise. »Eigentlich paßt das doch nicht schlecht. Weißt du, dann haben wir Zeit, mit dem Baumschnitt zu beginnen, sobald der Schnee geschmolzen ist, nicht wahr, Sven?«

»Ja, und dieses Jahr ist es wirklich viel. Letztes Jahr sind ja kaum ein paar Klaräpfel gekommen. Ich glaube, dieses Jahr schneiden wir den Baum mal radikal herunter.«

»Ganz zu schweigen von den Knorpelkirschen und den Stachelbeersträuchern ...«

Agnes schluckte. Nun waren sie wieder mal bei ihrem Lieblingsthema. Dem Garten. Stundenlang konnten sie davon erzählen. Er war nicht groß, ein ganz normaler Garten an einem Einfamilienhaus, aber sie liebten ihn über alles. Ja, Agnes betrachtete ihn beinahe wie ein drittes Kind in der Familie. Normalerweise schaltete Agnes auf Durchzug, wenn ihre Mutter begann, sich in Beschreibungen von Waldgoldstern und Kletterrosen zu verlieren. Das war nicht Agnes' Gebiet. Gartenarbeit interessierte sie ungefähr so brennend wie Handarbeiten und Oldtimer.

Ihre Eltern erzählten noch eine Weile. Ganz offensichtlich würden sie sich nicht langweilen, wenn sie sich nun von dem Leben, das sie dreißig Jahre lang geführt hatten, verabschiedeten und in den Ruhestand gingen. Immerhin ein Trost. Trotzdem waren diese Neuigkeiten schockierend. Wie die Stadt diesen Rückschlag wegstecken würde, konnte sie sich nicht vorstellen. Sie saß eine Weile gedankenverloren da, als ihre Mutter sie schließlich mit ihrer Frage unterbrach.

»Aber du, Kleines, wir sitzen hier und reden! Kommen mit so schlechten Nachrichten. Und du hattest keine Ahnung. Nein, jetzt wollen wir mal über etwas Angenehmes sprechen. Erzähl doch mal von der Arbeit, Agnes! Und von Tobias!«

Um Agnes' Selbstwertgefühl war es noch nie besonders gut bestellt gewesen. Mit der Anstellung im Bateau bleu und dem Titel Oberkellnerin war es vielleicht ein bißchen gestiegen, aber nach diesem schmählichen Ende hatte es nun wieder einen neuen Rekordtiefstand erreicht. Sie konnte es nicht einmal über sich bringen, zum Arbeitsamt zu gehen. Was sollte sie denn zu ihrer jüngsten Stelle sagen? Was für Referenzen würde sie bringen können? Sie konnte das vergangene halbe Jahr nicht aus ihrem Lebenslauf streichen. Selbst wenn sie es gern wollte. Würde sie dennoch ein Vorstellungsgespräch bekommen, dann käme mit Sicherheit die Frage auf den Tisch, warum sie ihre letzte Anstellung nicht mehr hatte. Was sollte sie darauf antworten? Ich bin gefeuert worden, weil ich meinem Chef nicht erlaubt habe, mir an die Wäsche zu gehen. Wer sollte das glauben? Oder noch besser. Ich habe einen Château Pétrus fallen lassen? Nein. Zudem kannte man die Geschichte in der Branche vermutlich bereits, so etwas machte schnell die Runde. Gérard hatte sich mit großer Wahrscheinlichkeit bemüht, sie als unzuverlässige Schlampe hinzustellen, wann immer es jemand hören wollte. Außerdem gehörte ihm nicht nur das Bateau bleu – sein Restaurantimperium umfaßte die meisten guten Adressen in der Stadt. Und genau dort wollte sie arbeiten.

Bloß nicht wieder zurück. Zurück in die alte Misere, als Bedienung in heruntergekommenen Gasthöfen, wo es so viele Tricks in der Küche gab, daß den Gästen schlecht werden würde, wenn sie sie kannten. Aber gerade das wären die Restaurants, bei denen sie sich bewerben könnte, bis dieses Flaschenintermezzo vergessen war. Bei Restaurants, wo Zeugnisse und Lebensläufe völlig egal waren. Wenn man hübsche Beine hatte, konnte man im Service immer unterkommen und dort Rostbraten auf Holztellern und Filet Mignon black & white servieren, wo es die Gäste nicht einmal merken würden, wenn sie gegrillte Ratten mit Kartoffelpüree vor sich hatten, Hauptsache, es war genügend Bockbier dabei. Sie kannte das alles. Es hatte lange gedauert, sich hochzuarbeiten, und gelinde gesagt, war es bitter, nun wieder von vorn anfangen zu müssen. Genausogut könnte sie bei McDonald's Hamburger braten. Wenn sie sie dort nehmen würden.

Außerdem hatte sie Sehnsucht nach Tobias. Ihr war, als würde ihr Herz schrumpfen. Natürlich war sie sauer, aber trotzdem hätte sie nichts lieber getan als ihn anzurufen. Fragen, ob es vielleicht doch ein Mißverständnis war. Sie wäre sogar bereit, ihm die Affäre mit Ida zu verzeihen. So etwas passierte, und in seiner Branche war die Versuchung groß, das war Agnes klar. Aber Lussan hatte es ihr strikt verboten. Sie hatte gesagt, daß sie persönlich dafür sorgen würde, daß man Agnes in die Psychiatrie einlieferte, sobald sie auch nur an seine Telefonnummer *dachte*. Sie hatte nicht lockergelassen, bis Agnes geschworen hatte, Tobias nicht anzurufen, und das mit zwei Fingern auf ihrer Konfirmationsbibel. Vielleicht war es das Versprechen, das sie davon abhielt, vielleicht aber auch eine Art unerklärlicher Selbstschutzmechanismus, der im Grunde noch viel zu schwach ausgeprägt war. Sagte zumindest Lussan.

Und so war sie brav und rief nicht an, aber sie hütete sich,

Lussan zu erzählen, daß sie jeden Abend mit seinem Bild auf dem Kopfkissen einschlief.

Und dann lag sie da, schaute auf seine langen braunen Haare, die grünen Augen, das ausgeprägte Kinn mit einer lässigen Andeutung von Dreitagebart. Flüsterte, wie sehr sie ihn liebte, daß alles gut werden würde, wenn er nur zurückkäme. Sie versuchte, die andere aus ihren Gedanken zu vertreiben. Nicht gerade einfach. Sie kniff die Augen zusammen und dachte daran, wie er ausgesehen hatte, als sie sich kennengelernt hatten.

Er hatte mit seiner Band im Tre Backar gespielt, eine kleine Kneipe, in der jede Rockband beginnt. Bei den meisten wird nicht mehr als Tre Backar daraus, aber die eine oder andere Band schafft den Sprung nach vorn. 50 Million Fortune gelang das nicht. Nach ein paar Jahren hatte sich die Band aufgelöst, als schließlich klar war, daß sie mit ihrer Mischung aus melodiösem Hardrock und geklimpertem Garagenpunk nirgendwo einen Plattenvertrag bekommen würden. Tobias war der einzige in der Gruppe, der bei der Musik blieb. Er war auf der Gitarre wesentlich besser als die anderen Bandmitglieder und konnte hin und wieder im Studio einspringen. Und dann, das war vor etwa einem Jahr, hatte er den Job als Gitarrist bei Christer Hammonds musikalischem Riesenzirkus Millenium of Rock – the Greatest Rockshow Ever bekommen.

Agnes war an diesem Abend mehr zufällig im Tre Backar gewesen. Eigentlich hatte sie ein paar Freunde aus Länninge hören wollen, die sich in den Kopf gesetzt hatten, die Welt mit Cardigan-Pop zu erobern. Doch sie hatte sich im Tag geirrt. Aber da sie schon einmal da war, konnte sie ebensogut bleiben. Dann kam eben Fortune irgendwas. Nun saß sie also da und starrte gebannt auf die Bühne. Der Sänger, der auch Gitarre spielte, sah aus wie einer der Gallagher-Brüder, nur jünger und hübscher. Ohne zusammengewachsene Augenbrauen. Der lange Pony fiel ihm ins Auge. Das Hemd schmiegte sich an seinen schmalen, aber muskulösen Oberkörper. Ein leicht schiefes Lächeln, stand er breitbeinig da.

Sie blieb absichtlich noch ein bißchen da, als die Band fertig gespielt hatte, und verzog sich an die Bar. Ihr war, als hätte der Sänger sie auch angeschaut, war er interessiert? Sie war weiß Gott kein Groupie und hatte keine Ahnung, wie so was ablief, und nach einer Stunde, in der sie an einem einzigen Bier geschlürft hatte, war sie bereit aufzugeben. Von der Band war nichts zu sehen, und mit der Zeit wurde es peinlich leer im Kellerlokal. Langsam bewegte sie sich Richtung Ausgang.

Auf halber Höhe der Treppe traf sie ihn. Er nahm sie in den Arm und fragte, ob sie nicht noch bleiben und ein Bier mit ihm trinken wolle. Sie redeten lange, im nachhinein konnte sie sich nicht mehr erinnern worüber, aber es war so leicht mit ihm. Schließlich mußte Tobias der Band beim Zusammenpacken helfen. Aber zuerst fragte er nach ihrer Telefonnummer. Agnes schwebte tagelang auf Wolken, bis sie einsah, daß er niemals anrufen würde.

Als sie ein paar Wochen später auf einem Plakat las, daß 50 Million Fortune auf einem Hof in Farsta spielen würde, nahm sie ihren Mut zusammen und ging hin. Sie war mindestens zehn Jahre älter als der Rest des dünngesäten Publikums. Erst erkannte er sie nicht, doch als er merkte, wer sie war, entschuldigte er sich, weil er nicht angerufen hatte. Er hätte den Zettel verloren. Nun sei er total froh, daß sie gekommen war. Und Agnes fühlte sich geschmeichelt, auch wenn er sie zweimal am Abend Anna nannte.

Danach verabredeten sie sich. Manchmal kam er mit seinen Kumpels von der Band in die Kneipe, wo sie arbeitete. Sie schmuggelte ihnen Freibier zu, so gut es ging, und Tobias zog sie immer auf seinen Schoß und küßte sie, während die anderen Gäste zusahen. Ganz angenehm war ihr das nicht, aber wie hätte sie nein sagen können? Tobias lachte nur über ihre Proteste und verabschiedete sie mit einem Klaps auf den Po.

Nach einem halben Jahr zog er bei ihr ein. Zumindest zeitweise. Manchmal wohnte er ein paar Wochen bei einem Freund, nicht weil es mit ihnen schlecht lief, sondern weil es ihm dann einfach in den Kram paßte. So war er eben. Selbstsicher, dachte Agnes. Und obwohl sie seine Fluchtversuche mitunter als verdächtig empfand, wünschte sie sich manchmal, selbst auch so loslassen zu können. In den Tag hineinleben, nicht einen Monat im voraus Waschzeiten buchen und Rechnungen fristgerecht bezahlen. Darauf vertrauen, daß sich alles finden würde. Tobias brauchte keine feste Adresse, keine klaren Pläne. Er wollte selbst über sich und seine Zeit bestimmen. Und sie, die so ganz anders als Tobias war, ordentlich, organisiert, voller Pläne, hatte es manchmal schwer mit seiner Art. Anfangs gab es deshalb öfter Streit, aber Tobias blieb, wie er war. Statt dessen versuchte Agnes, das Beste daraus zu machen. Und in den letzten Jahren war sie deutlich gelassener geworden. Tobias war, wie er war. Es machte keinen Sinn, ihn verändern zu wollen. Er liebte sie, das war die Hauptsache.

Hatte sie geliebt.

Agnes strich mit dem Finger über Tobias' Wange auf dem Foto.

Das Telefon klingelte. Das konnte nur er sein! Doch er war es nicht. Madde war dran, sie hatte von den Eltern die Neuigkeit gehört.

»Dann habt ihr jetzt eine Auszeit vereinbart, oder wie?« fragte sie.

»Na ja ...« Agnes hatte die Wahrheit ein wenig verbogen, als sie den Eltern die Lage erklärt hatte. »Eigentlich müßte man wohl sagen, es ist eher so, daß er Schluß gemacht hat. Im Grunde.«

»Im Grunde? Versteh ich nicht. Hat er jetzt Schluß gemacht oder ist es nur eine Auszeit?«

Agnes schluckte. Ihr Magen krampfte. »Er hat Schluß gemacht«, sagte sie schließlich.

»Und warum, wenn man fragen darf?« Maddes Stimme wurde scharf.

Es half nichts, es gab nichts mehr zu beschönigen. »Er hat sich auf der Tournee in eine andere verliebt. Eine vom Chor.«

»Nein. Das ist nicht wahr, so ein Schwein!« Madde sagte es langsam, mit Nachdruck.

»Er ist kein Schwein, Madde. Man ist doch kein Schwein, weil man sich in jemand anderes verliebt, so etwas passiert einfach.« Agnes hielt es nicht aus, wenn jemand schlecht über Tobias sprach. Nicht einmal sich selbst gestand sie das zu. Er hatte sie zwar verlassen, aber sie liebte ihn immer noch.

»Er ist ein Schwein.« Madde wiederholte ihr Urteil. Noch nachdrücklicher dieses Mal. »Und weißt du, woher ich das weiß?« Sie fuhr fort, ohne auf eine Antwort zu warten. »Weil ein Typ, der fremdgeht, ein Schwein ist. Und ein Typ, der mehrmals fremdgeht, ist ein noch größeres Schwein. Das ist keine Frage der Definition. Das ist eine Tatsache.«

»So kannst du das nicht sagen«, versuchte Agnes sachte. »Du kennst ihn nicht so gut. Nicht richtig.« Madde verstummte für einen Moment, dann brach es aus ihr heraus.

»Soll ich dir sagen, wie gut ich ihn kenne, Agnes?« Sie machte eine Kunstpause, holte tief Luft und fuhr fort. »So gut, daß ich weiß, daß er die kleine Schwester seiner Freundin angemacht hat, als wir gemeinsam Weihnachten gefeiert haben ...«

»Hör auf.«

»Es tut mir leid, Agnes. Ich habe es nicht erzählt, weil ich wußte, wie verliebt du warst, aber es stimmt. Am Heiligen Abend, als du abends mit Mama in der Küche den Abwasch gemacht hast und Tobias mit mir in die Garage gehen sollte, um eine Mülltüte für das ganze Weihnachtspapier zu holen ... Er hat dort in der Garage versucht, mich zu küssen, Agnes.«

»Sei still!«

»Und das war nicht das erste Mal. Erinnerst du dich, als ich letztes Jahr auf deinem Geburtstagsfest war?«

»Ich will es nicht hören! Du denkst dir das aus!« Agnes schrie beinahe.

»Nein, Agnes, das tue ich nicht. So etwas ist eine ernste Sache. Er hat gefragt, ob ich nicht ...«

Das war zuviel. Agnes knallte den Hörer auf und blieb mit dem Telefon auf dem Schoß wie angewurzelt sitzen. Bis ihr die Tränen kamen. Das konnte doch nicht wahr sein, ihre eigene Schwester... Die andere Geschichte war zu verkraften. Typische Eintagsfliege. So was passiert. Aber Madde... Das war etwas anderes. Sie wünschte, sie könnte Madde nachweisen, daß es gelogen war, aber sie wußte, daß das nicht stimmte. Madde hatte eine nahezu manische Veranlagung, immer die Wahrheit zu sagen. Wirklich eine recht ärgerliche Angewohnheit. Warst du beim Friseur? Sieht ja komisch aus! Es konnte bösartig klingen, war aber gar nicht so gemeint. Die Wahrheit zu sagen, war Maddes Bestimmung. Daß sie die Sache mit Tobias so lange für sich behalten hatte, war sensationell.

Schließlich legte Agnes das Telefon zur Seite. Dann drehte sie das Foto, das sie noch immer im Arm hielt, um, legte es mit der Rückseite nach oben aufs Bett und begann zielstrebig, die kleinen Metallklammern aus dem Rahmen herauszufummeln. Ein letzter Blick, dann griff sie das Bild an den Kanten und riß es mitten durch. Sie riß und riß, bis die Stücke kaum größer als Konfetti waren. Dann sammelte sie die Reste ein und trug sie ins Badezimmer.

Es war nicht leicht, sie hinunterzuspülen. Sie waren glatt und sanken nicht nach unten, aber nach der vierten Spülung waren fast alle verschwunden. Nur ein winzig kleines Stück schwamm noch an der Oberfläche. Agnes ging in den Flur und schaute in den Spiegel. Jetzt ist es genug, sagte sie laut zu sich selbst. Auf zu neuen Ufern.

Aha ... Frau Edin. Wo haben Sie denn während der letzten ... äh, sieben Monate gearbeitet?« Leif Grönberg blätterte in seinen Unterlagen, während er die Antwort erwartete. Agnes schluckte. Augen zu und durch.

»Im Bateau bleu.«

Grönberg schien unbeeindruckt. Der Name sagte ihm offensichtlich gar nichts. Agnes wunderte das nicht. Leif Grönberg sah nicht gerade aus wie jemand, der sich in der gehobenen Gastronomie bewegte.

»Und warum haben Sie dort aufgehört?« Er sah von seinen Papieren auf. Die Brille auf der Nase war ihm nach unten gerutscht. Er schob sie zurück an ihren Platz.

»Ich ... wir ...« Sie wußte nicht, wie sie anfangen sollte. Der Mann auf der anderen Seite des Tisches zupfte unterdessen kleine Knötchen vom Ärmel seines selbstgestrickten Pullovers. Er schien es nicht eilig zu haben. Agnes setzte erneut an. »Es gab Schwierigkeiten mit meinem Chef.«

»Aha.« Leif Grönberg sah auf. Agnes hatte den Eindruck, als hätte ihre Antwort ihn ein bißchen aus seiner Lethargie gerissen. Er legte den Kopf etwas schräg. »Ist Ihnen das schon häufiger passiert?«

Agnes begann zu schwitzen, darüber wollte sie wirklich nicht reden. »Nein.«

Das war die Wahrheit. Sie hatte zwar oft die Stelle gewechselt, aber das war üblich in der Branche. Restaurants öffnen und schließen. Und das Personal kommt und geht. Ihr war noch nie gekündigt worden. Im Gegenteil, ihre Chefs hielten immer viel von ihr. Sie war pünktlich, erledigte ihre Arbeit schnell und ordentlich, zeigte Eigeninitiative und die Bereitschaft zu Überstunden. Sogar zu unbezahlten. Das Ereignis im Bateau bleu war einmalig. Sie schaute Leif Grönberg ins Gesicht. Seine Brille war schon wieder heruntergerutscht. Er sollte die Fassung wechseln, seit 1984 hatte sich auch in der Brillenmode einiges getan. Wenn Madde hier gewesen wäre, hätte sie es ihm vermutlich ins Gesicht gesagt. Er nickte langsam, machte aber nicht den Eindruck, als würde er ihr Glauben schenken.

»Hören Sie, es wäre gut, wenn wir offen miteinander reden. Das erhöht die Chancen, eine Stelle für Sie zu finden.« So eine Beleidigung! Agnes rutschte hin und her. Der Besucherstuhl auf der anderen Seite von Leif Grönbergs Schreibtisch war unbequem.

»Sie können ja einen Blick in meine Zeugnisse werfen, wenn Sie meine Qualifikation anzweifeln«, murmelte sie und schaute auf ihre Hände, die sie in den Schoß gelegt hatte.

»Aber ich bitte Sie!« Grönberg machte mit den Händen eine theatralische Geste. »Ich bin hier, um Ihnen zu helfen! Was ich meine, ist, daß es einfacher ist, den richtigen Job für Sie zu finden, wenn ich genau informiert bin.« Wie genau, dachte Agnes. Wollen Sie vielleicht sechs Worte für »Hure« auf Französisch wissen oder soll ich Ihnen erklären, wie es klingt, wenn einer der kostbarsten Jahrgangsweine der Welt auf einem Steinboden zerschellt? Leif Grönberg schien kein Talent als Gedankenleser zu haben. Statt dessen begann er, seine Tastatur zu bearbeiten. »Dann schauen wir doch mal, was wir für Sie haben«, seufzte er und drückte auf Enter. Seine Enttäuschung konnte er kaum verbergen. Die Leute wollten nur die Stellenangebote haben. An einem Gespräch war niemand mehr interessiert. »So«, er strahlte schon wieder. »Das sieht doch gut aus!« Sechzehn Treffer. Er scrollte die Liste durch. »Dann schauen wir mal ... Barkeeper, Barkeeper, Souschef, Küchenmeister ... und hier ist eine Stelle als Bedienung! Stavros Taverne in Högdalen sucht eine Bedienung, gern mit Berufserfahrung. Klingt doch nicht schlecht?«

Gern mit Berufserfahrung, das hieß verschlüsselt in der Branche junges Mädchen mit großer Oberweite oder hübschen Beinen. Agnes qualifizierte sich in der Regel für die zweite Kategorie. Aber der letzte Job dieser Art lag schon lange zurück.

»Gibt es noch etwas anderes?« fragte sie. Grönberg machte ein unzufriedenes Gesicht, suchte aber brav weiter.

»Hier. The old wreck in der Södermangata sucht eine Bedienung. Kneipengerichte, Bierausschank ...«

Agnes wußte genau, wovon er sprach. Nikotinvergiftung und direkter Draht zur nächsten Polizeiwache. Nein danke, keinen Kneipenjob. So verzweifelt war sie nicht. Noch nicht.

Da war sogar Stavros Taverne besser. Grönberg suchte weiter. Er ging noch einige Gaststätten durch, die Personal im Service brauchten. Indian Curry House, O'Harry's, Pizza Hut ... Er versuchte sogar, ihr eine Stelle als Frühstückswirtin in einer Pension auf Värmdö anzudrehen. Arbeitszeiten: 04.30 bis 12.00 Uhr. Dienstwohnung möglich. Agnes lehnte ab.

»Gibt es keine Angebote für Oberkellner?« fragte sie, als sie die Zettel entgegennahm, die Grönberg vom Drucker aus dem Gang geholt hatte. Die Anzeige von Stavros Taverne lag ganz oben auf dem Stapel.

»Oberkellner?« Leif Grönberg schob die Brille hoch und setzte sich wieder. »In Ihren Unterlagen habe ich nichts davon gesehen.« Agnes hatte nicht die geringste Lust, ihm die Zusammenhänge zu erklären.

»Vielleicht können Sie trotzdem mal nachschauen.«

»Ja, natürlich ...« Grönberg zupfte noch einige Knöllchen von seinem Ärmel, ehe er weitermachte. »Sieht schlecht aus ... Mmh, na ja, aber siehe da! Hier haben wir etwas. Oberkellner gesucht im Bateau bleu. Klingt französisch ... Wäre das etwas?« Er schaute zu Agnes über den Rand seiner Brillenkante. »Ich drucke es Ihnen auf jeden Fall einmal aus.« Er drückte einen Knopf auf dem Computertisch und machte sich dann wieder auf den Weg. Sie hörte das Schlurfen seiner Birkenstocks, während sie zu dem Schluß kam, daß sie auf ihren Arbeitsvermittler keinen größeren Eindruck gemacht haben konnte. Oder sein Kurzzeitgedächtnis war einfach nur grottenschlecht.

Grönberg kam zurück ins Zimmer. »Man soll sich offensichtlich mit Foto bewerben«, sagte er und reichte ihr die Unterlagen. Agnes überlegte für einen Moment, ob sie ihm erklären solle, warum. Daß Gérard Cabrol keine Zeit damit verschwenden wollte, Frauen zu Bewerbungsgesprächen einzuladen, die er unattraktiv fand. Sie beschloß, es zu lassen. Leif Grönberg hatte sicherlich seit 1969 für die Gleichberechtigung der Frau gekämpft. Er würde es wohl kaum verstehen, daß es noch immer Männer gab, die Frauen nach ihrem Aussehen beurteilten.

Agnes bedankte sich für die Ausdrucke und nahm die gestempelte Karte vom Tisch, ihr Nachweis, daß sie offiziell arbeitslos gemeldet war. Grönberg wünschte ihr viel Glück bei der Stellensuche, machte aber zur Sicherheit einen neuen Termin mit ihr einen Monat später.

»Wenn Sie vorher eine Arbeit finden, wäre ich Ihnen dankbar, wenn Sie Bescheid geben.« Agnes nickte und verabschiedete sich. Dann verließ sie Leif Grönbergs engen kleinen Dienstraum, überzeugter denn je, daß die Zukunft alles andere als rosig war.

Agnes hatte sich in einem Café an der Ecke niedergelassen. Vorsichtig nippte sie an ihrem Latte macchiato und schaute aus dem Fenster. Es war kalt draußen, aus Januar war Februar geworden, und der Schnee lag in einer dicken Schicht auf den Dächern. Das sah lebensgefährlich aus, vermutlich war es das auch. Überall hatten die Hauseigentümer Warnschilder auf den Gehwegen aufgestellt. *Vorsicht Dachlawinen!* Die Fußgänger, denen die Gefahr bewußt war, mußten sich die Straße mit den Autos teilen. Auch nicht ganz ungefährlich. Agnes wärmte ihre Hände am Glas, sie hatte ihre neuen Lederhandschuhe in der U-Bahn liegengelassen.

Als das Handy klingelte, holte sie es aus der Tasche ihres alten Dufflecoats. Es war Lussan, von unterwegs. Wie immer unter Strom.

»Du, nur ganz kurz. In vier Minuten muß ich in der Hälsingegata sein ...«

»Wo bist du denn gerade?«

»Im Sveaväg.« Lussan war atemlos, sie lief schnell. Agnes konnte sie vor sich sehen. Das kurze, dunkle Haar im Fahrtwind zerzaust, die rotgeschminkten Lippen, die energischen Schritte auf ihren hochhackigen Stiefeln. Sie kompensierten ihre geringe Körpergröße. »Ich dachte gerade, wir könnten uns heute abend vielleicht treffen?«

»Klar, gerne.« Einsame Abende hatte es in letzter Zeit genug gegeben.

»Soll ich zu dir kommen? Ich kann eine Flasche Wein mitbringen.«

»Gut. Wann?«

»Gegen acht, vielleicht auch früher. Ich muß noch etwas ins Web stellen, aber das dürfte nicht so lange dauern.«

»Ich koche uns was.«

»Du bist ein Schatz. Wir sehen uns. Küßchen!«

Lussan legte auf, und Agnes stopfte das Handy zurück in die Manteltasche. Mit einemmal hatte sie ein schlechtes Gewissen, immerhin hatte sie Zeit, in einem Café zu sitzen und Löcher in die Luft zu starren, während offensichtlich alle anderen bei der Arbeit waren. Sie sah sich im Lokal um. Mütter mit Babys, ein paar Jugendliche, vermutlich Studenten. Und dann sie, die arbeitslos war. Arbeitssuchend. *In between jobs.*

Als sie ihren Kaffee ausgetrunken hatte, nahm sie die U-Bahn zurück nach Aspudden. Bei Edeka stieg sie aus und kaufte Gemüse. Heute abend wollte sie Suppe kochen. Das Geld wurde schon knapp. Sie hatte sich nicht getraut, im Bateau bleu nach ihrem letzten Lohn zu fragen. Es war nicht die passende Situation gewesen, um mit Gérard über Geld zu sprechen, während sie durch einen Dreißigtausend-Kronen-Wein im Keller wateten. Und eine andere Gelegenheit hatte sich in der Folge nicht ergeben ... Den ausstehenden Lohn mußte sie wohl als eine Art Wiedergutmachung für die Weinflasche ansehen, eine Teilzahlung. Den anderen Teil hatte sie bereits bezahlt, dachte sie sich. In natura.

Sie stellte die Einkaufstüte auf dem schneebedeckten Gehweg vor dem fleckigen rosafarbenen Wohnhaus ab. Sie gab den Türcode ein und hörte das Klicken. Geübt schob sie die Tür mit einer Schulter auf. Sie war müde, die Tüte war schwer, und sie fluchte, als sie sah, wie sich die Gittertür zum

Fahrstuhl in dem Moment schloß und er sich mit einem Ruck langsam in Bewegung setzte. Mist, auch das noch! Aus einem Augenwinkel erkannte sie darin noch den Rücken ihres neuen Nachbarn. »Super, vielen Dank fürs Warten«, murmelte sie ihm nach, bevor sie die Treppen hochstieg. Er stand im zweiten Stock und suchte nach seinem Wohnungstürschlüssel. Er hatte sie vermutlich weder gehört noch gesehen, denn er machte ein überraschtes Gesicht, als er sich umdrehte.

»Hallo«, sagte er freundlich. Dann erkannte er sie wieder und lächelte ein wenig nervös. »Tut mir wirklich leid, die Sache mit der Waschküche.«

Agnes glotzte ihn an und grinste, eher unfreiwillig. Er trug eine gigantische Pelzmütze auf dem Kopf, und die Ohrenschützer standen wie Pippi-Langstrumpf-Zöpfe in beide Richtungen ab. Dieses Modell hätte einem sibirischen Eisenbahnarbeiter besser gestanden.

Sie nickte ihm zu, als sie an ihm vorbeimarschierte und die nächste Treppe ansteuerte. Hinter sich hörte sie, wie er seine Tür öffnete und wieder ins Schloß fallen ließ.

Agnes trat ein und begann, ihren Einkauf auszupacken. Zwiebeln, Mohrrüben, Kartoffeln, zwei Liter fettarme Milch, Joghurt, Crème fraîche, Brot, Knoblauchkäse. Zwei Daim, man brauchte ja auch einen Nachtisch.

Kurz vor acht erschien Lussan. Agnes hatte den Tisch in der kleinen, gelbgestrichenen Küche gedeckt, eine Tischdecke mit roten Elefanten aufgelegt – eigentlich ein Sari ihrer Tante Gullan –, sie hatte die Deckenlampe ausgemacht und eine Menge kleiner Kerzen in bunten Gläsern hingestellt. Die Suppe auf dem Herd war fertig und das Baguette zum Aufbacken im Ofen.

»Du hast es aber gemütlich gemacht!« Lussan zog einen Zinfandel aus der Tasche. »Paßt Rotwein zum Essen?«

»Ganz ausgezeichnet, aber es gibt nur eine kleine Suppe«, entschuldigte sich Agnes, während sie Lussan den Korkenzieher reichte. Dann schöpfte sie Suppe in die tiefen Teller. Wie schön das aussah, ihre gelbe Farbe auf dem weißen Porzellan. Sie gab noch ein bißchen glattgerührte Crème fraîche darüber, garnierte mit ein paar Blättern Basilikum und stellte Lussan den Teller vor die Nase.

»Du bist gut, nur eine kleine Suppe, bei mir heißt das Fertignudeln in einer Plastiktasse. Das hier ist ja eine Mahlzeit!« rief Lussan. »Und es sieht professionell aus, du arbeitest wohl in einem Restaurant?« Sie lachte, öffnete die Flasche mit einem Plopp und schenkte Wein in die Gläser.

»Arbeitete, meine Liebe. Arbeitete.«

»Ja, klar, aber das ist doch nur eine Frage der Zeit, oder?«

»Bis ich die Stelle in Stavros Taverne annehme, meinst du?«

»Welche Taverne?«

»Ach, vergiß es, ich war heute beim Arbeitsamt. Nicht gerade ermutigend.«

»Das soll es auch nicht sein. Du gehörst jetzt zu dem Teil der Gesellschaft, der dem anderen auf der Tasche liegt, und das sollst du zu spüren bekommen.« Lussan mußte lachen. »Ich bin sicher, daß sich das bald regelt. Es sind gerade mal zwei Wochen vergangen.«

»Drei.«

»Okay, das ist trotzdem keine Zeit. Und bis dahin verspreche ich dir, daß du von uns, der anderen Hälfte der Gesellschaft, die in Lohn und Brot steht, schmarotzen darfst.« Sie nahm einen Löffel Suppe. »Mein Gott, deine Suppe! Sie schmeckt wunderbar! Was ist da drin?«

»Nur ein bißchen Gemüse.«

»Ja, aber da ist noch etwas anderes ...«

»Fenchel und eine Zimtstange.«

»Aha. Darauf wäre ich nie im Leben gekommen. Superlekker. Prost!«

»Prost!«

Sie aßen und tranken eine Weile, und Lussan erzählte von ihrem Tag. Vier Meetings, zwei Vorträge und eine Vertragsunterschrift. Außerdem hatte sie zwei Wohnungen begutachtet, eine im Stadtteil Gärdet, die andere in Midsommarkransen, und zudem noch vier neue Objekte ins Netz gestellt.

»Macht dich der Streß nicht völlig kaputt?« Agnes spürte wieder ihr schlechtes Gewissen anklopfen. Was hatte sie selbst getan? War beim Arbeitsamt gewesen, hatte Latte macchiato getrunken und Suppe gekocht.

»Doch, vermutlich schon.« Lussan leerte ihr Glas und schenkte nach.

»Aber es macht auch Spaß. Und bringt Kohle.« Sie lachte. »Wie läuft es denn mit Tobi? Oder besser gesagt, ohne ihn. Du hast ihn doch nicht angerufen?« Lussan sah Agnes scharf an.

»Nein. Hab ich nicht.«

»Super!« Lussan applaudierte.

»Ich habe beschlossen, daß das Maß voll ist.«

»Endlich. Darauf trinken wir!« Lussan hatte noch nie versucht, ihre mangelnde Begeisterung für Agnes' Freund zu verbergen. »Wie kam es zu diesem Sinneswandel? Ich meine, von außen betrachtet hatte es ja nur den Anschein, als ob sich die Geschichte ständig wiederholt ...«

»Schon möglich«, antwortete Agnes kurz. Sie hatte zwar eine Entscheidung getroffen, aber das hieß nicht, daß es anderen Leuten zustand, auf ihrer Beziehung mit Tobias herumzutrampeln. Selbst Lussan nicht.

»Ach komm schon, Agnes. So im nachhinein mußt du doch zugeben, daß er sich dir gegenüber wie ein Schwein benommen hat.«

»Nein, das sehe ich nicht so. Und ich habe nicht die geringste Lust, das jetzt mit dir zu diskutieren. Ich weiß, was du von Tobias hältst. Aber ich war mit ihm mehr als vier Jahre zusammen, und ich liebe ihn schließl...« Agnes stoppte. »Und ich habe ihn schließlich geliebt, ob du es glaubst oder nicht.«

Lussan seufzte. Was konnte die gescheite, gute, schöne Agnes nur an diesem in die Jahre gekommenen Teenie finden, der sie wie eine Zwanzig-Kronen-Fußmatte von IKEA behandelte? Er sah nicht einmal gut aus, aber klar, das war Lussans Meinung. Viele würden dagegenhalten. Sie selbst stand auf Typen wie Clark Kent. Gut gebaut, Brille, mit maßgeschneiderten Klamotten von Hugo Boss oder Tiger. Das Problem war nur, daß die dünn gesät waren. Wahrscheinlich gab es davon mehr in Manhattans Telefonzellen als unter den Wohnungsmaklern in Stockholm. Lussan schniefte. Tobias ... ein Rocker in Leder mit viel zu dünnen Beinen und einer ausgeprägten Angewohnheit, auf Partys nicht zu tanzen, sondern Luftgitarre zu spielen. Nein, danke. Sie konnte ihre Freundin nur beglückwünschen, daß er auf so eine niederträchtige Art mit ihr Schluß gemacht hatte, daß dieses Mal selbst Agnes nicht bereit war, ihm zu verzeihen. Es war an der Zeit.

Agnes räumte den Tisch ab, und Lussan schenkte den restlichen Wein ein.

»Hast du keinen Wein mehr? Ich hätte wohl zwei Flaschen kaufen sollen, blöd von mir.«

»Nein, tut mir leid. Willst du Tee oder Kaffee?«

»Kaffee.«

»Vielleicht habe ich noch einen Schluck Whisky, wie wär's damit?«

»Sehr gerne.«

Agnes nahm die Flasche aus dem Schrank, goß etwas in ein Glas und reichte es Lussan.

»Danke, willst du keinen?«

»Nein, Whisky ist nicht so mein Fall.«

»Warum steht der dann bei dir?«

»Tobias trinkt ihn gern. Bourbon ...«

»Dann ist das seine Flasche?«

»Na ja, genaugenommen gehört sie mir. Ich habe sie gekauft.«

»Und er hat ihn getrunken? Tolle Rollenverteilung ...«

»Lussan!«

»Entschuldigung ...« Lussan zuckte mit den Schultern, um

zu zeigen, daß sie jetzt Ruhe gab. Das folgende Grinsen sprach jedoch eine andere Sprache. Sie wies auf die Flasche, die Agnes noch immer in der Hand hielt. »Schenk mir den Rest ein, dann übernehme ich persönlich die Verantwortung dafür, den Geist dieses Rockers aus dem Haus zu vertreiben!«

»Das sind mindestens hundert Milliliter!« Agnes hielt die Flasche mit den vier Rosen darauf hoch und schaute Lussan zweifelnd an.

»Ich opfere mich, was tut man nicht alles für seine beste Freundin. Her mit dem Trank!« Sie nahm Agnes die Flasche aus der Hand und goß den Inhalt in ihr Glas. »Du bist sicher, daß du nichts willst?«

»Ganz sicher.«

»Also. Tobi, adieu. Wenn wir uns das nächste Mal begegnen, bist du zu Urin geworden. Das ist doch eine schöne Abwechslung, du Scheißkerl!« Lussan zog eine Grimasse, als sie den Whisky auf ex herunterschluckte. Agnes konnte nicht anders, sie mußte lachen.

»Weißt du, Agnes, was du jetzt brauchst?«

»Nein.«

»Sex.«

»Hör bloß auf, du klingst wie diese Hysterikerin in ›Sex and the City‹!« Agnes war stolz, nach drei Wochen Arbeitslosigkeit konnte sie endlich auch mit Kenntnissen aus Fernsehserien aufwarten.

»Ich nehme das als Kompliment.«

»So war das nicht gemeint.«

»Ich weiß. Gerade deshalb brauchst du Sex. Um die Reste von Tobias' Nietengürtel aus dem System zu streichen.«

»Ich bin schon fertig damit.«

»Ha! Ich kenne dich. Du bist *nicht* fertig damit. Nicht bevor du nicht mit einem neuen Mann im Bett warst.«

»Ich will keinen neuen Mann. Jedenfalls im Augenblick nicht. Ich will dem, den ich gerade losgeworden bin, einfach in Ruhe hinterhertrauern.«

»Das eine schließt das andere ja nicht aus. Im Gegenteil. Außerdem rede ich nicht von einer neuen Beziehung, ich meine etwas ohne Probleme, unkompliziert ...«

»Ja, danke! Habe verstanden!«

»Gut, bist du bereit, eine Runde durch die Stadt zu drehen?«

»Nein, kein bißchen.«

Lussan seufzte. »Du hättest den Whisky mit mir teilen sollen ...«

»Ich habe eine Flasche Wein mit dir geteilt. Das ist mehr als genug.«

»Offensichtlich nicht. Kann ich dich wirklich nicht überreden?«

»Nein. Wenn ich irgendwohin gehe, dann ins Bett. Solltest du das nicht vielleicht auch tun? Mußt du morgen nicht arbeiten?«

»Natürlich muß ich arbeiten. Aber leben muß man doch auch irgendwann.«

»Ich lebe so ganz gut.«

»Das glaubst du nur. Weil du die Alternative nicht mehr kennst. Aber am Samstag gehen wir aus.«

»Können wir nicht lieber Sonntag sagen. Dann sind nicht so viele Leute unterwegs.«

»Aber, liebe Agnes, hast du es immer noch nicht kapiert? Für diese Angelegenheit brauchen wir nicht *weniger* Leute, sondern *mehr*. Das erhöht die Chancen!«

»Okay, okay, also Samstag. Aber das mit dem Sex kannst du vergessen. Wir können etwas trinken gehen, mehr nicht.«

»Ja, wenn du meinst. Kein Problem.« Lussan grinste, dann sah sie auf die Uhr. »Viertel nach elf. Jetzt muß ich aber nach Hause.«

Agnes gähnte. »Ja, ich bin auch ganz schön müde.«

Lussan stand auf und ging in den Flur, um sich anzuziehen. Als sie die Knöpfe ihrer kurzen, figurbetonten Jacke geschlossen und den Reißverschluß an ihren Stiefeln hochgezogen hatte, nahm sie Agnes in den Arm und gab ihr einen Kuß auf die Wange. »Jetzt schlaf schön, Kleine, und danke für das lekkere Essen. Und denk an Samstag. Dann hast du endlich wieder Sex.«

»Drinks.«

»Ja, genau. Drinks und Sex.«

Hallo Mama, ich bin's!«

»Agnes, wie schön, endlich! Ich weiß gar nicht, wie oft ich auf deinen Anrufbeantworter gesprochen habe. Ist er kaputt?« Sie wartete keine Antwort ab. »Wie geht es dir? Wir haben so viel an dich gedacht. Hast du schon eine neue Arbeit? Und ist Tobias zurückgekommen?«

»Mama, immer der Reihe nach!«

»Ach, tut mir leid, Papa und ich haben uns nur solche Sorgen gemacht. Wie geht es dir denn?«

»Mir geht es gut.«

»Wirklich?«

»Bin nur ein bißchen erkältet.«

»Du Arme.«

»Nein, kein Problem.«

»Und mit der Arbeit?«

»Da wird sich schon bald eine Lösung finden.« Sie wollte ihre Eltern nicht beunruhigen, die hatten ihre eigenen Probleme. »Ich bewerbe mich gerade auf verschiedene Stellen.« Was nicht stimmte, denn sie hatte es noch nicht übers Herz gebracht, bei einem der Restaurants anzurufen, die Leif Grönberg ihr herausgepickt hatte.

»Na, prima, dann ist es ja nur eine Frage der Zeit. Du bist doch so fleißig! Du wirst sehen, am Ende hast du die Wahl.«

»Mmh, vielleicht.«

»Und Tobias?«

»Unverändert.«

»Also ist er nicht ...«

»Nein.« Agnes holte tief Luft. »Und ehrlich gesagt, glaube ich auch nicht, daß er das tut.«

»Aber was sagst du da? Er wird doch zurückkommen? Das macht man doch heute so, eine Auszeit nehmen. Wahrscheinlich brauchte er ein bißchen Zeit für sich, glaubst du nicht?« Es war schon rührend zu hören, wie Agnes' Mutter ihn verteidigte. Tatsächlich war sie die einzige in ihrem Umfeld, die das tat. Er hatte sie mit seinem Charme völlig eingewickelt. Agnes hatte das nie richtig verstanden. Er sah kaum aus wie der Traum aller Schwiegermütter, aber Maud war dahingeschmolzen wie Eis in der Sonne, als Agnes ihn das erste Mal mit nach Hause brachte. Vielleicht lag es daran, daß er eine Stunde mit ihr im Garten verbracht und sie gemeinsam über Seifenlauge bei Blattläusen diskutiert hatten. Warum er sich damit auskannte, war Agnes schleierhaft, aber er konnte dem Gespräch wohl immerhin so weit folgen, daß Maud ihn in ihr Herz schloß. Sie backte sogar Kokoskekse extra für ihn, wenn er zu Besuch kam.

»Mama, ich glaube nicht, daß er zurückkommen wird. Und wenn er es täte, weiß ich nicht, ob er bei mir willkommen wäre.« So, jetzt war es raus. Stille in der Leitung. Agnes konnte nahezu hören, wie ihre Mutter diese Nachricht verdaute.

»Gibt es nichts, was ich für dich tun kann?« fragte sie schließlich.

»Nein, Mama, gar nichts. Und jetzt hören wir auf, über Tobias zu reden. Erzähl doch mal, wie es euch geht.«

Maud seufzte enttäuscht, ließ sich aber auf den Themenwechsel ein. »Ja, gestern haben wir unseren letzten Arbeitstag gehabt. Wir waren mehr als fünfzig Arbeiter, die sich für die Frühpensionierung entschieden hatten. Wir haben uns im Speisesaal versammelt, dann wurden Reden gehalten und man dankte uns für unseren Einsatz für die Firma. Und anschließend gab es Kaffee und Kuchen.«

»Und das war alles?«

»Ja …« Maud zögerte. »Was hättest du denn erwartet?«

»Keine Ahnung ... Klingt alles so unwirklich. Was passiert mit den anderen?«

»Manche arbeiten noch drei Monate, andere sechs. Dann hören sie auch auf.«

»Und dann wird das Werk geschlossen?«

»Ja.«

»Und was macht ihr beide jetzt?«

»Wir besuchen einen Kurs.«

»Einen Kurs?«

»Ja, am Montag fangen Papa und ich einen Computerkurs an. Haben wir das nicht erzählt, als du da warst?«

»Nein, nur allgemein von der Möglichkeit, Fortbildungen zu besuchen. Aber kennt ihr euch denn mit Computern aus?«

»Nein, gerade deshalb.«

»Aber ihr habt doch gar keinen Computer zu Hause.«

»Jetzt haben wir einen. Gestern haben Sven und ich einen gekauft, die Firma hat die Hälfte dazugelegt. Er steht unten im Hobbykeller, er ist wirklich schön!« Agnes fehlten die Worte. Wie *schön* konnte ein Computer sein? Und was wollten ihre Eltern damit? Ihre Mutter fand doch schon ein Tastentelefon kompliziert, würde sie wirklich lernen, mit Windows umzugehen?

»Und wofür habt ihr den?«

»Na, da ist doch die Sache mit dem Internet zum Beispiel. Das scheint doch sehr spannend zu sein.« *Spannend?* Ihre Mutter fand das Internet spannend. Was wußte sie schon davon? Ob darüber etwas in der Edeka-Zeitung stand? Agnes hatte keine Ahnung, sie hatte das Blatt lange nicht gelesen. Vielleicht war es mittlerweile anders, vielleicht waren in der Mitte auch nackte Frauen abgebildet. IT-Spalte und Porno. Das mußte sie sich mal ansehen, vielleicht war das jetzt nichts mehr für ihre Eltern.

»Aha, dann wollt ihr also lernen, wie man im Internet surft?« antwortete sie skeptisch.

»Surfen, heißt das so? Ja, ich habe das schon öfter bei Madde und Jonas gesehen. Jonas war übrigens da und hat uns bei der Installation geholfen. Hunderte von Kabeln! Jetzt können wir uns bald E-Mails schicken. Das wär doch was!«

Agnes schielte auf ihren eigenen Rechner. Sie hatte Lussans alten übernommen, als sie sich letztes Jahr einen neuen gekauft hatte. Das war kein schnelles Gerät, keine Rede von surfen. Man konnte gerade so mitschwimmen im Cyberspace. Agnes benutzte ihn nicht oft, hin und wieder eine E-Mail. Aber mit ihren Eltern per E-Mail zu kommunizieren klang ebenso unwirklich, als würde Maud am Sonntag zu einem mongolischen Barbecue einladen.

Sie redeten noch eine Weile. Agnes erfuhr, daß Madde sich sehr hübsche Locken hat machen lassen, daß Tante Gullan nun einen Termin für die Operation ihrer Krampfadern bekommen hatte und deshalb für eine Woche aus Marbella zurückkommen mußte, wo sie die Winter verbrachte, daß Fjellners nach Lanzarote geflogen sind und daß nun Schneeglöckchen an der Garagenwand blühten. Dann nahm Sven den Hörer und wechselte ein paar Worte mit seiner ältesten Tochter.

Agnes versuchte, Anzeichen von Trübsal, Sorgen, Depression oder zumindest einer gewissen Niedergeschlagenheit herauszuhören, aber nichts dergleichen. Maud und Sven wirkten kein bißchen betrübt. Sie konnte das nicht verstehen. Müßte so eine Kündigung nicht tiefe Spuren hinterlassen? Aber vielleicht war das noch der Schock. Vielleicht käme es später, nach Wochen, oder Monaten. Wenn sie begriffen, daß es ein für allemal vorbei war. Daß sie nie mehr die Gittertore des Werkes passieren würden, Sigge und Eklund im Wachhaus grüßen und den blauen Schutzmantel in dem mit Tüpfelchen bemalten Umkleideraum überstreifen würden. Na ja, sie würden sich daran gewöhnen, Tag um Tag. Sie hatten immerhin sich.

Also beendeten sie das Gespräch, indem sie Küßchen und Umarmungen durch die Leitung schickten und Agnes versprechen mußte, sie bald wieder zu besuchen.

Dann war es an der Zeit, sich zurechtzumachen. Agnes sprang unter die Dusche und wusch sich gründlich die Haare, sie ließ den Balsam drei Minuten einwirken und rieb ihren Körper mit Peeling ab. Die Haut wurde von dem heißen Wasser und den Körnchen in der Creme ganz rosa. Schließlich rasierte sie sich die Achseln, obwohl sie etwas Langärmliges anziehen wollte. Dann stieg sie aus der Dusche, trocknete sich ab und cremte sich mit Körperlotion ein. Zögerte einen Augenblick, tupfte dann aber ein paar winzige Tröpfchen Parfum hinter die Ohrläppchen.

Sie hatte den ganzen Tag noch keine Lust gehabt auszugehen, gar keine, lieber wäre sie mit einer Tüte Käsestangen und einer Tasse Tee zu Hause geblieben. Das hätte zu ihrem Leben besser gepaßt. Aber jetzt spürte sie, daß sich etwas tat. Eine Art Vorfreude. Es war lange her, daß sie allein aus war. Ohne Tobias tat sie das nicht, und mit ihm wurde es nur selten etwas. Wenn er zu Hause war, wollte er am liebsten ausspannen. Partys hatte er durch seine Arbeit genug, sagte er immer. Für Agnes war das völlig in Ordnung, sie machte es sich viel lieber zu Hause gemütlich, als daß sie mit ihm in einer Kneipe stand und sie sich anschreien mußten wie zwei Fremde. Ein paar Tage, nachdem Tobias Schluß gemacht hatte, war sie mit Lussan weggewesen, aber da hatte sie die ganze Zeit in ihr Bier geheult, während Lussan versucht hatte, sie zu trösten. Was im wesentlichen darauf hinausgelaufen war, ihr vorzubeten, was Tobias für ein Scheißkerl war.

Sie war nun nicht gerade in Partystimmung, noch immer erwachte sie morgens und fragte sich, was aus ihrem Leben geworden war, aber immerhin brach sie nicht mehr im Fünf-Minuten-Takt in Tränen aus.

Agnes durchsuchte ihren Kleiderschrank. Sie entschied sich für die Filippa-K-Jeans und ein schwarzes Oberteil. Sie fand sich schick, aber nicht overdressed. Bevor sie ihre Haare über den Kopf fönte, dachte sie an einen Klecks extra strong Haarschaum. Das Resultat war großartig. So großartig, daß sie es mit etwas Wasser wieder in eine natürliche Form bringen mußte. Obwohl es mitten im Winter war, schienen ihre Haare wie von der Sonne aufgehellt, als ob sie gerade von einem Strandurlaub zurückgekommen wäre. Dunkler wurde es nie. Eigentlich hätte sie blaue Augen haben müssen, das hatte sie schon oft gedacht. Wie die anderen in der Familie. Das hätte besser zu ihrer hellen Haut und der Haarfarbe gepaßt. Sicher, ihre Augen waren nicht dunkelbraun, eher haselnußfarben, aber sie fiel aus dem Rahmen. Nur sie und Tante Gullan hatten die Augenfarbe von Agnes' Großmutter geerbt. Madde war neidisch, ihre Augen waren grau, mit Wohlwollen graugrün. Auf der anderen Seite waren ihre Haare dunkler, straßenköterblond nannte sie es selbst. Agnes sah das anders. Sie fand Madde niedlicher, mit der leichten Stupsnase und einem Gesicht, das im Juni von Sommersprossen übersät war.

Agnes war groß, sie selbst fand sich schlaksig. Als sie jünger war, hatte sie versucht, sich kleiner zu machen, um nicht überall die Größte zu sein. Die Schulkrankenschwester in der Schule hatte sie darüber aufgeklärt, daß sie das lassen müsse, sonst bekäme sie Probleme mit dem Rücken. Agnes fand das eine blöde Bemerkung, Probleme mit dem Rücken hatte sie doch schon. Er war einfach zu lang, genau wie ihre Beine, der Hals und die Arme. Die perfekte Model-Größe, hatte die Krankenschwester sie zu trösten versucht, doch was half das, wenn man vierzehn war und größer als alle Jungs in der Klasse. Hätte sie den Rücken gestreckt, wäre zudem noch aufgefallen, daß sie überhaupt keinen Busen hatte. Wenn sie sich jedoch leicht vornüberbeugte, gelang es ihr unter Umständen, ein paar pubertierenden Jungs weiszumachen, daß sich unter ihrem weit geschnittenen Pulli tatsächlich ziemlich spannende Dinge verbargen.

Agnes sah in den Spiegel. Jetzt war sie erwachsen, ein gutes Gefühl. Der Pony fiel ihr über die Augenbrauen, und die restlichen Haare zupfte sie mit Haarwachs ins schmale Gesicht.

Sie schminkte sich nicht besonders stark, ein bißchen Mascara, etwas Lipgloss. Wahrscheinlich könnte sie es sich leisten, die Augen und die hohen Wangenknochen stärker hervorzuheben, aber sie fühlte sich jedesmal unwohl, wenn sie es tat. Als würde das Gesicht nicht mehr zum Körper passen. Sie sah gut aus, das wußte sie, aber sie fiel nicht gern auf. Nicht wie Lussan.

Sie wollten sich bei Lussan zu Hause treffen und dann losziehen und die U-Bahn zum Fritidsplan nehmen. Die paar Meter zu ihrem Haus an der Sankt Eriksgata ging sie zu Fuß.

Lussan öffnete die Tür mit einem Drink in der Hand. Sie pfiff spontan, als sie Agnes erblickte.

»Hallo, hallo, Süße!« sagte sie fröhlich. Als Agnes den Dufflecoat abgelegt hatte, sah Lussan sie kritisch an und schüttelte den Kopf. »Du hast wirklich sehr schöne Sachen an, Agnes ...«, sagte sie mit einer Falte zwischen den Augenbrauen, »... für einen Tag bei der Arbeit. Willst du nicht einen Rock von mir leihen? Oder vielleicht ein Top, ich habe Unmengen!«

»Nein, danke dir.« Agnes schluckte. Klar, sie kam sich neben Lussan, die sich eindeutig zum Ausgehen angezogen hatte, ein bißchen farblos vor. Lussan trug einen kurzen Rock, unter der Lederjacke ein Shirt mit weitem Ausschnitt, gemusterte Strümpfe und tiefroten Lippenstift, aber so war es eben. Offensichtlich hatten sie unterschiedliche Absichten. Agnes bekam ein Glas in die Hand gedrückt und hustete gleich beim ersten Schluck.

»Versuchst du mich abzufüllen, bevor wir überhaupt losgehen?«

Lussan tat beleidigt.

»Magst du meinen Gin nicht, gut, dann sei eben spießig. Im Kühlschrank steht Wasser.« Agnes ging in die Küche und füllte ihr Glas mit Limonade auf. Lussan flitzte in ihrer chaotischen Wohnung hin und her, perfektionierte ihr Make-up, suchte Ohrringe aus, machte sie wieder ab, holte sich noch einen Drink, probierte Stiefel an und sprach ununterbrochen. Ausgezogene Kleider lagen stapelweise auf den Stühlen und dem Boden, und das Badezimmer konnte man vor lauter Klamotten kaum noch betreten. So sehr Lussan sich um ihr Aussehen kümmerte, so wenig interessierte sie sich für ihre Wohnung.

Als erstes hatten sie sich eine neueröffnete Kneipe in Gamla Stan vorgenommen, das war Lussans Idee. Danach dachte sie an eine Tour durch die Clubs in der Innenstadt. War das okay? Agnes nickte. Der Gedanke an Tee und Käsestangen zu Hause auf dem Sofa erschien ihr nun immer abwegiger.

Schließlich waren sie fertig. Es war mittlerweile fast halb zehn geworden, und sie nahmen ein Taxi in die Gamla Stan. Lussan bezahlte. »Der Abend geht auf meine Rechnung«, stellte sie klar. Agnes wollte protestieren. »Ich verdiene Geld, und das nicht wenig. Du bist arbeitslos. Da gibt es nichts zu diskutieren!«

Sobald sie in das verrauchte Lokal kamen, sank Agnes' Mut. Dichtgedrängt standen die Leute, redeten laut und lachten. Alle schienen zu wissen, warum sie da waren. Agnes kam sich wie ein Alien vor. Fast reflexartig überflog ihr Auge die Leute an der Bar, sie mußte wissen, ob Tobias dort irgendwo saß. Er war nicht da. Er sollte auch gar nicht da sein. Sie war Single, vogelfrei. Und einsam, verdammt einsam.

Lussan packte sie am Arm. »Wart's ab, das wird schon klappen.« Sie lächelte Agnes an. »Übung macht den Meister. Komm, wir holen uns was zu trinken. Was willst du?«

»Einen Cosmopolitan.«

»Bin gleich wieder da.« Lussan verschwand, und Agnes blieb an der Tür etwas unbeholfen stehen. Sie zog den Mantel aus und hängte ihn an der Garderobe auf. Wenn sie nun schon da war, sollte sie auch das Beste daraus machen. Sie versuchte, ein paar Typen, die an ihr vorbei auf dem Weg zur Toilette waren, anzulächeln. Die bemerkten sie gar nicht. Dann tauchte Lussan wieder auf, beide Hände voll. »Komm, hier können wir nicht rumstehen.« Sie bahnte ihnen einen Weg und fand einen Platz in der Mitte des Lokals. Agnes sah sich um. Es war ganz schön, aber ein bißchen steril, so wie es in den Neunzigern in war. Abgesehen von den Blumensträußen im Fenster, die von der Einweihung noch dort standen, gab es überhaupt keine Deko. Die Wände waren weiß. Keine Bilder, keine Farbakzente. In der Decke waren Lichtspots eingebaut. Die Bar und die Barhocker waren komplett aus Holz, einfach und schmucklos. Agnes mochte den skandinavischen Minimalismus nicht. Als hätte man Angst vor persönlichem Stil. Aber das Publikum hier schien sich wohl zu fühlen, und Lussan machte den Eindruck, als sei sie hier genau richtig. Es wimmelte von Männern im Anzug, obwohl Samstag abend war, also keine After-work-Party. Lussan beugte sich zu ihr herüber.

»Hast du den Typen in Nadelstreifen gesehen?« flüsterte sie und nickte diskret zu einem der Tische am Fenster. Agnes drehte den Kopf. Da saß ein Schwarzer mit rasiertem Kopf und lässig aufgeknöpftem Hemd unter dem Sakko und lachte in ein Handy, so daß die Zähne im Halbdunkel leuchteten. Sie nickte zurück.

»Sieht gut aus.«

»Und ist belegt«, seufzte Lussan, als seine Begleitung auf roten Stilettos mit einer Schale Erdnüsse in der Hand zurückgetrippelt kam. »Schade.« Eine Weile musterten sie die Leute. »Und der da«, fragte Lussan. »Guter Typ.« Agnes folgte Lussans Blick und entdeckte einen Mann an der Bar. Er stand dort allein und versuchte zu bestellen. Erfolglos, wie es aussah.

»Schwer zu sagen, ich sehe ja nur seinen Rücken.« Genau da drehte er sich um. Einen Moment lang hatte Agnes das Gefühl, daß sie ihn schon einmal gesehen hatte. Irgend etwas kam ihr bekannt vor. Er war dunkelhaarig, sah nicht schwedisch aus. Eher südeuropäisch. Dunkle, gerade Augenbrauen, ein bißchen wuscheliges Haar, zu lang, um es einen ordentlichen Haarschnitt zu nennen. Er hatte Cargohosen an mit großen Taschen an den Seiten und ein rotes Hemd mit aufgekrempelten Ärmeln, das locker darüber hing. Doch, Lussan hatte ganz recht, genau ihr Typ. Absolut.

»Jungs«, grinste Lussan. »Wann wirst du endlich Männer zu schätzen wissen?«

»Was ist denn die Definition für ›Mann‹? Anzug?«

»Und ein gutgefülltes Bankkonto. Willst du noch mal das gleiche?«

»Ich bin doch mit dem einen noch gar nicht fertig.«

»Das regelst du, bis ich zurück bin.« Lussan stiefelte los in Richtung Bar. Sie fiel in der Menge auf, auch wenn sie nicht besonders groß war, nicht einmal mit den hohen Absätzen. Vorsichtig schaute Agnes zu dem Typen an der Bar. Als sich ihre Blicke trafen, wurde sie unsicher. Er lächelte. Sie sah fort. Ihr Herz schlug. Sie wollte nach Hause. Im dritten Programm ›Traumhochzeit‹ anschauen, Tee trinken und Käsestangen essen. Lussan kam in dem Moment zurück, als Agnes beschlossen hatte, daß es jetzt genug war mit dem Ausgehen. Es war wohl das beste, kleine Schritte zu machen. Vielleicht könnte sie beim nächsten Mal schon etwas länger bleiben.

»Was ist denn los mit dir? Wieso schaust du so komisch?« Lussan drückte ihr ein neues Glas in die Hand.

Agnes trank eilig die letzten Tropfen aus dem ersten Glas und stellte es auf den Tisch. »Ich werde jetzt gehen.«

»Was willst du?«

»Gehen.«

»*Nichts* wirst du. So, Agnes, tief durchatmen. Jetzt trinken wir erst mal einen und unterhalten uns ein bißchen. Nicht mehr und nicht weniger. Prost.« Lussan erhob das Glas und lächelte gleichzeitig jemandem zu, der hinter Agnes stand. Agnes nahm noch ein paar Schlucke und beruhigte sich wieder. Langsam fühlte sie sich etwas beschwipst. Das war das letzte Glas. Sie wollte sich nicht betrinken. Lussan redete von der Arbeit, über den Quadratmeterpreis in Birkastan und über Wohnungen mit Pizzeriagewölbe und Parkettboden aus

Kunststoff. Agnes gab sich Mühe, sich zu amüsieren. Als Lussan loszog, um einen dritten Drink zu holen, lehnte sie ab. Trotzdem blieb sie, um Lussan Gesellschaft zu leisten.

Plötzlich hörte sie eine Stimme neben sich. Der Typ mit dem roten Hemd stand neben ihr. Er war etwas kleiner als sie, seine Stimme war sanft und ein bißchen heiser.

»Hallo, hab ich dich nicht schon mal irgendwo gesehen?«

»Weiß nicht.« Agnes überlegte. »Aber du kommst mir auch bekannt vor.«

»Ich heiße Paolo.« Er streckte die Hand aus.

»Agnes.« Sie sahen sich einen Moment lang an, ohne ein Wort zu sagen, dann begann Paolo zu lachen.

»Jetzt weiß ich's, Agnes ... Pers Persilja, stimmt's? In der Vegagata. Du hast angefangen, ich hab gerade aufgehört.«

»Pers Persilja ...« Agnes mußte nun auch grinsen. Richtig, sie hatten zusammen gearbeitet. Sie im Service, er in der Küche. Deshalb kam er ihr bekannt vor. »Genau, das ist so drei, vier Jahre her, oder?«

»Ich glaube, vier. Bevor ich nach Peru abgehauen bin. Ich glaube, wir haben nur ein oder zwei Tage zusammen gearbeitet.«

»Ja, das stimmt wohl.« Kurze Pause. Agnes warf einen Blick zur Bar hinüber. Lussan hatte einen Mann mit Brille und Schlips angequatscht. Im Anzug. Sie lachte und fuhr sich mit der Hand durch das kurze, dunkle Haar. Taktierte sie, weil Agnes jemanden gefunden hatte, oder war das Zufall? Wahrscheinlich ersteres. So war das mit Lussan. »Und ...« Agnes sah Paolo wieder an. »Wie war es in Peru?«

»Ja, gut.« Er lachte. »Das ist nun schon eine Weile her. Zu Hause habe ich meine Pläne geändert, könnte man sagen.«

»Ach so?« Bevor sie noch irgend etwas fragen konnte, kam Lussan angerauscht, tauschte ihr leeres Glas gegen ein volles, dieses Mal keinen Cosmopolitan, sondern etwas Durchsichtiges mit Limone. Agnes wollte widersprechen, aber Lussan war schon wieder verschwunden in Richtung Bar und zu dem

Mann im Anzug, der auf sie wartete. Paolo mußte über diese Aktion lachen.

»Super Service.«

»Ja, ich habe versucht, sie zu bremsen, aber ich glaube, sie ist der Meinung, ich brauche das.«

Paolo zog die Augenbrauen hoch. »Warum, wenn man fragen darf?«

»Ja, weil ... ach, ist doch egal. Du hattest gerade davon gesprochen, daß du zu Hause deine Pläne geändert hast.«

»Ja, richtig. Ich war in Sizilien und habe im Restaurant meines Onkels gearbeitet.«

»Bist du Italiener?«

»Nein, ich nicht, aber mein Vater. Ich bin hier geboren, aber ich habe oft die Verwandtschaft in Italien besucht. Mein Onkel hatte in Palermo ein Fischrestaurant. Ich habe bei ihm ein gutes Jahr gearbeitet. Kurz vor Neujahr bin ich zurückgekommen.«

»Warum? Ich meine, warum bist du nicht geblieben?«

»Es war super, dort eine Zeitlang zu arbeiten, und ich habe viel gelernt, aber ich wollte dort nicht leben. So schön es auch war. Das Wetter, das Essen, die lockere Lebensweise. Das mag ich schon. Aber mein Zuhause ist hier.« Er sah durch das Fenster in die schmale, kleine Gasse. »Mit Schneematsch und Fleischwurst!« Er mußte wieder lachen. Es schien ihm leichtzufallen, er lachte gern. »Und du?« Agnes schluckte. Sie hatte wirklich keine Lust, etwas zu erzählen.

»Ich schlag mich durch«, war ihre Antwort. »Erzähl doch lieber noch mehr von Sizilien«, schob sie hinterher, um ihre eigene Unlust, von sich zu sprechen, zu übertünchen. Paolo schien nichts dagegen zu haben. Er war amüsant, und die Geschichten aus dem Fischrestaurant seines Onkels Sergio waren unterhaltsam. Sie sprachen auch über andere Jobs, die sie hatten, zogen ein bißchen über gemeinsame Bekannte her. Agnes erzählte von Gullans Küche, sie kannte sich aus, wenn es hieß, für die Verwandtschaft zu schuften.

Als Lussan wieder auftauchte und fragte, ob Agnes mit in die Stadt kommen wolle, lehnte sie ab. Und ebenso spontan sagte sie zu, als Paolo sie fragte, ob sie mit zu ihm kommen und selbstgemachte Gnocchi essen wolle. Hinterher wußte sie auch nicht genau, warum. Wahrscheinlich, weil sie sich in seiner Gesellschaft wohl gefühlt hatte. Weil sie ihn schon irgendwie kannte. Weil sie im selben Restaurant gearbeitet hatten, weil sie seit Menschengedenken in der Branche waren. Weil er ein lieber Kerl war und so viel lachte. Es gab tausend gute Gründe. Und sicher noch mehr, die dagegensprachen, nur die waren ihr in dem Moment nicht eingefallen.

Als sie zwei Stunden später mucksmäuschenstill dalag und die fremde Decke anstarrte, kam sie darauf. Auf jeden einzelnen.

Paolo atmete schwer an ihrer Seite. Sie war fest überzeugt, daß er schlief. Ein paarmal hatte er gezuckt, hatten seine Muskeln sich entspannt. Er atmete tief und regelmäßig.

Vorsichtig stieg sie aus dem Bett und hob ihre Kleider auf, die auf dem Boden verstreut lagen. Sie traute sich kaum zu atmen, als sie so leise wie möglich in den Flur verschwand und sich eilig anzog. Ganz, ganz vorsichtig drehte sie den Türknauf, bis es knackte. Im Nu war sie aus der Tür. Hinter ihr fiel sie mit einem Klicken wieder ins Schloß, und Agnes rannte so schnell sie konnte die Treppe hinunter, bis sie draußen auf der Straße stand.

Es hatte angefangen zu regnen, und der nasse Schnee heftete sich an ihre Schuhe, als sie schließlich ein Taxi anhielt. Sie zitterte am ganzen Körper. Im Mund den Geschmack von Alkohol und fremden Küssen.

Als sie ihre Wohnung betrat, stand sie lange Zeit im Flur und versuchte, ihre Gedanken zu ordnen. Lussan hatte gesagt, mit dieser Methode würde sie Tobias aus ihrem Kopf verbannen. Völlig falsch. Noch nie war Tobias so präsent gewesen wie jetzt. Noch nie hatte sie ihn so vermißt.

Am Montag setzte sie sich wild entschlossen an ihren Küchentisch, bewaffnet mit Tageszeitung, Telefon und Stift. Drei Anzeigen hatte sie angestrichen, bei denen sie anrufen konnte. Zwei davon waren Stellen als Bedienung, eine als Oberkellner. Außerdem hatte sie den Zettel von Stavros Taverne hervorgekramt. Als erstes nahm sie sich ein Restaurant vor, das Papyrus hieß. Es befand sich in der Rörstrandsgata, und das klang gut. Die Rörstrandsgata versprach eine gewisse Qualität, die schlechten Gaststätten konnten es sich kaum leisten, dort aufzumachen.

Eine Frau nahm den Hörer ab und sagte, daß die Stelle zwar noch nicht besetzt sei, das Bewerbungsverfahren aber mittlerweile beendet. Auf ihre Anzeige im Internet letzte Woche hatten sie über vierhundert Zuschriften erhalten. Sie hatten noch nicht einmal ein Zehntel davon angesehen. Dann bedankte sie sich und beendete das Gespräch.

Vor ein paar Jahren war es noch anders gewesen, dachte Agnes, während sie die Annonce in der Zeitung durchstrich. Als sie nach Stockholm kam, gab es massenweise Jobs. Obwohl sie keine Ausbildung in der Gastronomie hatte, nur das Zeugnis von Gullans Küche, war es nie ein Problem gewesen, eine Arbeit als Bedienung zu bekommen. Ihre erste Anstellung, auf die sie sich beworben hatte, war ein Gasthaus auf Kungsholmen gewesen. Wenn ihr damals jemand prophezeit hätte, daß sie die nächsten zehn Jahre in der Branche zubringen würde, hätte sie laut gelacht. Es war ja nur ein Zufall, daß sie als Bedienung arbeitete, eine Chance, sich über Wasser zu halten, während sie sich in Stockholm umsah und überlegte, was sie denn eigentlich anfangen könnte. Aber die Zeit verging. Und wenn sie ehrlich war, mußte sie zugeben, daß es ihr Spaß machte.

Sie mochte das Tempo, die Gäste, das Essen und all die ungewöhnlichen Menschen, mit denen man zu tun hatte. Aber wenn sie Bekannten erzählte, wo sie arbeitete, kam immer die Frage, was danach käme. Was für Pläne hatte sie eigentlich? So war sie in einem Englisch-Kurs an der Universität gelandet, aber nach einem halben Jahr dort war ihr Selbstbewußtsein völlig am Boden. Eigentlich hatte sie gedacht, daß sie sprachbegabt sei, aber die Lehrer bemängelten ihre amerikanische Aussprache und zwangen ihr Bücher auf, die sie auch auf schwedisch nie im Leben gelesen hätte. Ein halbes Jahr später kehrte sie in die heile Welt der Gastronomie zurück. Dort waren sicherlich keine größeren Herausforderungen zu erwarten, und den Rest ihres Lebens wollte sie dort nicht verbringen, aber sie fühlte sich zu Hause. Noch eine Weile war das okay. Wenn sie jetzt überhaupt einen Job finden würde. Vierhundert Bewerbungen auf eine Stelle waren ein bißchen extrem, aber wirklich wundern konnte es sie nicht. Die guten Zeiten waren vorbei.

Agnes betrachtete die verbleibenden Alternativen. Sie nahm sich die Oberkellnerstelle vor. Es war ein sehr gutes Restaurant, eines der wenigen, die nicht Gérard gehörten. Sie schluckte, als sie ziemlich nervös die Nummer wählte. Die Frau, die abnahm, verband sie weiter zum Chef. Er hörte höflich zu, während sie sich vorstellte. Dann fragte er, wieviel Erfahrung sie als Oberkellnerin vorweisen könne. Obwohl Agnes versucht hatte, sich auf die Frage vorzubereiten, wußte sie keine gescheite Antwort. Lügen und sagen: keine? Dann würde sie bestimmt nicht in Frage kommen. Oder sollte sie die Wahrheit sagen, daß sie ein gutes halbes Jahr im Bateau bleu gearbeitet hat? Sie mußte ihm ja nicht erklären, warum sie aufgehört hatte, jedenfalls nicht, wenn er nicht danach fragte. Sie entschied sich für die zweite Alternative und hatte Glück. Er stellte keine Fragen. Der Grund dafür war jedoch weniger gut.

»Ach, im Bateau bleu, hervorragend. Da kann ich ja Gérard anrufen und ihn um seine Referenz bitten. Wir kennen uns schon lange und arbeiten zusammen, wo es geht. Persönliche Empfehlungen sind immer die besten! In der Branche tummelt sich so viel unzuverlässiges Personal, wahrscheinlich wissen Sie, wovon ich spreche.« Er lachte laut. »Wie war Ihr Name?«

Agnes gab ihm Name und Telefonnummer. Leider umsonst. Denn den Job würde sie nie kriegen, soviel war klar. Dann bedankte sie sich und legte auf.

Noch zwei Telefonate. Einmal Stavros Taverne, dann der Pastaking auf Skärholmen. Eigentlich wollte sie bei keinem der beiden anrufen. Weder bei dem einen noch bei dem anderen wollte sie arbeiten. Die Sklaverei als Bedienung in einer mittelmäßigen Kneipe, die aus ihrem Vorort nie hinauskommen würde, lag längst hinter ihr. Aber irgendeine Arbeit brauchte sie. Bald säße sie sonst auf dem trockenen. Mit einem Seufzer wählte sie die Nummer von Stavros Taverne. Das Gespräch war kurz. Die Stelle war bereits besetzt. Selber schuld, dachte sie sich. Warum hatte sie auch so lange gewartet, die Anzeige lag schon mehrere Tage herum.

Also nur noch der Pastaking auf Skärholmen. Der Mann am Telefon klang gehetzt, es war kurz vor der Mittagszeit, daran hätte sie auch denken können. Er fragte sie, ob sie sich später am Tag persönlich vorstellen wolle, gegen drei Uhr wäre es ruhiger. Natürlich. Sie sollte nach Micke fragen.

Auch wenn der Pastaking nicht gerade ihre erste Wahl war – sie hätte ihn als Arbeitsplatz nie in Erwägung gezogen, wenn sie ehrlich war –, so freute sie sich doch auf das Vorstellungsgespräch. Sie konnte es sich nicht länger leisten, arbeitslos zu sein, und wählerisch auch nicht. Sie mußte wieder auf die Füße kommen, zurück in den Alltag. Mit ein bißchen Glück wären ihre Probleme heute schon beseitigt.

Sie hatte immer gearbeitet, von einem Jahr als Au-pair-Mädchen und dem mißglückten Studienversuch über ein Semester abgesehen. Diese Wochen ohne Job waren auch nicht verlokkend gewesen. Es war nicht ihre Sache, keine Aufgabe zu haben, sie fühlte sich nicht wohl dabei. Es war schön, wenn man frei hatte, weil Wochenende war oder man Urlaub hatte, aber in den Tag hineinzuleben, weil man nichts Besseres zu tun hatte, war niederschmetternd.

Das gehörte zu den Dingen, in denen sie und Tobias völlig

unterschiedlich waren. Ihm machte das Nichtstun überhaupt nichts aus. Manchmal kam sie von der Arbeit nach Hause und Tobias hockte halbbekleidet mit der Gitarre auf dem Sofa, völlig unbeschwert, in der Wohnung sah es schlimm aus, und er hatte nicht einmal das Geschirr vom Frühstück abgewaschen, obwohl es schon spät am Abend war. Darüber konnte sie sich wirklich aufregen, und dann schimpfte sie. Er versuchte daraufhin entweder, sie mit seinem Charme um den Finger zu wickeln, bis sie nachgab, oder er wurde sauer und ging. Dann blieb er manchmal tagelang fort. Es war immer das gleiche. Sie mußte putzen. So war es jetzt auch. Warum hatte sie sich eigentlich so aufgeregt? Jetzt war ihre kleine Zweizimmerwohnung aufgeräumt, die Spüle blitzte, die Kissen auf dem Sofa waren ordentlich aufgeschüttelt, aber gemütlicher war es nicht. Nur sauberer.

Um halb drei fuhr sie mit der U-Bahn nach Skärholmen. Das Restaurant lag in einer verglasten Passage. Es war ziemlich dunkel, es hatte keine Fenster, abgesehen von denen, die auf die Wand gemalt waren und Blick aufs Meer und blauschimmernde Berge zeigten. Links vom Eingang gab es einen kleinen Biergarten. Auf den Tischen waren rotkarierte Tischdecken, und neben den obligatorischen Salz- und Pfefferstreuern standen Flaschen, in die Kerzen gesteckt waren, mit dicken Wachstropfen bedeckt. Der Koch, den sie durch einen Spalt zur Küche entdeckte, hatte sogar eine dieser lächerlichen Kochmützen auf.

Ein Typ in Lederjacke stand an der Kasse. Agnes ging auf ihn zu und stellte sich vor. Es war Micke. Er bat sie, an einem der Tische auf ihn zu warten, bis er Zeit hätte. Der braune Teppichbelag roch nach kalter Asche. Die Tischdecken hatten kleine Brandlöcher, so daß die dunkle Tischplatte darunter zum Vorschein kam. In einer Ecke des Lokals saßen zwei heruntergekommene Typen mit ihrem Bier. Micke trat an ihren Tisch und entschuldigte sich. Er sah aus wie Anfang Vierzig und trug einen Ring im Ohr. Seine etwas fettigen Haare waren nach hinten gekämmt, man sah den Spitzen noch eine herausgewachsene Blondierung an. Er musterte sie, bevor er sich setzte.

»So, und wann können Sie anfangen?« war sein erster Satz. Agnes stellte ihre Tasche wieder ab, sie wollte gerade ihre Zeugnisse herausholen.

»Ja, im Grunde kann ich gleich morgen da sein.«

»Super. Wir haben zwischen elf und zwei Uhr Mittagstisch und dann beginnt der Abend so um fünf, sechs Uhr. Die Küche ist bis zehn Uhr offen. Um elf Uhr machen wir zu. Meistens bin ich hier, aber wir haben noch ein Restaurant in Farsta, wo ich zeitweise gebraucht werde.« Agnes nickte.

»Haben Sie viele Gäste am Abend?«

»Wenig Leute, die zum Essen kommen. Die meisten trinken nur ein Bier.« Agnes schielte zu den alten Kerlen in der Ecke. Sie konnte sich vorstellen, welche Sorte von Gästen sie hier vorfinden würde.

»Arbeiten Sie im Schichtwechsel zwischen Mittagstisch und Abend?«

»Nein. Sie arbeiten von halb elf bis halb drei und dann von sechs bis halb elf. Der Samstagvormittag ist frei, der ganze Sonntag und der Montagabend auch.«

»Und zwischen halb drei und sechs Uhr hat man Pause?« Agnes sah Micke fragend an. Sie war miserable Arbeitszeiten gewöhnt, das war kein Thema, aber dieser Rhythmus schien extrem schlecht.

»Ja. Ist das ein Problem? Die meisten, die hier arbeiten, wohnen ja in der Nähe.«

»Nein, nein, das läßt sich schon einrichten ...« Eine halbe Stunde nach Hause und eine halbe Stunde, um wieder herzukommen. Sie würde jeden Tag zwei Stunden unterwegs sein, um zwischen Aspudden und Skärholmen zu pendeln.

»Ansonsten nichts Besonderes. Beim Mittagessen muß man meistens an der Kasse stehen. Die Kunden nehmen sich ihr

Essen selbst.« Er zeigte auf ein Büffet neben der Kasse. »Ja, und dann muß man sich natürlich um das Geschirr kümmern. Sie müssen dafür sorgen, daß genügend Besteck, Servietten, Salz und Pfeffer und so weiter da sind. Und ausschenken. Viele trinken auch mittags schon Bier.« Agnes nickte.

Das konnte sie sich vorstellen. »Abends servieren wir am Tisch. Es gibt immer zwei Gerichte, einmal Pasta und einmal Hausmannskost.«

»Also keine Speisekarte?«

»Nein, das haben wir aufgegeben. Die Leute bestellen doch nur das günstigste Angebot.« Er verstummte und sah sie an, von oben bis unten. »Es gibt normalerweise nicht viel Trinkgeld, aber natürlich hängt das auch von Ihnen selbst ab. Eine gute Bedienung weiß ja, wie der Hase läuft.« Er zwinkerte ihr zu. »Ja, was sagen Sie, haben Sie Lust?«

»Auf jeden Fall.« Agnes mußte lügen. Beim Pastaking zu arbeiten, hatte wirklich nichts mit Lust zu tun. »Und die Bezahlung?«

»Ach ja, genau ...« Micke wand sich ein wenig. »Da haben wir ein bißchen Spielraum.« Agnes war schon klar, was das hieß, ihr wurde nicht zum ersten Mal ein Teil des Lohnes schwarz angeboten. Das war nicht ihr Ding. Klar, als sie jünger war, fand sie das cool, Geld bar auf die Hand. Aber jetzt, wahrscheinlich war sie alt geworden, fand sie Krankenversicherung und Rentenbeiträge doch nicht so unwichtig. Micke schien ihre Gedanken zu lesen, denn er schob schnell hinterher: »Ja, wir müssen ja nicht alles schwarz verrechnen, wir können ja sagen fifty-fifty. Was meinen Sie? Dann fallen natürlich die Wochenend- und Feiertagszuschläge weg.«

»Die bekäme ich, wenn Sie alles schwarzzahlen?«

»Ja, dann könnte ich im Monat noch tausend Kronen drauflegen.«

Er lehnte sich zurück und grinste breit. Er kam sich offensichtlich sehr großzügig vor. Agnes sah einen Goldzahn in seinem Oberkiefer leuchten.

»Ich glaube, ich möchte trotzdem soviel wie möglich versteuert haben«, sagte sie nervös. Verhandlungen waren immer ein heißes Eisen. Micke sah sauer aus.

»Gut, das entscheiden Sie. Zehntausendfünfhundert monatlich wären das dann. Plus Trinkgeld, klar.« Agnes nickte. Es war nicht gerade viel, aber die Kosten für die Wohnung wären damit gedeckt. Essen könnte sie doch wohl bei der Arbeit.

»Und fünfhundert Kronen behalten wir für Personalessen ein«, fügte Micke hinzu, als hätte er gewußt, was sie dachte. Agnes zögerte einen Moment.

»Und wenn ich eine kleine Summe schwarz nehme?«

»Dann könnten wir sagen, siebentausend auf dem Papier und dreitausend auf die Hand.«

Agnes rechnete. Auf die Art käme mehr dabei heraus, aber es war trotzdem zu ihrem Nachteil. Was sollte sie tun? Sie redete nicht gern über Geld. Schon gar nicht über Schwarzgeld. »Okay«, sagte sie schließlich. Lieber jetzt zum Schluß kommen und das Thema in einem Monat noch einmal ansprechen.

Sie standen auf und Micke zeigte Agnes das Lokal. Sie begrüßte den Koch mit der lächerlichen Mütze. Er konnte offensichtlich kein Wort Schwedisch, aber er grinste nett, während er dastand und Zwiebeln schälte. Außer der Küche gab es nicht viel zu sehen. Ein kleiner Personalraum, wo man sich umziehen konnte, und ein Büro, in dem ein PC surrte.

Sie verabschiedeten sich, und Micke sagte, er freue sich, daß sie am nächsten Tag anfangen werde. Als sie gerade gehen wollte, fragte er plötzlich, ob sie nicht gleich heute abend anfangen könnte. Agnes erfand schnell eine Entschuldigung und schob einen Termin vor. Micke machte ein mürrisches Gesicht, sagte aber nichts. Egal, sie brauchte noch einen Abend, um sich zu sammeln. Und, ehrlich gesagt, so eilig hatte sie es nicht, im Pastaking anzufangen.

Agnes stieg nicht in Aspudden aus. Sie wollte noch einmal beim Arbeitsamt vorbeischauen und mitteilen, daß sie eine Stelle gefunden hatte. Dann hatte sie es hinter sich.

Das Arbeitsamt war proppenvoll. Agnes zog einen Wartezettel mit einer Nummer, zwanzig Leute vor ihr. Sie rechnete aus, wie lange es dauern würde, und ärgerte sich schon, daß sie überhaupt hergekommen war, sie hätte genausogut anrufen können.

Sie ging hinüber zum Schwarzen Brett am anderen Ende des langen Flures. Dort hingen Informationen von verschiedenen Fachverbänden und Hochschulen. Wenn man denen glauben durfte, war eine Ausbildung der Weg in den Beruf und die fachliche Weiterbildung die Garantie, dort bleiben zu können. Vielleicht hatten sie recht. Manchmal hätte sich Agnes in den Hintern beißen können, daß sie ihr Studium so schnell aufgegeben hatte. Daß sie sich nie um eine richtige Ausbildung bemüht und statt dessen in der Gastronomie ihre Runden gedreht hatte. Aber je älter sie wurde, desto unangenehmer war ihr der Gedanke, noch einmal die Schulbank zu drücken. Lieber sollte sie versuchen, in ihrer Branche vorwärtszukommen.

Vom Bateau bleu zum Pastaking, das war ganz eindeutig die falsche Richtung.

Eigentlich hatte sie schon immer davon geträumt, etwas Eigenes auf die Beine zu stellen. Ein eigenes Restaurant. Viel fehlte ihr nicht dazu, sie kannte sich aus. Allerdings hatte sie keinerlei kaufmännische Kenntnisse. Aber die könnte man sich vielleicht in einer Abendschule aneignen.

Manchmal lag sie abends im Bett und phantasierte, daß sie das richtige Lokal finden und eröffnen würde. In Nächten, in denen sie viel zu aufgekratzt nach Hause kam, um einschlafen zu können, hatte sie ganze Speisekarten erfunden und Einrichtungen entworfen, Szenerien von rohem Beton bis hin zu drapiertem Samt. Davon hatte sie noch nie jemandem erzählt, das war einfach zu klischeehaft, jeder in der Branche träumte vom eigenen Restaurant. Da gab es viel Klatsch. Sie wollte nicht zu denen gehören, die von den »eigenen Projekten« schwärmten, die es dann doch nie gab. Außerdem war es wirtschaftlich völlig indiskutabel. Das Geld, das sie in den guten Jahren gespart hatte, war in ihre Wohnung geflossen. Dafür hatte sie ihr Konto radikal leergeräumt, und wenn sie im Pastaking kein anständiges Trinkgeld bekam, dann würde es sehr lange dauern, bis sie neues Kapital angehäuft hatte.

»Agnes?« Sie drehte sich um. Erst erkannte sie den Mann, der vor ihr stand, gar nicht: korrekter Kurzhaarschnitt, eine englische Barbour-Jacke über dem Anzug und ein sorgfältig gebundener Schlips. Dann lachte er, und Agnes mußte grinsen.

»Kalle! Ich habe dich gar nicht erkannt. Du siehst so ... ungewohnt aus!« Sie umarmte ihn.

»Ja, ich würde mich am liebsten entschuldigen, aber eigentlich muß man sich ja nicht schämen, wenn man es dann doch noch zu etwas gebracht hat.«

»Nein, absolut nicht, es steht dir!« Sie schaute sich vorsichtig um, gerade kam ihr in den Sinn, wo sie sich eigentlich befanden. »Aber was machst du dann hier? Bist du auch ... ich meine, bist du arbeitslos?«

»Nein, genau im Gegenteil. Ich habe mir gedacht, daß das Arbeitsamt ja nicht nur Stellen vermittelt, sondern auch Arbeitskräfte. Aber vielleicht stimmt das gar nicht?«

»Doch, warum nicht?«

»Und du, wie läuft es bei dir? Wie gefällt dir die Arbeit im Bateau bleu?« Agnes sah zu Boden. Kalle war irritiert. »Da wolltest du doch anfangen, oder?«

»Ja, stimmt ...« Sie wußte nicht, was sie sagen sollte. Ach was, Kalle konnte sie sich anvertrauen. »Schon vorbei. Mir wurde gekündigt.«

»Das ist nicht dein Ernst! Was ist passiert?« Agnes erzählte in kurzen Sätzen von der Episode im Weinkeller. Kalle machte ein entsetztes Gesicht. »Ein Château Pétrus 1990, nicht zu fassen ...« Er schwieg. »Ja, was soll ich sagen, wie schade, daß er nicht mehrere Flaschen hatte, dann hättest du Monsieur Cabrol eine über den Kopf ziehen können und eine zwischen die Beine.« Kalle schüttelte den Kopf. »Ich hoffe sehr, daß du das nicht persönlich nimmst, ich meine, du kanntest ja seinen Ruf.«

»Ja, im Grunde schon, aber...« Agnes verstummte. Natürlich kannte sie solche Geschichten, aber daß sie zu seinen Opfern gehören würde, war ihr nie in den Sinn gekommen. Wenn er nur jemanden zum Vernaschen gesucht hatte, hätte er doch wohl kaum das flachbrüstige Fräulein Edin angestellt? Nicht, daß sie keinen Charme hatte, doch Agnes konnte sich nicht vorstellen, daß sie auf jemanden wirken würde, der nie den Blick höher schweifen ließ als auf das Dekolleté einer Frau. Sie war daher mehr als erstaunt gewesen, als er anfing ihr nachzustellen, aber erst unten im Weinkeller war ihr klargeworden, welches Spiel er eigentlich spielte.

Kalle strich ihr über den Arm. »Wann ist das denn passiert?«

»Ungefähr vor einem Monat.«

»Du Arme, das muß schrecklich für dich gewesen sein.«

»Ja.« Agnes schossen Tränen in die Augen. Ja, es war schrecklich gewesen, und noch immer hatte sie Alpträume davon.

»Hast du nicht darüber nachgedacht, ihn anzuzeigen?«

»Nein!« Agnes sah ihn erschreckt an. Sie blinzelte und schob so die Tränen beiseite. »Es ist ja vorbei. Was würde das bringen? Du, laß uns über etwas anderes reden.«

»Ja, klar...« Kalle schien gedankenverloren, und Agnes suchte schnell ein neues Gesprächsthema.

»Ich habe gerade eine neue Stelle gefunden. Deshalb bin ich hier.«

»Ach, klasse. Glückwunsch!« Offensichtlich war Kalle mit ihrem Themenwechsel nicht ganz zufrieden.

»Und du, bist du noch im Picnic?«

»Nein.« Kalle strahlte mit einemmal. »Vor einem Monat habe ich da aufgehört. Ich mache ein eigenes Lokal auf!«

»Ein eigenes? Super!«

»Ich komme gerade von der Bank und habe die letzten Papiere unterschrieben.«

»Ach so, daher dein Outfit ... Hat alles geklappt?«

»Ja, klar, manchmal muß auch ich zugeben, daß es nicht gerade ein Nachteil ist, den Namen Reuterswärd zu tragen.«

»Warum hast du nicht gleich deinen Vater gefragt?«

»Nee, das tue ich nicht mehr, seit ich siebzehn bin. So verzweifelt bin ich nicht, daß ich ihn um Geld anbettele.« Er mußte lachen.

»Ja, erzähl mal! Was für ein Restaurant wird das denn werden, was hast du vor?«

»Das wird ... Sag mal, hast du nicht Zeit für einen Kaffee? Hier ist es so trostlos.« Er sah sich um. Agnes war genau seiner Meinung.

»Ja, natürlich!« Noch immer waren vierzehn Nummern vor ihr dran. Sie würde statt dessen anrufen. »Aber du, hattest du hier nichts zu erledigen?«

»Schon, aber das kann ich regeln. Es gibt wohl auch einen Onlinedienst, hier drinnen bekomme ich nur Beklemmungen.«

Sie überquerten die Straße und setzten sich in ein kleines Café. Es gab keinen Latte macchiato, und der Filterkaffee wurde in Porzellantassen serviert.

»Ja, das mit dem Restaurant ist eine lange Geschichte.« Kalle nahm ein Stück Zucker in seinen Kaffee und rührte um. »Kannst du dich an Steffe erinnern, Stefan Hedberg?«

»Den Tennisspieler?«

»Nein!« Kalle mußte lachen. »Stefan *Hedberg*. Nicht Edberg. Er war doch eine Zeitlang Koch bei uns im Picnic. Ihr habt bestimmt auch ein paar Wochen zusammen gearbeitet.«

»Ja, natürlich, Stefan. Klar erinnere ich mich an ihn. Der mit den roten Haaren.«

»Genau. Wie auch immer, wir hatten uns irgendwann vorgenommen, zusammen ein eigenes Lokal aufzumachen. Als wir das Restaurant in der Skånegata gefunden hatten, faßten wir den Entschluß zuzugreifen, das war vor ungefähr vier Monaten. Kurz nachdem du gekündigt hattest. Dann waren wir mit der Finanzierung und dem Papierkram bis zum Hals beschäftigt, und als alles endlich geregelt war, entschloß er sich plötzlich, auszusteigen.«

»Nein!«

»Doch, er hat kalte Füße bekommen, fand den Gedanken an den Kredit unerträglich und so. Und als er ein Angebot von einem ehemaligen Kollegen bekam, an die Westküste zu kommen und dort als Küchenchef in einem Promirestaurant in Tylösand anzufangen, sagte er zu.«

»So ein Mist!«

»Ja, das habe ich auch gedacht. Es war ein gewaltiger Kraftakt, und ich mußte meinen Namen in die Waagschale werfen, um die Bank zu überzeugen, mir den Kredit trotzdem zu geben. Und das ist heute über die Bühne gegangen.«

»Glückwunsch.«

»Danke. Aber der ganze Plan ist jetzt hinfällig. Nicht nur, daß Steffe abgehauen ist und ich mir einen neuen Koch suchen muß. Seine Freundin hat er auch mitgenommen, sie wollte bei uns arbeiten. Ich stehe jetzt da mit einem Restaurant und einer Menge Ideen. Man bekommt schon von weniger Streß Magengeschwüre. Das Lokal verschlingt Geld, ich muß versuchen, so schnell wie möglich zu eröffnen.«

»Aber wenn du nicht einmal einen Koch hast ...«

»Ja, ich weiß, aber ganz so finster sieht es nicht aus. Ein paar Tips habe ich schon, und ich könnte auch ein paar ehemalige Kollegen fragen. Zum Glück habe ich ja viele Kontakte, das ist der Vorteil, wenn man so lange in der Branche ist.« Agnes nickte zustimmend. So lief es meistens. »Personal für den Service wollte ich danach suchen, deshalb war ich auf dem Arbeitsamt.« Er verstummte und sah Agnes mit großen Augen an. »Dich kann ich wohl nicht überreden?« Agnes nahm einen Schluck Kaffee. Kalle ließ den Blick von ihr ab. »Nein, natürlich nicht, du hast ja gerade einen neuen Job angenommen, blöd von mir. Und wo ist das?« Agnes schluckte.

»Das wirst du kaum glauben.«

»So schlimm?«

»Noch schlimmer.«

»Die Bahnhofskneipe?«

Agnes mußte lachen. »So ungefähr.« Sie erzählte vom Pastaking und vom Bewerbungsgespräch.

»Aber du hast es doch wirklich nicht nötig, so einen Scheißjob zu machen! Dazu bist du doch viel zu gut.«

»Du darfst nicht vergessen, daß ich quasi unter Quarantäne bin. Gérard hat es auf mich abgesehen.«

»Das gibt sich. Die Gastronomie ist ein hartes Geschäft, aber schnellebig. In einem halben Jahr bist du wieder in der Spur. Und hast außerdem ein hervorragendes Zeugnis vom Pastaking auf Skärholmen.« Kalle lachte laut.

»Mach dich nur lustig ...«

»Entschuldige, das wollte ich nicht. Ich finde es nur so unglaublich. Du, Agnes, kann ich dich nicht bitten, wenigstens darüber nachzudenken, ob du bei mir arbeiten magst? Ich würde mich wahnsinnig freuen.«

»Ja ...« Das war ein angenehmer Gedanke. Sie mochte Kalle. Die Arbeit im Picnic mit Kalle als Küchenchef gehörte zu der lustigsten Zeit, die sie je erlebt hatte. Es war ein gutes Angebot, aber viel zu unsicher. Im Moment brauchte sie einen Job. Ihr Kontostand schmolz nur so dahin, und sie mußte noch ein paar Raten an die Bank abzahlen. »Was denkst du, wann du aufmachen kannst?«

»So schnell wie möglich, aber sicher wird noch ein Monat ins Land gehen. Das Lokal ist noch nicht fertig, auch wenn das meiste erledigt ist. Zumindest das Grobe – wir haben eine neue Klimaanlage, und in der Küche waren Stockflecken. Das ist alles jetzt bereinigt, aber im Speisesaal ist noch nichts gemacht. Und wie gesagt, Personal ...« Er sah sie mit großen Augen an. »Weißt du ... Es wird keinen Oberkellner geben, dafür ist das Restaurant zu klein, aber ich kann dir die Verantwortung für den Speisesaal versprechen. Du kannst außerdem bei der Karte mitreden. Das konntest du doch immer gut, wenn ich mich recht erinnere, oder?«

Agnes wurde rot. Es hatte nie zu ihren Aufgaben gehört, Speisekarten mitzugestalten, das war Sache des Küchenchefs und des Kochs, aber manchmal konnte sie es nicht lassen, Tips zu den Gerichten abzugeben. Sie interessierte sich für gutes Essen, kochte oft selbst und experimentierte gern. Manchmal mit richtig guten Ergebnissen. Es war schon vorgekommen, daß ihre Kompositionen mit kleinen Veränderungen auf den Speisekarten gelandet waren. Eine Zeitlang hatte sie auch mit dem Gedanken gespielt, Köchin zu werden, aber die Arbeit in der Küche war so stressig und hart, daß sie es sein ließ. Kalles Angebot war eine Herausforderung.

»Ja ...«, sagte sie leise.

»Du mußt dich nicht sofort entscheiden. Komm doch einfach morgen ins Lokal und schau es dir an.«

»Morgen fange ich den neuen Job an ...«

»Dann komm am Wochenende. Ich bin fast die ganze Zeit über dort, um alles geregelt zu bekommen. Ruf vorher nur kurz durch.« Agnes nickte.

»Okay.«

»Ich muß jetzt los, gleich kommt ein Handwerker.« Er holte einen Zettel heraus und schrieb ihr seine Handynummer und die Adresse in der Skånegata auf. Dann umarmte er sie zum Abschied vor dem Café. Bevor er ging, um in den grauen Nachmittagsnebel zu verschwinden, nahm er ihre Hand.

»Bis bald, ja?« Er sah sie forschend an, mit einem Lächeln im Gesicht.

»Klar«, antwortete sie schließlich. Das Restaurant anzuschauen war mit Sicherheit kein Fehler.

Die erste Woche beim Pastaking wurde genau so, wie Agnes es sich vorgestellt hatte. Mittags stand sie an der Kasse und verkaufte verkochte Pasta mit mehligen Soßen. Ihre Kunden, die Leute aus den Büros in der Nähe, versuchten, das gehaltvolle Essen mit einer Fuhre öltriefendem Weißkrautsalat vom Büffet zu kompensieren. Abends servierte sie Bier und die Reste der zerkochten Nudelgerichte vom Mittagstisch, umgetauft in »Abendspecial«. Sie arbeitete mit einer jungen Frau zusammen, die Rosita hieß und den Großteil des kleinlichen Trinkgeldes kassierte, das die Kunden spendierten. Vielleicht lag es daran, daß sie schneller, freundlicher und fleißiger war. Oder waren es eher die Rocklänge und ihre hochhackigen Schuhe? Vermutlich hatte Micke genau das gemeint, als er sagte: »Eine gute Bedienung weiß, wie das mit dem Trinkgeld funktioniert.«

Sie biß die Zähne zusammen. Der Pastaking war nicht gerade der Traum ihrer schlaflosen Nächte gewesen, aber es war immerhin ein Job. Sie konnte es sich nicht leisten, wählerisch zu sein. Manchmal mußte sie an Kalle und sein Restaurant denken. Es wäre natürlich klasse gewesen, bei ihm zu arbeiten, aber die Sache war tatsächlich zu unsicher. Er hatte ja noch nicht einmal eröffnet. Wenn er es überhaupt bis dahin brachte. Es wäre nicht das erste Mal, daß ein Restaurant schließen mußte, bevor es seine Türen überhaupt geöffnet hatte. Zu optimistische Investoren, die die Kosten eines vernünftigen Fettabschöpfers oder einer gesonderten Personaltoilette unterschätzt hatten. Sie hoffte nur, daß das nicht auf Kalle zutraf – immerhin hatte der schon einige Erfahrung mit dem Führen von Restaurants. Natürlich nicht unter der Aufsicht des schwedischen Gesundheitsamtes, aber grundsätzlich unterschied sich das Betreiben eines Restaurants in Griechenland oder Schweden nicht wesentlich.

Als Kalle mit Anfang Zwanzig von zu Hause abgehauen war, hinterließ er eine abgebrochene kaufmännische Lehre und einen enttäuschten Vater. Sture Reuterswärd hatte große

Hoffnung in seinen Sohn gesetzt. Er sollte wie der Bruder in die Fußstapfen des Vaters treten und mit der Zeit die Geschäftsleitung der Bank übernehmen. Die ganze Familie stand dahinter. Außer Kalle. Um den Kopf aus der Schlinge zu ziehen, setzte er sich nach Griechenland ab und blieb dort ein paar Jahre. In Paros eröffnete er das – nach seinen Worten – legendäre Gasthaus Cantina Freedom. Zwischen den Zeilen hatte Agnes sich zusammengereimt, daß es dort mitunter mehr Freedom als Cantina gab.

Irgendwann hatte Kalle die Nase voll von »dem freien Leben« und ging nach Schweden zurück. Es war kein Zuckerschlecken gewesen in Griechenland. Er kam mit Vollbart zurück, und die Haare fielen ihm bis auf den Rücken. Den Bart hatte er sehr schnell abgenommen, aber die langen Haare waren erst kürzlich verschwunden. Als Agnes im Picnic aufhörte, trug er immer noch den Pferdeschwanz.

Familie Reuterswärd hatte schließlich widerwillig akzeptiert, daß er niemals den Titel Bankdirektor tragen würde. Begeistert waren sie nicht. Zufällig hatte Agnes Sture Reuterswärd einmal kennengelernt. Er war mit ein paar Kollegen im Picnic zum Essen gewesen. Vermutlich eine Art Versöhnungsgeste, dachte sie sich, daß der bekannte Bankdirektor zur Abwechslung mal nicht im Bateau bleu oder auf der französischen Veranda des Grand Hotels speiste, sondern sich in die Szene der Vasastan begab, um gegrillten Halloumi zu essen.

Am Samstag rief sie bei Kalle an. Ihre Schicht begann erst um sechs Uhr, und sie wollte fragen, ob sie vorher im Lokal vorbeischauen könnte. Kalle freute sich riesig.

Agnes sah das Restaurant schon von weitem. An der Straße stand ein Container, und der Gehweg war mit Kartons vollgestellt. Als sie durch die Tür ging, stolperte sie über eine Verlängerungsschnur. Eine Baustellenlampe hing an der Decke und tauchte Bretter, Werkzeug und Maschinen in kaltes Licht. Kalle kam auf sie zu und umarmte sie.

»Willkommen in meinem Restaurant!« sagte er stolz. Agnes

sah sich um. Viel gab es nicht zu sehen, jede Menge Baustoffe und Staub. Überall Staub. Es kam ihr völlig abwegig vor, daß das Lokal in ein paar Wochen aufmachen sollte. Sie war über ihre Entscheidung, daß sie die Stelle beim Pastaking erst mal angetreten hatte, wirklich froh. Kalle bemerkte ihren skeptischen Blick. »Ja, es sieht noch schlimm aus, aber wir sind in der Zeit. Es wird fertig werden, das kannst du mir glauben!«

»Klar.« Agnes nickte.

»Wie du siehst, wird es kein großes Restaurant, wir haben knapp fünfzig Plätze.« Aus der Hosentasche zog er eine Zeichnung. Sie stiegen die kleine Steintreppe hinunter, das Restaurant lag ein bißchen unterhalb des Straßenniveaus. Auf einem Tisch rollte er hastig das Papier aus. »So habe ich es mir vorgestellt«, sagte er. »Am Eingang jeweils zwei Tische auf jeder Seite und an den Seiten zwei längere Tische. An den Wänden stehen Sitzbänke und in die Mitte stellen wir vier Tische. Nur mit dieser Ecke bin noch nicht so recht vorwärtsgekommen«, sagte er und wies auf den Teil des Lokals, der an die Küche grenzte, vom übrigen Speiseraum ein bißchen getrennt. »Man kann dort auch noch einen Tisch stellen, aber man fühlt sich vielleicht etwas isoliert, wenn man dort sitzt.« Agnes verglich die Zeichnung mit dem Raum. Der Bereich, von dem Kalle sprach, war in der Tat ziemlich geräumig, aber sie begriff, was er meinte, als Speiseraum war er nicht ideal.

»Hast du schon über einen Barbereich nachgedacht?« fragte sie. Kalle starrte sie an.

»Nein ...«, antwortete er langsam. »Du meinst, in der Ecke?«

»Ja, vielleicht. Ist nur so eine Idee. Du könntest direkt am Eingang zur Küche eine Bar aufstellen, ein paar Barhocker und dann ein paar Sessel und einen niedrigen Tisch dort an der Wand.«

»Hm. Wär ich gar nicht drauf gekommen, aber ...«

»Du würdest natürlich ein paar Plätze zum Essen verlieren, aber der Gewinn, den du an der Bar machst, ist ohnehin höher.

Und außerdem könnten Gäste, die auf einen freien Tisch warten, an die Bar gehen und sich dort die Zeit vertreiben.«

»Mmh ... klingt gut ... Ich muß mal mit dem Architekten reden, was der dazu sagt. Danke für deine Tips!«

»Keine Ursache.«

»Hallo!« Agnes und Kalle drehten sich zur Tür um, von wo die Stimme kam. Da stand eine junge Frau mit rotem Mantel und Zipfelmütze.

»Sofia!« Kalle lief auf sie zu, ergriff ihre Hand und küßte sie auf den Mund. Er war wesentlich größer als sie. »Agnes, das ist Sofia.« Er drehte sich zu Agnes um, noch immer mit Sofia Hand in Hand. »Sofia, das ist Agnes, von der ich dir erzählt habe.« Sofia ging auf sie zu und streckte die Hand aus.

»Hallo! Du hast mit Kalle zusammen gearbeitet, stimmt's?«

»Ja. Im Picnic.«

»Sie ist irre gut!« mischte sich Kalle ein. »Ich versuche sie zu überzeugen, daß sie bei mir anfängt, aber ich habe das Gefühl, sie glaubt noch nicht, daß das hier mal ein Restaurant wird.« Sofia mußte lachen und nahm die Zipfelmütze ab. Sie sah total süß aus. Dunkel, ein bißchen rundlich, ohne Make-up. Ihre Haare waren in zwei Zöpfe neben ihrem Gesicht geflochten.

»Tja, man kann sich wirklich manchmal fragen ...«

Kalle sah Sofia lächelnd an und drückte ihre Hand. »Das ist meine Freundin. Seit zwei Wochen«, fügte er hinzu. Es war ihm offenbar ein bißchen peinlich, aber er wirkte sehr stolz. Agnes kam sich plötzlich ganz überflüssig vor. Sie mußte daran denken, wie diese erste Zeit des Verliebtseins war. Sie selbst war eigentlich immer in Tobias verliebt gewesen, obwohl so viele Jahre vergangen waren. Ihre Beziehung war nie so langweilig und eingefahren gewesen, wie sie es von Freunden hörte. Sie wohnten zwar zusammen, aber daß sie ihren Alltag teilten, entsprach nie ganz der Wirklichkeit.

Bei dem Gedanken an Tobias spürte sie, wie sich ihr Magen verkrampfte. Das kam unvorbereitet. Sie versuchte immer, dieses Gefühl zu unterdrücken, sich abzuhärten. Wenigstens tagsüber. Die Zeit zum Heulen war morgens und abends. Jetzt war sie dieser Sehnsucht nach ihm wehrlos ausgeliefert, es überkam sie brutal. Vor ihr stand ein Paar, und sie versuchte zu lächeln.

»Glückwunsch!« sagte sie. Mehr brachte sie nicht heraus. Sie starrte Kalle und Sofia an, die sich noch immer verliebt in die Augen schauten. »Jetzt muß ich leider los, Kalle«, sagte sie eilig.

»Schon?« protestierte er. »Ich wollte noch soviel mit dir besprechen. Seit Stefan sich aus dem Staub gemacht hat, habe ich niemanden, mit dem ich meine Ideen diskutieren kann. Ja, nur die arme Sofia, aber die kann es schon nicht mehr hören. Oder?« Er küßte sie auf die Stirn, und sie tat so, als wolle sie widersprechen. Dann wandte er sich wieder Agnes zu. »Was meinst du? Wird das was?« Mit einer Geste wies er auf sein Lokal.

»Klar.« Wieder der Versuch eines Lächelns. »Ich rufe dich an.« Sie wollte bei Kalle nicht den Eindruck erwecken, daß sie kein Interesse hätte. Sie war nur überhaupt nicht darauf vorbereitet gewesen, in die Augen zweier verliebter Menschen schauen zu müssen. Jetzt wollte sie nur noch raus und tief durchatmen. Ihr letzter Versuch, ein freundliches Gesicht zu machen, fühlte sich wie eine Grimasse an. »Jetzt habe ich erst mal einen wunderbaren Samstagabend im Pastaking vor mir. Ich rufe dich nächste Woche an.«

Sie trat hinaus auf den Fußweg. Die Luft war kalt, aber der Schnee war geschmolzen. Zumindest im Moment. Der März war ein unzuverlässiger Monat.

Agnes ließ sich aufs Sofa fallen. Sie hatte freigehabt und war am Nachmittag mit Lussan Kaffee trinken gewesen. Lussans Vorschlag, den Abend in einer Kneipe ausklingen zu lassen, hatte sie abgelehnt. Sie wollte nicht raus. Restaurantbetrieb hatte sie im Pastaking genug, und an der Bar hocken und nach

Männern Ausschau halten, danach stand ihr nicht der Sinn. Die Episode mit Paolo hatte ihr gezeigt, daß sie noch lange nicht soweit war. Lussan hatte gebohrt, doch aus Agnes war nichts herauszukriegen gewesen. Lussan konnte es sich natürlich zusammenreimen, sie brauchte keine Details. Aber Agnes wollte die Geschichte so schnell wie möglich vergessen. Auch wenn es im Grunde gar nicht so schlecht gewesen war. Man könnte sogar sagen: sehr schön. Bis sie plötzlich ins Nachdenken kam. Paolo schien ganz in Ordnung zu sein. Unter anderen Umständen hätte sie sich vielleicht ernsthaft für ihn interessiert. Sie fragte sich, was er wohl gedacht haben mußte, als er aufgewacht war. Wahrscheinlich war er ganz dankbar. Nicht daß ihr Erfahrungsschatz in Sachen One-Night-Stand so groß war, aber sie konnte sich lebhaft vorstellen, wie der Morgen abgelaufen wäre. Nein, sie hatte es schon richtig gemacht. Da war sie sich sicher.

Sie griff nach der Fernbedienung auf dem Couchtisch und stellte den Fernseher an. Den Nachrichtenrückblick der Woche fand sie ungefähr so spannend wie den Dokumentarfilm über Tierleben in der Arktis. Sie zappte einen Kanal weiter, bereute es aber sofort. Trotzdem ließ sie das Programm laufen, sie konnte keinen Finger rühren. Es war eine Liveübertragung der beliebten ›Show Millennium of Rock – The Greatest Rockshow Ever‹. Die Kamera zeigte Christer Hammond am Klavier. Neben ihm stand Carola und sang ›O großer Gott‹ zu einem Boogie-Woogie. Das Publikum jubelte. Christer Hammond überschüttete seinen Gast mit Küssen und Blumen. Carola winkte mit einem breiten Lächeln im Gesicht und verschwand hinter der Bühne. Hammond begann wieder, aufs Klavier zu hämmern, dieses Mal ›Eine kleine Nachtmusik‹, und nach ein paar Nahaufnahmen von seinen Händen, an denen Ringe prangten, schwenkte die Kamera ins Orchester.

Mit einemmal stand er da. Tobias, mit seiner Gitarre hinter einem Notenständer. Er haßte klassische Musik, wenn man bei diesem mißhandelten Stück überhaupt von Klassik reden konnte, trotzdem machte er einen sehr zufriedenen Eindruck. Er zog kleine Grimassen und bekam einen Extraapplaus für sein fehlerfreies Solo. Die Kamera schwenkte ins Publikum. Und wieder auf die Bühne. Im Hintergrund hingen Unmengen riesengroßer Noten, die silberfarben glitzerten. Ein Notenschlüssel in der Mitte fungierte als Lichtorgel und blinkte im Takt zur Musik. Die Chormädchen standen ganz hinten vor dem kitschigen Bühnenbild. Christer Hammond hatte sich vermutlich dasselbe gedacht wie Noah, als er sie ausgesucht hatte. Eine Schwarze, eine Rothaarige und eine Blonde, die mit den großen Brüsten. Agnes bekam sogar ihren gepiercten Nabel unter dem knappen Oberteil zu sehen. Das gab ihr den Rest. Sie machte den Fernseher aus und schmiß die Fernbedienung in die Ecke.

Agnes atmete schnell und heftig, die Hände auf ihrem Schoß zitterten. Sie versuchte, an etwas Schönes zu denken, sprach mit sich selbst, aber das einzige, was dabei herauskam, war, daß sie diese widerliche Schlampe abgrundtief haßte. Dann brach sie in Tränen aus.

Gerade als sie das Licht ausgemacht hatte, klingelte das Telefon. Ihre Augen zuckten, als sie es wieder anmachte. Sie konnte sich schon vorstellen, wie sie morgen aussehen würde, wahrscheinlich war es Balsam für die Seele, ihren ganzen Schmerz herauszuheulen, aber ihren Augen tat es gar nicht gut. Sie erstarrte, als sie hörte, wer am Apparat war.

»Hi, ich bin's.«

»Was willst du denn?« Agnes versagte beinahe die Stimme.

»Fragen, wie es dir geht. Wir haben ja eine Weile nichts voneinander gehört.«

»Gut.« Ihre Antwort war knapp. Sie brachte es nicht fertig, den Hörer einfach aufzulegen, und verspürte nicht die geringste Lust, die Konversation anzukurbeln. Ihr Schweigen machte Tobias nervös, das konnte Agnes hören.

»Gut. Prima. Daß es dir gutgeht ...« Er verstummte. Agnes schwieg. »Du, äh ... Hast du mich im Fernsehen gesehen?«

»Nein.« Kleine Rache. Wieso sollte sie ihm auf die Nase binden, ob sie ihn gesehen hatte oder nicht. Eine gute Million Zuschauer hatte er ja.

»Nein, natürlich ... Sie haben uns in Sundsvall aufgenommen. Leider nicht in Umeå, da waren wir noch besser.« So so, was wollte er eigentlich hören? Beileidsbekundungen?

»Gibt es sonst noch etwas?« Es war ein unendlicher Kraftakt, die Distanz zu halten. Immerhin sprach sie mit Tobias, mit ihrem Tobias.

»Du ...«, begann er zaghaft. »Ich weiß, es ist viel verlangt, aber können wir nicht versuchen, Freunde zu bleiben? Ich meine, ich mag dich ja nicht weniger, nur weil ich Ida kennengelernt habe. Kannst du das ein bißchen verstehen?« Agnes antwortete nicht, es war schon genug, daß er ihren Namen fallenließ, jetzt brachte sie wirklich kein Wort mehr heraus. »Mehr wollte ich eigentlich nicht.« Dann wurde er auch still. Man konnte hören, wie er in den Hörer atmete. »Ist es in Ordnung, wenn ich nächste Woche vorbeikomme und ein paar Dinge hole?« Agnes nickte, bis sie bemerkte, daß man das wohl nur schlecht hören konnte.

»Du kannst am Dienstag kommen.« Ihre Stimme klang dünn, und Agnes räusperte sich schnell, bevor sie weitersprach. »Gegen elf, dann bin ich unterwegs.«

»Geht es vielleicht auch eine Stunde später, ich weiß noch nicht, ob ich dann schon wach bin.«

»Klar, ich bin dann auf jeden Fall nicht da.«

»Super ... Okay, dann machen wir es so ... Äh, tschüs ...«

»Tschüs.« Er wollte gerade auflegen, als Agnes alle Kraft für einen letzten Satz zusammennahm. »Eins noch, schmeiß die Schlüssel in den Briefkasten, wenn du gehst.« Dann legte sie auf. Ganz schnell. Bevor sie es sich anders überlegte.

Madde und Jonas hatten zum Einweihungsfest in ihr neues Reihenhaus eingeladen. Agnes saß im Zug und spiegelte sich in der Fensterscheibe, sie versuchte sich einzureden, daß es bestimmt nett werden würde. Sie trug ein Kleid, doch fast hätte sie sich in letzter Minute noch einmal umgezogen. Ihr Aufzug war sicher etwas übertrieben, Madde war nicht der Typ, der sich aufdresste. Aber auf der anderen Seite war es immerhin ein Fest, und sie erwarteten Gäste.

Sie beschloß, vom Bahnhof nach Fredriksro zu laufen. Es waren knapp zwei Kilometer, aber sie war früh dran, und frische Luft tat ihr gut. Zur Zeit pendelte sie meist mit der U-Bahn zwischen Skärholmen und zu Hause. Die einzige Aussicht, die sie da genießen konnte, waren bemalte Wände. Der Fahrradweg, der zu der kleinen Reihenhaussiedlung führte, war um diese Jahreszeit sicherlich auch nicht besonders schön, aber die Zweige wiegten sich im Wind, und es war eine angenehme Abwechslung.

Vor dem Haus brannten Party-Leuchten, und Agnes betrat den Hauseingang und klingelte. Madde öffnete. Sie trug Jeans und Pulli, genau wie Agnes vermutet hatte. Agnes nahm ihre Schwester in den Arm und hielt ihr das Geschenk hin, das sie mitgebracht hatte.

»Herzlichen Glückwunsch zum Haus! Nicht zu glauben, jetzt bist du Hauseigentümerin!«

Madde zog sie in den Flur. Agnes sah sich um. Sie war auf verpackte Umzugskartons eingestellt gewesen, doch das meiste war fertig, schon erstaunlich, wenn man bedachte, daß sie erst zwei Wochen zuvor eingezogen waren.

»Ach was, das haben wir alles am ersten Wochenende gemacht«, war Maddes Antwort. »So viele Sachen hatten wir gar nicht, jedenfalls füllten sie nicht das ganze Haus. Komm, ich zeige es dir.« Sie ging vor in Richtung Küche, während sie das Geschenk auspackte. »Oh, ist das schön! Was ist das?« fragte sie, als sie es auf der Küchenbank abstellte.

»Das eine ist toskanisches Trüffelöl und das andere extra lange gereifter Aceto Balsamico.«

»Trüffelöl? Wozu benutzt man das?«

»Man kann es einfach an den Salat geben, so wie es ist.« Sie hätte beinahe hinzugefügt, daß es phantastisch zu Carpaccio paßte, aber ließ es sein. Madde würde wohl kaum Carpaccio zubereiten.

Sie gingen durch das Haus und sahen sich um. Es stimmte, sie hatten gar nicht genug Möbel für soviel Platz. Zwei kleine Räume im Obergeschoß waren noch völlig leer. Agnes hielt den Mund, wußte aber insgeheim, daß sie als künftige Kinderzimmer gedacht waren. Ansonsten war das Haus sehr hübsch, genau wie sie es sich vorgestellt hatte. Reihenhäuser waren alle gleich. Die Tapeten hell und mit dezentem Muster in Apricot oder Hellgelb. Die Kunstfaserteppiche auf dem Boden ebenso. Madde hatte einige ihrer gerahmten Poster aufgehängt. Agnes erkannte sie wieder, manche stammten noch aus Maddes Kinderzimmer im Snickarväg. Ein Bild von Madonna aus der ›Like-a-virgin-Zeit‹. Etwas rundlich, mit abstehenden Haaren und Unmengen Schmuck am Hals. Madde war ein großer Madonna-Fan. Dann ein Von-Schantz-Stilleben, Preiselbeeren in einem Korb, und ein neueres Bild, ein Magritte, den sie im Museum der Modernen Kunst in Stockholm irgendwann in diesem Jahr gekauft hatte, als sie bei Agnes zu Besuch gewesen war.

Im Schein eines Strahlers stand auf dem Fensterbrett im Flur des ersten Stocks eine Statue. Sie sah aus, als wäre sie aus Metallschrott gemacht. Agnes tat näher und sah sie an. Was sollte das sein? Schwer zu sagen, vielleicht eine schwangere Frau oder ein Känguruh?

»Wer hat die gemacht?« fragte sie.

»Jonas.«

»Wirklich wahr?«

»Ja.« Madde machte ein stolzes Gesicht. »Er hat sie aus alten Fahrradketten zusammengeschweißt.«

Agnes drehte die kleine Figur hin und her. Schön war sie nicht gerade, aber irgend etwas hatte sie zweifellos. »Beschäftigt er sich mit Kunst?«

»Kann man nicht sagen. Alle paar Jahre mal. Ich habe sie beim Umzug im Flur wiedergefunden, beim Putzen. Jonas wollte sie schon wegwerfen, aber ich fand sie zu schade. Ist sie nicht schön?«

Agnes betrachtete sie einen Moment schweigend. Jetzt sah sie anders aus, seit sie wußte, daß sie von Jonas war. »Ja«, sagte sie schließlich. Stimmte auch. Auf ihre Art.

Madde ging weiter und Agnes schlich hinterher. »Ihr habt es wirklich schön hier«, sagte sie am Ende des Rundgangs.

»Danke! Wir fühlen uns auch pudelwohl. Für das Wohnzimmer wollen wir noch ein Ecksofa kaufen, dann wird es erst richtig gemütlich.«

»Bestimmt.« Agnes ließ sich auf dem grauen Klippan-Sofa von IKEA nieder, das in diesem großen Raum tatsächlich etwas verloren wirkte. Es waren erst wenige Gäste da. Madde ging zurück in die Küche, um Jonas mit den Getränken zu helfen – Wein aus dem Karton und Bier aus der Dose –, und zu essen gab es Quiche mit Salat, Brot und Käse. Agnes konnte durch den Türspalt sehen, wie Madde die Flasche mit dem Trüffelöl öffnete und über den Salat kippte. Sie mußte sich mit aller Kraft beherrschen, um nicht hinauszurasen und sie zu stoppen. Madde war dabei, ihren Eisbergsalat und den Dosenmais in toskanischem Tüffelöl zu ertränken ...

Langsam kamen immer mehr Leute, und Agnes begrüßte sie. Ein paar von ihnen hatten Kleinkinder dabei. Die meisten kannte sie bereits, aber manche aus Jonas' Freundeskreis hatte sie noch nie gesehen. Madde legte eine CD von Enrico Iglesias auf, oder war es Ricky Martin? Agnes konnte die beiden einfach nicht auseinanderhalten. Die Frauen tranken Wein, die Männer Bier, niemand tanzte. Eine Art Spiel unter Erwachsenen, dachte Agnes. Man organisierte einen Babysitter, traf sich paarweise und brachte der Gastgeberin einen Strauß Tulpen mit.

Agnes fragte sich, wie die anderen sie wohl einordneten. Das Großstadtmädchen, das sich aus den Fängen der Kleinstadt befreit hat? Das sich aus dem Staub und Karriere gemacht hatte, statt in der Fabrik anzufangen und den Sandkastenfreund zu heiraten? Betrachteten sie sie wirklich mit Neid? Oder hatten sie eher Mitleid mit ihr, dem armen Geschöpf, das alles Vertraute aufgegeben hatte, um ein anonymes Leben in der Großstadt zu führen?

Ein Typ ließ sich neben ihr auf dem Sofa nieder. Er gehörte zu denen, die sie nicht kannte, und er war schon ziemlich angetrunken.

»Du bist also Maddes Schwester, stimmt's?«

»Ja.«

»Und wohnst in Stockholm?«

»Ja.«

»Hey, das ist cool. Hast du Kinder?«

»Nein.«

»Ich auch nicht. Meine Freundin will welche. Sie findet, es ist an der Zeit. Drei.«

»Und was willst du?«

»Keine. Oder, keine Ahnung, vielleicht eins oder zwei. Aber nicht jetzt.« Sendepause. Agnes gab sich Mühe, ein Gesprächsthema zu finden, aber ihr fiel beim besten Willen nichts ein. Gerade als sie sich entschuldigen wollte, um sich ein neues Glas Wein zu holen, setzte er wieder an. »Mir ist von der Fabrik gekündigt worden.«

»Dir auch?«

»Ja.« Plötzlich sah er noch desolater aus, starrte auf seine Bierdose, die er in der Hand hielt. »Scheiße, ich bin erst sechsundzwanzig und schon arbeitslos. Hast du eine Ahnung, wie beschissen sich das anfühlt?« Agnes überlegte. Bis vor kurzem hatte sie auch zu den Arbeitslosen gehört. Aber das war etwas anderes. Für Agnes ging es darum, daß sie den Job, den sie wollte, nicht bekam. Bei ihm und bei allen anderen in der Fabrik war es so, daß für sie vermutlich überhaupt kein Job mehr drin war.

»Kannst du nicht umziehen?«

»Umziehen? Das sagen die beim Arbeitsamt auch, aber ich lebe doch nun mal hier. Mein ganzer Freundeskreis ist hier, meine Freundin, meine Eltern, alle.« Er nahm einen großen Schluck. Agnes hatte Mitleid. Bis er seine Hand auf ihren Oberschenkel legte. Ziemlich weit oben. Sie stand auf und ging in die Küche. Dort diskutierten die Frauen über Wohnungseinrichtungen. Die Männer unterhielten sich auf der anderen Seite – soviel sie begriff – über Eishockey. Agnes holte sich eine Tasse Kaffee aus der Pumpthermoskanne, die Madde bereitgestellt hatte. Dann machte sie sich auf die Suche nach ihrer Schwester, um sich zu verabschieden. Sie wollte bei den Eltern übernachten. Madde war ein bißchen eingeschnappt, daß sie schon gehen wollte.

»Du, das, was ich über Tobias gesagt habe«, begann sie vorsichtig, während Agnes sich die Jacke anzog. »Ich wollte es dir nicht erzählen, ich wollte es für mich behalten, aber als du ...«

»Ist schon in Ordnung, Madde. Laß uns nicht mehr darüber reden.« Agnes zog den Reißverschluß hoch.

»Aber ich wollte ...«

»Dann mußt du mit Jonas sprechen, ich will von Tobias nichts mehr hören!«

Madde zuckte zusammen, weil Agnes' Stimme plötzlich scharf klang. »Okay, okay, ist schon gut. Schön, daß du da warst!« Sie drückte Agnes.

»Danke dir.« Agnes drehte sich um und wollte gehen, als Madde erneut ansetzte.

»Du, eine Sache noch ...« Agnes holte tief Luft, nicht schon wieder Tobias. Konnte sie es nicht gut sein lassen? »Dieses Öl, ich fand, es schmeckt ein bißchen sonderbar.« Sie lächelte Agnes an.

»Dann nimm es einfach als Badeöl. Tschüs.«

»Tschüs.«

Ihre Mutter war noch wach geblieben, tatsächlich, genau wie früher. Agnes setzte sich an den Küchentisch auf den Stuhl gegenüber und erzählte vom Fest. Kein Wort darüber, wie fremd sie sich dort vorgekommen war, aber ein genauer Bericht, was es zu essen und zu trinken gegeben hatte. Dann erzählte sie kurz vom Pastaking und versuchte, ihre neue Stelle in einem positiven Licht darzustellen. Kalles Angebot erwähnte sie besser nicht, und ihre Mutter schien mit dem zufrieden, was sie zu hören bekam. Dann gingen sie ins Bett.

Agnes lag eine Weile wach, bevor sie einschlafen konnte. Sie starrte den Mond an. Ob es falsch gewesen war, Länninge den Rücken zu kehren, ob sie hier wohl glücklicher geworden wäre? Quatsch, das waren ja nur Gedankenspiele. Sie hatte ihre Entscheidung getroffen, ihr Leben war, wie es war, und zwischendurch war sie ja auch sehr zufrieden damit. Sie grübelte noch eine Weile, starrte auf die vertrauten Konturen von Stuhl und Schreibtisch am Fenster, vom Schaukelstuhl, den ihr Großvater geschreinert hatte, und vom Kissen, das sie im Werkunterricht bestickt hatte. Sie hielt dagegen, daß sie in Stockholm eine schöne Wohnung und ihre Freunde hatte. Dann fiel ihr nichts mehr ein. An allem anderen mußte sie wohl einfach noch arbeiten.

Nein, so ging es nicht weiter. Sie hielt es einfach nicht länger aus. Der Job beim Pastaking war mit Abstand der schlimmste, den sie je gehabt hatte. Die Arbeitszeiten waren skandalös, der Verdienst miserabel und das Essen, das serviert wurde, war ungenießbar, nein, schlimmer noch, es war ein richtiger Fraß. Mehr als die Hälfte des Personals arbeitete schwarz, Hygiene war in der Küche ein Fremdwort, und außerdem war sie fest davon überzeugt, daß Micke, der Besitzer, ein Verhältnis mit Rosita hatte, obwohl er verheiratet war. Gut, sie hatte einen Château Pétrus fallen lassen, aber erstens hatte sie dafür einen guten Grund, und mußte sie – zweitens – deshalb diese Klitsche aushalten?

Agnes stand an der Kasse und sah die letzten Mittagsgäste das verqualmte Lokal verlassen. Eigentlich sollte sie dasselbe tun. Sie sollte wirklich dasselbe tun.

Agnes schlich in das kleine Büro und holte den Zettel mit Kalles Telefonnummer heraus. Es dauerte eine Weile, bis er ans Telefon ging. Währenddessen kramte sie nervös in einem Stapel mit Unterlagen, die auf dem Schreibtisch lagen. Solvalla stand ganz oben, mehr konnte sie nicht lesen, dann war Kalle am Apparat. Man hörte, daß jemand im Hintergrund bohrte.

»Kalle, hallo, hier ist Agnes.«

»Hallo, endlich rufst du an! Ich habe schon darauf gewartet.«

»Hast du immer noch eine Stelle für mich?«

»Selbstverständlich!« Er bremste sich. »Ist etwas passiert?«

»Ich erlebe wohl gerade den Alptraum aller Kellnerinnen.«

»Klingt schrecklich.«

»Ist es auch. Ein gottvergessenes Restaurant. Ich halte es hier nicht länger aus.«

Kalle mußte lachen. »Du bist mehr als willkommen bei mir. In zwei Wochen ist Eröffnung. Und weißt du was, ich habe eine Überraschung für dich.«

»Eine Überraschung? Bist du morgen vor Ort?«

»Wo soll ich sonst sein?«

»Dann sehen wir uns!« Gerade als Agnes auflegen wollte, kam Micke herein. Sie schreckte zusammen, doch er schien von ihrem Gespräch nichts gehört zu haben.

»Haben Sie Pause?« Er strich sich mit der Hand durch die zurückgekämmten Haare und zog die glitzernde Trainingshose glatt.

»Ich mußte mal telefonieren.«

»Das sollen Sie während der Pause tun. Und wenn Sie das Telefon benutzen wollen, müssen Sie fragen. Ich will nicht, daß das Personal hier rein- und rausspringt.« Agnes sah ihn an und warf einen Blick auf den Tisch. Die Unterlagen von Solvalla, der Stockholmer Pferderennbahn, lagen noch immer vor ihr. Micke machte einen Schritt nach vorn und legte sie rasch zur Seite.

»Das ist mein Büro. Privatbereich«, zischte er und stopfte

ärgerlich den Stapel in die Innentasche seiner Lederjacke. Agnes stand auf.

»Okay. Sie werden mich hier ohnehin nicht mehr sehen. Hier und auch woanders nicht. Ich kündige.«

»Was soll das, so einfach geht das nicht«, protestierte Micke und fuchtelte mit dem Armen. Etwas in seinem Tonfall verriet ihr, daß es nicht das erste Mal war, daß er einen Angestellten verlor.

»Warum nicht?« Sie legte die Schürze ab und drapierte sie auf den Schreibtisch. Dieses Mal war sie etwas weitsichtiger gewesen. Sie hatte sich ihren Lohn für die ersten zwei Wochen bereits am Vormittag auszahlen lassen. Jetzt waren sie quitt. Mit knappen Worten sagte sie ihm noch ihre Meinung zu seinem Restaurant, zog ihren Dufflecoat über und verließ das Lokal. Das Ganze war eine Sache von ein paar Minuten, trotzdem stand sie hinterher da und zitterte wie Espenlaub. Was war nur in sie gefahren? Was hatte sie getan?

Agnes ging rasch die Rolltreppe hinunter, die in den U-Bahn-Schacht führte, und erwischte genau die Bahn, die einfuhr. Sie ließ sich auf einem freien Platz nieder. Versuchte tief durchzuatmen, das Gespräch noch einmal Revue passieren zu lassen. Sie war wohl einfach ihrer Intuition gefolgt. Oder sollte sie sich besser umgehend in die Nervenklinik einweisen lassen?

Auf den ersten Blick war kein großer Unterschied zu sehen. Der Raum war noch immer staubbedeckt, Maschinen und Werkzeug lagen überall verstreut. Als sie hereinkam, hörte Kalle auf zu schleifen und hob den Kopf.

»Sieh mal an, da kommt mein Personal!«

»Und ich hatte gedacht, ich sollte in einem Restaurant arbeiten und nicht auf einer Baustelle.«

»Sei nicht so unflexibel, das schließt sich doch nicht aus. Winkelschleifer mit Béarnaisesauce, Heilbutt mit Stiftnägeln und Fugenmasse … Ich habe massenhaft gute Ideen!« Agnes lachte, zum ersten Mal seit langem war ihr danach.

»Aber mal im Ernst, schaffst du den Termin?«

»Keine Frage. In zwei Wochen ist Einweihungsfeier.« Agnes suchte nach Spuren von Nervosität in seinem Gesicht oder wenigstens von Zweifel. Aber vor ihr stand nach allem, was sie feststellen konnte, nur ein zufriedener und gutgelaunter Kalle. »Wie lief es denn in dem gottvergessenen Restaurant?«

»Ich habe es geschmissen, nehme ich an.«

»War er sauer?«

»Vermutlich. Aber ich bin nicht lange genug geblieben, um das genauer zu ergründen.«

»Vielleicht wird er sich rächen.« Kalle versuchte, ein böses Gesicht zu machen.

»Klar, eines Morgens wache ich mit einem abgehauenen Thunfischkopf im Bett auf.« Agnes lachte laut. »Wenn ich Glück habe, hat er das Restaurant bis dahin verspielt.«

»Er spielt?«

Agnes nickte. »Ich glaube schon. Pferdewetten. Ich habe jedenfalls eine Quittung von Solvalla auf seinem Schreibtisch liegen sehen.« Kalle pfiff.

»Es würde mich nicht wundern, wenn er da war und Wettscheine gekauft hat.«

»Warum sollte er das tun?«

»Oje, oje, und du willst dich in der Restaurantbranche auskennen!« spottete Kalle. »Stell dir vor, du hast zuviel Kohle, wenn es nach dem Finanzamt geht. Vielleicht hast du einen schönen neuen Benz, obwohl dein Unternehmen Verluste einfährt …«

»Er fährt BMW.«

»Okay, dann eben einen neuen BMW. Dann ist es doch praktisch zu sagen, du hättest das Geld beim Trabrennen gewonnen. Stimmt's? Das Problem ist nur, daß du es beweisen mußt …«

»Ach, und dann fährt man nach Solvalla und kauft Quittungen, die ganz zufällig jemand beiseite gelegt hat. So läuft der Hase?«

»Ja klar. In unserer Branche übrigens auffallend oft.«

Er verstummte für einen Moment und legte die Schleifmaschine ab. »Mensch, ich habe dir noch gar nicht meine Überraschung gezeigt!« Kalle griff nach einem Papier, das auf den Boden gefallen war. »Die neue Zeichnung. Und das hier, was glaubst du, was das ist?«

»Sieht aus wie eine Bar.«

»Genau. Sollten wir sie vielleicht Agnes' Corner nennen?«

»Lieber nicht.«

»Wie du willst. Du kannst dir gern etwas Besseres ausdenken. Aber es ist doch klasse, es wird genau so, wie du es vorgeschlagen hast! Der Architekt war von der Idee ganz begeistert. Am Montag kommen zwei Schreiner, die den Boden herrichten und die Theke bauen, dann fehlt nur noch der Anstrich und die Einrichtung.«

»Nur noch?«

»Ja, wenn man eine neue Lüftung eingebaut und alle Abflußrohre ausgetauscht hat, dann kommt es einem so vor, als sei der Rest ein Klacks. Und zudem eine angenehmere Sache.«

»Was stellst du dir vor?«

»Ich weiß noch nicht genau. Wegen der Akustik werden wir einen Holzfußboden legen. In einer neutralen Farbe lasiert, wahrscheinlich hellgrau. Die Wände hätte ich gern rot.«

Agnes schaute sich um. Die Fenster zur Straße hin waren zwar groß, aber da das Lokal recht tief lag, lief man Gefahr, daß rote Wände es in eine Art Grotte verwandelten.

»Hast du keine Angst, daß Rot zu intensiv ist und ein Gefühl vermittelt, als ob man im Bauch eines Walfisches schwimmt?«

»Schon möglich. Ich weiß auch nicht so recht.«

»Aber den Gedanken finde ich gut, es farbig zu machen«, schob Agnes schnell hinterher. Sie wollte ihn nicht kritisieren.

»Diese weißgestrichenen Lokale sind doch inzwischen schon wieder out.«

»Ganz meine Meinung.«

»Wie soll das Ganze denn eigentlich heißen?«

»Ach, die Sache mit dem Namen ... Stefan und ich wollten es ursprünglich Zwei Wirte nennen, aber natürlich geht das jetzt nicht mehr.«

»Stimmt.« Agnes verschwieg, daß sie das nicht schlimm fand. »Zwei Wirte« klang ungefähr so aufregend wie »Zwei Vermessungsingenieure« oder »Zwei Bibliothekare«.

»Ich habe hin und her überlegt, aber mir ist noch nichts eingefallen. Sofia hat sich auch schon den Kopf zerbrochen, heute abend wollten wir noch mal ein Brainstorming machen, aber mehr wurde noch nicht daraus. Das einzige, was uns einfiel, war Bistro Karl, aber ob das nun so originell ist?«

»Das sagt ja nicht so viel über das Restaurant aus ...« Agnes wollte ihm nicht zu nahe treten.

»Jeder Vorschlag ist willkommen.«

Agnes nickte. »Ich denke mal darüber nach. Wie wird das Essen?«

Eigentlich ein Wunder, daß sie darüber nicht als erstes gesprochen hatten, es hätte ihre erste Frage sein müssen, aber zum einen wußte sie aus den Zeiten im Picnic, daß Kalle einen guten Geschmack hatte, und zum anderen gab es so viele andere Dinge zu besprechen. Den Staub, zum Beispiel. Agnes mußte niesen.

»Bist du erkältet?«

»Nein, aber vielleicht solltest du in Erwägung ziehen, dein Reinigungspersonal zu wechseln.« Sie zog den Finger über die Arbeitsfläche, was einen schönen Strich in der Staubschicht hinterließ.

»Ich werde es mir zur Brust nehmen.« Kalle grinste. »Das Essen? Sehr viel Mittelmeerküche, italienisch natürlich. Kräuter, Öle, Schalentiere und Fisch, auch frische Pasta, viele kleine Gerichte. Asiatische Einflüsse. Keine Sahnesaucen, wenige Zutaten. Zitrone, Salbei, Thymian, Knoblauch ...« Agnes nickte, während Kalle sprach. Genau das hatte sie gehofft. Sie ergänzte.

»Limone.«

»Und Koriander...«

»Chili ...« Sie schauten sich an und mußten lachen.

»Es sieht so aus, als würdest du verstehen, wovon ich rede.«

»Ja, tue ich. Ich finde, es klingt phantastisch. Kann ich dir eigentlich noch mit irgend etwas helfen?«

»Sehr gerne. Du kannst die Spachtelüberstände an der Wand da drüben wegschleifen. In der Küche hängt ein alter Overall, den kannst du überziehen.«

Agnes machte sich gutgelaunt ans Werk. Der Spachtelstaub wirbelte um sie herum, als sie die Oberfläche der Wand mit Sandpapier zu glätten versuchte. Ein gutes Gefühl. Bei Kalle im Restaurant. Es schauderte sie, wenn sie daran dachte, daß sie eigentlich jetzt im Pastaking hätte stehen und Spaghetti frutti di mare verkaufen müssen, die aus Fertigsoße und Dosenkrabben bestanden, die man selbst unter dem Mikroskop kaum entdeckt hätte. Es konnte nur besser werden, das war immerhin ein Trost.

»Ach, übrigens ...« Kalle nahm das Schleifgerät wieder ab. »Wir haben überhaupt noch nicht über deinen Lohn gesprochen.«

»Stimmt.« Agnes kam sich blöd vor.

»Du wirst bestimmt verstehen, daß ich dir nicht viel anbieten kann. Ich selbst habe mir für die ersten drei Monate keinen Lohn eingerechnet. Natürlich bezahle ich dich, aber ...«

»Kalle, ich vertraue dir. Mir ist klar, daß es nicht viel sein kann ...«

»Am Anfang!«

»Am Anfang. Ich muß einen Bankkredit, die Nebenkosten und ein paar Rechnungen bezahlen. Viel mehr brauche ich nicht. Wenn du mir das zahlen kannst, bin ich zufrieden. Ich denke, du wirst das erhöhen, sobald es geht.«

»Agnes, du bist ein Schatz, weißt du das?« Kalle hatte Tränen in den Augen. »Danke für dein Vertrauen, du wirst es nicht bereuen.«

Das hoffte sie.

Agnes war erst gegen neun Uhr am Abend wieder gegangen. Kalle blieb noch. Sie hatten Hamburger geholt, sich auf den Boden gesetzt und gegessen. Agnes' Gesicht war völlig eingestaubt, von ihrem Haar ganz zu schweigen. Sie hatte vergeblich versucht, den Dreck herauszubürsten. Als sie in Aspudden aus der U-Bahn stieg, fühlte sie die Müdigkeit in ihrem Körper. Rücken und Nacken waren verspannt, der rechte Arm tat weh, und irgendwie hatte sie sich die Knöchel verletzt. Und so blieb sie ganz gegen ihre Gewohnheit auf der Rolltreppe stehen. Ein Mann in dunklem Mantel und mit riesigem Wuschelkopf ging an ihr vorbei. Sie sah ihn an. Er sah sie an. Es war ihr neuer Nachbar, und die überdimensionale Frisur war eine russische Pelzmütze. Agnes versuchte so zu tun, als ob sie ihn nicht erkannte. Schnell schaute sie wieder geradeaus. Der Mann blieb stehen und lächelte.

»Hallo. Erkennst du mich nicht? David Kummel, dein neuer Nachbar.«

Müde drehte Agnes den Kopf um. David Kummel also.

»Hallo.« Sie sah ihn an, besser gesagt, seine Mütze. »Ist die nicht ein bißchen warm? Es wird doch bald Frühling«, sagte sie mit einem Lächeln im Gesicht.

»Du hast recht.« Es war ihm etwas peinlich, und er nahm die Mütze schnell ab. Sein Haar hatte fast die gleiche Farbe wie die Kopfbedeckung, war nur wesentlich platter. »Als ich losgegangen bin, waren es nur ein paar Grad über Null.« Sie kamen aus der U-Bahn-Station heraus auf einen kleinen Platz. Agnes hatte keine Lust auf Gesellschaft. Sie war erschöpft, und das letzte, was sie jetzt brauchte, war Small talk, aber ihr fiel einfach kein Vorwand ein, unter dem sie sich entschuldigen konnte. Die Geschäfte hatten bereits geschlossen. Sie atmete tief durch und lief, so schnell sie konnte. Zum Glück war es nicht weit. Daniel blieb neben ihr. »Und was hast du heute abend gemacht?« Als er keine Antwort bekam, sprach er weiter. »Ich hab mich nur gefragt, weil ... du so staubig bist. Ist das Mehl? Oder Kokain? Du weißt wahrscheinlich, daß es durch die Nase besser absorbiert wird. Ich meine, besser als durch die Haare.«

Agnes starrte ihn an und fuhr sich hektisch mit der einen Hand durchs Haar. Sofort war sie in eine ordentliche Staubwolke gehüllt. »Das ist vom Schleifen«, sagte sie verlegen. Vermutlich sah sie verheerend aus. Aber im Grunde spielte das doch auch keine Rolle.

»Renovierst du gerade?«

»Nein, das trägt man jetzt so.«

Er lächelte. Sie waren inzwischen an der Haustür, und Agnes tippte ihren Türcode ein. Daniel drückte die Tür auf und ließ ihr den Vortritt. Der Fahrstuhl war unten. Daniel stieg ein. Agnes taxierte kurz den Raum, der übrigblieb. Normalerweise war es kein Problem, den Fahrstuhl zu zweit zu benutzen, aber sie hatte keine große Lust auf eine weitere Konversation mit Daniel Kummel. Schon gar nicht, wenn sie auf 15 Zentimeter Abstand neben ihm stehen mußte.

»Fährst du nicht mit?« fragte er, als sie die ersten Stufen nahm.

»Nein, ein bißchen Bewegung kann nicht schaden«, schob sie vor. Sie hörte, wie er das Gitter schloß, und flitzte die Treppe hoch, damit sie an seiner Wohnung vorbei war, wenn er ankam. Es reichte gerade. Als sie den Schlüssel ins Türschloß steckte, hörte sie die Stimme ihres Nachbarn eine Etage tiefer.

»Dann gute Nacht.«

»Gute Nacht«, murmelte sie so leise, daß ihr klar war, daß er es kaum hören konnte. Hastig schloß sie die Tür hinter sich.

Agnes war mitten in der Nacht aufgewacht. Sie lag da und blinzelte in die Dunkelheit, versuchte, die Bilder einzufangen, die in ihrem Kopf herumschwirrten. Sie hatte vom Restaurant geträumt. Ein schöner Traum. Sie hatte alles genau vor sich gesehen. Die Farben, das Porzellan, sogar ihre Kleidung. Und dann hatte sie ein Schild gesehen, auf dem der Name stand. Keine Frage. So mußte es heißen.

»Zitronen, klein und gelb?« Kalle dachte nach. Sprach den Namen leise vor sich hin. »Gar nicht schlecht«, sagte er schließlich. »Das kommt mir irgendwie bekannt vor.« Agnes fing an zu summen.

*»Ich sehn mich nach Italien, nach Italiens schönem Land, wo Zitronen, kleine, gelbe, wachsen auf dem weißen Strand ...«*

»Stimmt! Aber das ist ja perfekt, Mittelmeer, Zitronen, Italien ... genau die richtigen Assoziationen!« Verzückt sah er Agnes an. Sie zögerte einen Moment.

»Na ja, ich frage mich gerade, ob du noch mehr Ideen verkraftest ... zum Beispiel in Sachen Farbgestaltung?«

»Klar, hast du das etwa alles geträumt?«

»Ja, wirklich.« Agnes kam sich ein bißchen blöd vor. Sie gab eigentlich nichts auf ihre Träume, aber die Bilder in diesem Traum waren so klar gewesen. So deutlich.

»Es ist aber wirklich nur ein Vorschlag«, fügte sie hinzu. »Du mußt es nicht so machen.«

»Nein, nein ...« Er war amüsiert. »Nun komm schon, was hast du ausgebrütet?«

Sie schloß kurz die Augen und sah das Bild sofort wieder vor sich. »Also, ich denke an zitronengelbe Wände, hast du wohl schon vermutet, und dann die Kissen auf den Bänken an den Seiten in Rot, Hellrot, so wie holländische Tomaten. Auf den Holztischen mittelmeerblaues Geschirr ...« Agnes hielt inne und sah Kalle an. Er verzog keine Miene, unmöglich zu sagen, was in ihm vorging. Agnes fing an, sich über sich selbst zu ärgern, es war ja nicht ihr Restaurant. Was nahm sie sich eigentlich heraus? Sie wollte ihre Idee gerade verwerfen, da fiel ihr Kalle ins Wort.

»Zitronengelb, tomatenrot und, wie sagtest du noch, mittelmeerblau? Ja, Agnes, das klingt nicht nur sehr poetisch, das klingt auch ...« Er sah sich um, als stellte er sich sein Restaurant gerade in den neuen Farben vor. »Sehr schön.«

Agnes atmete auf. »Meinst du das ernst?« fragte sie verunsichert.

»Ja. Es ist völlig anders, als ich es mir ausgemalt habe. Aber es ist viel besser, es paßt sehr gut zum Essen: leicht und frisch, aber nicht zu kühl.«

»Wir können auch große Schalen mit Zitronen in die Fenster stellen.«

»Und Limoncello als Aperitif des Hauses einführen.« Kalle mußte lachen. »Agnes, wenn ich nicht Sofia hätte, würde ich mich in dich verlieben!« Er trat auf sie zu und schloß sie in die Arme. Es war ihr ein bißchen peinlich, aber sie freute sich. »Morgen kaufen wir Farbe und beginnen zu malern. Jetzt muß ich los, weil ich mit einem Koch verabredet bin, vielleicht kann ich ihn überreden, zu uns zu kommen. Du kennst nicht zufällig Leute, die einen Job im Service suchen?«

»An wie viele denkst du?«

»Außer dir noch zwei. Und eine, die einspringen kann, wenn es brennt.«

»Ich werde mich umhören.«

»Du bist ein Engel.«

Der Anstrich dauerte Tage. Ein Freund von Kalle hatte ein Logo entworfen, und als es fertig war, bestellte Kalle Schild und Speisekarten mit dem Emblem des Restaurants. Sie schufteten Tag und Nacht, aber es machte großen Spaß.

Als Agnes sich auf den Heimweg machte, summte sie vor sich hin, wie sehr sie sich nach Italien sehnte, nach dem Land, »wo die Zitronen blüh'n«. Alles war fertig gestrichen. Es ging ihr gut, und als Lussan anrief und fragte, ob sie sich nach der

Arbeit treffen wollten, sagte sie zu. Sie verabredeten sich in einer Hotelbar in der Vasagata, da Lussan in der Nähe einen Termin hatte. Agnes schaffte es gerade, vorher nach Hause zu fahren und zu duschen.

Gerade als sie sich auf den Weg machen wollte, klingelte das Telefon.

»Hallo Agnes, hier ist Mama. Wie geht's dir?«

»Gut.« Agnes ließ sich auf einen Stuhl im Flur fallen. Sie hatte ihren Dufflecoat schon übergeworfen, und während sie saß, wurde es ihr schnell zu warm. Mit der freien Hand öffnete sie den Mantel. »Und wie läuft es bei euch?«

»Sehr gut.«

»Hat euer Kurs angefangen?«

»Ja, das macht vielleicht Spaß! Wir sitzen jetzt abends abwechselnd unten vor dem Computer. Und für den Fortsetzungskurs haben wir uns schon angemeldet.«

»Wirklich?« Agnes staunte.

»Da lernen wir, wie wir unsere eigene Homepage machen können!«

»Eure eigene Homepage? Wofür denn?«

»Na, um eben unsere eigene Homepage zu machen. Vielleicht über unseren Garten.«

Agnes mußte lachen. »Ihr stellt euren Garten ins Netz? Und wer soll diese Seite besuchen?«

»Es gibt doch viele Gartenfreunde ...« Ihre Mutter klang etwas säuerlich. Agnes reagierte schnell.

»Stimmt, tolle Idee. Wie schön, daß ihr ein Hobby gefunden habt!« Maud begann wieder zu erzählen. Vom Garten, vom Kurs, von den Nachbarn, von Madde und Jonas, von ... Schließlich mußte Agnes sie unterbrechen. Sie war langsam spät dran. »Mama, ich war gerade auf dem Sprung. Können wir ein andermal weitersprechen?«

»Kein Problem, ich hatte nur so lange nichts von dir gehört ...«

»Ganz bald, versprochen.« Sie verabschiedeten sich und

legten auf. Agnes beeilte sich, verpaßte glatt die U-Bahn und mußte dreizehn Minuten auf die nächste warten.

Lussan saß bereits gemütlich in einem Sessel mit einem Glas Wein in der Hand, als Agnes in die Bar kam. Im Kamin brannte ein Feuer. Aber so richtig gemütlich wurde es dadurch auch nicht. Alles war trendy und Design pur, daß Agnes sich vorkam, als sei sie in C&A-Klamotten zu einer Prada-Modenschau gekommen. Die Wände der hohen Räume waren in einem graphischen Muster in Rot und Schwarz angestrichen. Die Lampen sahen wie Ballettröcke aus, und die Sessel waren mit schwarzweißer Kuhhaut bezogen. Sie schaute sich um, während sie zu Lussan hinüberging. Wie mußte man wohl gekleidet sein, um zu dieser Einrichtung zu passen? Vielleicht wie die Typen am Nachbartisch? Sie sahen total schwul aus, alle beide. Supermoderne Schwule. Vermutlich arbeiteten sie in einer Werbeagentur oder in einer Plattenfirma.

Agnes drückte Lussan, die aufgestanden war, um sie zu begrüßen.

»Holst du mir auch noch eins«, sagte Lussan und wies auf ihr Glas, als Agnes Richtung Theke steuerte. Als sie zurück war, stellte sie die Gläser auf den Tisch und ließ sich auf einer der Kühe nieder. Lussan war total aufgekratzt. Sie redete laut und erzählte und lachte viel. Es lag ein stressiger Tag hinter ihr, das merkte Agnes gleich. Und so dauerte es eine ganze Weile, bis sie dazu kam, von den neusten Entwicklungen beim Pastaking und Kalles Restaurant zu erzählen. Lussan war begeistert.

»Aber das ist ja hervorragend! Ein Grund zum Feiern! Warte mal.« Sie stand auf und marschierte zur Theke. Kurz darauf erschien sie mit einer Flasche Champagner in einem Kühler und zwei Gläsern. Die Typen am Nachbartisch sahen neugierig hinüber. Lussan tat unbeteiligt, aber Agnes war klar, daß sie durchaus wahrnahm, daß sie beobachtet wurden.

»Bist du verrückt, Champagner! Eine ganze Flasche.«

»Und gute Neuigkeiten! Ich bin so stolz auf dich, erst

schmeißt du den teuersten Wein der Welt auf den Boden, weil dein Chef die Finger nicht von dir lassen kann ...«

»Er ist mir wirklich runtergefallen«, berichtigte Agnes.

»Dann war das eben eine Freudsche Fehlleistung«, lachte Lussan und fuhr fort. »Dann machst du diesen Mr. Mafia auf Skärholmen zur Schnecke ...«

»Mafia?« Agnes hatte von Micke erzählt, aber von Mafia war nie die Rede gewesen. Gar kein Gedanke daran. Lussan unterbrach ihren Protest.

»Na ja, wenn man einen Jogginganzug mit Lederjacke trägt und bei der Buchführung schummelt, dann gehört man zur Mafia. Ist einfach so.« Lussan beeilte sich, ihr zweites Glas zu leeren, bevor sie den Champagner einschenkte. Agnes sah sie skeptisch an.

»Willst du den wirklich gleich hinterherkippen?«

»Wieso hinterherkippen. Du nuckelst ja an deinem Glas. Sieh zu, daß du austrinkst, es gibt noch edlere Trauben!« Sie hielt ihr das Glas Champagner hin. »Zum Wohl!« Sie tranken. Agnes schielte über ihr Glas zu Lussan.

»Trinkst du eigentlich jeden Tag Wein?« fragte sie so beiläufig es ging, aber Lussan sprang sofort darauf an.

»Was soll das, du redest ja wie meine Mutter. Ob ich schon einen getrunken habe.« Sie grinste. »Du mußt dir keine Gedanken machen. Und die Antwort auf deine Frage: Nein, ich trinke nicht jeden Tag Wein.« Agnes nickte, sie kam sich blöd vor.

»Gut.«

»Manchmal trinke ich auch einen Cosmopolitan.« Lussan grinste wieder. »Aber im Ernst, es besteht keine Gefahr.«

»Okay.« Funkstille. Die Stimmung war im Eimer. Lussan sah zum Nachbartisch hinüber und lächelte. Agnes nippte am Champagner. Göttlich.

»Hat sich der Idiot eigentlich bei dir gemeldet?« fragte Lussan schließlich.

»Tobias?«

»Super, 100 Punkte! Natürlich meine ich Tobias.«

»Er hat seine Sachen abgeholt.«

»Endlich. Du warst bestimmt froh, daß du sie nicht mehr sehen mußtest.«

Agnes nickte. Sie verschwieg die Dinge, die er dagelassen hatte. Die Platten und seine alte kaputte Gitarre, eine Fender, die im Flur stand und auf eine Reparatur wartete, die es vermutlich nie geben würde. Genaugenommen hatte Tobias nur ein paar Klamotten geholt. Sie hatte schon überlegt, ob sie ihn deshalb anrufen sollte, brachte es aber nicht fertig. Wenn er ihre Wohnung noch brauchte, um Dinge unterzustellen, konnte er das ihretwegen tun. Eine Weile. Irgendwann war dann auch damit Schluß. Mit Sicherheit.

»Und sonst? Was macht die Liebe?«

»Wie immer. Nichts, genaugenommen. Der einzige, der an mir interessiert ist, ist dieser Peter im Büro.«

»Aha?« Agnes wurde neugierig.

»54 Jahre alt, verheiratet, zwei Töchter im Teenageralter. Spitze ... Sieht nicht mal gut aus.« Sie seufzte. »Das Leben als Single ist heute nicht gerade der Hit.«

»Nein ...« Agnes war noch nicht soweit, sich wieder zu den Singles zu zählen. Sie war nicht der Typ dafür. Ein Single war jemand, der es sich selbst so ausgesucht hatte, der etwas unternahm und nicht zu Hause saß und darauf wartete, geheiratet zu werden. Das tat Agnes zwar auch nicht, ganz so schlimm stand es noch nicht um sie, aber sie mochte das Leben zu zweit. Das Gefühl, daß jemand nur für sie da war. Jemand, auf den sie sich einstellen, um den sie sich kümmern und den sie lieben konnte. Ihr stand nicht der Sinn nach Abenteuer. Sie hatte es versucht, jetzt war ihr Bedarf gedeckt. Für die nächste Zeit hatte sie jedenfalls genug. Das war der Unterschied zu Lussan. Sie war Single mit Leib und Seele. Sie konnte es genießen. Meistens jedenfalls. Jetzt versuchte Agnes, sie zu trösten. »Dann mußt du wohl einen deiner anderen Liebhaber ausgraben. Von diesem Architekten habe ich schon eine ganze Weile nichts mehr gehört. Und der Däne, ist der gar nicht mehr in Stockholm?«

»Torben, doch, der hat gestern sogar angerufen!«

»Na, sieh mal an.«

»Aber ich habe ihm einen Korb gegeben.«

»Und warum?« Agnes stutzte. Neinsagen war eigentlich untypisch für Lussan.

»Ich weiß auch nicht, mir kam das mit einem Mal alles so schmuddelig vor. Er kommt an und ist scharf auf eine Nummer. Man muß ja nur Lussan anrufen ... Nein, das Gefühl mag ich nicht.«

»Ich dachte, du wärst auch scharf auf ›eine Nummer‹. Und daß es deshalb auch so gut lief.«

»Wahrscheinlich war es auch so, aber plötzlich war mir nicht mehr danach. Ich habe auch keine richtige Erklärung dafür. Vielleicht habe ich zu lange so gelebt.« Lussan schenkte Champagner nach. »Obwohl mir selbst nicht ganz klar ist, ob ich es mir ausgesucht habe, oder ob ich mich eher mit der Situation angefreundet habe. Vielleicht habe ich mich mit zufälligen Affären und Liebhabern, die alle nur auf der Durchreise sind, einfach zufriedengegeben, weil ich etwas anderes nicht bekommen konnte.« Gerade als Agnes widersprechen wollte, winkte Lussan ab. »Ach, wahrscheinlich ist das nur ein Durchhänger. Bald bin ich wieder in der Spur! Torben ist übrigens noch ein paar Tage in der Stadt. Ich habe ihm gesagt, ich würde mich melden. Und vielleicht gibt es ja noch mehr Fische im See ...« Sie nickte diskret in Richtung der Werbefuzzis.

»Ja, jetzt bist du wieder die alte, ich dachte schon, ich muß mir Sorgen machen!« Sie stießen an, bevor Agnes weitersprach. »Aber im Ernst ...« Lussan schnitt ihr das Wort ab.

»Nein, kein Ernst mehr heute abend!«

Lussan hatte sie noch eine Runde durch die Bars geschleppt, und obwohl Agnes schon lange aufgehört hatte zu trinken, war sie ordentlich beschwipst. Im Gegensatz zu Lussan, die anscheinend nie betrunken wurde. Es war tückisch, mit ihr zu feiern, denn Agnes vertrug nicht einmal einen Bruchteil von dem, was Lussan hinunterkippte. Jetzt saß sie da und versuchte, ihren Kopfschmerz mit zwei Alka Seltzer hinunterzuspülen, die sich gerade brausend im Glas auflösten.

Eigentlich hatte sie zu Kalle fahren wollen, um ihm zu helfen. Der Vormittag war schon fast gelaufen, aber der Gedanke an Bohr- und Schleifmaschinen war ihr unerträglich. Das einzige, was sie tun konnte, war, das Telefon in die Hand zu nehmen, um jemanden für das Personal ausfindig zu machen. Klar, sie hätten auch eine Anzeige schalten können, aber das hätte viel zu lange gedauert. Agnes blätterte ihr Telefonbuch durch. Da standen unzählige Namen, aber viele kannte sie nur flüchtig. Das war kein Wunder, das Personal in der Branche wechselte häufig, man bekam schnell neue Kontakte, aber enge Freundschaften wurden selten daraus.

Als erstes rief sie Pernilla an. Keiner da. Agnes sprach ihr auf den Anrufbeantworter, es gäbe einen tollen Job für sie, falls sie Interesse hätte. Dann rief sie Johanna und Karin an. Johanna bedankte sich, hatte aber gerade die Stelle gewechselt und fühlte sich in dem Laden ganz wohl. Karin hatte ein Studium angefangen, wollte aber darüber nachdenken. Falls ihr BAföG nicht reichte. Agnes blätterte noch einmal in ihrem Telefonbuch. Strich ein paar Namen. Es waren einige dabei, die sie nie so richtig gemocht, aber aus Höflichkeit Name und Anschrift notierte hatte. Unter VWYZ – X hatte der Verlag anscheinend wegrationalisiert – fand sie Henrik Valke. Ihn hatte sie lange nicht mehr gesehen, aber sie hatte ihn in guter Erinnerung. Auf gut Glück rief sie an. Er brauchte eine Weile, bis er wußte, wer Agnes war.

»Ja stimmt, bei Trevor & Co! Ist ganz schön lange her. Wie geht's dir?«

»Danke, super.« Agnes hielt den Hörer ein wenig vom Kopf weg, um ihre Ohren vor der kräftigen Stimme zu schützen. »Du, ich dachte, vielleicht suchst du gerade eine Stelle?«

»Im Service?«

»Ja. In einem neuen Restaurant. Kennst du Kalle Reuterswärd?«

»Den Küchenchef vom Picnic?«

»Ja, er macht sich jetzt selbständig. In der Skånegata. Hättest du Interesse?«

»Mmh ... wann soll es losgehen?«

Agnes hielt die Luft an. »Nächste Woche.«

»Oh, ein Schnellschuß!«

»Ja, du weißt doch, wie das ist ... Was machst du eigentlich im Moment? Hast du einen Job?«

»Tja, also, eigentlich ... Keinen richtigen Job, kann man sagen. Ich schreibe. Ich schreibe an einem Buch.«

»Hey! Das ist ja spannend! Was denn für ein Buch?«

Henrik seufzte. »Es ist so: Ich wollte mich hinsetzen und den Roman schreiben, den ich schon seit Jahren im Kopf mit mir herumtrage. Da habe ich meinen Job geschmissen, weil ich dachte, es wird sonst nie etwas.«

»Klingt logisch.«

»Das Problem ist, daß es auch jetzt nichts wird.« Er lachte trocken. »In drei Monaten habe ich ganze vierzehn Seiten geschrieben.«

»Aber das ist doch gar nicht so schlecht.«

»Doch, wenn man bedenkt, was ich dafür alles gecancelt habe. Ich bin jahrelang in dem Glauben herumgelaufen, daß ich im Grunde Schriftsteller bin, obwohl ich nie die Chance hatte, wirklich zu schreiben.«

»Und jetzt hast du die Chance ...«

»Ja, und bin mir nicht mehr sicher.«

»Das ist bestimmt nur eine Schreibhemmung, oder wie das heißt.«

»Schon möglich, aber bis das nachläßt, sollte ich mir mal

Gedanken machen, wie ich über die Runden komme. Eine Beziehung ist ja nicht dazu da, den anderen durchzufüttern.«

Agnes mußte an all die Monate denken, in denen sie Tobias mitversorgt hatte, weil er »zu stolz« war, um putzen zu gehen oder als Fahrkartenkontrolleur zu arbeiten.

»Da kann ich sie auch verstehen«, sagte sie behutsam.

»Ihn.«

»Wie bitte?«

»Ihn. Meinen Freund.«

»Ach so, ja ... klar.« Wie peinlich.

»Du, über den Job muß ich mal nachdenken. Kann ich dich heute abend anrufen?«

»Ja, mach das.« Agnes gab ihm ihre Nummer und verabschiedete sich. Das war erst mal genug. Sie ging ins Schlafzimmer und legte sich aufs Bett. Die Tabletten wirkten allmählich, ihr Kopf beruhigte sich. Bevor sie wegdöste, dachte sie an das Restaurant, Zitronen, klein und gelb. Nur noch fünf Tage, dann sollte die Eröffnung sein. Sie hoffte inständig, daß Kalle alles unter Kontrolle hatte. Gut, die Küche sah sehr ordentlich aus, die Wände im Speisesaal waren gestrichen, die Theke stand, und die Tische sollten in dieser Woche geliefert werden. Aber alles andere war noch ein Chaos. Sie hatten kein Geschirr, der Hersteller, von dem die Stühle kommen sollten, »hatte ein Problem« – keiner wußte, was daraus werden würde, in der Gästetoilette fehlte das Waschbecken, und auch um eine Garderobe mußte sie sich noch kümmern. Sie hatten noch keinen Koch und kein Personal für den Service. Der Kühlschrank war nicht in Ordnung und mußte ausgetauscht werden, die Lampen im Speisesaal bestanden nach wie vor aus zwei nackten 100-Watt-Birnen. An der Theke fehlte noch der Wasseranschluß. Die Außentür quietschte zum Steinerweichen. Ob das Schild fertig werden würde, war noch nicht sicher, das gleiche galt für den Umschlag der Speisekarte. Sie war auch noch nicht fertig geschrieben, obwohl Kalle und sie beim Streichen schon vieles geklärt hatten. Die Weinkarte stand halbwegs. Es war unglaublich, an wie viele Dinge es noch zu denken galt. Trotzdem behielt Agnes die Ruhe, während sie dalag. Sie mußte an die schönen zitronengelben Wände denken und an das blaue Porzellan, das sie mit Kalle ausgesucht hatte. Sie stellte sich die kleine Barecke vor und die zwei tiefen Ledersessel, die sie in einem Trendladen gefunden hatten und die wunderbar paßten. Es würde schon alles klappen. Mit diesem Gedanken schlief sie ein.

»Hallo, hier ist Pernilla! Du hast angerufen.«

Agnes räusperte sich, ihre Stimme war noch dünn. »Ja, super, daß du zurückrufst.« Sie versuchte, ihre Gedanken zu ordnen. Sie hatte zwei Stunden geschlafen, das Kopfweh war weg, aber sie hatte einen Mordshunger. »Kalle Reuterswärd vom Picnic macht ein eigenes Restaurant auf und sucht noch Leute. Hast du Lust? Es ist sehr kurzfristig, am Samstag ist Eröffnung.«

»Ja, klar.«

»Wie bitte?«

»Ja, natürlich habe ich Lust.«

»Aber…« Agnes wußte gar nicht, was sie sagen sollte, so eine deutliche Antwort hatte sie gar nicht erwartet. »Du meinst, du willst den Job?«

»Ja, ich würde gern erst mit Kalle sprechen und mir das Restaurant ansehen, aber grundsätzlich ja. Ich bin arbeitslos.«

»*Du* bist arbeitslos?« Agnes war verblüfft. Sie kannte Pernilla schon ein paar Jahre und konnte sie sich beim besten Willen nicht arbeitslos vorstellen.

»Ich habe letzte Woche gekündigt. Mein Chef war nicht mehr auszuhalten. Ein richtiges Schwein, hat mich ständig begrabscht und angegraben.«

»Und du hast gekündigt?« Agnes schluckte, die Geschichte kam ihr bekannt vor.

»Er mußte mir einen Monatslohn zusätzlich auszahlen, ansonsten hätte ich ihn wegen sexueller Belästigung angezeigt.«

»Und darauf hat er sich eingelassen?«

»Ihm blieb wohl nichts anderes übrig, oder?«

Agnes mußte an ihren eigenen Abgang denken und ärgerte sich ein bißchen, daß sie ihren Chef so einfach hatte davonkommen lassen. »Hast du heute Zeit, Kalle zu treffen?« Agnes schielte auf die Uhr. Halb drei. Kalle würde vermutlich den ganzen Abend im Restaurant sein.

»Ja, natürlich. Ich muß noch ein paar Dinge erledigen, aber gegen fünf vielleicht?«

»Gut.« Agnes gab ihr die Adresse in der Skånegata.

»Wie heißt das Lokal eigentlich?«

»Zitronen, klein und gelb. Und es sieht immer noch nach Baustelle aus, nicht erschrecken!«

»Okay, bis dann!«

Agnes rutschte aus dem Bett und machte sich für den Weg in die Stadt fertig. Im Treppenhaus hörte sie Musik im zweiten Stock. Wie so oft. Sie kam aus Kummels Wohnung. Bob Dylan, und zwar laut. Sie schüttelte sich, Bob Dylan fand sie schon immer furchtbar. Nicht einmal Tobias hatte sie von seiner Größe überzeugen können.

Kalle war begeistert, als sie auftauchte. Und noch mehr freute er sich, als sie von Pernilla und Henrik berichtete. Er hatte auch gute Neuigkeiten. Er hatte einen Koch gefunden, Filip, mit dem er sehr zufrieden war. Filip seinerseits wollte mit einem anderen Koch Kontakt aufnehmen, »der genau richtig für das Konzept sei«.

»Paß auf, es wird alles wie am Schnürchen laufen, du wirst schon sehen«, schmunzelte Kalle. »Hast du eigentlich schon unsere Garderobe gesehen?«

»Und ob! Super! Und die Tür ist jetzt auch in Ordnung. Ich hab kaum noch was gehört.«

»Man mußte sie ja nur ein paar Millimeter anheben und die Scharniere ölen. Ich wünschte, die Wasserleitung an der Theke wäre genauso unproblematisch ... der Klempner kommt morgen. Er soll sich auch um das Waschbecken in der Toilette kümmern. Tische und Stühle sind für Donnerstag angekündigt. Halt die Daumen!«

Die Tür knarrte nur noch dezent, als Pernilla kam. Sie begrüßte Kalle. Sie kannten sich über ein paar Ecken, aber zusammen gearbeitet hatten sie noch nicht. Pernilla zog ihre Jacke aus. Sie war ungefähr so groß wie Agnes, aber ganz anders gebaut. Agnes war dünn und feingliedrig, Pernilla eher kräftig. Nicht dick, sondern mehr der athletische Typ. Breite Schultern, schmale Hüften, wie eine Schwimmerin. Sie hatte rotes Haar, wahrscheinlich sogar echt, aber mit Farbe verstärkt. Es war ein intensives Kupferrot, das einen reizvollen Kontrast zu ihrem blassen Teint bildete. Ziemlich farbig, dachte Agnes. Und sehr hübsch. Kalle zeigte Pernilla das Restaurant, während Agnes ihren Overall anzog. Es gab noch einiges zu tun. Sie hörte die beiden reden. Kalle erzählte von der Küche. Pernilla lobte die Einrichtung. Als sie ging, hatte sie sich bereits entschieden. Sie würde definitiv anfangen im Zitronen, klein und gelb.

Als Agnes abends nach Hause kam, hatte Henrik eine Nachricht auf dem Anrufbeantworter hinterlassen. Er hatte es sich überlegt, die Schriftstellerei wollte er eine Zeit auf Eis legen. Agnes war zufrieden. Wenn nun noch dieser Filip einen zweiten Koch anschleppte, dann hatten sie ihre Schäfchen im Trockenen.

Am Donnerstag abend sollte sich das Personal komplett im Restaurant versammeln. Sie mußten die Speisekarte, die Abläufe und ein paar grundsätzliche Dinge durchgehen. Am Samstag sollte die Eröffnung sein. Agnes hatte ihre Eltern, Jonas und Madde und natürlich Lussan eingeladen. Ihre Mutter hatte sich sehr über ihren neuen Job gefreut. Sie hatte es gar nicht ernst genommen, als Agnes angedeutet hatte, daß es trotz allem ein gewisses Risiko war. Machte es Sinn, sich über die Zukunft Sorgen zu machen, warum konnte sie nicht einfach den Augenblick genießen? Vielleicht war etwas daran, Agnes fühlte sich immerhin sehr wohl dort. Zumindest bisher.

Vormittags war sie im Restaurant gewesen, um Lieferungen anzunehmen. Die Stühle waren gekommen, wie verabredet. Die Tische waren aber noch immer nicht da, und Kalle war gerade unterwegs, um dem Spediteur Beine zu machen. Was Essen und Getränke anging, hatten sie das meiste bestellt, nur der Fischgroßhändler hatte plötzlich Konkurs angemeldet, und Kalle brachte den halben Mittwoch damit zu, einen neuen zu finden. Zum ersten Mal bemerkte Agnes bei ihm eine gewisse Anspannung. Er war sonst wirklich außerordentlich ruhig, wenn man bedachte, was noch alles zu tun war. Immerhin schien sich die Sache mit dem Fischlieferanten geklärt zu haben, denn Kalle war mit einem Vertrag in der Hand zurückgekommen. Agnes beschloß, vor dem Treffen noch einmal nach Hause zu fahren. Die Zeit reichte gerade noch für eine Nudelsuppe und einen Sprung unter die Dusche.

Zwei Stunden später war sie wieder im Restaurant. Kalle und Pernilla waren schon da. Agnes ließ sich auf einem der neuen Stühle nieder. Kurz darauf kam Henrik. Er kannte Kalle schon und begrüßte Agnes und Pernilla herzlich. Ganz der alte. Das Haar vielleicht etwas kürzer, ansonsten das gleiche strahlende Gesicht. Und energiegeladen wie immer. Agnes konnte gar nicht glauben, daß er seinen Roman nicht auf die Reihe bekam, er schien zu denen zu gehören, die alles aus dem Ärmel schüttelten. Aber nun gut, was wußte sie schon von ihm. Sie hatte ja nicht einmal kapiert, daß er schwul war.

Kalle hatte einen Kasten Bier besorgt, und Agnes trank ein Lightbier, während sie warteten. Sie war neugierig auf die Köche. Kalle hatte erzählt, daß Filip sehr fleißig sei, aber sehr jung. So um die fünfundzwanzig. Über den anderen Typen wußte sie noch gar nichts. Das sollte sich ändern, denn die Tür ging auf, und zwei Männer kamen die kleine Treppe herunter. Agnes starrte sie an, als sie sich begrüßten. Einen von ihnen kannte sie. Beinahe zu gut.

»Hallo, ich bin Paolo«, sagte er, als er ihr die Hand hinhielt. Da erkannte er sie und erstarrte. Agnes wußte nicht, was sie sagen sollte. Am liebsten wäre sie im Erdboden versunken. Wie peinlich. Sie sahen sich schweigend an. Die Zeit stand still. Langsam zog ein Lächeln über sein Gesicht. In Zeitlupe. »Ach«, sagte er. »Das bist ja du.«

»Ja.« Ihre Antwort kam kläglich. Ein lächerlicher kleiner Piep. Er lächelte, aber Agnes war sich nicht sicher, ob es ein freundliches oder ironisches Lächeln war. Filip ging auf sie zu. Er streckte zur Begrüßung die Hand aus. Paolo blieb stehen, und Filip schaute ihn fragend an.

»Ihr kennt euch, oder?« Jetzt waren alle Blicke auf sie gerichtet. Es war still, alle warteten auf eine Antwort. Paolo ergriff das Wort.

»Ja, kann man sagen. Wie haben uns vor ein paar Wochen mal sehr kurz getroffen. Stimmt's?«

»Ja, genau ...«, stammelte Agnes. Bevor Paolo Platz nahm, zwinkerte er ihr zu. Er schien ihr nicht böse zu sein.

Agnes konnte sich kaum auf das, was Kalle erzählte, konzentrieren. Sie wollte die anderen nicht anschauen, und Paolo schon gar nicht. Gott, wie peinlich! Er war einer der wenigen One-Night-Stands in ihrem Leben und definitiv der einzige, von dem sie sich in der Nacht davongeschlichen hatte, ohne auf Wiedersehen zu sagen. Sie konnte sich vorstellen, was er von ihr hielt. Sie dachte, sie sei mit dem Schreck davongekommen, immerhin war Stockholm ziemlich groß. Und nun saß er da, auf einem der Eichenstühle, einen Meter entfernt. Ihr neuer Kollege.

Kalle bat jeden einzelnen, sich mit ein paar Sätzen vorzustellen. Agnes sollte beginnen. Mit gesenktem Blick faßte sie ihre Laufbahn zusammen. Das Bateau bleu ließ sie aus, aber Kalle ergänzte es. Er fiel ihr ins Wort und berichtete, daß sie immerhin als Oberkellnerin in dem berühmten französischen Restaurant gearbeitet hatte. Agnes wies darauf hin, daß es nur eine kurze Episode gewesen sei und daher gar nicht erwähnenswert, dann war sie fertig. Die anderen waren dran. Eine Geschichte kannte sie bereits. Danach stellte Kalle ihnen die Gerichte vor.

Agnes vergaß beinahe ihre Zurückhaltung, als sie hörte, wie die Speisekarte nun endgültig aussehen sollte. Es klang alles hervorragend. Vor allem mit dem Geschmack der salzigen Nudelsuppe noch im Mund. Die Beschreibungen der mit Zitronen marinierten Gemüse, des Hummers mit Chilidipp und des gegrillten Hähnchens mit Thymianschaum fanden die Zustimmung von Filip und Paolo.

»Grundsätzlich möchte ich reine, einfache Gerichte aus der Mittelmeerküche mit ein paar asiatischen Einflüssen kombinieren«, resümierte Kalle. »Ich habe kein Interesse daran, neue Erfindungen wie Zwiebelmarmelade oder Vanilleweinessig zu kreieren. Oder Gerichte, die so aufgetürmt sind, daß man nicht weiß, wie man sie essen soll. Wir möchten ein Publikum, das frische Gerichte bevorzugt und nicht nach dem letzten Schrei sucht.« Die anderen klatschten spontan. Kalle lächelte verlegen. Dann erläuterte er seinen Vorschlag zur Aufteilung der Schichten. Sie sollten in der Küche und im Speisesaal jeweils zu zweit arbeiten. Eventuell würde freitags und samstags eine dritte Person dazukommen, aber anfangs würden sie nur zu zweit sein. Keiner widersprach, und Kalle teilte den Dienstplan aus. Dann ging ein Strahlen über sein Gesicht. »Halt, ich habe etwas vergessen.« Er stand auf und ging in die Küche. Mit einem Pappkarton in den Händen kehrte er zurück. Er öffnete ihn und holte den Inhalt heraus. »Ich hoffe, ich habe die richtigen Größen erwischt. Hier, Agnes, medium.« Er reichte ihr ein Shirt. Kurzärmlig, tailliert und intensiv limonengrün. Auf der Vorderseite war das Logo mit den drei gelben Zitronen abgedruckt.

»Sieht klasse aus!« staunte Agnes.

»Scharf!« meinte auch Henrik und hielt sich das etwas gerader geschnittene Herrenmodell vor die Brust.

»Ein bißchen knapp, oder...« Pernilla zog vorsichtig am Material, um zu schauen, ob man es noch dehnen konnte.

»Wir haben ein paar in Reserve«, fügte Kalle hinzu. »Ich dachte, alle, die im Service arbeiten, ziehen diese Shirts an, am ehesten wohl zu Jeans. Zitronen, klein und gelb ist ein cooles, modernes Restaurant. Ich möchte gern, daß man das auch dem Personal ansieht. Mein Freund, der das Logo entworfen hat, hat mir auch bei den Shirts geholfen. Wir haben sie günstiger bekommen, weil der Hersteller in der Speisekarte genannt wird. Allerdings hatten wir keine Vorgabe, wie groß die Buchstaben sein müssen, deshalb müßt ihr die Lupe nehmen, um seinen Namen rechts unten auf der Innenseite lesen zu können.« Kalle grinste. »Filip und Paolo bekommen natürlich auch welche. Bitte schön!« Er warf sie Filip hinüber, der eins an Paolo weiterreichte. Agnes sah sofort, daß das Grün gut zu seinen dunklen Haaren paßte. Das galt auch für Pernilla, ihr stand die Farbe gut. Sie selbst hätte sich am liebsten in Luft aufgelöst. Sie hielt das Shirt an sich.

»Steht dir.« Paolo sah sie an und nickte.

»Meinst du? Macht es mich nicht ziemlich blaß?«

»Nein, gar nicht. Das Grün paßt super zu deinen braunen Augen.«

»Danke.« Agnes senkte den Blick. Sie war knallrot.

Kalle fing nun an, die Einweihungsfeier durchzugehen. Beginn war am Samstag abend um sieben Uhr. Ungefähr hundert Gäste würden erwartet. Sie wollten ein Büffet mit Kostproben aus der Speisekarte anbieten. Die Lieferanten für Wein und Bier würden die Getränke für die Party stellen.

»Morgen beginnen wir, das Essen vorzubereiten, kommt bitte so um drei Uhr, damit wir genügend Zeit haben«, sagte Kalle zu den Köchen. Es war spürbar, daß er eine gewisse natürliche Autorität besaß. Das war ihr bei den Renovierungsarbeiten gar nicht aufgefallen, aber nun erinnerte sie sich, wie es war, als er in der Küche vom Picnic gearbeitet hatte. Er mußte nie die Stimme heben oder unangenehm werden, alle taten ohnehin, was er sagte. Eine praktische Eigenschaft, wenn man Chef ist, dachte sie.

Als alle Punkte besprochen waren, saßen sie noch eine Weile zusammen und erzählten von Restaurants, in denen sie beschäftigt waren, von unmöglichen Kollegen und Chefs, die richtige Sklaventreiber waren. Pernilla erzählte von diesem grabschenden Schwein. Agnes verschwieg ihre Geschichte. Sie wurde langsam müde und wollte nach Hause. Sie entschuldigte sich und griff nach ihren Sachen. Alle anderen blieben noch. Gerade als sie im Begriff war zu gehen, rief ihr Paolo nach.

»Mußt du zur U-Bahn?«

»Ja.« Was sollte sie antworten, sie konnte wohl kaum lügen.

»Ich schließe mich an, ist das okay?«

»Klar.« Agnes ärgerte sich, mußte sie immer die Wahrheit sagen! Paolo nahm seine Jacke und folgte ihr die Treppe hinauf. Sie verabschiedeten sich von den anderen und gingen. Ein paar Meter lang herrschte Schweigen. Agnes hatte das Gefühl, ein Gespräch anfangen zu müssen. Sie nahm einen Anlauf. »Ja, wahrscheinlich fragst du dich ...« Weiter kam sie nicht. Sie hatte keine Ahnung, was Paolo sich fragte.

»Warum du abgehauen bist?« führt er ihren Satz fort.

»Ja.«

»Natürlich war ich überrascht, das gebe ich zu. Ich fand es eigentlich sehr schön ...« Agnes wollte ihn unterbrechen, sagen, daß sie es auch schön gefunden hatte. Daß es gar nicht darum ging. Aber Paolo sprach weiter. »Auf der anderen Seite glaube ich, ich kann dich verstehen.«

»Ach ja?«

»Ja, ich habe das selbst auch schon manchmal erlebt ...« Agnes sah ihn an. Er mußte lachen. »Versteh mich nicht falsch – das ist nicht gerade eine Angewohnheit von mir, aber wie gesagt, es ist schon vorgekommen.« Sie waren mittlerweile an der Götgata angekommen. Es war dunkel, aber noch immer waren viele Leute unterwegs, wahrscheinlich auf dem Heimweg vom Kino, das um die Ecke lag.

»Mir ist das jedenfalls noch nie passiert«, sagte sie schließlich.

»O je, das klingt nicht gerade wie ein Kompliment ... Was habe ich verbrochen?«

»Es hatte gar nichts mit dir zu tun.« Sie überlegte kurz, ob sie von Tobias erzählen sollte. War eigentlich egal. »Mein Freund hatte gerade Schluß gemacht und ich war wohl ... na ja, aus dem Gleichgewicht. Ich hätte nicht mit dir mitkommen sollen, damit meine ich nicht, daß es nicht schön war, sondern daß ich noch gar nicht bereit dazu war. Weißt du, was ich meine?«

»Ich denke schon.«

»Entschuldige bitte, daß ich einfach abgehauen bin. War wirklich nicht die feine Art.«

»Nein, das stimmt, aber die Entschuldigung ist angenommen. Aber Gnade dir Gott, wenn du mich bei der Arbeit im Stich läßt!« Er lachte, und Agnes fiel erleichtert ein. Sie standen nun an der U-Bahn-Haltestelle Medborgarplatz. Agnes ging auf die Treppe zu. Nach ein paar Stufen merkte sie, daß Paolo gar nicht mitkam.

»Mußtest du gar nicht zur U-Bahn?« fragte sie.

»Nein«, sagte er. »Ich wollte nur gern die Sache aus der Welt schaffen, bevor wir anfangen, zusammen zu arbeiten. Mir wäre es zu kompliziert, aneinander vorbeizulaufen und so zu tun, als wäre nichts gewesen.«

»Danke, war 'ne gute Idee.« Agnes sah ihn an und lächelte. »Ich hab mich nicht getraut«, fügte sie hinzu, bevor sie ihm zuwinkte und auf der Treppe weiterging, bis sie an die Sperre kam. Ihr war ein Stein vom Herzen gefallen. Ein großer.

Um vier Uhr betrat Agnes das Restaurant. Sie hörte das Geklapper aus der Küche und ging hinein. Filip rührte in einem Topf, Paolo putzte Gemüse. Im Hintergrund lief das Radio. Sie drehten sich zu ihr um und grüßten fröhlich, als sie sie durch die Schwingtür hineinkommen hörten. Sie waren konzentriert, aber nicht angespannt. Filip berichtete, daß Kalle sich gerade auf den Weg gemacht hätte, um die Tonanlage für das Fest zu organisieren. Agnes ging ins Lokal. Die Tische waren an den Rand geschoben, damit in der Mitte Platz für eine Tafel war, auf dem das Büffet serviert werden konnte. Sie legte ihren Mantel ab und begann zu decken. Als sie fertig war, sah sie sich um. Sie hatten zwar schon einmal ein paar Tische eingedeckt, aber nun sah sie zum ersten Mal den ganzen Raum komplett. Ohne Zweifel war es schön geworden. Wirklich sehr schön. Wenn das Essen ebenso erstklassig werden würde, hätten sie ein hervorragendes Restaurant.

Eine Stunde vor Beginn der Feier versammelten sich alle. Kalle war guter Dinge, schien aber nun doch leicht nervös. Immer wieder schlich er in die Küche, kontrollierte mal das eine, dann das andere. Agnes hatte Verständnis dafür. Es war sein Traum, sein Projekt, das nun Wirklichkeit geworden war. Natürlich wollte er, daß es gelingt. Sie wollte es auch. Zitronen, klein und gelb war zwar nicht ihr Restaurant, aber sie fühlte sich trotzdem dafür verantwortlich. Es war das erste Mal, daß sie von Anfang an dabei war, daß sie selbst Dinge entscheiden durfte. Und das Ergebnis spiegelte deshalb viel von ihr wider.

Kalle tauchte wieder im Speiseraum auf und bat um ihre Aufmerksamkeit.

»Wie ihr wißt, ist das heute nicht die offizielle Eröffnung, wir wollen feiern, daß es jetzt losgeht. Heute abend sind nur Freunde und Familie da, und niemand wird bezahlen.« Sie kicherten ein bißchen. »Es ist mein Restaurant.« Kalle verstummte und blickte in die Runde. »Auf dem Papier. Tatsächlich aber sehe ich es als *unser* Restaurant. Wir alle stehen für das Konzept und für den Erfolg ...« Henrik pfiff und applaudierte. Die anderen stimmten ein. »Ich erwarte, daß jeder sein Bestes gibt. Und noch ein bißchen mehr. Und heute abend möchte ich ...« wieder eine Pause, »... daß alle verdammt viel Spaß haben!« Wieder Beifall. »So, das war's. Jetzt machen wir das Essen fertig. Paolo, du brätst die Spieße an, Filip bereitet die Krabben vor. Ihr anderen holt die Platten aus dem Kühlschrank und baut das Büffet auf. Ich werde mir ein Bier holen und meine Nerven beruhigen. In einer Viertelstunde kommen die Gäste!«

Jeder sprang los. Agnes zündete die Kerzen auf den Tischen an und öffnete die Weinflaschen. Henrik und Pernilla trugen Platten aus der Küche zum Büffet. Schalen mit Oliven, kleine Fleischspieße mit Sesam, Knoblauchscampi, Hähnchenfilet, das nach Thymian duftete, marinierte Gemüse, gegrillte Auberginen, frischgebackenes Brot, Dips, Parmaschinken, eine phantastische Obstschale und überall Unmengen Zitronen. Es sah lecker aus, weiter kam Agnes nicht, denn in dem Moment klapperte die Tür, und die ersten Gäste waren da.

Sture Reuterswärd kam hinuntergestiegen. Neben ihm ging seine Frau, in einen kurzen Pelzmantel gekleidet. Agnes eilte zu ihnen, um sie zu begrüßen. Stures Handschlag war fest, die Stimme tief. Seine Frau Alice dagegen faßte zu wie ein toter Hering. In der anderen Hand hielt sie einen riesigen Blumenstrauß. Agnes zeigte ihnen die Garderobe und wollte gleich Kalle holen. Da kam er schon aus der Küche. Er ging auf seine Eltern zu, reichte seinem Vater die Hand und schloß seine Mutter in die Arme. Plötzlich wirkt er viel jünger, dachte Agnes noch, als schon die nächsten Gäste eintrudelten. Es waren Freunde von Filip. Langsam füllte sich das Lokal.

Maud und Sven kamen gemeinsam mit Madde und Jonas. Auch sie brachten Blumen mit, Madde hatte noch einen Teddybären dabei. Als Maskottchen, sagte sie, und überreichte ihn ihrer großen Schwester. Agnes nahm den Teddy und setzte ihn ins Fenster. Die Blumen stellte sie in eine Vase. Sie achtete darauf, sie nicht in die Nähe des opulenten Straußes von Kalles Eltern zu stellen. Er hätte eigentlich besser zur Verleihung des Friedensnobelpreises gepaßt als hier provisorisch in einen Sahnejoghurteimer – keine Vase war groß genug. Im Vergleich zu ihm wirkten alle anderen Sträuße wie selbstgepflückter Löwenzahn von den Nachbarskindern. Maud sah sich um.

»Wie schön es ist«, sagte sie voller Bewunderung.

»Wunderbar!« meinte auch Madde und nickte. »Wenn man Gelb mag.«

Agnes bot ihnen etwas zu Trinken an und machte sie auf das Büffet aufmerksam. Mittlerweile war das Lokal ziemlich gefüllt. Sie hörte Geplauder von überallher und hatte das Gefühl, daß die Stimmung gut war. Das Essen wurde hoch gelobt, und sie bemühte sich, alle Kommentare an Filip und Paolo weiterzugeben. Lussan war noch nicht da. Sie hatte schon angekündigt, daß sie später kommen würde. Sie hatten bei der Arbeit auch eine Feier, aber sie wollte sich dort möglichst früh verabschieden.

Plötzlich klopfte jemand an sein Glas und räusperte sich. Es dauerte einen Moment, bis Ruhe eingekehrt war und Kalle die Musik leise gedreht hatte. Sture Reuterswärd stand still und entspannt in der Mitte des Restaurants. Er war es gewohnt, daß die Aufmerksamkeit auf ihn gerichtet war.

»Zur Feier des Tages möchte ich ein paar Worte an meinen Sohn richten«, sagte er und schaute sich um. »Karl hat lange davon geträumt, so lange ich mich erinnern kann. Nicht immer hatte er meinen Segen, und ich muß zugeben, das tut mir heute leid.« Er räusperte sich. Eine Rede zu halten, war eine Sache, etwas zuzugeben, eine andere. Er setzte neu an. »Wenn ich heute dieses Restaurant sehe, bin ich voller Stolz, was mein Sohn auf die Beine gestellt hat, und ich bin überzeugt, daß es, mit der Kompetenz, die Karl und seine Freunde besitzen, ein riesiger Erfolg werden wird.« Alle klatschten Beifall, und Alice Reuterswärd trocknete diskret mit ihrer sorgfältig manikürten Hand eine Träne an ihrem Auge. »Deshalb will ich einen Toast auf Karl aussprechen. Und auf dieses hervorragende Restaurant – Zitronen, klein und gelb! Wir wünschen euch grenzenlosen Erfo...« Mitten im Satz wurde er unterbrochen, weil die Tür aufging. Lussan trat ein. Es war totenstill. Alle starrten sie an. Sie blieb kurz auf der Treppe stehen, dann grinste sie.

»Bin ich richtig, hatten Sie das Strippprogramm bestellt?« fragte sie unschuldig. Ein paar Leute tuschelten. Sture Reuterswärd fand es nicht komisch. Agnes ging zu ihr.

»Komm rein, Lussan«, sagte sie rasch. »Kalles Vater ist gerade dabei, eine Rede zu halten«, flüsterte sie, damit Lussan begriff, was los war. Widerwillig ließ sie sich die Treppe hinunterführen. Sture räusperte sich noch einmal und fuhr fort.

»Wie gesagt, wir wünschen euch riesigen Erfolg und sagen toi, toi, toi für Karl und sein Restaurant.« Die Gäste stimmten ein. Als sie sich wieder ihren Gesprächspartnern widmeten, umarmte Agnes Lussan und hieß sie willkommen.

»Wie war deine Feier?«

»Langweilig. Alle waren in Begleitung. Super spießig, nicht einmal Peter hat mit mir geflirtet, das will schon was heißen. Ich habe mir ein paar Gläser genehmigt und mich dann entschuldigt. Jetzt bin ich hier.«

»Willst du nicht etwas essen?«

»Danke, ich habe mir den Bauch mit Erdnüssen und Salzstangen vollgeschlagen, aber ein Glas Wein wäre nicht schlecht.« Agnes holte ein Glas für sie. »Sieht niedlich aus«, sagte Lussan, als Agnes zurückkam. »Ihr habt es wirklich toll hingekriegt. Aber, hallo, was ...« Lussans Blick blieb an der Bar hängen. »Aber, Agnes, das ist doch der ...« Sie zeigte auf Paolo, der gerade aus der Küche gekommen war und mit ein paar Gästen sprach. Diskret war das nicht gerade. Agnes versuchte, sie zu dämpfen.

»Ja, genau, aber du mußt ihn ja nicht gerade so anstarren. Ich erzähle dir, wie es dazu kam.«

»Du triffst dich seit diesem Abend heimlich mit ihm, stimmt's?«

»Nein, stimmt nicht. Ich war genauso platt wie du, als er hier aufgetaucht ist. Er ist unser Koch.«

»Wie bitte? Er arbeitet hier?«

Agnes nickte. »Ja.«

»Hoppla, Liebe bei der Arbeit …«

»Nein, völlig falsch! Es war eine Eintagsfliege, das hat nichts mit Liebe zu tun. Wir arbeiten zusammen. Das ist alles. Nicht jeder hat eine Affäre mit dem Kollegen …«

»Wie? Meinst du etwa mich? Ich habe leider keine Affäre mit einem Kollegen!« Lussan machte ein beleidigtes Gesicht, dann mußte sie lachen. »Im Moment jedenfalls nicht.« Sie musterte Paolo eine Weile, bevor sie sich wieder Agnes zuwandte. »Aber weißt du was, der ist doch süß. Bist du sicher, daß du nichts von ihm willst?«

»Absolut sicher. Felsenfest. Bombensicher.«

»War er nicht gut im Bett?«

»Ich gebe auf solche Fragen schon aus Prinzip keine Antwort.« Agnes kräuselte symbolisch die Lippen. »Aber wenn du so scharf drauf bist, es zu wissen: Ich habe keine Beanstandungen, was diese Sache betrifft. Es geht um völlig andere Dinge, verstehst du das?«

»Tobias.«

»Zum Beispiel.«

Lussan stöhnte, aber bevor sie mit der Litanei wieder beginnen konnte, schob Agnes der Fortsetzung des Gesprächs einen Riegel vor. »Mach dir keine Sorgen, aber ich bin ein träges Wesen. Ich kann nicht einfach vier Jahre meines Lebens abschütteln, auch wenn es praktisch wäre. Jetzt entschuldige mich, denn ich möchte noch mit meinen Eltern sprechen. Sie sehen ein bißchen verloren aus.« Sie drehte sich um und ging einen Schritt, bevor sie noch eine Bemerkung machte. »Übrigens«, sagte sie zu Lussan, »wenn du ihn süß findest, dann geh du doch rüber und quatsch ihn an. Wenn es dich nicht stört, daß er keinen Anzug trägt … Grüße von mir.«

Agnes bahnte sich einen Weg zu ihren Eltern. Sie standen ein bißchen einsam in einer Ecke und begannen zu strahlen, als ihre Tochter auf sie zukam.

»Was für ein schönes Fest!« sagte Maud, und Sven nickte voller Zustimmung.

»Danke. Was macht euer Computerkurs?«

»Wunderbar, ganz hervorragend!« Sven war offensichtlich sehr zufrieden. »Wir haben Windows und Word gelernt. Jetzt arbeiten wir an FrontPage, dann können wir bald unsere eigene Homepage machen.«

»Über den Garten?«

»Ja, das ist gar nicht so selten, wie man denkt.« Maud riß die Augen auf, um der Sache Nachdruck zu verleihen. »Wir haben schon einige besucht, nicht wahr Sven? Zum Beispiel die in Århus ...«

»Wie, ihr wart in Århus?«

»Nein!« Maud lachte. »Die Homepage besucht. Und nicht nur in Århus, wir haben Gartenphantasien aus ganz Schweden gefunden. Weißt du noch, der in Olofström, Sven?« Mit einemmal schwelgten sie in Webseiten und Gärten. Agnes stand eine Zeitlang daneben, dann wurde es ihr zuviel. Sie ermunterte sie, sich noch etwas zu essen zu holen und sich Wein nachzuschenken, dann drehte sie eine Runde durch das Lokal. Warf einen Blick auf das Büffet, trug ein paar leere Schüsseln in die Küche und kam mit vollen wieder zurück. Wechselte ein paar Worte mit Kalle, dessen Nervosität sich verflüchtigt hatte. Er stand da mit Sofia und nahm Glückwünsche entgegen. Sie sahen so süß aus, die beiden, dachte Agnes. Ganz sicher, daß sie den richtigen Partner gefunden hatten. Genau wie sie selbst noch ein paar Monate zuvor. Da war sie eine von zweien. Die Hälfte eines Ganzen, das es nicht mehr gab. Mittlerweile dachte sie nicht mehr ganz so oft daran. Nicht mehr jede Minute. Sie versuchte, den Gedanken abzuschütteln. Sie war auf einem Fest, das wollte sie nicht kaputtmachen, indem sie anfing, an Tobias zu denken.

Sie schaute in die Runde, und ihr Blick blieb an Lussan hängen. Sie stand an der Theke, neben Paolo. Er redete auf sie ein, und sie lachte. Agnes kannte dieses Lachen gut. Es war Lussans Flirt-Lachen. Sie gab Männern das Gefühl, amüsant zu sein, bewundernswert. Aber im Grunde war sie selbst die Humorvolle, zumindest im Vergleich zu all den todlangweiligen Bürohengsten, die sie in den letzten Jahren angeschleppt hatte. Doch Paolo war keiner von denen. Vorsichtig schielte sie noch einmal zu ihnen hinüber. Paolo schenkte Lussan gerade Wein nach, und sie gab sich beeindruckt von dieser galanten Geste. Ein Spiel. Lussan schien zu wissen, was sie wollte, was Agnes ein bißchen wunderte. Paolo war überhaupt nicht ihr Typ, aber wer weiß, vielleicht konnte sie ihre üblichen Männer nicht mehr ausstehen. Oder sie suchte nur ein Spielzeug für diesen Abend. Agnes wußte nicht, ob sie ein schlechtes Gewissen haben sollte, weil sie ihr den Tip mit Paolo gegeben hatte. Sie beobachtete die beiden noch eine Weile, bis sie es mit der Einsicht bewenden ließ, daß sowohl Lussan als auch Paolo erwachsene Menschen waren und vermutlich selbst entscheiden konnten, wo und mit wem sie die Nacht verbringen wollten.

Um Viertel nach zwei waren die letzten Gäste gegangen. Oder besser gesagt, sie wurden durch die Tür geschoben. Agnes war todmüde, beschwipst und sehr zufrieden. Das Fest war ein Erfolg gewesen, und sie war jetzt völlig erledigt. Kalle und Pernilla waren auch noch da. Die anderen waren in die Stadt gegangen oder nach Hause. Lussan hatte sie gedrückt, bevor sie ging, und Agnes hatte nicht ganz kapiert, ob sie allein ging oder mit Paolo und ein paar anderen, die sich auf den Weg machten. Egal, sie bekäme ja am nächsten Tag den Bericht, das war immer so.

Kalle gähnte laut.

»Nein, laßt mal, wir hören jetzt auf. Ich kümmere mich morgen darum.« Das Lokal sah ziemlich mitgenommen aus. Weinflecken auf den Tischdecken, volle Aschenbecher, Essensreste auf dem Boden und heruntergebrannte Kerzen. »Danke für euer Superengagement heute abend. Am Dienstag wird scharf geschossen.«

Agnes ging zu Fuß zur U-Bahn-Station Slussen und mußte

nur vier Minuten warten, dann kam die Bahn nach Norsborg. Gerade als die Türen zuknallten, sah sie zwei Figuren die Treppen hinunterrennen. Sie kamen zu spät, der Zug fuhr bereits. Was für ein Glück. Für Agnes. Es waren Tobias und ein paar richtige Granaten.

Als Agnes aufwachte, hatte sie ordentliche Kopfschmerzen. Es kam ihr vor, als würde jemand permanent in ihrem Schädel herumtrampeln. Sie hatte einen unangenehmen Traum gehabt. Ein fürchterlicher Straßenmusiker hatte im Gamla Stan ausgelutschte Coversongs auf einer völlig ungestimmten Gitarre geschrammelt. Sie war mit zwei deutschen Touristen ihm genau gegenüber an einem Rohr festgebunden gewesen. Warum auch immer. Es dauerte eine ganze Weile, bis ihr klar wurde, was noch immer nicht stimmte. Sie war wach, hatte einen trockenen Mund, hatte Kopfweh, aber das war nicht alles. Die Musik. Sie hörte einfach nicht auf. Sie blinzelte ein paarmal und zog sich die Decke über den Kopf. Keine Frage, sie verstummte einfach nicht. Im Gegenteil, jetzt setzte der Sänger mit neuer Energie an. *Knock, knock, knocking on heaven's door...*

Agnes stand senkrecht im Bett. Ihr Kopf dröhnte. Das war kein Traum. Es war auch kein verwirrter Straßenmusikant, der sich mit seiner akustischen Gitarre unter ihr Fenster verirrt hatte. Es war Bob Dylan. Himself. Und das ohrenbetäubend laut. Das Geräusch kam aus dem Treppenhaus, durch die Lüftung und Heizung. Agnes warf einen Blick auf die Uhr. Es war zwar nach zehn, aber immerhin war Sonntag, und es war mindestens halb vier gewesen, als Agnes nach Hause gekommen war. Sie wollte schlafen, wenigstens noch eine Weile. Und nicht von dem Blöken dieses bescheuerten Troubadours geweckt werden.

Sie hob ihren Morgenmantel vom Boden auf. Hinter ihrer Stirn pochte es, als sie sich hinunterbeugte. Irgendwann war der Spaß zu Ende! Sie schlüpfte in ein Paar Turnschuhe, die im Flur standen, und trat die Ferse nieder, daß sie wie Pantoffeln aussahen. Das tat sie fast immer, besonders wenn sie in den Wäschekeller lief. Eine Art Sportpantoffeln oder demolierte Turnschuhe, wie man es sehen wollte.

Als sie ihre Wohnungstür öffnete, schlug ihr Bob Dylan wie ein muffiger Wind aus den Sechzigern entgegen. Es war nicht schwer auszumachen, woher die Musik kam. Kaum war sie an Kummels Tür angelangt, klopfte sie. Dann noch mal. Kräftig. Es dauerte einen Moment, bis ihr Nachbar öffnete, aber schließlich ging die Tür auf. David Kummel hatte sein Hemd falsch geknöpft, und auch dieses Mal trug er Badelatschen an den Füßen mit den behaarten Zehen. Immerhin hatte er keine Pelzmütze auf.

Agnes starrte ihn wütend an. Sie sprach kein Wort. Er machte ein ahnungsloses Gesicht.

»Meinst du nicht, du solltest deine Musik ein bißchen leiser drehen?« schrie sie so laut sie konnte, damit er begriff, daß man sich nicht einmal in einem normalen Ton unterhalten konnte, solange die Musik so laut war. Er blinzelte, als würde er erst jetzt das Problem bemerken.

»Ach, ist das zu laut? Moment mal.« Er verschwand in der Wohnung und kurz darauf war es still. Dann tauchte er wieder auf. »Tut mir leid, das war keine Absicht, ich dachte, um die Uhrzeit sei es kein Problem. Ich habe gearbeitet.« Er verlor den Faden.

»Hast du keinen Gedanken daran verschwendet, daß manche Leute auch nachts arbeiten? Und morgens ausschlafen müssen?«

Er guckte beschämt. »Nein, tut mir leid. Tut mir wirklich leid. Wird nicht wieder vorkommen.«

»Okay.« Agnes wollte gerade umdrehen, als David plötzlich eine Idee hatte.

»Möchtest du nicht vielleicht hereinkommen? Ich meine, wenn du schon wach bist. Wie wär's mit einem Kaffee? Überraschender Besuch und so, das kommt doch immer in der Reklame.«

Agnes sah auf ihren Morgenrock, auf ihre Sportpantoffeln, in denen die Hacken überstanden, sie fühlte den fahlen Geschmack im Mund. »Nein, danke«, sagte sie und machte sich wieder auf den Weg die Treppe hinauf. »Vielleicht beim nächsten Mal.«

Am Nachmittag rief Lussan an. Auch sie klang nicht besonders fit.

»Und wann bist du heimgekommen?« fragte Agnes.

»Keine Ahnung. Spät.«

»Und was hast du noch gemacht? Oder vielmehr ihr?«

Lussan ignorierte die Anspielung. »Wir sind in einer grauenvollen Kneipe in der Kungsgata gelandet. Den Namen habe ich vergessen. Auf jeden Fall eine Karaoke-Kneipe. Ich glaube, ich habe einen wenig glorreichen Auftritt zu ›It's raining men‹ hingelegt.«

»Und? In Sachen Paolo?«

Lussan seufzte. »Ein Gute-Nacht-Kuß, dann hat er mir ein Taxi gerufen.«

»Ach?«

»Hey, jetzt bist du doch wohl nicht sauer?«

»Sauer? Nein, warum denn?«

»Ja, wenn ich dir in die Quere komme ...«

»Nein, hör auf, ich habe doch gesagt, ich will nichts von ihm.«

»Sicher?«

»Ganz sicher«, antwortete Agnes, während sie überlegte, ob das auch wirklich die Wahrheit war. »Daß du ihn nicht abgeschleppt hast ...«

»Ich hab's versucht. Er wollte nicht.«

»Oh.«

»Ja, peinlich, aber ist auch nicht das erste Mal. Wenn du es als Frau gewohnt bist, die Initiative zu ergreifen, mußt du ein dickes Fell haben. Es sagen zwar alle Männer, daß sie sich Frauen wünschen, die auch aktiv sind, aber wenn die Frauen es dann tun, werden die Männer impotent.«

»Meinst du damit auch Paolo?« Das mit der Impotenz konnte sich Agnes kaum vorstellen. Auf der anderen Seite hatte Agnes damals wirklich nicht die Initiative ergriffen.

»Keine Ahnung. Er meinte, ich wäre zu betrunken gewesen.«

»Stimmt das?«

»Wahrscheinlich schon.« Lussan lachte laut, wie immer, wenn es um ernste Themen ging. »Und bei dir?«

»Ja, ich war gestern abend auch ganz schön beschwipst.«

»Na, das ist ja schön zu hören ... Bist du mit dem Taxi nach Hause gefahren?«

»Nein, ich habe die U-Bahn genommen.« Agnes verstummte. Ein Bild tauchte in ihrem Kopf auf. Ein Paar, Hand in Hand, zwei, die lachend die Treppe hinunterrannten. Sie hatte versucht, auf dieses Bild vorbereitet zu sein. Hatte sich gezwungen, sich Tobias mit seiner neuen Freundin vorzustellen, trotzdem war die Wirklichkeit viel härter gewesen. Viel schrecklicher. Würde dieser Schmerz nie aufhören?

Lussan sprach weiter. »Das war ein tolles Fest! Und, wie gesagt, das Restaurant ist beeindruckend! Es wird bestimmt super laufen.«

Agnes war dankbar, daß sie das Thema wechselte. »Ich hoffe es, schon für Kalle«, sagte sie. »Aber ich brauche es auch. Weder meine Karriere noch mein Konto halten einen weiteren Mißerfolg aus.«

»Es wird schon laufen. Mach dir keine Sorgen.«

Sorgen machen. War es so, machte sie sich Sorgen? Vielleicht schon. Vielleicht auch nicht. Sie konnte nicht klar denken, trotz zweier Alka Seltzer mit Koffein. Es fiel ihr überhaupt schwer zu denken. Nur essen hatte sie im Kopf. Sie mußte Lussan verabschieden. So ging es nicht weiter. Sie mußte unbedingt etwas essen. Irgend etwas richtig Fettiges und Ungesundes. Sie wußte genau, worauf sie einen Heißhunger verspürte, und das hatte herzlich wenig mit Salbei und Zitronen zu tun.

Noch ein Tag bis zur offiziellen Eröffnung. Agnes ertappte sich, wie sie ruhelos im Wohnzimmer umhertrabte. Dreimal knipste sie den Fernseher an und zappte sich durch einen Shopping-Kanal, Wiederholungen von Doku-Soaps und Testbilder. Eine Weile versuchte sie, sich auf ›Unsere kleine Farm‹ zu konzentrieren. Die kleine Laura sah ihren Vater mit Tränen in den Augen an, der mit Tränen in den Augen zu seiner Frau sah, die mit Tränen in den Augen auf einen Acker mit niedergetrampelten Rüben sah. Jemand wollte der Familie Ingalls etwas Böses. Agnes bekam aber nicht heraus, wer es war.

Noch immer war Vormittag, und der Tag würde sich hinziehen, wenn sie nichts unternahm. Es kam nicht in Frage, ins Restaurant zu gehen, sie hatte mit Kalle schon gesprochen. Niemand würde da sein. Vielleicht käme er am Abend, aber er war der Meinung, daß sie sich ausruhen solle. Besser, sie käme am Dienstag ausgeschlafen und fit. Da würde sie ihre Kräfte noch brauchen.

Agnes griff nach dem Telefon und wählte die Nummer ihrer Eltern. Natürlich waren sie zu Hause, also konnte sie vorbeikommen. Sie zog sich einen Mantel an und fuhr zum Hauptbahnhof. Wochentags gingen die Züge alle zwei Stunden, und sie würde gerade noch den um 12.26 Uhr schaffen.

Es waren nur wenige Menschen im Wagen, so daß sie einen guten Fensterplatz bekam. Die sörmländische Landschaft rauschte vorbei. Die Sonne glitzerte über lehmige Äcker und Bäume mit ihren kahlen Zweigen. Der Frühling war mit seinem scharfen Licht unbarmherzig. Die enthäutete Natur sah blaß und abgemagert aus, wie ein schwerkranker Patient, der soeben wieder ins Leben zurückgeholt worden war.

Der Zug sauste an einem kleinen stillgelegten Bahnhof vorbei. Agnes sah im Vorbeifahren das, was einmal eine Stadt gewesen war, mit Blumenladen, Farbengeschäft und Apotheke. Nichts war mehr da. Die Pendler, die in Stockholm arbeiteten, kauften in riesigen Supermärkten außerhalb der Stadt ein, und die jüngere Generation, die die Stadt am Leben hätte erhalten sollen, hatte das todgeweihte Nest verlassen, um woanders einer leuchtenderen Zukunft entgegenzugehen. Vielleicht war es mit Länninge in ein paar Jahren dasselbe.

Agnes war natürlich froh, daß ihre Eltern die Stillegung des Werkes so gut verkraftet hatten, sie verstanden sich selbst nicht einmal als arbeitslos, aber wegen der Stadt war sie erbost. Daß ein amerikanisches Unternehmen beschließen konnte, eine ganze Gesellschaft lahmzulegen. Denn genau das taten sie ja. Sie hinterließen nicht nur vierhundert arbeitslose Industriearbeiter, sondern auch eine sterbende Stadt. Ihre sterbende Heimatstadt.

Der Zug hielt zweimal, bevor es für Agnes Zeit war auszusteigen. Sie überlegte, ob sie den Bus zum Snickarväg nehmen sollte, aber dann hätte sie noch vierzig Minuten warten müssen. Sie wäre schneller, wenn sie zu Fuß ginge, außerdem müßte sie nicht dastehen und in ihrer viel zu dünnen Jacke frieren. Daß um diese Jahreszeit die Sonne schien, war noch keine Garantie für Wärme. Trotzdem hatte sie ihren Dufflecoat in den Schrank gehängt, weil es Frühling geworden war, irgendwann konnte sie die graue Wolle nicht mehr sehen. Lieber fror sie.

Sie ging mit großen Schritten. Ihr Körper fühlte sich nach der Zugfahrt schlapp an. Und ehrlich gesagt hatte sie ihren Kater noch immer nicht ganz kuriert, obwohl es schon über einen Tag zurücklag. Mit den Jahren dauerte es immer länger, bis man nach solchen Nächten wiederhergestellt war. Trotzdem hatte sie ihr Bestes getan. Sie hatte eine richtig ungesunde Mahlzeit in der Hamburgerbar im Hägerstenväg zu sich genommen. Fett, Salz und Zucker hoch dosiert. Und dann ein Video angeschaut. Sie hatte sich Vinterbergs ›Das Fest‹ ausgeliehen. Der Film hatte hervorragende Kritiken bekommen, hieß es. Sicherheitshalber hatte sie sich als Reserve noch einen anderen Film mitgenommen. Eine Viertelstunde lang hatte sie ›Das Fest‹ angesehen und dann den Ersatzfilm eingelegt: ›Gladiator‹. Den sah sie ganz.

Die Sonne schien ihr ins Gesicht. Sie lief auf dem Radweg neben der Straße. Kein Auto weit und breit. Sie schloß kurz die Augen. Ging bestimmt zehn Meter, ohne zu gucken. Das Licht wurde durch die Augenlider in roten Schimmer verwandelt. Die Luft war frisch, kein Vergleich zu der in Stockholm. Agnes dachte an ihren Job, an das Restaurant. Spürte die Vorfreude. Dann mußte sie an Tobias denken. Das dumpfe Gefühl im Magen stellte sich immer noch ein, aber es wurde weniger. Jetzt hatte sie es unter Kontrolle. Klar, sie sehnte sich nach ihm, aber sie konnte gleichzeitig verstehen, was Lussan und all die anderen gemeint hatten, daß er sich ihr gegenüber miserabel benommen hatte. Mit der neuesten Schlampe, Ida, hatte er sie sogar schon einmal betrogen. Mindestens einmal.

Da waren sie ein gutes Jahr zusammengewesen. So lange hatte er es noch nie mit einer Frau geschafft, er sagte, er habe Panik bekommen. Und etwas Dummes getan. Er hatte sie ernsthaft um Verzeihung gebeten. Er bereute es wirklich, heulte Rotz und Wasser. Agnes war verletzt, aber sie verzieh ihm. Auf Moral zu pochen, würde auch nichts helfen. Nächstes Mal wäre es vielleicht umgekehrt, sagte sie schließlich. Madde, Lussan, Camilla und alle anderen, die ihre Theorie zu hören bekamen, konnten nur laut lachen. Daß Agnes Edin ihrem Tobias untreu sein würde, war mehr als unwahrscheinlich.

Es war eine Sache, langsam, Millimeter für Millimeter über Tobias hinwegzukommen. Eine andere war es, einen Schritt nach vorn zu tun. Sich nicht nur verzweifelt in die Arme eines anderen zu werfen, um sich seine Unabhängigkeit zu beweisen, ohne sich dabei zu verlieben. Ein absurder Gedanke. Die Liebe zu Tobias war so groß gewesen wie ihr Herz, jetzt, da diese Liebe schrumpfte, wurde auch ihr Herz immer kleiner.

Es würde nichts mehr übrigbleiben für einen anderen. Es würde nur einfach ein sehr kleines Herz werden. Der Gedanke machte sie traurig.

Den Rest des Weges zu ihren Eltern ging sie mit offenen Augen.

Ihr Vater saß am PC, als sie in den Hobbykeller hinunterkam. Sie hatten sich dort einen richtigen Arbeitsplatz eingerichtet, die Theke abmontiert, die sie aus dunkelgebeizter Kiefer selbst gebaut hatten und die ihr ganzer Stolz war, als Sven sie irgendwann in den Siebzigern gezimmert hatte. Sie war nie benutzt worden, die Theke. Im Prospekt hatte es so gemütlich ausgesehen, wo Nachbarn um die Bar versammelt standen, mit schaumgekrönten Biergläsern in der Hand. Eine Bar im Hobbykeller war das einzige Statussymbol, das die Familie Edin sich geleistet hatte. Und dann stellte sich heraus, daß sie gar nicht so ein Anziehungspunkt war, wie es die Broschüre versprach. Wahrscheinlich weil die Nachbarn selbst eine Bar hatten. Vielleicht auch, weil man sich so blöd vorkam, wenn man in einer Ecke im Hobbykeller auf einem Barhocker saß und bayrisches Bier trank, das man aus dem Kühlschrank in der Küche heruntertragen mußte. Es war unnatürlich und auch nicht besonders gemütlich.

Agnes ließ kein Wort darüber fallen, daß die Theke verschwunden war, als sie sich über den Schreibtisch beugte, um zu sehen, woran er arbeitete.

»Schau mal hier, da kommt es!« Stolz zeigte ihr Vater auf den Bildschirm. »Unsere Homepage – www.edinslustgard.se. Klingt gut, oder? Edins Lustgarten.«

»Ja, habe ich verstanden. Tolle Idee.«

»Wir haben verschiedene Rubriken eingerichtet: winterharte Stauden, Bäume und Sträucher, Jahreszeiten, Tips, Familie ...«

»Familie? Darf ich mal sehen?«

»Klar. Wir haben ein paar Bilder von uns im Garten eingescannt. Hier zum Beispiel, da steht Mama und bringt das Erdbeerbeet in Ordnung. Oder dies hier, wo du durch die Sprenganlage hüpfst. Wie alt wirst du da sein? Fünf, sechs Jahre?«

»Ja, das ist wirklich schön, aber ich weiß noch immer nicht genau, wer sich die Seite wohl anschauen könnte.«

»Ach, so was spricht sich rum.« Mama war in den Keller gekommen und stand hinter ihnen mit einer Kaffeetasse in der Hand. »So was hört man doch. Vielleicht schreiben wir noch an ein paar Gartenzeitschriften, daß es uns jetzt gibt.«

»Ja ...« Agnes konnte ihre Zweifel kaum verbergen. Ihr Vater sprach weiter.

»Wir nehmen uns ein Thema vor, ein Jahr im Lustgarten. Wir fotografieren alles, was wir tun, und machen daraus eine Fortsetzungsgeschichte. Düngen, Bodenbearbeitung, Säen, Blühen, Ernten ...«

Mama fiel ihm ins Wort. »Wir haben schon mit dem Zurückschneiden angefangen. Zeig Agnes doch mal die Bilder, Sven.«

Ihr Vater klickte auf die Rubrik »Ein Jahr im Lustgarten« und dann auf den Button »Frühling«. Es tauchten Bilder von einem kahlen Apfelbaum auf. Und dann ein Bild, auf dem Sven sägte. Das letzte Bild zeigte den Baum, als er zurückgeschnitten war. Ihre Mutter zeigte auf die Fotos.

»Wollen wir das nicht lieber ändern, Sven? Wir könnten es mehr nach rechts schieben. Und die Überschrift hochziehen. Oder was meinst du, Agnes? Wäre es nicht besser, wenn wir hier ein bißchen mehr Luft hätten?«

»Ja, schon möglich.« Agnes hatte wenig Phantasie, was Webdesign betraf. Das einzige, was sie feststellen konnte, war, daß ihre Eltern in ihr neues Hobby verliebt waren wie Kinder. Sie diskutierten noch eine Weile über Schriften, Bildformate und HTML-Programmierung. Ihr war ein bißchen so, als würde sie sich das Sexleben ihrer Eltern vorstellen. Offenbar gab es eine Seite in ihrem Leben, von der Agnes keinerlei Ahnung hatte. Ihr Interesse an Computern schien etwas zu sein, das sie gerne mit ihren Kindern teilten. Im Unterschied zu ihrem Liebesleben. Sven versuchte unentwegt, Agnes für irgendwelche Dinge auf dem Bildschirm zu begeistern. Schließlich ging Maud dazwischen.

»Aber, meine Kleine, hast du vielleicht Hunger?«

»Na ja ...«

»Wir wollten uns eigentlich gebratenen Hering mit Kartoffelbrei machen, aber wenn du schon da bist, kochen wir vielleicht lieber etwas Besonderes?«

»Gebratener Hering ist für mich was Besonderes. Außerdem werde ich nicht so lange bleiben, also macht meinetwegen bitte keine Umstände.«

Sie gingen die Treppe hinauf. Sven blieb am Computer sitzen, nachdem er versichert hatte, er käme gleich nach. Ihre Mutter schwärmte von der Einweihungsfeier. Und Sture Reuterswärd war dortgewesen, ihn kannte sie ja nur aus dem Fernsehen! Fjellners waren ganz beeindruckt gewesen, als sie ihnen erzählt hatte, daß sie auf einem Fest einen Prominenten getroffen hatten. Agnes mußte schmunzeln. Normalerweise war ihre Mutter nicht so interessiert an Promis, aber Agnes konnte sich vorstellen, wie es war, wenn man plötzlich jemandem gegenüberstand, den man nur von Bildern aus der Klatschpresse kannte. In den ersten Wochen im Bateau bleu war Agnes von den prominenten Gästen auch sehr beeindruckt gewesen, aber daran gewöhnte man sich rasch. Es waren ja auch nur Menschen: Sie fragten nach der Toilette, taten so, als hätten sie eine Ahnung von Wein, wenn sie kosteten, geizten mit dem Trinkgeld und hängten den Schlips in die Soße.

Maud holte die Heringsfilets aus dem Kühlschrank, kippte Paniermehl auf einen Teller und füllte die gesalzenen Fische mit einer Mischung aus Butter und Dill. Die Kartoffeln standen bereits auf dem Herd. Agnes warf einen Blick darauf. Es sah alles so einfach aus. Mit sicheren Handgriffen bereitete ihre Mutter das Essen zu. Alles wirkte sehr routiniert. Sie hatte ein Händchen dafür, das konnte man sagen. Sicher machte Maud keine Experimente in der Küche. Sie hatte eine überschaubare Anzahl von Gerichten im Repertoir, aber die hatte sie zur Perfektion gebracht. Und sie kochte mit Liebe. Eine Liebe, die Agnes mit den Jahren zu schätzen gelernt hatte.

Als sie klein war und ihre Klassenkameraden Kartoffelbrei aus der Tüte und tiefgefrorene Fleischklöße oder Fischstäbchen mit Remouladensoße aus der Flasche vorgesetzt bekamen, gab es bei Agnes zu Hause das gleiche. Nur eben selbstgemacht. Damals mochte sie das nicht, sie wollte auch Tütenkartoffelbrei. Genau wie Camilla ihre Markenklamotten haben wollte, obwohl ihre Mutter Schneiderin war und wirklich alles selbst machen konnte.

Agnes fiel ein, wie sie und Madde sich einmal zusammengetan und ihre Mutter gezwungen hatten, fertige Hackfleischsauce in der Dose zu kaufen. Sie wollten die gleiche braune Soße haben, die sie in der Schule bekamen und die man in Ketchup ertränken mußte, damit sie überhaupt nach etwas schmeckte. Mama erfüllte ihnen diesen Wunsch, aber es blieb bei diesem einen Mal, denn tief in ihren Kinderseelen mußten sie sich eingestehen, daß Mamas Hackfleischsoße trotz allem viel leckerer war, obwohl sie rot aussah und nach Oregano und Knoblauch schmeckte.

Der Hering brutzelte in der Pfanne. Ein bißchen von der Dillbutter lief heraus und verwandelte die Farbe der Fische nach und nach von Silber in Gold. Agnes half, den Tisch zu decken, ihre Mutter summte vor sich hin. *Stockholm in meinem Herzen* ... Es war warm und gemütlich in der Küche.

Maud bat sie, ihren Vater aus dem Keller zu holen, das Essen sei fertig. Nach der vierten Ermahnung kam Sven schließlich, und sie setzten sich an den Tisch. Mama schenkte Bier ein, und sie begannen mit dem Mittagessen.

Nach dem Essen mußte Agnes los, gegen Abend fuhren die Züge seltener, und sie wollte rechtzeitig ins Bett kommen. Sie lief wieder zu Fuß zum Bahnhof, satt und zufrieden. Jetzt ging es ihr besser. Die Ruhe ihrer Eltern hatte auf sie abgefärbt. An Tobias hatte sie keine Sekunde gedacht, seit sie die Schwelle des Hauses im Snickarväg betreten hatte. Als nun das Bild von ihm in ein paar schwarze Levi's gezwängt vor ihrem inneren Auge auftauchte, schob sie es konsequent wieder fort und beschloß, ganz bewußt an etwas anderes zu denken, etwas Angenehmes. Morgen war es soweit.

Nein, so nicht! Die Servietten sehen ja wie Tüten aus! Unmöglich.« Kalle hob verärgert eine der hellroten Stoffservietten hoch, die Agnes gerade gefaltet und auf den Tisch gestellt hatte. Er schüttelte sie wieder auseinander und faltete sie neu. Als er sie auf den Tisch zurückgestellt hatte, betrachteten sie beide ein paar Sekunden lang das Resultat, bevor Agnes zurückhaltend ihre Meinung äußerte.

»Ich weiß nicht, ob ich einen richtigen Unterschied erkennen kann«, meinte sie. »Außer daß die da«, dabei zeigte sie auf Kalles Exemplar, »ein bißchen schief ist.« In dem Augenblick fiel sie in sich zusammen und landete auf dem Tellerrand. Kalle schnaubte.

»Schon gut, mach, wie du willst.« Dann stapfte er weiter Richtung Küche. Agnes sah ihm nach. In der Zeit im Picnic hatte sie ihn nie gestreßt erlebt. Selbst als sie dort so richtig in der Klemme saßen, bewahrte er die Ruhe. Er konnte selbst da noch witzig sein und die anderen beruhigen. Das war einer der Gründe, warum er so beliebt war. Der Umgangston in einer Großküche war sonst eher rauh, Sticheleien und Flüche waren an der Tagesordnung. Besonders wenn es streßig war und die Bestellungen nicht abrissen. Kalle stand dann da wie ein erfahrener Kapitän bei Sturm und verteilte die Aufgaben so, daß alle Gäste rechtzeitig ihr Essen bekamen. Weiß Gott, wie er das hinbekam. Vielleicht war ihm die selbstverständliche Autorität seines Vaters, des Bankdirektors, mit in die Wiege gelegt worden. Jedenfalls hörte man auf ihn, man tat, was er sagte, denn seine Kompetenz war unbestritten.

So, wie er sich gerade aufführte, wirkte er alles andere als souverän. Er war schlecht gelaunt gewesen, seit sie das Lokal betreten hatte. Sie sah, wie Filip und Paolo hinter seinem Rükken Grimassen zogen, vermutlich hatte er heute auch schon an ihrer Arbeit etwas auszusetzen gehabt. Trotzdem nahm sie es ihm nicht übel. Wer wäre an seiner Stelle nicht nervös?

Für den Abend der Eröffnung hatten sie zwei Reservierungen. Nicht gerade viel, aber Agnes versuchte, Kalle zu trösten, immerhin war es nur ein Dienstagabend. Da war es auch im Bateau bleu immer ruhig. Außerdem kam es ihnen doch entgegen, wenn es langsam anlief. Ein richtiger Run am ersten Abend wäre auch kein Zuckerschlecken gewesen. Kalle war ihr nicht gerade um den Hals gefallen, als sie das gesagt hatte, aber Agnes spürte, wie er sich etwas beruhigte.

Alles war vorbereitet. Die Tische waren eingedeckt. Pernilla stand hinter der Theke und schnitt Zitronen. Die Kerzen auf den Tischen brannten. Im Fenster stand eine große, schöne Keramikschale mit einem ganzen Berg Zitronen. Ein paar Sträuße von der Party standen noch da. In der Küche schien alles fertig zu sein. Fehlten nur noch die Gäste. Es war halb sieben, seit einer halben Stunde hatten sie geöffnet. Ganz normal, die meisten Gäste kamen zwischen sieben und acht Uhr. Es hatte nichts zu bedeuten, daß es noch leer war. Es war überall das gleiche.

Agnes zupfte ihr T-Shirt zurecht. Es stimmte, die limonengrüne Farbe ließ sie blaß erscheinen. Aber es war nicht weiter wichtig, es sah hübsch aus, und blaß und interessant zu sein, war ja auch nicht verkehrt. Außerdem zwang sie ja niemand, sich einen Bikini in derselben Farbe zu kaufen.

Kalle hatte inzwischen schon aufgegeben. Er war mittlerweile überzeugt davon, daß das Restaurant ein Flop werden würde, und nun hatte er sich hingesetzt und überschlagen, wie viele Jahre er brauchen würde, um der Bank den Kredit zurückzuzahlen. Um fünf vor sieben ging die Tür auf. Das Paar blieb in der Eingangstür stehen und sah sich in dem leeren Lokal um.

»Haben Sie schon geöffnet?« fragte der Mann und blieb an der Treppe stehen.

»Im wahrsten Sinne des Wortes, heute ist unser Eröffnungstag«, antwortete Agnes. »Und Sie sind unsere ersten Gäste. Herzlich willkommen.«

Der Mann und die Frau zögerten ein wenig. Sie sahen sich verunsichert an. Sollten sie wirklich hineingehen, sie konnten ebensogut auf dem Absatz kehrtmachen. Ein anderes Lokal suchen, in dem mehr los war. Wahrscheinlich war es ihnen peinlicher, wieder zu gehen, denn sie kamen schließlich die Treppe hinunter. Agnes zeigte ihnen die Garderobe und bot ihnen einen Tisch an. Einen am Fenster, damit die Leute, die vorbeigingen, sehen konnten, daß hier ein Restaurant war, das besucht wurde. Massenhaft. Immerhin: zwei Gäste.

Sie reichte beiden die Speisekarte und fragte so entspannt es ging, ob sie etwas zu trinken bringen könne. Beide bestellten ein Glas Wein, und Agnes zog sich diskret zurück. Bevor sie den Wein holte, schlich sie in die Küche, um die frohe Nachricht mitzuteilen. Sie hatten Gäste. Kalle sprang von seinem Stuhl auf, auf den er niedergesunken war. Er flitzte zur Drehtür und linste durch den Spalt Richtung Speisesaal. Ein Lächeln ging über sein Gesicht. Die Schultern senkten sich, und Agnes hörte ihn aufatmen.

»Okay«, sagte er zu den anderen in der Küche. »Jetzt geht es los.«

Es einen Erfolg zu nennen, war vielleicht ein bißchen hochgegriffen, aber gut angelaufen war es allemal. Pernilla und Agnes waren nicht ins Schwitzen gekommen, aber auf jeden Fall beschäftigt. Sie hatten vierundzwanzig zahlende Gäste gehabt und zwei, die an der Theke ein Bier tranken. Das Essen hatte offenbar allen geschmeckt, es war sehr gelobt worden, und nach einer Crème brûlée mit Mokka und kandierten Pecannüssen hatte eine Frau versprochen, sie würde mit Sicherheit wiederkommen.

Freunde von Kalle, die reserviert hatten, waren so nett gewesen, keinen Freundschaftspreis zu verlangen – der Alptraum aller Gastwirte. All die Freunde und Bekannten, die mit einemmal auftauchten und dachten, sie bekämen Essen umsonst und einen Aperitif zum Kaffee, weil sie »so lieb waren und vorbeigekommen sind«. Agnes hatte schon viele von dieser Sorte gesehen. »Der geht doch sicher auf Gérard?« hatte sie im Bateau bleu wohl tausendmal gehört. Sie fragte in solchen Fällen, ob sie Monsieur Cabrol holen solle, dann könnten sie das persönlich klären. Dann änderten sie in der Regel schnell ihre Meinung. Es war eine Sache, eine arme Bedienung in Bedrängnis zu bringen, oder auch eine Oberkellnerin, Hauptsache sie war eine Frau und jung. Eine ganz andere Geschichte war es, den Restaurantbesitzer selbst um einen Gefallen zu bitten. Besonders da Gérard Cabrol nicht gerade dafür bekannt war, sein Imperium auf Großzügigkeit aufgebaut zu haben.

Sie selbst hatte in den vergangenen Jahren zahlreiche Biere an Tobias' Tisch geschmuggelt, aber das war natürlich eine andere Geschichte. Zitronen, klein und gelb war nicht irgendein Restaurant. Es gehörte Kalle, und sie wußte, wie angespannt die finanzielle Lage war. Das mußten ihre Freunde akzeptieren, wenn sie auftauchten.

Bevor Agnes an diesem Abend ging, sprach Kalle sie noch einmal an.

»Danke für deine Arbeit und entschuldige bitte, daß ich vorhin so launisch gewesen bin«, sagte er.

»Schon okay«, antwortete Agnes. »Ich weiß ja, warum.«

»Danke.«

»Aber weißt du was ...«, fügte sie hinzu und machte ein ernstes Gesicht, »an deinen Servietten solltest du wirklich noch arbeiten.«

Wie lange war es her, daß sie einen Abend lang bedient hatte! Als Agnes morgens aufwachte, hatte sie Muskelkater in den Waden und von den neuen jeansblauen Sandaletten, die sie für die Arbeit angeschafft hatte, eine Blase am rechten kleinen Zeh. Doch diesen Preis zahlte sie gern, wenn sie nur wieder in ihrem Job arbeiten konnte.

Sie goß sich ihre Dickmilch auf den Teller und streute Müsli hinein. Das Paket war fast leer, und was da noch herausfiel, erinnerte eher an Isolierungsmaterial als an Vollkornhaferflokken. Sie blätterte in der lokalen Anzeigenzeitung, die sie sicher schon fünfmal gelesen hatte.

Als sie ihr Frühstück beendet hatte, ging sie ins Wohnzimmer. Es war ordentlich und sauber, so wie immer. Von dem hellen IKEA-Sofa hätte man fast glauben können, sie hätte es bei R.O.O.M. gekauft, zumindest wenn man nicht so genau hinsah. Die Sofakissen waren in Naturfarben gehalten. Der Sessel gehörte zur gleichen Kollektion, und der Teppich unter dem Couchtisch war auch hellbeige. Eine Vase mit ausladenden gelben Tulpen stand auf dem Tisch. Ein paar Blütenblätter waren abgefallen. Zeit, den Strauß zu entsorgen.

Sie holte sich das Telefon und wählte Lussans Nummer. Tatsächlich war sie nicht unterwegs, sondern saß an ihrem Computer. Agnes hörte ihr an, daß sie unter Strom stand.

»Viel zu tun?«

»Mmh, *zu* viel.«

»Soll ich lieber später anrufen?«

»Nein, das geht schon, wenn es jetzt nicht klappt, wird es nie was. Wie war euer erster Tag?«

»Gut, glaube ich. Es kamen zwar nicht viele Gäste, aber wir saßen immerhin nicht allein da. Alle waren mit dem Essen zufrieden, es hat sich keiner über die Bedienung beschwert, Kalle stand vorher unter Hochspannung, und sobald man ihm zu nahe kam, knallte es wie bei einem Kurzschluß. Aber als schließlich die ersten Leute kamen, wurde er ruhiger.« Einen Moment war es still. Agnes hörte, daß Lussan nebenbei etwas in den PC tippte. »Ja, eigentlich wollte ich nichts Besonderes, wollen wir uns demnächst mal treffen?«

»Ja, auf jeden Fall, entschuldige, daß ich so abwesend bin.«

»Kein Problem. Ach, eins noch, bevor ich auflege: Paolo hat sich nach dir erkundigt.« Lussan hörte auf zu tippen.

»Wirklich?«

»Ja, er fragte mich, ob wir uns seit Samstag abend gesehen hätten. Ich habe ihm erzählt, daß wir telefoniert haben.«

»Hat er sonst noch etwas gesagt?«

Agnes dachte nach. »Nein.« Sie hätte gewünscht, daß es noch mehr zu berichten gäbe.

»Ach was, ist ja auch egal.«

»Er ist ja doch nicht so richtig dein Typ, oder?« Agnes mußte lachen. Das war so ein running gag zwischen ihnen, seit sie sich kannten. Erfolglose Flirts kamen immer in die Kategorie »nicht mein Typ«.

»Nein, stimmt. Aber süß ist er wirklich.«

»Stimmt, süß ist er.«

Sie verabschiedeten sich. Agnes legte sich aufs Sofa und starrte die Wand gegenüber an, wo ein riesiges Bild von Ulf Lundell hing. Es paßte überhaupt nicht in den Raum. Die Farben waren grell, das Motiv krakelig und wild. Es sollte wohl etwas auf Gotland darstellen, aber wie sehr Agnes sich auch bemühte, sie konnte nur einen alten Mann mit großer Nase und ohne Augen erkennen. Sie hatte das Bild noch nie leiden können, aber Tobias hatte sie bequatscht, bis sie es gekauft hatten. Das hatte sie ziemlich gewundert, denn Tobias hatte sich noch nie etwas aus Kunst gemacht. Es lag wohl daran, daß es sich um einen Lundell handelte. Teuer war es auch noch gewesen, aber sie würden sich die Kosten teilen, hatte Tobias gesagt und sie zum Schluß mit dem Argument überredet, daß es etwas *Besonderes* sei, ein gemeinsames Bild zu besitzen. Etwas für die Zukunft. Kein Vergleich mit Doppelbetten, Bratpfannen oder anderem Kram, den Paare anschafften, um zu demonstrieren, daß sie zusammengehörten. Ehrlich gesagt, hätte Agnes jede Bratpfanne und jedes Doppelbett diesem gesichtslosen alten Mann vorgezogen, den sie nun anstarren mußte.

Sie stand vom Sofa auf und trat näher ans Bild. Eigentlich

gab es keinen Grund, es dort hängen zu lassen. Es war ihr Zuhause, ihre Wand und natürlich war es auch ihr Bild. Denn als es einmal von Agnes' gespartem Geld bezahlt und aufgehängt war, ließ Tobias' Interesse, die Kosten zu teilen, merklich nach.

Sie hob es vom Haken. Da, wo die obere Kante gewesen war, hatte die Wand einen grauen Streifen bekommen. Wahrscheinlich nur Staub. Das Bild war so ausladend, daß sie es im Flur nicht unterbrachte. Agnes schleppte es ins Schlafzimmer und verstaute es unter dem Bett. Da konnte es erst einmal bleiben, und sie mußte sich überlegen, was sie damit anstellen wollte.

Sie zog etwas über, um einen Spaziergang zu machen. Es war noch immer sonnig, und in fernerer Zukunft konnte man schon den Frühling erahnen und das Sprießen der Blätter, aber es würde wohl noch etwas dauern. Agnes ging die Treppe hinunter. Im zweiten Stock angekommen, lauschte sie. Aus der linken Tür kam Musik. Kummels Wohnung. Sie blieb eine Weile stehen und horchte. Sie kannte die Musik gut, aber erst, als der Refrain kam, wußte sie, welches Lied es war. *How I wish, how I wish you were here* ... Genau, Pink Floyd ... Mein Gott, was war nur mit dem Typen los?

So richtig angelaufen war es noch nicht, da waren sich Agnes und Kalle einig, als sie sich eine Stunde, bevor das Restaurant öffnete, gemeinsam an den Tisch setzten. Am Mittwoch hatten sie neunzehn Gäste gehabt. Am Donnerstag sechzehn. Jetzt war Freitag und somit Wochenende. Beide hatten die Hoffnung, daß nun der Knoten platzen würde, aber keiner wagte es auszusprechen.

»Wir müssen Geduld haben«, sagte Kalle unentschlossen. Agnes versuchte, ihn aufzuheitern.

»Es muß sich erst einmal herumsprechen. Es hat doch allen Gästen gefallen. Sie werden es im Freundeskreis erzählen, und dann wird es schon die Runde machen. Wart's ab!«

»Ja, nur bis dahin …« Er seufzte. »Das Restaurant kostet eine Stange Geld, und wir sind fünf Leute, die davon leben wollen. Ich habe schon so viele Rechnungen auf dem Tisch, da mag ich gar nicht daran denken.«

Agnes überlegte kurz. Sie wußte die Lösung, und ihr war auch klar, daß Kalle dasselbe dachte. Trotzdem schwiegen sie. Schließlich machte Agnes einen Versuch.

»Das sind vielleicht ein paar zuviel. Fünf, meine ich …« Kalle starrte sie an. Er sah ganz unglücklich aus.

»Ich weiß. Aber was soll ich tun, ich kann ja keine Leute entlassen, die ich gerade eingestellt habe. Das mache ich nicht.«

»Aber du kannst ihnen doch die Situation erklären, es wenigstens versuchen. Pernilla würde vielleicht sogar gerne weniger Tage arbeiten. Es muß ja nicht für immer sein. Wir sind doch noch in der Eingewöhnungsphase, bis das Restaurant mal so richtig läuft.« Sie biß sich auf die Zunge. »Ich meine, es wird *bestimmt* bald laufen.«

»Ja, wahrscheinlich hast du recht, ich würde es nur so gern vermeiden.«

»Kann ich verstehen. Soll ich mit Pernilla reden?«

»Nein, das ist meine Aufgabe. Aber danke für das Angebot. Das Wochenende werde ich auf jeden Fall noch abwarten. Man weiß ja nie.«

In dem Moment stand Pernilla in der Tür. Sie knöpfte ihre Jacke auf und begrüßte die zwei.

»Ihr schaut aber finster drein.«

»Ja, wir sitzen hier und überschlagen die Zahlen. Sieht nicht so gut aus.«

»Wir brauchen mehr Gäste«, versuchte Agnes zu verdeutlichen.

»Ja, dann müssen wir die Sache mal in Angriff nehmen!«

Kalle lächelte müde. »Hast du eine Idee?«

»Wir müssen nur unser Konzept ein wenig ändern, in der U-Bahn Werbung machen und zähe Steaks auf Holztellern mit Dunkelbier für neunundneunzig Kronen servieren. Was haltet ihr davon?« Sie lachte. »Nein, im Ernst. Das regelt sich schon!« Dann ging sie ins Nebenzimmer, um ihre Arbeitskleidung anzuziehen. Als sie im limonengrünen Shirt und Jeans zurückkam, war Kalle wieder in der Küche verschwunden.

»Mir ist klar, daß mein Stuhl wackelt«, sagte Pernilla. »Kein schönes Gefühl, aber das ist eben das Risiko bei einem noch nicht etablierten Restaurant.«

Agnes schwieg, sie wollte nicht lügen. Gerade als sie etwas dagegen sagen wollte, ging die Tür auf und die ersten Gäste traten ein.

Um halb zehn kam Lussan. Sie setzte sich an die Bar und bestellte ein Glas Wein. Sie versuchte, unbeteiligt zu wirken, linste aber immer wieder zur Küche. Agnes konnte es nicht lassen, sie hochzunehmen.

»Suchst du irgendwas?«

»Wieso?«

»Es sah aus, als ob du jemandem hinterherschaust.«

»Ach, schon gut.« Lussan war es peinlich. »Gibt's bei euch keine Erdnüsse?«

Agnes stellte ihr eine Schale hin.

»Du bist eingeladen.«

»Kommt nicht in Frage. Setz' sie auf die Rechnung. Die Gäste geben das Trinkgeld, nicht umgekehrt.«

»Wie nobel.«

»Stimmt doch. Mußt du nicht eigentlich arbeiten? Dahinten winkt jemand.« Agnes ging zu dem Vierertisch am Fenster. Sie wollten die Rechnung. Pernilla räumte einen Tisch auf, an dem zwei junge Mädchen das billigste Gericht von der Karte, nämlich Bruschetta, gegessen und eine Flasche Hauswein getrunken hatten. Ein Pärchen mittleren Alters sah zur Tür herein und fragte, ob sie Irish Coffee hätten. Agnes bejahte und schickte sie zu Kalle an die Bar, der dastand und mit Lussan plauderte.

Der Abend ging langsam seinem Ende entgegen. Im Grunde

war es gut gelaufen. Dreißig Gäste, gerade genug, um die Kosten zu decken, aber wohl kaum das, was man von einem Freitagabend erwarten konnte, trotzdem ein Schritt nach vorn.

Als sie geschlossen hatten, kamen Filip und Paolo aus der Küche.

»Ach, bist du wieder da«, sagte Paolo, als er Lussan an der Theke erblickte.

»Klar, jemand muß ja für Umsatz sorgen.« Sie hob ihr Weinglas, um zu zeigen, daß sie zu seinem Einkommen beitrug.

»Die Firma dankt.« Paolo ging zu Lussan hinüber. Agnes bemerkte, wie ihre Freundin rot anlief.

»Kommt noch jemand mit in die Stadt?« fragte Lussan. Sie schaute alle an, aber Agnes wußte, an wen die Frage ging.

»Ich hätte Lust auf eine Tour«, sagte Pernilla. Agnes schüttelte den Kopf.

»Ich nicht, ich bin hundemüde.«

»Ich auch nicht«, sagte Kalle. »Ich will zu Hause sein, bevor Sofia schläft. Sonst sehen wir uns ja nie.«

»Filip? Paolo?« Lussan versuchte es unverkrampft.

»Ja, ich kann sowieso nicht schlafen, wenn ich jetzt nach Hause gehe«, sagte Filip.

»Okay, ich bin auch dabei«, antwortete Paolo nach kurzem Überlegen. »Jemand muß sich ja darum kümmern, diese Frau in ein Taxi zu setzen, bevor sie auf dem Stureplan einschläft.« Er grinste.

Vor dem Restaurant trennten sie sich, und Kalle schloß hinter sich ab.

Als Agnes zu Hause war, hatte die frische Abendluft sie wieder so wach gemacht, daß an Schlafen nicht zu denken war. Sie machte sich einen Kakao und setzte sich vor den Fernseher. Sicherheitshalber schaute sie auf den Anrufbeantworter. Eine Nachricht. Sie war von Tobias. Er wolle nur hören, wie es ihr geht, sagte er. Und bat sie, auf dem Handy anzurufen, wenn sie Lust hatte.

Kaum hörte sie seine Stimme, stieg ihr Puls beträchtlich. Sie haßte es. Sie wollte dieses Gefühl nicht, aber dieser blöde Mistkerl hatte noch immer eine Wirkung auf sie. Und das über einen Anrufbeantworter! Was wollte er denn? Wieso hören, *wie es ihr geht*? Was hatte das mit ihm zu tun? Und wenn es ihr schlechtging, was würde er dagegen tun? Mit Aspirin und einer Tüte Weintrauben vorbeikommen? Ihr feuchte Wickel auf die fiebrige Stirn legen und ihr kaputtgetrampeltes Herz wieder heilen? Wohl kaum. Im Gegenteil, Tobias' Nachricht zog sie nur wieder runter. Er sollte sie in Ruhe lassen, sie wollte nichts mehr mit ihm zu tun haben. Sie versuchte, richtigen Ärger zu entwickeln, sich gekränkt und wütend zu fühlen, aber während sie das dachte, tat sie etwas völlig anderes. Langsam wählte sie die Nummer, die sie auswendig konnte, hob den Hörer ans Ohr und wartete darauf, daß er abnahm. Sein »Hallo« holte sie zurück in die Wirklichkeit. Schnell legte sie auf. Was tat sie da eigentlich? Tobias anrufen. Sie war wohl nicht mehr ganz richtig im Kopf?

Sie schaltete den Fernseher aus und trank den Rest von ihrem Nesquik. Das Schokoladenpulver war auf den Boden gesunken und sah aus wie brauner Matsch. Zeit, ins Bett zu gehen. Ob sie nun wollte oder nicht.

Während des Wochenendes passierte nicht viel, und am Montag sprach Kalle mit Pernilla. Sie war enttäuscht, wie erwartet, aber sie hatte Verständnis. Sie einigten sich darauf, daß sie bis auf weiteres drei Tage in der Woche arbeiten würde. Mit Paolo besprach er das gleiche. Henrik sollte erst mal nur jedes zweite Wochenende kommen. Kalle versprach, alle wieder zu beschäftigen, sobald der Laden lief. Er versuchte, zuversichtlich zu klingen, aber Agnes war klar, daß er sich Sorgen machte. Nicht nur um seine Angestellten, sondern um das ganze Restaurant. Sein Spielraum war gering, falsche oder überoptimistische Kalkulationen waren einfach nicht drin.

Ansonsten ging es weiter wie bisher, und Agnes machte es Spaß. Sie fand es schön, in einem Lokal zu servieren, in dem sie alles mitgestaltet hatte, als wäre es ihren Träumen entstiegen. Buchstäblich. Im Abendlicht sahen die zitronengelben Wände noch schöner aus. Das Licht der Kerzen spiegelte sich in der groben, unebenen Oberfläche und auch auf dem Holz: auf den Tischen, Stühlen, Bänken, das ganze Restaurant bekam mit einemmal etwas Ländliches. Es war ein gutes Restaurant, das gutes Essen servierte, wirklich gutes Essen, aber es nützte nichts. Sie hatten zu wenig Gäste. Wenn es so weiterging, würde Zitronen, klein und gelb in ein paar Monaten dichtmachen müssen. Agnes hatte keine Ahnung, woran es lag. Der Inhaber war bekannt – zumindest in der Branche –, die Lage gut, das Essen war erstklassig, und sie bemühten sich sehr um ihre Gäste. Eigentlich müßten Leute in Strömen kommen. Vielleicht kämen sie ja nach und nach. Wenn es sich ausreichend herumgesprochen hatte. Hoffentlich hatte Kalle einen entsprechend langen Atem.

Agnes kannte ihn. Ganz klar. Aber woher bloß? Er sah völlig durchschnittlich aus: mittelgroß, kurzes braunes Haar, Jeans und grüner Parka. Derbe Schuhe, das Schuhband im rechten Schuh paßte nicht richtig zu dem anderen, und er sah ein wenig verwirrt aus, als er das Restaurant betrat.

Agnes ging auf ihn zu und begrüßte ihn, noch immer wußte sie ihn nicht einzuordnen. Er schaute sie an und lächelte.

»Das bist ja du!«

»Ja …« Sie sah ihn an, Falten auf der Stirn. Dann fiel der Groschen. »Kummel.«

»David.«

»Ach, du bist das.« Agnes gab sich wenig Mühe, ihn willkommen zu heißen. Sie hatte ihn lange nicht gesehen, aber dafür um so öfter gehört. Oder besser gesagt, seine Stereoanlage. Als sie gestern abend nach Hause kam, hatte er Nirvana aufgelegt. Ziemlich laut, für Agnes' Empfinden, aber sie wußte nicht, ob es wirklich bei ihm so laut war. Das Haus war nämlich hellhörig, und die meisten Bewohner waren Rentner. Alte

Leute, die keinen Krach machen. Sie hatte schon darüber nachgedacht, ob man ihre Musik auch hörte. Ganz zu schweigen von Tobias' Musik, wenn er abends Gitarre gespielt hatte, während sie arbeitete. Ihr fiel ein, daß einmal die Rede von einer »meckernden alten Frau« gewesen war, die sich beklagt hatte, aber da hatte er Agnes versichert, daß der Fehler bei der Nachbarin lag und nicht bei ihm.

»Darf ich irgendwo Platz nehmen?« David Kummel sah sich in dem leeren Restaurant um. Es war noch nicht einmal sieben Uhr, und das, was Kalle und Agnes ironisch den Run nannten, ließ noch auf sich warten.

»Wie viele seid ihr? Oder bist du allein?« Sie betonte »allein«, so wie man es nicht tat. Im Bateau bleu hätte sie den Gast gefragt, ob er noch jemanden erwarte. Eine Frage, die ganz einfach und würdevoll mit »nein« beantwortet werden könnte. Es war schon genug, allein essen gehen zu müssen, da konnte man auf die Indiskretion einer unsensiblen Bedienung verzichten.

»Nein, nur ich. Ich bin allein«, erklärte er.

»Aha. Der Königshof hat zwar das ganze Restaurant ab acht Uhr gebucht, aber bis dahin bist du sicher fertig, oder?«

»Ja ...«

»Ansonsten kann ich dir den Rest auch in eine Tüte pakken?« David Kummel machte ein so entsetztes Gesicht, daß Agnes nahezu Mitleid bekam. »Ist nur Spaß. Nimm bitte Platz.« Sie zeigte auf einen kleinen Tisch an der Seite. Kalle nannte ihn den Reservetisch.

David zog den Parka aus. Sein Haar lud sich dabei elektrisch auf, so daß ein paar Haarsträhnen wie Seegras im Wind vom Kopf abstanden. Agnes zeigte ihm die Garderobe und holte ihm eine Speisekarte. Als er saß, legte sie sie ihm auf den Tisch. Es war ihr unangenehm. Es gab so viele Restaurants in der Stadt, mußte ihr Nachbar gerade dort essen gehen, wo sie arbeitete?

Im Grunde war an ihm nichts auszusetzen, außer daß er

Haare auf den Zehen hatte und einen grausigen Musikgeschmack, aber irgendwie machte er sie mit seinem abwesenden Blick und seiner schüchternen Art fuchsig. Außerdem hatte er ihr die Waschzeit weggenommen und die Musik zu laut aufgedreht.

Als sie ein paar Schritte vom Tisch entfernt war, hörte sie ein leises »Entschuldigung«. Sie drehte sich um.

»Könnte ich bitte ein Glas Wasser bekommen?«

Sie seufzte, das hatte sie kommen sehen. Wasser. Sie konnte wetten, daß er auch Bruschetta bestellen würde. Nicht genug, daß er einen schlechten Geschmack hatte, was Musik anging, geizig war er vermutlich auch.

Die nächsten Gäste traten ein, und Agnes hieß sie willkommen und führte sie mit einem Lächeln im Gesicht zu einem Tisch am Fenster. Sie blieb stehen, bis sie sich gesetzt hatten, fragte, ob sie vor dem Essen etwas zu Trinken bestellen wollten, nahm die Bestellung auf und verteilte die Speisekarten. Als sie zur Theke ging, um die Getränke zu besorgen, sah sie aus dem Augenwinkel, wie David zaghaft versuchte, ihre Aufmerksamkeit zu erlangen. Sie tat, als würde sie ihn nicht bemerken. Er konnte ruhig noch warten. Als sie mit gefülltem Tablett auf dem Rückweg zu dem anderen Tisch war, hielt sie kurz bei ihm an und stellte ihm sein Glas Wasser hin.

»Ich würde gerne bestel...«

Agnes ließ ihn nicht ausreden. »Ich komme. Nur einen Moment.« Bevor sie wieder an seinen Tisch kam, nahm sie erst die Bestellung der anderen Gäste auf. Lächelnd.

»So, hast du etwas gefunden?« Sie sah ihn auffordernd an.

»Ja.« Er warf einen Blick in die Karte. »Ich hätte gern die Bruschetta.« Agnes seufzte erschöpft, sie hatte recht behalten. »Als Vorspeise. Als Hauptgang Fischsuppe mit Hummer und Seeteufel. Oder würdest du etwas anderes empfehlen?« Er sah sie fragend an. Agnes wußte nicht, was sie sagen sollte. Nahm er sie auf den Arm? Die Fischsuppe war das teuerste Gericht auf der Karte.

»Nein«, sagte sie. »Die ist sehr zu empfehlen.«

»Gut. Dann lassen wir es dabei. Und als Nachspeise ...« Er überlegte eine Weile. Agnes bekam ein schlechtes Gewissen. Vielleicht fühlte er sich unter Druck, ihr beweisen zu müssen, daß er sich ein Drei-Gänge-Menü leisten konnte. Und wenn das sein Geldbeutel gar nicht zuließ? Wenn er sich mit diesem Essen ruinierte, dann war sie schuld. Sie mochte ihn zwar nicht besonders, aber ein schlechter Mensch war sie nun auch nicht.

»Du mußt dich ja nicht gleich entscheiden. Bestell das Dessert doch später.«

»Okay, du hast recht.« Er lächelte und reichte ihr die Speisekarte.

Agnes ging zur Kasse und tippte den Bon ein. Es kamen ein paar weitere Gäste. Nicht viele. Kein Problem, den Überblick zu behalten. Trotzdem hatte sie es nicht gerade eilig, wenn sie sah, daß David Kummels Wasserglas leer war oder daß er kein Brot mehr hatte. Nur mit der Rechnung war sie schnell. Er hatte den Nachtisch weggelassen, vermutlich hatte sie richtig gelegen. Er wollte nur Eindruck machen, aber es war nicht viel dahinter.

Nachdem er bezahlt hatte, bedankte er sich für das Essen und sagte höflich, es sei ausgesprochen gut gewesen. Dann holte er seinen Parka von der Garderobe und verließ das Restaurant. Sie sah ihn die Straße hinunterlaufen, die Hände tief in die Taschen vergraben. Irgendwas an ihm sah traurig aus. Allein ausgehen und essen – ob er keine Freunde hatte? Agnes schüttelte den Gedanken ab. Und wenn es so war, das war nun wirklich nicht ihr Problem.

Ein freies Wochenende. Das erste, seit sie den neuen Job hatte. Ein ungewohntes Gefühl. Was sollte sie unternehmen? Glücklicherweise rief Madde am Samstag an und fragte, ob sie bei ihr übernachten könne, sie wollte einen Ausflug nach Stockholm machen. Klar. Madde hatte »Lust auf Stadt«, wie sie es nannte. Agnes wußte, was das hieß.

Obwohl es nur eine Stunde Zugfahrt entfernt war, gehörte Länninge zu einer anderen Welt. Zu der kleinen Welt. Die so herzlich und geborgen und umsorgend sein konnte, die für Mama und Papa und Sandkastenfreunde und ein »Guten Tag« zu jedem, der einem über den Weg lief, stand. Und doch war sie so betäubend langweilig. Eine Stadt, in der nichts geschah. Eine unerwartete Verkostung eines neuen Brotaufstrichs im Edeka-Laden konnte das Ereignis des Tages sein. Ein unbekannter Schriftsteller, der an einem Dienstagabend eigene Gedichte in der Bibliothek zum besten gab, war eine Kulturveranstaltung, die in der Lokalzeitung rezensiert wurde. Die Minigolfmeisterschaft am Ort war Länninges größtes Sportereignis im Jahr, und der Gewinner hatte Promi-Status in der Stadt.

In den ersten Jahren, nachdem sie weggezogen war, hatte Agnes auf all das herabgeblickt. Auf die Klassenkameraden, die dort geblieben waren. Alles war so vorhersehbar. Aber mit der Zeit hatte sie ihre Meinung geändert. Die Stadt formte ihre Einwohner, so wie sie auch sie selbst geformt hatte. Sie hatte sich über Stockholm aufgeregt, die viele Reklame, die ganze Wichtigtuerei. Gleichzeitig hatte sie Angst gehabt, dorthin zu fahren. Angst, sich zu verlaufen. Angst vor der Gewalt, über die man in der Zeitung las. Angst, daß sie nicht begriff, wie die U-Bahn funktionierte. Angst, daß sie keine Ahnung hatte, in welchen Läden man einkaufte und welche völlig »out« waren.

Ein paarmal war sie dennoch mit Camilla nach Stockholm zum Shoppen gefahren. Sie liefen dann vom Hauptbahnhof zur Drottninggata und wanderten da stundenlang auf und ab. Dann aßen sie bei McDonald's einen Hamburger und tranken eine Cola, bevor sie wieder nach Hause fuhren. Meistens die Hände voller Tüten, Klamotten aus Läden, die vermutlich tatsächlich »out« waren. Es machte Spaß, nach Stockholm zu fahren, es war spannend, aber es war auch schön, die Stadt wieder zu verlassen.

Wie es dazu kam, daß sie hierhergezogen war, konnte sie sich auch nicht so recht erklären. Eines Tages hatte sie ihre Heimatstadt plötzlich über. Im Grunde war nichts passiert. Im Gegenteil, alles war wie gehabt, aber vielleicht weckte genau das die Erkenntnis, daß sie von dort wegmußte. Weil jeder Tag wie der andere war.

Sie hatte Abitur gemacht und als Au-pair-Mädchen ein Jahr in Minnesota gearbeitet. Doch auch die große weite Welt war völlig anders als erwartet, denn sie landete bei einer stillen Familie in einem Nest, das kaum größer als Länninge war. Als sie wieder in Schweden war, begann sie, Vollzeit in Gullans Küche zu arbeiten. Übergangsweise, hatte sie sich gesagt, aber die Monate vergingen und nichts passierte. Sie war gerade zwanzig geworden, als sie die Entscheidung faßte umzuziehen.

Gullan war natürlich enttäuscht, weil Agnes aufhörte, und ihre Eltern vergossen ein paar Tränen, aber vermutlich wäre es ähnlich gewesen, wenn sie sich eine Mietwohnung unten in Länninge genommen hätte. Mit Håkan hatte sie Schluß gemacht, der Junge, mit dem sie zusammen war, seit sie sechzehn war. Keiner von beiden hatte geweint. Es war nicht die große Liebe, sie hatten sich vielmehr aneinander gewöhnt. Håkan schien fast ein bißchen erleichtert, als sie mit ihm sprach. »Wie, ab sofort, oder wann?« hatte er gefragt und dann gemeint, dann könnte er ja mit seinen »Kumpels« Mittsommer auf Gotland feiern.

Als sie sich einmal entschieden hatte, war alles ganz leicht. Sie hatte ein Zimmer in einer Wohnung in der Hornsgata gemietet. Im Raum war eine Kochplatte, aber im Mietvertrag stand, man dürfe darauf kein Essen kochen. Die Toilette war eine Treppe tiefer, und sie benutzte sie allein. Duschen konnte sie allerdings nur im Badezimmer ihrer Vermieterin. Es war nicht optimal, aber es ging.

Eine Arbeit hatte sie sehr schnell gefunden. Anfang der neunziger Jahre war es noch nicht so schwer. Nur selten brauchte man besondere Referenzen. Bei einem dieser Jobs hatte sie Lussan kennengelernt, die dort als Bedienung jobbte, während sie an der Handelsschule studierte. Agnes war sehr beeindruckt gewesen, aber Lussan winkte ab. Für sie war es eine langweilige Penne, in der sich Zwanzigjährige mit Perlenketten herumtrieben. Lussan machte jedenfalls ihr Examen und begann dann, in der Immobilienbranche zu arbeiten. Agnes blieb in der Gastronomie. Trotzdem trafen sie sich weiterhin, und ihre Freundschaft erwies sich als verläßlich und dauerhaft.

So ging es weiter, verschiedene Jobs, verschiedene Wohnungen als Untermieter oder Unteruntermieter. Bis sie ihre kleine Zweizimmerwohnung in Aspudden kaufte. Und Tobias kennenlernte. Tobias mit den dünnen Beinen und den grünen Augen.

Madde trudelte gegen fünf ein. Daß sie »Lust auf Stadt« hatte, war ihr anzumerken. Sie war fröhlich, ein bißchen aufgeregt, hatte sich geschminkt und Sachen zum Ausgehen angezogen. Weißes, anliegendes T-Shirt, Stiefel und umgekrempelte Jeans. Die zwei Zöpfe, die rechts und links von ihrem Gesicht wippten, machten sie jünger als sie war. Agnes fragte sich, ob sie so überhaupt ein Bier bestellen könnte, ohne daß sie jemand nach ihrem Ausweis fragen würde.

»Was hat Jonas heute vor?« fragte Agnes, während sie das Essen vorbereitete.

»Er geht zu Dojjan auf eine Fete.«

»Und du wolltest nicht mit?«

»Machst du Witze? Sich mit Dojjan und seinen Freunden zu treffen, ist ungefähr so spannend, wie in den Kofferraum eines Volvos 240 zu steigen und abzuwarten, was passiert. Mir ist ehrlich gesagt auch nicht klar, was Jonas da will. Keiner spricht ein Wort, alle sitzen nur da und grummeln. Na ja, sie kennen sich eben seit dem Kindergarten. Vielleicht müssen sie nicht miteinander sprechen, wenn sie sich treffen. Außerdem sehen sie sich jeden zweiten Tag bei der Arbeit.«

»Kommen die alle allein?«

»Ja. Ich glaube, außer Jonas hat nur einer von ihnen eine Freundin, aber die geht auch nicht mit. Die anderen sind Singles. Ich kann mir kaum vorstellen, daß es ein Mädchen mit ihnen aushalten würde.«

»Wie läuft es denn bei Jonas' Arbeit?«

Madde seufzte. »Nichts Neues. Er arbeitet noch sechs Wochen, dann ist Schluß.«

»Hat er sich denn schon auf eine neue Stelle beworben?«

»Nein. Ich glaube, er hat auch keine Ahnung, wie das funktioniert. Er hat in seinem ganzen Leben bislang nicht eine einzige Bewerbung geschrieben. Und wo soll man sich denn auch bewerben?« Madde sah verzweifelt aus und beantwortete die Frage dann selbst. »Nichts. Es gibt nichts. Jedenfalls nicht in Länninge. Er muß wohl stempeln gehen, bis ihm etwas einfällt.« Sie zuckte mit den Schultern, und es hatte den Anschein, als wollte sie das Thema gerne beenden. Agnes hatte dafür Verständnis. Das war zu Hause vermutlich das einzige Gesprächsthema. Das Werk und die Stillegung. Sie hatten es sicher von vorn bis hinten durchgekaut.

»Wohin möchtest du heute abend?« fragte Agnes statt dessen.

»*Ich* habe doch keine Ahnung. *Du* kennst dich doch aus. Du wohnst hier. Ich möchte einfach Spaß haben!«

»Hätte ich mir fast denken können. Was hältst du davon, als erstes bei Kalle im Restaurant etwas zu trinken?«

»Sehr gern. Wenn wir dann noch woanders hingehen.«

»Klar. Wollen wir Lussan fragen, ob sie mitkommt?«

»Ja, diese total Verrückte! Weißt du noch, als wir das letzte Mal zusammen aus waren? Wie sie versucht hat, mich auf diesen alten Typen im Anzug anzusetzen?«

»Der war nicht alt. Höchstens fünfunddreißig.«

»Ja, genau – viel zu alt!«

Sie wählte Lussans Handynummer. Keine Reaktion. Agnes hinterließ eine Nachricht und sagte, was sie vorhatten. Sie hatte Lussan seit einer Woche nicht gesprochen und hatte keine Ahnung, wie es ihr ging. Sie hatte sich bei Paolo erkundigt, doch der meinte, es sei nichts gewesen, also kein Grund zur Beunruhigung.

Agnes machte für Madde und sich Tortillas mit Hähnchengeschnetzeltem und öffnete eine Flasche Weißwein. Madde trank keinen roten, im Grunde auch keinen weißen, aber heute brachte sie ihn trotzdem hinunter. Dann machten sie sich ausgehfertig. Agnes zog einen Rock an, schminkte sich und knetete in die Haarspitzen ein wenig Wachs. Bevor sie gingen, entschied sie sich für eine Hose. Es war doch nur eine Kneipentour.

Pernilla und Henrik grüßten beiläufig. Im Restaurant war es voll. Sie schienen richtig zu tun zu haben, was Agnes freute. Sie warf einen Blick in die Küche und grüßte Kalle und Filip, die sehr beschäftigt waren. Kalle lachte sie an und sagte, daß er sie wohl vor die Tür setzen müßte, damit sie nicht auch noch käme, wenn sie eigentlich frei hatte. Agnes mußte lachen und fand das eine gute Idee. Dann nahm sie Madde mit zur Bar und mischte ihnen beiden einen Gin Tonic. Sie tippte die Summe in die Kasse ein, da war sie korrekt. Es kontrollierte zwar keiner, und es würde ihr kaum jemand übelnehmen, wenn sie ihre Schwester auf einen Drink einladen würde, aber das tat sie aus Prinzip nicht.

Als nächstes gingen sie in eine Kneipe oben am Nytorg. Drinnen war es eng und verraucht. Eine beliebte Adresse, viele Musiker und Schauspieler. Tobias kam auch öfter, Agnes wußte das. Sobald die Tür auf ging, schaute sie sich nervös um. Schließlich schlug sie vor weiterzuziehen. Sie fuhren mit der U-Bahn in die Stadt, klapperten noch zwei Kneipen ab. Die Schlangen vor den beliebten Kneipen am Stureplan wurden immer länger, und Agnes meinte, jetzt sei es mit dem Barhopping wohl vorbei. Sonst wäre das Risiko zu groß, daß sie für den Rest des Abends von einer Warteschlange zur nächsten tanzten. Es war ja auch Samstag. Außerdem der Samstag nach dem Ersten, da waren immer besonders viele Leute unterwegs.

Die dritte Kneipe, in der sie landeten, lag in einer Nebenstraße, deshalb hielt sich der Andrang hier in Grenzen. Sie fanden einen Platz an der Theke und sahen sich um.

»Schau mal!« sagte Madde plötzlich. »Da sitzt ja Lussan!« Agnes drehte sich um. Und wirklich, da saß Lussan und ihr gegenüber, mit dem Rücken zu Bar: Paolo. Sie waren ins Gespräch vertieft, keiner von ihnen hatte Agnes und Madde gesehen.

Agnes kniff die Lippen zusammen. Nicht, daß sie etwas dagegen hatte, daß Lussan und Paolo sich trafen, sie hatte ja von ihrer Seite aus grünes Licht gegeben, aber irgendwie fühlte sie sich doch verraten. Warum hatte Lussan ihr nicht davon erzählt? Das tat sie doch sonst auch, wenn sie etwas laufen hatte.

»Wart mal kurz«, sagte sie zu Madde. »Bin gleich wieder da.« Agnes ging zu ihrem Tisch. »Hier seid ihr also«, sagte sie und schaute sie an. Lussan zuckte zusammen.

»Agnes, was machst du denn hier?«

»Ich bin mit Madde unterwegs. Wir haben versucht, dich anzurufen.«

»Ach wirklich, ich habe das Telefon ausgeschaltet. Einmal im Leben.« Sie lachte nervös.

»Ja, manchmal will man ja auch ein bißchen *Privatleben*. Stimmt's?« Agnes sah Lussan fragend an. Paolo stand auf und entschuldigte sich. Er mußte austreten. Eine sehr offensichtliche Ausrede, um die beiden für ein Gespräch unter vier Augen allein zu lassen. »Soso, du bist also mit Paolo unterwegs? Warum hast du denn gar nichts davon erzählt?« Der letzte Kommentar klang schärfer als beabsichtigt. Schließlich unterlag Lussan ja keiner Informationspflicht. Sie konnte treffen, wen sie wollte, wann sie wollte. Trotzdem konnte Agnes das Gefühl der Enttäuschung nicht abschütteln, das aufkam, als sie die beiden zusammen sah.

»Ich wollte dich eigentlich anrufen und erzählen, doch ... dann dachte ich wieder, daß es ja gar nichts zu erzählen gibt. Wir sind einfach aus und essen zusammen. Wie Freunde. Und trinken ... äh, Selters.« Sie hielt die Mineralwasserflasche, die vor ihr stand, hoch.

»*Du* bist an einem Samstagabend unterwegs und trinkst Selters?« Agnes wollte gerade fragen, was los war, da kam Paolo wieder. Er sah sie fragend an. Agnes tat einen Schritt zurück und verabschiedete sich, um zu Madde an die Bar zu gehen. Nun müßten sie doch noch eine neue Kneipe suchen. Hier konnten sie nicht bleiben. Nicht während Lussan und Paolo zum Tête-à-tête ein paar Meter entfernt saßen. »Bis bald«, sagte sie und lächelte ein bißchen frostig.

»Ich ruf dich an«, hörte sie Lussan noch sagen, als sie zur Theke ging. Ja, sollte sie nur. Sie konnte es aber auch bleiben lassen. Gerade hatte Agnes das Gefühl, daß es ihr völlig egal war.

Heute abend war ein Freund von dir hier.« Kalle konnte seine Neugier kaum verbergen.

»Welcher Freund?«

»Er meinte, ihr kennt euch.«

»Tatsächlich? Wie sah er denn aus?«

»Tja, mittelgroß, dunkles Haar. Ziemlich durchschnittlich, würde ich sagen. Er hat mit Pernilla gesprochen. Er sagte, er sei hier schon einmal Gast gewesen.«

Agnes stöhnte laut. »Kann das mein Nachbar gewesen sein?«

»Schon möglich. Er hieß ... er hatte so einen komischen Namen. Hummel, Lummel ...«

»Kummel.« Agnes war nicht begeistert. Hatte sie jetzt einen Typen am Hacken, der ihr nachstellte? Einen, der Frauen verfolgte? War er ihr nicht auch schon einmal in der U-Bahn über den Weg gelaufen? Vielleicht hatte er ihr aufgelauert? »Machte er einen verstörten Eindruck?«

»Verstört? Nein, fand ich nicht. Pernilla sagte, er sei ganz nett gewesen. Übrigens hat Lussan angerufen. Sie wollte eventuell heute abend vorbeikommen.«

»Ach ja.« Agnes schob den Gedanken an David Kummel beiseite. Sie konnte es nicht ändern, noch immer fühlte sie sich verletzt von Lussans Heimlichtuerei. Sie wußte, daß das kindisch war, trotzdem hoffte sie insgeheim, daß Lussan sich entschuldigen würde.

Nach dem Wochenende war es nun wieder ein ruhiger Abend. Um neun Uhr waren erst acht Gäste da. Nicht einmal Agnes' Trost konnte Kalle aufmuntern, der verzweifelt durch den Spalt der Küchentür schaute. Was konnte sie schon sagen? Daß es besser werden würde? In Wirklichkeit war sie ratlos. Von ein paar Ausnahmen abgesehen, wie letzten Samstag, waren es nicht mehr Gäste geworden. Sie konnten noch so gutes Essen servieren, es machte keinen Unterschied. Es mußte an etwas anderem liegen. Vielleicht war die Lage doch nicht so gut. Vielleicht gab es in diesem Viertel einfach zu viele Restaurants. Ein Überangebot. Konnte man nicht ausschließen.

Als Lussan kam, waren sechs der acht Gäste bereits gegangen. Zwei saßen noch da und unterhielten sich leise bei einem Cappuccino. Sie schienen es nicht eilig zu haben, daher ließ sich Agnes mit Lussan an der Theke nieder, nachdem sie ihr ein Glas Rotwein gebracht hatte.

»Mir ist klar, daß das am Samstag ein komisches Bild abgegeben hat«, begann Lussan vorsichtig und nahm einen Schluck Wein. »Aber es ist wirklich so, wie ich schon gesagt habe, wie unter Freunden.«

»Warum hast du dann nichts davon erzählt?«

»Ja ... Keine Ahnung. Ich konnte es selbst nicht einordnen, ich wußte nicht, was ich hätte sagen sollen. Er hatte vorgeschlagen, essen zu gehen ...« Lussan hielt inne, als wüßte sie selbst nicht recht, was aus der Sache werden würde. Agnes saß schweigend da. Eigentlich wollte sie nicht bohren, wollte gar nichts hören, aber trotz allem war sie neugierig.

»Worüber habt ihr euch denn unterhalten?« fragte sie so beiläufig es ging.

Lussan wich aus. »Nichts Besonderes, dies und das ...« Sie lachte nervös. »Ein unspektakuläres Abendessen ...«

»Mit Selters?« Was als Scherz gemeint war, brachte Lussan noch mehr aus der Fassung.

»Ja, das war Paolos Idee. Er bestand darauf und redete stundenlang, daß man nicht so viel Wein trinken sollte. Ich meine, mein Gott, wer pichelt denn ununterbrochen? Die Schweden oder die Italiener?« Sie lachte, um die Stimmung ein bißchen zu lockern, aber dann wurde sie wieder ernst. »Ich mußte ihm sogar versprechen, eine ganze Woche nichts anzurühren.«

Agnes schaute auf das Glas in Lussans Hand. »Du scheinst dich nicht daran zu halten.«

»Doch. Aber ich habe ja nicht gesagt, welche Woche.« Sie lachte und nahm einen Schluck.

»Also was ist jetzt ...?« Agnes verstand den Zusammenhang immer noch nicht. »Läuft jetzt was zwischen euch oder nicht?«

»Nein, nicht die Spur! Wirklich!« Lussans Protest war ein kleines bißchen zu heftig, um glaubhaft zu wirken. Sie trank noch einen Schluck. »Aber er ist wirklich süß«, fügte sie grinsend hinzu. Agnes konnte sich ein Lächeln nicht verkneifen.

»Stimmt, er ist süß«, sagte sie. »Vielleicht sollte ich ihn mal holen, er ist in der Küche.«

»Ach komm!« Lussan stellte ihr Glas so schwungvoll ab, daß es überschwappte. Kein Lächeln mehr. »Ich dachte, er hat heute frei.« Reflexartig schob sie ihr Glas zur Seite, so daß es näher bei Agnes stand als bei ihr.

»Immer mit der Ruhe, war doch nur ein Scherz!« Agnes staunte über Lussans heftige Reaktion. »Filip und Kalle sind in der Küche.«

»Wirklich?« Lussan sah sie ungläubig an, dann holte sie sich ihr Glas zurück.

»Wirklich.« Agnes wollte gerade fragen, was eigentlich los sei, da bat das Pärchen, das in der Ecke saß, um die Rechnung. »Ich glaube, darüber sprechen wir noch«, schob sie hinterher, als sie die Theke verließ. Aber als sie zurückkam, wollte Lussan partout nicht mehr reden. Jedenfalls nicht über ernsthafte Dinge. Sie hatte ihr Weinglas nachgefüllt und erzählte Kalle eine Geschichte von einem Betrüger, der seine Wohnung an vier Leute verkauft hatte und mit dem Geld dann nach Frankreich abgehauen war. Kalle schien die Story zu gefallen, er schüttelte sich vor Lachen.

Keine Chance, heute erfuhr Agnes von Lussan nichts mehr. Als sie sich vor dem Restaurant verabschiedeten, versicherte Lussan noch einmal, daß alles beim alten sei. Nichts Neues also, und würde sich etwas an der Männerfront tun, wäre Agnes die erste, die es erführe.

»Mach dir keine Sorgen, Kleine!« sagte sie schließlich und strich Agnes über die Wange. »Geh nach Hause ins Bett, das tut dir gut. Lussan kommt schon klar.«

Kalle rief sie schon früh morgens an. Er war so aufgeregt, daß er sich verhaspelte.

»Agnes, rate mal, was ich gehört habe. Du glaubst es nicht!« Doch er ließ Agnes keine Zeit für Vermutungen jedweder Art. »Du kennst doch Johnny. Mein alter Kumpel, der Journalist ...«

»Der die Pornogeschichte aufgedeckt hat?«

»Genau der.«

»Was ist mit ihm?«

»Von einem der Redakteure, der mit einem Redakteur von der ›Gala‹ befreundet ist, hat er gehört, daß Jenny Brink gesagt hätte, sie hätte von einem der Klatschredakteure mitbekommen, daß Lola mal wieder vorhat, eine Restaurantkritik zu schreiben.« Er machte eine Pause, als wollte er Anlauf holen, aber Agnes war schneller.

»Das beeindruckt mich jetzt nicht wirklich. Immerhin ist das ihr Beruf …«

»Ja, aber begreifst du denn nicht. Das Interessante ist doch, welches Restaurant.«

»Laß mich raten …«

»Genau!« Kalle klang wie eine Katze, die erhobenen Hauptes eine blutende Maus auf den Küchenfußboden trägt und miauend ihre Beute betrachtet. »Das ist die Lösung, begreifst du? Das kann das Blatt wenden! Wenn wir von Lola besprochen werden, haben wir es geschafft!«

»Bist du sicher?«

»Aber meine Liebe, was glaubst du, warum das Picnic so erfolgreich lief?«

»Weil sie gutes Essen serviert haben und weil …«

»… Lola das Restaurant empfohlen hat. Genau deshalb. Ich habe das gleiche Phänomen bei einer Reihe anderer Lokale erlebt. An dem Tag, an dem der Artikel erscheint, steht das Telefon nicht mehr still. Jeder will einen Tisch reservieren! Glaub mir, eine Rezension von Lola ist die Heiligsprechung in der Branche.«

»Ja, ja, ich weiß schon …« Agnes überlegte eine Weile, sie hörte Kalle durch den Hörer atmen. »Und was ist, wenn ihr Urteil negativ ausfällt?« Sie wollte zwar nicht den Teufel an die Wand malen, Zitronen, klein und gelb war ein gutes Restaurant, es würde sicher gut abschneiden. Aber sie wollte wissen, ob Kalle auch an diese Möglichkeit gedacht hatte.

»Das wird es nicht«, antwortete er selbstbewußt.

»Aber *wenn*«, beharrte Agnes.

»Dann ist es gegessen. Davon erholt man sich nie. Dann kann man gleich schließen. Oder das tun, was Pernilla gesagt hat: den Namen wechseln und Steaks auf Holzbrettern und Dunkelbier für neunundneunzig Kronen servieren.« Er klang deswegen jedoch keineswegs besorgt. »Aber das passiert uns nicht. Wir sind ein gutes Restaurant mit gutem Personal, das gutes Essen serviert. Es gibt nichts Schlechtes, das man über uns schreiben kann. So einfach ist das!«

Agnes wußte, daß er recht hatte. Und vielleicht war eine Besprechung wirklich die Lösung. Sie würden sich einen Namen machen, bekannt werden. Genau das brauchten sie.

»So, und was machen wir jetzt?« fragte sie schließlich.

»Als erstes gehen wir die Speisekarte durch. Überprüfen, ob wir Schwachstellen haben. Zum Beispiel würde ich die mit Chèvre gefüllten Paprika als Beilage zum Hähnchen rausnehmen. Chèvre ist ein bißchen ... out, findest du nicht?«

»Aber sehr lecker. Meinst du wirklich, die Gäste finden ihn out?«

»Die Gäste vielleicht nicht, aber möglicherweise Lola. Ich habe eine Rezension von ihr gelesen, in der sie sich über einen Gastwirt lustig machte, der versuchte, Cross-over-Mischungen im Jahr Zweitausend zu servieren.«

»Aber das Wichtigste ist doch, daß es schmeckt! Ich meine, Beefsteak oder Zwiebelrostbraten sind ja auch keine Neuerfindungen.«

»Nein, aber eben Klassiker, das steht auf einem anderen Blatt. Klassiker kann man immer auf der Karte haben, aber Essen, das zu einer gewissen Zeit ›in‹ ist, ein paar Jahre zu spät servieren ... das darf *wirklich* nicht passieren!«

»Okay.«

»Wir haben ein eigenes Profil, wir sind originell, und das soll man unserer Speisekarte ansehen.«

»Und dann darf man unter keinen Umständen Chèvre servieren, weil das out ist ... Habe ich das richtig verstanden?«

»Absolut.«

Bevor sie das Gespräch beendeten, verabredeten sie sich im Restaurant, um die Karte in aller Ruhe durchzugehen. Und einen Blick auf alles andere zu werfen.

Kalles Enthusiasmus war ansteckend. Er hatte schon recht. Es würde alles herumreißen. Eine Rezension von Lola war überlebenswichtig. Sie genoß einen Ruf als strengster Kritiker in der Szene, und jeder fürchtete ihre scharfen Formulierungen. Ebenso wie ihr Lob das Beste war, was einem Restaurant passieren konnte.

Agnes und Kalle wollten sich eine Stunde früher als die anderen treffen. Um eine Strategie auszudenken, wie Kalle sagte. Am Abend würden sie die anderen informieren. Es war wichtig, daß alle Bescheid wußten. Sie konnten sich keine Schluderei erlauben. Das taten sie zwar ohnehin nicht, betonte Kalle, aber sollten sie damit irgendwann anfangen, dann sei jetzt der ungünstigste Zeitpunkt dafür.

Als Henrik um fünf Uhr kam, saßen Agnes und Kalle noch immer über der Karte. Große Veränderungen hatten sie nicht vorgenommen. Außer der mit Chèvre gefüllten Paprika, die gegen eine mit Honig glasierte Süßkartoffel ausgetauscht worden war, hatten sie ein Dessert gestrichen, eine Schokoladentorte, die eigentlich gut war, aber nichts Besonderes. Statt dessen nahmen sie ein Mangosorbet mit Anis auf, an dem Kalle noch immer experimentierte.

Henrik war begeistert von der Nachricht. Er erzählte von einem Restaurant, das eine eher mittelmäßige Rezension bekommen hatte, aber danach hätte sich die Anzahl der Gäste verdoppelt.

»Das Problem wird nur sein«, fügte er hinzu, »daß wir keine Ahnung haben, wer sie ist.«

Agnes schaute auf. »Aber Kalle kennt sie doch.«

»Nein, ich habe keine Ahnung.« Kalle schüttelte den Kopf.

»Aber du hast doch erzählt, sie war auch im Picnic während deiner Zeit dort?«

»Ja, aber es waren ja Unmengen Leute da, woher sollte ich wissen, wer sie ist? Wir müssen ganz einfach ein gleichmäßig hohes Niveau halten«, beschloß Kalle. »Sie kann jeden Tag auftauchen. Wir sind vorbereitet. An einem umtriebigen Samstagabend oder an einem Dienstag, wenn es gähnend leer ist. Wir müssen erstklassiges Essen servieren, ausnahmslos.«

»Und den gleichen hohen Standard beim Service halten«, fügte Henrik hinzu. »Wie oft schreibt sie eigentlich?«

»Ich glaube, alle zwei Wochen. Es heißt, sie sei sehr gründlich.«

Kurz darauf erschien Filip, und Kalle klärte ihn kurz über die Neuigkeiten auf. Auch er wußte ein paar Geschichten über Lola, gute und schlechte. Er hatte sie bei seiner Arbeit selbst erlebt. Agnes überlegte, ob es etwas zu bedeuten hatte, daß er in einem der Lokale gearbeitet hatte, die zumachen mußten, kam aber zu dem Schluß, daß es wohl kaum an Filip gelegen haben konnte. Sie hatte ja auch beim Pastaking gearbeitet, und wenn Lola dort jemals aufgetaucht wäre, wäre ihr Urteil vernichtend ausgefallen. Der richtige Mann, die richtige Frau – nur am falschen Ort.

Im Restaurant war es spürbar – es lag etwas in der Luft. Sobald sich die Tür öffnete, schauten sie gespannt hin. Konnte sie das sein? Das Essen, das schon vorher gut gewesen war, wurde noch ein bißchen besser. Kalle ließ keinen Teller aus der Küche, den er nicht genauestens kontrolliert hatte. Alles mußte perfekt sein.

Auch Agnes und Henrik versuchten, die Form noch mehr als bisher zu wahren. Nicht, daß Kalle darum gebeten hätte, das war ihr eigenes Bestreben. Der informelle Ton und der persönliche Small talk mit den Gästen wichen mehr und mehr einem sehr diskreten Service. Agnes fiel das leicht, so hatte sie im Bateau bleu auch gearbeitet. Persönliches hatte da nichts zu suchen, außer man wurde danach gefragt. Man mußte sich im klaren sein, daß die Restaurantbesucher nicht kamen, um sich mit einem zu unterhalten. Henrik, der einige Jahre im Stadshotel in Trosa gearbeitet hatte, beherrschte das ebenfalls perfekt. Er hatte schließlich eine klassische Ausbildung genossen.

Pernilla tat sich weniger leicht. Sie hatte Probleme, sich zurückzunehmen. Der persönliche Charme gehörte einfach zu ihrem Stil, und so wie sie aussah, war es fast unmöglich, diskret zu sein. Anfangs hatte Agnes sich ein bißchen daran gestört. Da nun Henrik und sie alles gaben, um das Niveau des Restaurants anzuheben, konnte sie sich nicht auch ein bißchen zusammenreißen? Aber nach ein paar Tagen wurde Agnes gelassener. Pernilla hatte eben ihren Stil, er war Teil ihrer Persönlichkeit. Wäre sie anders, dann würde sie sich verbiegen, und das, so vermutete Agnes, würden auch Rezensenten sofort merken.

Das einzige Mal, daß Agnes es sich herausnahm, etwas lockerer zu sein, war, als Lussan vorbeischaute. Aber erst nachdem sie alle Gäste durchgegangen war und niemand von ihnen so aussah, als wäre er Lola, traute sie sich, mit Lussan eine Weile an der Bar zu sitzen.

Und ehrlich gesagt, erfuhr auch ihr Nachbar keine besondere Bedienung. Agnes dachte mittlerweile ernsthaft darüber nach, ob er sie verfolgte, als er bereits zum dritten Mal im Restaurant auftauchte. Aber wenn er ein Psychopath war, konnte er es gut verbergen. Sicherlich regte er sie irgendwie auf, aber verrückt wirkte David Kummel nun auch wieder nicht.

Agnes konnte nicht genau sagen, was sie eigentlich an ihm störte. Er war wie ein kastrierter Kater: lieb und sanft und naiv. Sie konnte von sich geben, was sie wollte, er widersprach nie, war auch nie beleidigt – alles eher unmännlich. Agnes vermutete, daß er zu denen gehörte, die sich unglücklich verliebten, weil die Mädchen in ihm nur den netten Zuhörer sahen, einen ungefährlichen Typen eben. Oder er war schwul, obwohl sie das eher anzweifelte. Schwule hörten nicht Bruce Springsteen und Pink Floyd. Aber wer weiß, mit seinem sonderbaren Musikgeschmack würde es sie auch nicht wundern, wenn er mit einem Mal Judy Garland oder Bobbysocks auflegen würde. Heute abend hatte er Led Zeppelin gehört. ›Stairway to heaven‹, viermal hintereinander. Agnes wollte gerade hinuntergehen und klopfen. Auch wenn er, was man zugeben mußte, gar nicht so laut aufdrehte, gab es doch eine Grenze für das, was Nachbarn aushalten mußten? Bevor sie unten war, hatte er allerdings ausgeschaltet. Agnes war beinahe enttäuscht. Ihr lagen bereits fertig formulierte sarkastische Bemerkungen über den Repeat-Knopf und den Hit der Woche auf der Zunge.

Im Restaurant hingegen war er zurückhaltend und noch immer allein. Dieses Mal ließ er die Vorspeise aus und begann mit dem Hähnchen. Als er das perfekt gegrillte Filet bekam, musterte er den Teller. Agnes hatte ihm säuerlich einen guten Appetit gewünscht und war schon wieder auf dem Weg, als er mit vorsichtigem Räuspern und einem leisen »Entschuldigung« um ihre Aufmerksamkeit bat.

»Entschuldige«, sagte er noch einmal. Agnes sah ihn fragend an. »War die Beilage nicht ursprünglich mit Chèvre gefüllte Paprika?«

»Ja, das haben wir geändert.« Agnes biß sich auf die Lippe, sie hatte ganz vergessen, ihm das mitzuteilen. »Statt dessen hast du eine mit Honig glasierte Süßkartoffel bekommen.«

»Schade.«

»Warum?«

»Ich finde es schade, Chèvre hätte auch gut gepaßt.«

»Ja, tut mir leid.« Agnes zuckte mit den Schultern.

»Aber die Süßkartoffel schmeckt bestimmt auch«, schob er eilig hinterher und nahm geschwind Messer und Gabel in die Hand, um zu demonstrieren, daß er durchaus eine positive Einstellung zu der glasierten Knollenfrucht auf seinem Teller hatte. Agnes ging wieder zu Lussan an die Bar und aß gegrillte Pilgrimsmuscheln.

Paolo hatte in der Küche zu tun, aber da die sieben Gäste, drei Pärchen plus David Kummel, ihn kaum auslasteten, kam er immer mal wieder an die Bar. Agnes merkte es Lussan an, wenn Paolo auftauchte. Sie war anders. Agnes hatte sie schon so oft beim Flirten beobachtet, daß sie dachte, sie kenne das Muster, doch was sie jetzt sah, war anders als alles, was sie kannte.

Lussans Taktik war üblicherweise darauf ausgerichtet, die Männer an Sex denken zu lassen. Kein besonders kompliziertes Unterfangen. Der Schwierigkeitsgrad war etwa so, wie wenn man sich bei Kindern mit einer Tüte Bonbons beliebt machen wollte. Freche Kommentare, viel Gloss auf den gespitzten Lippen und die Brust herausgestreckt. Das tat sie fast automatisch, unabhängig davon, ob sie etwas im Schilde führte oder nicht. *Ach, hier sitzt du? – Ja, auf meinem kleinen festen Hintern ...* Ein bißchen aus dem Augenwinkel blinzeln, die Lippen spitzen und die Titten nach vorn. Der Mann, der da nicht an Sex denken mußte, wurde noch nicht erschaffen. Oder hörte ständig Barbra Streisand. So traurig es war – diese Taktik funktionierte am besten bei denen, die nicht mehr frei waren und die nach dem Sex kein Interesse an etwas anderem mehr zeigten. So lange, bis sie wieder heiß auf Sex waren. Wie Torben, der Däne, der jedesmal anrief, wenn er in Stockholm war. Eine treue Seele, könnte man sagen. Seine Frau zu Hause in Århus würde die Sache vermutlich anders sehen. Der entscheidende Punkt am ganzen Verfahren war jedenfalls, daß Lussan die Regeln bestimmte, sie war diejenige, die ihn ansprach. Sie wählte ihn aus. Zumindest war es bisher immer so gewesen.

Jetzt saß sie da und sprach mit Paolo. Sie machte zwar Witze, aber das hatte nichts mit Sex zu tun, und ihr Lipgloss befand sich schon größtenteils am Glasrand. Sie lachte auch, aber nicht auf diese männermordende Sharon-Stone-Art, die sie sonst anwandte.

Ihr Gespräch veränderte sich, wenn Agnes in der Nähe war. Es wurde zurückhaltender. Oder bildete sie sich das ein? Aber sie wurde das Gefühl nicht los, daß sie in ihrer Gesellschaft überflüssig war.

Agnes drehte eine Runde durch das Lokal. David Kummel gab ein diskretes Zeichen, als ihr Blick durch den Raum schweifte. Sie tat so, als hätte sie ihn nicht gesehen. Statt dessen schenkte sie an einem anderen Tisch nach und nickte einem Paar freundlich zu, das um die Rechnung bat. Erst als sie wieder zurückkam, ging sie zu ihrem Nachbarn, der ganz allein an seinem Tisch saß. Der Arme, er hatte nicht nur einen grauenvollen Geschmack, was Musik anging, sondern schien zudem nicht einen einzigen Freund zu haben. Vielleicht war er doch ein bißchen schräg, dachte Agnes mit Schaudern. Wenn er sich womöglich einredete, sie sei sein bester Freund, oder noch schlimmer: seine Freundin. Vielleicht lebte er in seiner eigenen Phantasiewelt, in der die Besuche in ihrem Restaurant im Grunde Schäferstündchen waren. Im Kino gab es so was. In seiner Phantasie saßen sie beide vielleicht an einem hübsch gedeckten Tisch und sahen sich tief in die Augen. Ein Schauer lief ihr über den Rücken. Vielleicht würde er eine Schatulle hervorholen, in der ein Ring lag, und um ihre Hand anhalten. Und wenn sie ablehnte, würde er sie umbringen und ihre Leiche in seiner Wohnung verstecken, bis sie zu stinken anfing und die Nachbarn die Polizei riefen und alles ans Licht kam.

Agnes war an seinem Tisch angekommen.

»Ja?« Sie gab sich Mühe, sehr unpersönlich zu klingen. Man konnte nie wissen.

»Dürfte ich einen Blick auf die Dessertkarte werfen?«

»Sicher.« Agnes holte eine Speisekarte. Sie wartete bei ihm, während er die Vorschläge las.

»Was würdest du empfehlen?« fragte er.

»Alle sind sehr gut«, antwortete Agnes nach kurzem Nachdenken. Seine Frage klang unschuldig, aber vielleicht machte er sich Notizen über jedes Wort von ihr. Und dann, wenn er sie zu einem einsamen Häuschen im Wald gelockt hatte, wie es auch immer dazu käme, würde er sie zwingen, Crème brûlée mit Mokka und kandierten Pecannüssen zu essen, bis sie seine Liebe erwiderte. Oder grausam zugrunde ging.

»Okay, dann nehme ich das hier«, sagte er schließlich und zeigte mit dem Finger in der Karte auf seine Wahl. Agnes nickte. Nein, David Kummel war bestimmt kein Psychopath. Außerdem hatte er eine hervorragende Wahl getroffen. Es war der erste Tag, an dem sie das Mangosorbet auf der Karte hatten. Es war ein Gedicht. Frisch, aber süß und mit einem unverkennbaren Hauch Anis in der Grundnote. Kalle hatte seinen Job gut gemacht.

Paolo nahm die Bestellung in der Küche auf. Nach ein paar Minuten war es fertig zum Servieren. Die eiförmige Sorbetkugel lag in einer kleinen weißen Porzellanschale, die wiederum auf einem gelben Dessertteller plaziert war, auf dem ein herzförmiger Keks mit einem Klecks Vanille-Crème-fraîche obendrauf garniert war. Es sah richtig schön aus. Und war ein Gedicht. Agnes hatte es probiert.

David strahlte, als Agnes die Schale vor ihm abstellte.

»Sieht gut aus!« sagte er. Agnes lächelte. Auf dem Tisch konnte sie nichts entdecken, das nach Verlobungsring aussah. Vielleicht war er doch ganz normal.

Als es halb zwölf war, schloß Agnes die Tür hinter den letzten Gästen. Soweit sie die Sache überblicken konnte, ein gelungener Abend. Zumindest für die elf Gäste. Aber noch immer warteten sie auf Lola. Vielleicht morgen. Oder übermorgen.

In dem Moment, als sie das Lokal betrat, war es Agnes schlagartig klar. Die Offenbarung hätte nicht deutlicher sein können, wenn Jesus selbst in der Wüste erschienen wäre. Die Dame, die soeben hereingekommen war, war vielleicht Mitte Fünfzig oder ging auf die Sechzig zu. Ihre kurzen grauen Haaren waren sorgfältig frisiert und fest mit Haarspray gebändigt. Der Lidschatten stahlblau und die Lippen leuchtend rot, ebenso die Fingernägel. Das Kleid, das sie trug, war aus einem Stoff mit diskretem Nadelstreifenmuster, die Jacke tailliert und der Rock knielang. Ihre Pumps hatten hohe Absätze, und die schwarze Lacktasche baumelte an einer Goldkette von ihrer Schulter.

Sie sah sich um. Es war ein Freitagabend, daher war das

Restaurant zum Glück nicht leer. Agnes ging eilig auf sie zu, um sie zu begrüßen, und fragte, ob sie noch Gesellschaft erwarte. Nein, sie war allein. Agnes führte sie zu einem Tisch, der zentral stand, jedoch an einer Wand, nicht mitten im Raum. Agnes schob den Stuhl zurecht, und die Frau setzte sich ohne ein Wort. Ebenso kurz angebunden lehnte sie einen Aperitif ab, nickte aber erfreut, als Agnes ihr ein Glas Wasser mit Eis servierte, als sie ihr die Speisekarte brachte.

Als sie sicher war, daß die Dame nicht zu ihr schaute, zog sie Pernilla zu sich, die gerade an einem anderen Tisch mit den Gästen Späße machte.

»Jetzt ist sie da«, zischte sie.

»Wer?«

»Sssch! Lola, ist doch klar.« Agnes nickte vorsichtig zu dem Tisch, an dem die Dame saß und die Karte studierte. Pernilla riß die Augen auf. »Bist du sicher?«

»Ja, sieh doch selbst. Findest du, sie sieht aus wie eine aus dem Arbeiterviertel, die sich nach der Arbeit noch den Bauch vollschlagen will?«

»Nein, du hast recht.«

»Ich wette hundert Kronen, daß sie ein Drei-Gänge-Menü bestellen wird und wir sie wiedersehen.«

»Warum?«

»Weil sie nicht mit einem Mal die ganze Karte durchprobieren kann. Wenn sie ein gründliches Urteil abgeben will, dann muß sie wiederkommen.« Plötzlich sah die Dame auf und Agnes zuckte. »Warne schon mal die Küche vor«, flüsterte sie zu Pernilla, bevor sie zu ihrem VIP-Gast zurückkehrte, um die Bestellung aufzunehmen.

Lola stellte viele Fragen rund um das Essen. Woher der Seeteufel kam, ob das Gemüse aus ökologischem Anbau sei, welcher Wein zum Hähnchen passe. Das meiste wußte Agnes souverän zu beantworten. Seit sie erfahren hatten, daß die Restaurantkritikerin im Anmarsch war, hatte Kalle besonders darauf geachtet, die Herkunft aller Zutaten zu erklären. Außerdem besprachen sie jeden Abend, bevor sie öffneten, eventuelle Änderungen auf der Karte. Die Weinkarte hatten sie optimiert und sowohl sie als auch Pernilla und Henrik waren im Bilde zu sagen, welcher Wein wozu paßte, trotzdem machte sie die Frage nervös. Prüfungen waren nicht ihre Sache. Sie fühlte sich wieder wie bei der Führerscheinprüfung in Länninge.

Ein halbes Jahr lang hatte sie jeden Tag geübt. Sie konnte rückwärts um die Kurve fahren, rückwärts einparken, auf der Landstraße fahren, auf der Autobahn, im Stadtverkehr, ja sogar das Befahren des einzigen Kreisverkehrs, den es in Länninge gab, beherrschte sie perfekt. Trotzdem war ihr Kopf völlig leer, als der Prüfer sie in einer Pause fragte, welches Pedal die Kupplung sei. Das in der Mitte, hatte sie schließlich geantwortet. Sie hatte immerhin bestanden, aber der Prüfer hatte gemeint, sie hätte Glück gehabt, daß sie die theoretische Prüfung schon abgelegt hatte, sonst hätte sie sicher noch eine Menge Arbeit gehabt.

Die Dame räusperte sich, sie hatte sich am Ende für die Fischsuppe entschieden und wollte wissen, zu welchem Wein Agnes ihr raten würde. Für einen Augenblick stand die Zeit still. Fischsuppe? Einen Anjou Blanc vielleicht? Nein, natürlich nicht. Anjou Blanc war ein Dessertwein. Diese Empfehlung hätte Lola sicher nicht gefallen. Statt dessen nannte sie einen Sancerre Les Belles Dames. Ihr Gast schien zufrieden. Die Gefahr schien gebannt.

Als Vorspeise bestellte sie Pilgrimsmuscheln und Nudelsalat mit Chili und Koriander. Würde der Sancerre dazu auch passen? Agnes schluckte.

»Da würde ich lieber einen halbtrockenen empfehlen, das paßt besser zur Schärfe der Chili. Zum Beispiel den hier.« Sie zeigte auf einen Wein in der Karte. »Kloster Eberbach, ein Riesling.« Die Dame lächelte, zum ersten Mal. Ihre Zähne waren gleichmäßig, aber ziemlich gelb.

»Dann nehme ich den«, sagte sie und schlug die Karte zu,

bevor sie ihre Bestellung abschloß. »Als Nachspeise hätte ich gern Himbeerpannacotta.« Sie hielt Agnes die Speise- und Weinkarte hin. Mit einem Lächeln bedankte sich Agnes und verließ den Tisch.

Als sie die Bestellung eintippte und in der Küche Bescheid gab, fühlte sie sich ganz wackelig auf den Beinen. Die Nervosität war mittlerweile schon übergesprungen. Kalle flitzte unruhig vom Herd zum Ofen und wieder zurück, und Paolo rührte in einer Schüssel, daß es auf seine Schürze spritzte.

»Und?« entfuhr es Kalle, als sie die Küche betrat. »Was für einen Eindruck macht sie?«

»Steif«, antwortete Agnes ehrlich. »Sie hat mich getestet. Hatte tausend Fragen zur gesamten Speisekarte, bevor sie bestellt hat.«

»Zum Beispiel?« Kalle sah sie nervös an. Agnes erzählte alles, was ihr einfiel. Da wurde er ruhiger. »Das hast du sicher gut gemacht.«

»Ich hoffe es.« Sie verschwieg ihr Zögern bei der Empfehlung des Weines. »Ich muß wieder raus«, sagte sie. Auf dem Weg hörte sie Kalle zu Paolo sagen: »So, jetzt geht's zur Sache.«

Als das Restaurant an diesem Abend schloß, versammelten sich alle im Lokal. Kalle öffnete eine Flasche Wein, und Pernilla brachte vier Gläser. Paolo lehnte ab, er habe Durst, sagte er und öffnete eine eiskalte Cola. Sie mußten ein bißchen zur Ruhe kommen. Lola hatte sich ruhig und konzentriert ihr perfekt zubereitetes und serviertes Essen auf der Zunge zergehen lassen. Ihrem Gesicht war nicht anzusehen, was sie dachte. Nach der Pannacotta und einem Espresso hatte sie bezahlt – bar, und dann das Restaurant mit einem kurzen »danke und auf Wiedersehen« verlassen.

Paolo und Kalle gingen die Gerichte durch. Jeden Gang. Waren die Nudeln verkocht gewesen? War am Salat zuviel Chili gewesen? Hatte der Seeteufel noch Gräten? Pernilla meinte gesehen zu haben, daß ihr Gast sich eine Gräte aus dem Mund holte. Paolo stöhnte, er hatte den Fisch zubereitet. Normalerweise war eine einzige Gräte kein Beinbruch. Immerhin handelte es sich um echten Fisch und nicht um Fischstäbchen, aber in diesem Fall konnte eine Gräte den Unterschied zwischen gut und weniger gut bedeuten. In all der Aufregung fiel niemandem auf, daß der Seeteufel gar keine Gräten hat.

Mit dem Nachtisch waren zumindest alle zufrieden. Die Pannacotta war weich wie ein Babypopo und leicht roséfarben von dem gepreßten Himbeerkonzentrat. Sie servierten es mit einer halben Passionsfrucht und ein paar frischen Himbeeren, die aus Venezuela eingeflogen waren und die sie am Morgen zu einem unverschämten Preis auf dem Großmarkt in Årsta erstanden hatten.

Sie saßen da wie verliebte Schulmädchen, die vom neuen Referendar schwärmten. Sie analysierten jedes Wort, jede Bewegung. Gingen die Bestellungen Schritt für Schritt noch einmal durch. Sogar der Espresso wurde ihrer Analyse unterzogen. Hatte er genug Crema? Hatte sie Zucker genommen?

Pernilla stand als erste auf und sagte gute Nacht. Die anderen folgten. Kalle verabschiedete sich und winkte, bevor er zu seinem Auto lief, das er in der Katarina Bangata geparkt hatte. Paolo und Agnes gingen gemeinsam zur U-Bahn-Station Slussen. Es waren noch viele Leute unterwegs. Immerhin war Freitag, und es war erst halb eins.

Auf dem U-Bahnsteig war es eng. Ein paar Jungs mit geeltem, nach hinten gekämmtem Haar pöbelten sich an. Ihre Freundinnen standen ein wenig entfernt und versuchten, sie zu besänftigen. In elf Minuten sollte die U-Bahn nach Aspudden kommen. Nach drei Minuten kam Paolos Zug aus der anderen Richtung an. Paolo öffnete den Mund, als wollte er etwas sagen, ließ es aber sein. Er machte einen Schritt auf die Bahn zu, dann drehte er sich schnell zu Agnes um.

»Du willst nicht vielleicht mit?« fragte er. Agnes traf die Frage völlig unvorbereitet, sie zögerte. Ein Hunderstel zu lange.

»Ach, vergiß es!« sagte er und winkte ab. »Wir sehen uns morgen.« Dann sprang er durch die offenen Türen seiner U-Bahn. Gerade noch rechtzeitig, bevor sie schlossen. Er winkte ihr nicht mehr, als die Bahn die Haltestelle verließ.

Auf dem Eßtisch der Familie Edin im Snickarväg in Länninge standen Kalbsschnitzel in Sahnesauce, Salzkartoffeln mit den traditionell eingelegten Gurken und Johannisbeergelee. Maud hatte das Sonntagsgeschirr herausgeholt und den Rotwein in die Kristallgläser aus Tschechien eingeschenkt, obwohl Jonas und Sven Bier tranken und Madde Coca-Cola. Doch Maud und Agnes erhoben feierlich ihre Gläser und nahmen einen Schluck von dem französischen Wein, der viel zu herb war, als daß man ihn als gut bezeichnen konnte. Es kam nicht oft vor, daß sie an einem Sonntag zum Essen zusammensaßen, vielleicht einmal im halben Jahr. Beim letzten Mal war noch Tobias dabeigewesen. Agnes war überzeugt davon, daß die anderen daran dachten, sie tat es jedenfalls.

»Wie läuft es mit deinem Job?« fragte sie Jonas, um auf andere Gedanken zu kommmen.

»Ich habe mich auf zwei Stellen beworben.«

»Klingt gut!«

»Aber für beide habe ich schon Absagen bekommen.«

»Wie schade.« Agnes kam sich blöd vor. Doch ihre Mutter war auf dem Plan. Immer optimistisch.

»Es ist nur eine Sache der Zeit. Wenn man so tüchtig ist!«

»Sie wollen immer jemanden mit Ausbildung.«

»Kannst du die nicht noch nachholen?« fragte Agnes. Eine dumme Frage, und die Antwort war klar.

»Nein, ich kann ja nicht studieren.«

»Aber du mußt ja nicht an eine Uni gehen. Du kannst doch auch Kurse belegen.«

»Du meinst zum Beispiel einen Computerkurs?«

»Ja.«

»Damit ich ein arbeitsloser EDV'ler bin und kein arbeitsloser Handwerker?«

Da hatte er nicht unrecht. Eine Homepage gestalten zu können, öffnete einem nicht mehr den Weg in den Arbeitsmarkt, wie es noch vor ein paar Jahren der Fall war. »Aber ...«, begann sie und suchte nach Worten. Mit so einem Schlußsatz konnte man dieses Dilemma nicht stehenlassen. Jonas unterbrach sie.

»Dojjan und ich überlegen, ob wir eine Auto-Werkstatt aufmachen.«

»Wirklich?« Madde war verblüfft.

»Ja, irgend etwas müssen wir tun. Wir können nicht den Rest unseres Lebens stempeln. Und wir können beide gut mit Motoren umgehen.« Er verstummte, alle sahen ihn an. »Na ja, Autos gehen doch immer kaputt, oder ...?«

»Das klingt ganz ausgezeichnet«, sagte Sven, und Maud nickte zustimmend. »Du bist wirklich zu jung, um schon aufzugeben.« Madde sagte noch immer nichts. Jonas aß weiter.

»Und woher wollt ihr das Startkapital nehmen?« fragte sie schließlich. Es fiel ihr schwer, ihre Skepsis zu verbergen.

»Da müssen wir sicher einen Kredit aufnehmen.« Jonas schob sich eine Gabel mit Kalbsschnitzel, Kartoffeln und Gurke in den Mund, der Rest war daher nicht mehr zu verstehen. »Und anschonschten bekommen wir sischer einen Zuschusch für Jungunternehmer.«

Ob Agnes wollte oder nicht, Jonas' Einstellung imponierte ihr. Sie mußte daran denken, wie es sie mitgenommen hatte, als sie plötzlich ohne Arbeit dastand. Und sie war immerhin in Stockholm, noch dazu in einer Branche, in der immer Leute gesucht wurden. Jonas hockte in Länninge und war einer von fast vierhundert Arbeitern aus der Fabrik, die einen neuen Job suchten. Keine berauschenden Zukunftsaussichten. Sogar Madde schien überrascht von seinen Plänen. Mißtrauisch sah sie ihn von der Seite an, aber er ließ sich nicht stören und schaufelte unbekümmert das Sonntagsschnitzel in sich hinein, als hätte er wochenlang kein Essen gesehen.

Sie wechselten das Thema, und Maud erzählte von ihrer neu gesetzten Kletterrose Dorothy Perkins, ein »richtiger Klassiker, winterhart bis Zone vier«, die aber schon wieder befallen war. Sie hatten alles versucht, die ewigen Schädlinge zu vertreiben, erzählte sie. Kugeln aus Schafwolle, Blutmehl, Seifeflocken, Cayennepfeffer, Knoblauch, flatternde Wimpel ... Maud hatte sogar Sven mitten im Winter hinausgeschickt, um den Stock anzupissen. Irgendwo hatte gestanden, daß das etwas nützen würde.

»Aber das einzige, was passierte, war, daß Papas Kleiner fast erfroren wäre!« Mutter mußte laut lachen. Agnes lächelte etwas angestrengt. Das hatte sie nun wirklich nicht hören wollen. Daß ihre Mutter das ... Teil ihres Vaters den *Kleinen* nannte, war definitiv mehr, als sie wissen wollte. Zum Glück vertiefte Maud das Thema nicht.

»Vielleicht solltest du mal deinen alten Fuchsschwanz raushängen«, schlug Madde im Spaß vor. Agnes war nicht ganz klar, ob Madde das als Wortspiel gemeint hatte. Maud sah auf.

»Weißt du was, die Idee ist gar nicht so schlecht ... Wir sollten es mal versuchen.«

»Und wenn es klappt, könnt ihr das als Geheimtip auf der Homepage veröffentlichen.« Agnes sah zu Madde und kicherte. Maud und Sven schienen nicht zu merken, daß die Töchter sie auf den Arm nahmen.

»Ja«, sagte Sven. »Gute Ratschläge soll man weitergeben.«

»Habt ihr denn Besucher, an die ihr sie weitergeben könnt?«

»Na ja, es ist etwas schleppend angelaufen, aber Maud hat an ›Unser Garten‹ und ›Rund ums Haus‹ Mails geschickt und auf unsere Seite hingewiesen, wir werden dann schon sehen, ob es etwas bringt.«

»Ganz bestimmt«, flunkerte Agnes. Sie konnte sich weiß Gott nicht vorstellen, daß sich irgendein Mensch für die Homepage von zwei Frührentnern interessierte, deren größtes Hobby ihr Garten war. Auf der anderen Seite konnte sie sowieso nicht verstehen, wie die Leute ihre freie Zeit freiwillig mit Regenwürmern und Blattläusen verbringen konnten.

Nach dem Essen setzten sie sich ins Wohnzimmer zum Kaffee. Agnes hatte erzählt, wie es im Restaurant lief. Sie hatte jedoch verschwiegen, daß sie zu wenig Gäste hatten. Sie wollte ihnen keine unnötigen Sorgen machen. Vielleicht würden sich ja bald alle Probleme in Luft auflösen, nach der Restaurantkritik. Sie erzählte auch von Lola, aber wie zu erwarten war, machte das auf die anderen keinen großen Eindruck, denn niemand kannte ihren Namen, geschweige denn hatte jemand ihre Rezensionen gelesen. Aber sie nickten interessiert, als Agnes ihnen klarzumachen versuchte, daß Lolas Beurteilung Zitronen, klein und gelb zu dem Erfolg verhelfen konnte, der ihm gebührte.

Dann war es an der Zeit aufzubrechen. Jonas und Madde hatten ein Auto, einen betagten Ford Fiesta, aber Agnes konnte Madde überreden, sie noch zu Fuß zum Bahnhof zu begleiten. Agnes war pappsatt und wollte sich noch ein bißchen bewegen, bevor sie wieder in den Zug steigen mußte.

Bald würde es Frühling sein, und der Abend war, wenn auch noch nicht lau, so jedenfalls nicht mehr eiskalt. Die Sonne ging langsam unter, und das rötliche Licht spiegelte sich im Blechdach des Länningewerkes, das auf der anderen Seite der Straße zu sehen war. Der riesige Fabrikschornstein ragte schwarz und unbeweglich in den Abendhimmel, wie der Mast eines sinkenden Schiffes. Zum ersten Mal kam kein Rauch aus ihm heraus, stellte Agnes fest. Die Fabrik war immer in Betrieb gewesen, Tag und Nacht, Schichtarbeit. Selbst an den hohen Feiertagen wurde gearbeitet. Minimalbetrieb sagte man dazu. Doch die Bezeichnung war falsch. Ein großer, lebloser Klumpen aus Ziegelstein mit Blechdach und Schornstein, eingezäunt von einem drei Meter hohen Zaun. Dahinter war nichts mehr. Die Maschinen waren nach Tartu in Estland verschifft worden, wo jetzt die Firmenleitung ihren Sitz hatte.

Allein die Arbeiter waren in Länninge zurückgeblieben. Nur daß sie jetzt keine Arbeiter mehr waren.

»Woran denkst du?« fragte Madde.

»An die Fabrik.« Agnes wies zum Werk hin. »Es macht einen irgendwie so traurig.«

»Ach was, das macht mich doch nicht traurig!«

Agnes stutzte. Wie, sie war *nicht traurig?* Natürlich war das ein Grund zum Traurigsein. Eine stillgelegte Fabrik, arbeitslose Menschen. »Was meinst du damit?«

»Die Fabrik hat doch die ganze Stadt lahmgelegt, und das sechzig Jahre lang. Und alle sind so fürchterlich dankbar gewesen. Und was haben sie dafür bekommen? Arbeit, klar, aber auch kaputte Rücken, vergiftete Lungen ...« Agnes schnitt ihr das Wort ab.

»Aber es ist doch schon lange her, daß sie diese Lösungsmittel verwendet haben ...«

»Ja, und was nützt das denen, die den Mist schon im Körper hatten?« Sie redete ohne Punkt und Komma. »Die Umwelt hat diese verdammte Fabrik auch zerstört! In den letzten vier Jahren war im Lillbergasjö sogar Badeverbot, wußtest du das?«

»Aber bist du sicher, daß ...«

»Ja, meinst du, das haben sie erlassen, weil kleine Kinder ins Wasser gepieselt haben?« Madde sah ihre große Schwester zornig an. »Aber das Schlimmste ist eigentlich, daß die Fabrik die Menschen hier zu antriebslosen Idioten gemacht hat. Keiner mußte sich anstrengen. Niemand hat über sein Leben nachgedacht. Nein, einfach rein in die Fabrik. Länninge war voller Lohnsklaven!«

»Aber komm, sind wir nicht alle Lohnsklaven?« widersprach Agnes. »Du bist genauso einer, auch wenn du im Kindergarten arbeitest.«

»Ja, kann sein, aber ich habe es mir immerhin selbst ausgesucht. Bewußt. Ich möchte mit Kindern arbeiten. Was glaubst du, wie viele in der Fabrik wirklich Fabrikarbeiter sein wollen?«

»Vermutlich mehr als die, die arbeitslos sein wollen …«

»Ach, du weißt doch genau, was ich meine!«

»Ja, schon möglich. Allerdings finde ich, daß du ganz schön hart bist.«

»Stimmt, aber ich habe mein ganzes Leben mit Fabrikarbeitern verbracht. Ich habe gesehen, was passiert. Mit Jonas, seinen Freunden, mit Mama und Papa. Sie wandern durch diese Tore hinein und kommen fünfundvierzig Jahre später wieder heraus. Und in der Zwischenzeit steht die Zeit still.«

»Was hätte denn auch passieren sollen, deiner Meinung nach?«

»Sie hätten etwas erleben können, Phantasie entwickeln, mal ein Risiko eingehen!«

»So wie du im Kindergarten …?«

Madde wurde sauer. »Ach, dann vergiß es eben, wenn du es nicht verstehen willst.«

Eine Weile liefen sie schweigend nebeneinander her. Agnes mußte daran denken, was Madde gesagt hatte. Sie hatte die Dinge noch nie so betrachtet. Sie hatte die Fabrik immer als Motor der Stadt gesehen. Den Mittelpunkt, der Geschäfte und Schulen und Menschen am Leben hielt … Je mehr sie darüber nachdachte, desto komischer kam es ihr vor. Natürlich wurden Menschen nicht geboren, weil es die Fabrik gab. Sinnvollerweise mußte es umgekehrt sein. Ansonsten war es genau so, wie Madde es ausdrückte, daß die Menschen für die Fabrik lebten, wie eine Art Brennstoff. Ein unheimlicher Gedanke.

»Im Ernst«, sagte sie nach einer Weile. »Ich glaube, ich weiß schon, wie du es meinst. Wahrscheinlich hat man das Werk so viele Jahre als Wohltäter der Stadt in den Himmel gelobt, daß man sich nur schwer von diesem Bild lösen kann.« Madde grummelte eine Antwort, sie war immer noch sauer. Agnes ließ sich nicht beirren. »Du hast sicherlich recht. Ich meine, wenn die Fabrik nicht stillgelegt worden wäre, hätte Jonas nie die Idee gehabt, eine Werkstatt aufzumachen. Oder Mama und Papa ihre Homepage. Wo gäbe es sonst in der Welt Tips wie ›Fuchsschwanz hilft gegen Rehe‹?« Agnes wahrte den Schein. Madde sah auf, anfangs etwas säuerlich, dann grinste sie, und schließlich mußte sie lachen. Agnes auch. »Lang lebe der amerikanische Kapitalismus!« rief sie.

»Tod der Fabrik, das Volk soll leben!« wetterte Madde.

»Nein«, brach es aus Agnes, die verschreckt spielte, heraus, »doch nicht LEBEN!«

Madde sah sie verdutzt an, dann lächelte sie wieder. »Nein, natürlich nicht. Nicht LEBEN. Tod der Fabrik, das Volk soll *lieben*!« Sie machten sich einen Spaß daraus, zu lachen und Schlachtrufe zu erfinden, bis Agnes mit einemmal anhielt und Madde ins Gesicht sah.

»Weißt du was«, sagte sie mit vollem Ernst. »Wir laufen hier durch die Gegend und uns geht es gut, wir sind wirklich richtig unsolidarisch.« Sie imitierte noch einen Schniefer. »Wie soll es denn nun in Estland weitergehen, mit den armen Leuten in Tartu?«

Als Lola das nächste Mal auftauchte, war sie in Begleitung. Sie hatte einen Herrn dabei. Das war eigentlich nichts Außergewöhnliches. Agnes hatte gehört, daß Restaurantkritiker häufig zu zweit kamen, vielleicht, um weniger aufzufallen. Agnes begrüßte sie und führte sie zum besten Tisch im Lokal, der frei war, was keine Kunst war, denn kein einziger Tisch war belegt. Auf dem kurzen Weg dorthin bemerkte Agnes, daß die beiden Französisch miteinander redeten. Er war etwas älter als sie, aber ebenso elegant in seinem gutsitzenden Anzug und der seidenen Krawatte. Agnes überlegte schnell. Ihr Französisch war mehr oder weniger bescheiden, aber die Monate im Bateau bleu waren nicht spurlos an ihr vorübergegangen. Ein bißchen Restaurant-Französisch hatte sie immerhin aufgeschnappt. Sie konnte schließlich zeigen, daß sie guten Willens war. Als sie Platz genommen hatten, wandte sie sich zuerst an die Dame.

»Darf es vor dem Essen etwas zu Trinken sein?« Und dann, direkt anschließend, lächelnd zu dem Herrn. »Bon soir, desirez-vous quelque chose à boire en attendant?« Wenn ihre Sprachkenntnisse die beiden beeindruckten, so ließen sie es sich nicht anmerken. Sie lehnten beide kurz angebunden ab und baten statt dessen um die Speisekarte. Agnes nickte und verließ den Tisch. Es war ihr peinlich, und sie merkte, wie ihre Wangen anfingen zu glühen. Was hatte das genützt? Französisch reden ... Vielleicht hatte Lola nun den Eindruck, daß sie auf den Mann in ihrer Gesellschaft Eindruck machen wollte. Ob das so geglückt war?

Als sie mit der Karte zurückkam, sprach der Herr sie wieder an. Er hatte es sich anders überlegt und bestellte einen Martini Dry. Die Dame wollte noch immer nichts. Sie schien nicht gerade gutgelaunt.

»Merci.« Agnes verließ den Tisch. Das war definitiv ein Schuß in den Ofen gewesen. Sie hatte die Aufmerksamkeit auf sich gezogen, und dies auf Kosten der Dame. Doppelter Minuspunkt. Warum war sie nicht vorsichtiger gewesen?

Den restlichen Abend achtete sie penibel darauf, immer zuerst Lola anzusprechen, und sie benutzte ihr Französisch nur selten. Ob die Mühe sich lohnte, wußte sie nicht. Sie bekam sogar mit, daß die beiden über sie sprachen. Als sie dachten, Agnes wäre mit etwas anderem beschäftigt, steckten sie die Köpfe zusammen und flüsterten etwas, während sie in ihre Richtung nickten. Aber sie konnte das genausogut falsch verstehen, vielleicht sprachen sie über etwas völlig anderes.

Das Essen, das sie servierte, war auf jeden Fall erstklassig. Nichts zu beanstanden, soweit Agnes es beurteilen konnte. Es war hübsch angerichtet, kleine Kunstwerke, ohne daß sie protzig oder gekünstelt wirkten. Sie aßen natürlich ein Drei-Gänge-Menü, jeder ein anderes, und stellten wie zuvor detaillierte Fragen zum Wein und zur Zubereitung.

Agnes war völlig verschwitzt, als sie schließlich nach zweieinhalb Stunden das Restaurant verließen. Die anderen Gäste mußten sich gewundert haben, was los war, als die Bedienung, nachdem sie das Französisch sprechende Paar sehr korrekt und einem Lächeln im Gesicht verabschiedet hatte, an der Bar wie ein Lappen zusammenfiel, von zwei neugierigen Köchen umringt.

Etwas später tauchte Sofia auf. Agnes hatte sie im Restaurant noch nicht besonders oft gesehen. Sie grüßte freundlich und verschwand in der Küche. Nach einer Weile kam sie wieder heraus und ließ sich in einen Sessel an der Bar fallen. Agnes versuchte ein Gespräch anzufangen, doch Sofia antwortete einsilbig und schien gerade wenig Interesse an Small talk zu haben. Eine Viertelstunde später kam Kalle heraus. Er machte einen nervösen Eindruck und fragte Sofia, ob sie nicht etwas zu essen oder zu trinken wolle. Sie wollte nicht. Er bot ihr alles mögliche an: Wasser, ein Brot mit Prosciutto, vielleicht ein kleines Sorbet, einen Espresso. Schließlich motzte sie ihn an, sie wolle nichts, ob er das noch nicht verstanden hätte? Doch, natürlich. Kalle flitzte in die Küche. Sofia erhob sich und zog die Jacke über. Es dauerte eine Weile, bis Kalle wieder da war. Agnes war klar, daß er die Arbeit in der Küche abbrechen mußte. Das Essen kalt stellen, Herd und Ofen abstellen. Für den Abwäscher alles vorbereiten, der auch gleichzeitig putzte, und der früh morgens kam. Als er schließlich wieder da war, hatte er die Arbeitskleidung abgelegt und seine normalen Sachen an.

»Kannst du heute abend abschließen, Agnes?« fragte er besorgt.

»Absolut kein Problem.«

»Danke. Vergiß nicht die Alarmanlage.« Er wandte sich an Sofia. »Wollen wir los?« Sie warf ihm einen müden Blick zu, und Agnes mußte zugeben, daß das eine ziemlich blöde Frage an jemanden war, der schon seit zwanzig Minuten mit Jacke an der Tür stand und genau darauf wartete.

Als sie gegangen waren, marschierte Agnes zu Filip in die Küche.

»Was war denn mit den beiden los?« fragte sie und wies Richtung Tür, durch die Kalle und Sofia soeben verschwunden waren.

»Wieso?«

»Sofia war total sauer.«

»Ach so, ja, Kalle meinte, sie haßt es, wenn er so lange arbeitet. Aber was hatte sie denn erwartet? Er hat gerade ein Restaurant eröffnet, da ist es eher unwahrscheinlich, abends gemütlich mit Wein und Krabben zu Hause auf dem Sofa zu sitzen. Oder was meinst du?« Filip trocknete die rostfreie Arbeitsfläche energisch ab, wo eben noch Meersalz, Olivenöl, gehackte Zwiebeln, Knoblauch, Tomatensauce, Butter, Kräuter und all die anderen Zutaten standen.

»Nein, schon möglich. Obwohl solche logischen Argumente nicht so richtig greifen, wenn man verliebt ist. Sie sind ja noch nicht so lange zusammen.«

Filip zuckte mit den Schultern. »Was soll ich sagen, ich habe keine Ahnung davon«, sagte er, und Agnes nickte verständnisvoll. Filip war jung und Single, was wußte er schon von Beziehungen.

»Ich war früher mit einem Musiker zusammen. Der war auch nicht oft zu Hause«, fügte sie hinzu. »Ich glaube, ich kann mir vorstellen, wie es Sofia geht.«

Filip und Agnes verließen das Restaurant gleichzeitig. Agnes hatte eine Extrarunde gedreht, bevor sie das Licht ausmachte, sie stellte die Alarmanlage an und schloß die Tür ab. Ein Gefühl, als würde man sein Zuhause verlassen, dachte sie. Und irgendwie war es ja auch so.

Es war ganz still im Haus. Sie stieg in den Fahrstuhl, denn sie war zu müde zum Laufen. Nicht einmal von Kummel war ein Mucks zu hören. Vielleicht war er gar nicht zu Hause. Oder sein Plattenspieler war kaputt. Wäre das ein Genuß! In der letzten Zeit war seine Geschmacksverirrung in Sachen Musik noch deutlicher zutage getreten, er hatte Elvis aufgelegt und alte Blues-Scheiben. Am Morgen hatte er mit den Doors den Vogel abgeschossen. Agnes wußte nicht, was sie davon halten sollte. Machte er das mit Absicht, um sie zu ärgern? Jedenfalls war sie zu zwei Ergebnissen gekommen. Das eine: Er war ein Etappenhörer. Er legte die gleiche Platte immer wieder auf, um sich dann etwas völlig Neuem zuzuwenden. Wie mit Bob Dylan. Einige Tage lang hatte er Bob Dylan aufgelegt, bis ihr schlecht davon wurde. Und dann, mit einem Mal, nichts mehr. Das andere Ergebnis war, daß er nichts hörte, das aus den vergangenen zehn Jahren stammte. War er nicht eigentlich zu jung, um sich so der Nostalgie hinzugeben?

Sie öffnete die Tür, ging hinein, knipste das Licht an und zog sich die Schuhe aus. Mittlerweile hatte sie sich daran gewöhnt, in eine leere Wohnung zu kommen. Mitunter genoß sie es sogar. Im Grunde war sie ja auch dann meist leer gewesen, als Tobias noch bei ihr gewohnt hatte, aber trotzdem war es anders. Den Abwasch, der in der Spüle stand, hatte sie selbst stehenlassen. Das Bett, das nicht gemacht war, roch nach ihr, nach niemand anderem. Wenn sie den CD-Player anmachte, würde sie Alicia Keys hören, denn das war die CD, die sie zuletzt eingelegt hatte. Die Milch im Kühlschrank würde für den Kaffee morgen früh reichen, denn niemand außer ihr hätte sie austrinken können. Und der Haarschaum war erst dann leer, wenn sie selbst den letzten Schaumklecks nahm. Eine leere Wohnung hatte vieles für sich, kein Zweifel. Man mußte es sich nur immer mal wieder vor Augen halten.

Agnes, hier ist Papa.«

»Hallo Papa!« Agnes reckte sich. Es war fast elf Uhr, und sie lag noch immer im Bett. Das Privileg der Leute, die nachts arbeiteten. Sie war gestern noch viel zu lange aufgeblieben und hatte ferngesehen, bevor sie so entspannt war, daß sie ins Bett gehen konnte. Vielleicht wäre es besser gewesen, eine Weile zu meditieren, um zur Ruhe zu kommen, aber Agnes hatte keine Ahnung, wie das ging. Und im Vergleich zu den vielen Gläsern Whiskey, die sich ihre männlichen Kollegen so oft genehmigten, fand sie Fernsehen nun auch wieder recht ungefährlich.

»Agnes, es ist etwas passiert.« Erst jetzt bemerkte sie die Anspannung in seiner Stimme. »Mama hatte einen Autounfall.«

»Was!?« Maud fuhr doch gar nicht Auto.

»Sie wollte mit dem Fahrrad in die Stadt, und im Kreisverkehr, da, wo der Radweg die Straße kreuzt, kam ein Auto mit überhöhter Geschwindigkeit. Es konnte nicht mehr bremsen.«

Agnes fuhr ein Schauer durch den Körper. »Wann ist das passiert?«

»Vor zwei Stunden. Der Fahrer hat sofort den Krankenwagen gerufen.«

»Wie ernst ist es?«

»Ich glaube, sehr ernst. Sie ist noch immer bewußtlos.«

»Mein Gott!« Agnes zuckte zusammen. Aus ihrer Hand, die das Telefon hielt, war jedes Gefühl gewichen. Sie wollte ihren Vater nach Einzelheiten fragen, aber wie sie es in Gedanken auch formulierte, sie kam um die Worte »sterben«, »im Sterben liegen« oder »tödlich« nicht herum. Und die wollte sie nicht benutzen. »Ich komme so schnell wie möglich«, bekam sie schließlich heraus. Bevor sie weitersprach, machte sie eine Pause. »Ist es ... sehr eilig?«

»Die Ärzte sagen, ihr Zustand sei stabil.« Sven versuchte, auf sie beruhigend zu wirken, aber Agnes hörte ihm seine Sorge an.

»Ich komme sofort. Der nächste Zug geht um ...« Sie schaute auf die Uhr. »In einer knappen halben Stunde. Ich komme direkt ins Krankenhaus.«

»Sie liegt auf der Intensivstation.«

»Okay, bis gleich.«

Agnes sprang aus dem Bett und warf sich die Kleider über, die auf dem Stuhl unter dem Fenster lagen. Die Jacke vom Haken. Die Tasche. Portemonnaie? Die Schlüssel. Und los.

Sie rannte zur U-Bahn. Die Haut in ihrem Gesicht spannte vom Gegenwind. Als sie in der U-Bahn saß, rieb sie sich noch den Schlaf aus den Augen. Blickte starr aus dem Fenster, sah ihr eigenes bleiches Gesicht, als der Zug nach Liljeholmen wieder in die Unterwelt fuhr. Als die U-Bahn am Hauptbahnhof ankam, hatte sie noch drei Minuten, bis ihr Zug ging. Agnes rannte so schnell sie konnte durch die mit Kacheln verkleidete Passage. Obwohl gar nicht viele Menschen unterwegs waren, rempelte sie einige an.

Sie bekam den Zug. Zum Glück. Agnes versuchte, das als gutes Zeichen zu nehmen. Wenn sie ankam, würde ihre Mutter sicher aufgewacht sein. Müde und mit einem Pflaster auf der Stirn, aber bei Bewußtsein. Sie würde die Familie trösten, die sich solche Sorgen um sie gemacht hatte. Sie würde sich Vorwürfe machen, daß sie nicht richtig aufgepaßt, daß sie keinen Helm getragen hatte. Jetzt wäre es nun wirklich an der Zeit, sich einen zu kaufen, würde sie sagen. Und alle wären ihrer Meinung. Sie würden ein bißchen schimpfen, aber erleichtert sein.

Sie spielte das Szenario in Gedanken durch, immer und immer wieder. Sie sah es vor sich, wie die Familie lachte, ihre Mutter umarmte, ganz sacht, um ihr nicht weh zu tun, bei all den Blutergüssen und Schürfwunden. Sie hörte ihre Mutter danach fragen, was sie denn nun zu Mittag essen würden, wie sie ihren Vater instruierte, Hackfleisch aufzutauen und Kartoffeln aus dem untersten Fach zu nehmen. Agnes lächelte leise. Typisch Mama, sie würde sich sogar vom Krankenbett aus um die anderen kümmern.

Eine Haltestelle vor Länninge stieg sie aus. Am Bahnhof nahm sie ein Taxi – nicht weil sie es so eilig hatte, immerhin war der Zustand ihrer Mutter stabil – aber es gab auch keinen Grund, die Zeit zu verbummeln.

Nach knappen zehn Minuten waren sie am Krankenhaus angekommen. Agnes bezahlte und lief durch die automatischen Eingangstüren des Gebäudes. Ihr Blick überflog die

Übersichtstafel. Die Intensivstation lag am anderen Ende des Krankenhauses. Sie mußte mit dem Fahrstuhl in den zweiten Stock fahren und dann der weißgestrichelten Linie folgen. Als sie in den Fahrstuhl einsteigen wollte, rannte sie beinahe ein paar Frauen in weißen Kitteln um. Wahrscheinlich Personal, das auf dem Weg in die Cafeteria war, um Mittag zu essen. Sie lachten. Agnes sah, wie der Name Irène auf einem Namensschild vorbeirauschte. Sie stieg ein. Zweiter Stock. Pling. Der weißgestrichelten Linie folgen.

Hinter den Glastüren erblickte sie eine Schwester. Maud Edin, wo lag sie? Dort. Die Schwester zeigte es ihr. Raum 12. In Agnes' Kopf drehte sich alles. Sie hatte weder gegessen noch getrunken, kaum einmal Luft geholt, seit Papa angerufen hatte. Nun stand sie vor der Tür. Es war still dahinter, oder gut isoliert. Ihr war, als müßte sie ohnmächtig werden. Agnes atmete tief durch. Sie mußte sich zusammenreißen.

Die erste, die sie sah, war Madde, die am Fußende des Bettes stand. Weiter hinten, auf einem Stuhl, saß Papa. Das Eisenbett in der Mitte des Raumes war mit dem gestreiften Krankenhaus-Bettuch der Kommune überzogen, darüber lag eine orangefarbene Decke. Das Kopfende war erhöht. Ringsum standen Maschinen. Auf einer wurde so etwas wie eine Kurve aufgezeichnet. Die Patientin, die im Bett lag, hing an Schläuchen und Kabeln.

Ein Blick genügte, und Agnes brach in Tränen aus. Kein lautes Heulen, aber ein leises Schluchzen, mit zitterndem Kinn. Madde kam auf sie zu und nahm sie in die Arme. Ihr Vater auch. Agnes ließ den Blick nicht von ihrer Mutter ab. Sie sah so klein aus, dort in diesem Bett. Wie ein Kind.

Dies war nicht das Bild, das sie versucht hatte heraufzubeschwören. Das einzige, was stimmte, war das Pflaster, obwohl es wesentlich größer war. Eine mit Leukoplast befestigte Kompresse auf der rechten Seite der Stirn, vom Haaransatz bis hinunter zu den Augenbrauen. Das Bild, das nun vor ihr entstand in diesem kahlen, kleinen Krankenzimmer, war genau das

Bild, das sie gefürchtet hatte. Sie trat an ihr Bett und setzte sich auf den Stuhl, auf dem eben noch ihr Vater gesessen hatte.

»Hallo, Mama«, sagte sie und nahm die eine Hand, in der keine Kanüle steckte und die schlapp auf der Decke lag. »Ich bin's, Agnes.« Ihr Stimme brach. »Wie geht es dir?« Die Hand ihrer Mutter war warm, aber sie reagierte nicht, wenn Agnes sie drückte. Die Haut war runzelig, und man sah deutlich die ersten Altersflecken. Sie hatte noch nie gedacht, daß ihre Mutter alte Hände hatte. Sie waren doch immer in Bewegung. Kochten, putzten, strickten, hackten, schälten, wühlten im Garten ... Sie hielten nie still, daß man sie wirklich anschauen konnte.

Ihr Vater war gekommen und hatte sich hinter Agnes gestellt. Er legte eine Hand auf ihre Schulter. Sie war schwer, und vermutlich war auch sie alt.

»Die Ärzte sagen, sie konnten keinen Hirnschaden feststellen beim Röntgen. Das ist ja schon mal gut ...«

»Wie lange kann es dauern, daß sie hier so liegt?«

»Sie wissen es nicht.« Ihr Vater seufzte.

Madde schaltete sich ein. »Sie haben keine Ahnung. Sie sind wirklich sehr nett, aber sie haben keine Ahnung.«

»Aber irgendwas müssen sie doch sagen können?« Schweigen im Raum. Erst jetzt fiel Agnes auf, wie viele Geräusche die Maschinen machten. Die eine surrte, aus der anderen drang ein schwaches Zischen. Außerdem hörte man ein dumpfes Brummen von der unsichtbaren Klimaanlage, und unten auf der Straße rasten die Autos vorbei. Es war nicht gerade still im Zimmer. Es kam ihr nur so vor. Sie hatte tausend Fragen, zum Beispiel, was in ihrer Mutter vorging, aber natürlich konnte ihr niemand darauf eine Antwort geben.

Es klopfte leise, dann wurde die Tür aufgemacht. Eine Schwester kam herein und las die Werte auf den Geräten ab. Sie sagte nichts, lächelte nur und nickte, bevor sie das Zimmer wieder verließ.

Obwohl die ganze Familie versammelt war, kam es ihr so

vor, als warteten sie auf jemanden. Die Zeit verging. Schließlich ergriff Madde die Initiative.

»Wir müssen etwas essen«, sagte sie. »Ich gehe in die Cafeteria und kaufe ein paar Brötchen.

»Ich komme mit«, sagte Agnes. Ihr Vater nickte. An Essen schien er im Moment nicht zu denken.

Nicht einmal auf dem Weg nach unten brachten sie ein Gespräch zustande. Sie merkten es schnell und schwiegen. Mit drei in Zellophan verpackten Käse-Schinken-Baguettes und drei Tassen Kaffee kamen sie zurück.

Von Zeit zu Zeit kam Krankenhauspersonal ins Zimmer. Sie maßen den Blutdruck, kontrollierten die Schläuche, lächelten beruhigend und gingen wieder hinaus. Als es Abend wurde, versuchten Agnes und Madde ihren Vater zu überreden, nach Hause zu fahren und zu schlafen. Er mußte sich ausruhen, er hatte den ganzen Tag bei seiner Frau im Krankenhaus verbracht. Erst weigerte er sich, meinte, es sei besser, die Töchter führen nach Hause und er bliebe da, aber am Ende gab er nach. Sie beschlossen, daß Madde im Krankenhaus bleiben und Agnes ihren Vater nach Hause begleiten würde.

Bevor sie die Abteilung verließen, kamen sie am Schwesternzimmer vorbei.

»Wir werden jetzt nach Hause fahren und schlafen«, sagte Agnes. Sie versuchte, normal und gefaßt zu klingen. »Wir würden nur gern wissen ... wie es um sie steht. Bevor wir fahren ...« Sie brachte es nicht über sich, den Gedanken zu formulieren, die Frage zu stellen. *Wird Mama heute nacht sterben?*

Die Schwester ging los, um den Arzt zu holen, und bat sie zu warten. Ein Mann in den Fünfzigern kam mit ihr zurück. Vom Typ her wie ihr Vater, nur durchtrainierter.

»Fahren Sie ruhig nach Hause«, sagte er und machte ein ernstes Gesicht.

»Dann besteht keine Gefahr, daß ... in der Nacht ...« Agnes' Stimme war dünn. Papa stand dicht neben ihr.

»Schwer zu sagen. Mit der Diagnose, die wir haben, kann ich Ihnen gar nichts versprechen.« Er machte ein Pause. Das war nicht die Antwort, die Agnes sich gewünscht hatte. Der Arzt bemerkte ihre Reaktion, denn er fuhr ein wenig lockerer fort. »Selbstverständlich melden wir uns bei Ihnen, falls etwas ist, aber ich denke, Sie sollten auf jeden Fall nach Hause fahren und sich ausruhen.«

Während der Heimfahrt sprachen sie kaum. Das Gesicht ihres Vaters war grau, die Schultern zusammengesunken. In ihrem Haus im Snickarväg war es dunkel, als sie die Tür öffneten. Agnes ging von Zimmer zu Zimmer und knipste das Licht an, versuchte zu summen, leise vor sich hin zu singen, um die Stille zu füllen. Ihr Vater ging unter die Dusche und erschien danach bei Agnes in der Küche.

»Ich gehe jetzt ins Bett«, sagte er. »Ich glaube zwar nicht, daß ich schlafen kann, aber versuchen kann ich es wenigstens.« Er deutete ein Lächeln an. Agnes lächelte zurück.

»Ich gehe auch bald schlafen.« Als Sven die Küche verlassen hatte, blieb Agnes noch eine Weile allein dort sitzen. Sie hatte eigentlich ein bißchen Fernsehen schauen wollen, um zu entspannen, aber es ging nicht. Sie wollte nicht. Das Bild ihrer Mutter in diesem Krankenhausbett ließ sich nicht abschütteln. Dennoch kam ihr alles so unwirklich vor. Wie ein Alptraum aus ihrer Kindheit, wenn man schweißgebadet aufwachte und die Mutter am Bett saß und einem übers Haar strich. *Mama, du stirbst doch nie? Nein, mein Schatz, bestimmt nicht, noch lange nicht. Aber ich will auch nicht, daß du irgendwann stirbst! Aber Kleines, irgendwann muß ich sterben, alle müssen das, aber darüber brauchst du dir keine Sorgen zu machen. Nein, ich will das nicht, ich will das nicht. ICH WILL DAS NICHT!*

Agnes ging die ganze Woche ins Krankenhaus. Maud wurde auf eine normale Station verlegt. Sie hatte das Bewußtsein nicht wiedererlangt, aber nach wie vor war ihre Lage angeblich stabil. Agnes hätte sich gewünscht, daß es anders wäre.

Daß etwas passieren würde. Am sechsten Tag war es soweit. Papa war hinausgegangen, um im Park des Krankenhauses ein bißchen frische Luft zu schnappen, als die zischende Maschine zu piepen begann. Es surrte auch. Die grüne Kurve auf dem schwarzen Bildschirm ging auf Null. Personal kam angerannt. Agnes und Madde wurden hinausgeschickt. Immer mehr Schwestern und Ärzte kamen angelaufen. Die Tür wurde aufgerissen, immer und immer wieder. Agnes und Madde standen draußen. Wer von ihnen beiden die andere an die Hand nahm, wußte Agnes nicht, aber sie spürte den schweißnassen Griff fest an ihrer Handfläche. Am Ende des langen Krankenhausflures fiel Licht durch ein Fenster.

Es war ein sonniger Tag, als ihre Mutter starb.

Sie war noch ein paar Tage länger bei ihrem Vater geblieben. Es wäre übertrieben zu sagen, er trug den Tod seiner Frau mit Fassung, aber Agnes war trotzdem erstaunt, daß er es überhaupt fertigbrachte, noch auf dieser Welt zu sein. Am Morgen aufzustehen, etwas zu essen, sich am Abend wieder schlafen zu legen. Sie selbst war kaum in der Lage dazu. Sie hatte ihre Mutter verloren, viel zu früh und auf eine völlig sinnlose Weise. Mitunter übermannte sie diese Wahrheit, schüttelte sie, bis ihr schlecht war, aber irgendwoher kam doch immer wieder Trost. Kinder müssen ihre Eltern verlieren. Früher oder später. Das war ein Naturgesetz. Bei ihrem Vater war es etwas anderes. Er hatte seine Ehefrau verloren, seinen Lebenspartner, und das war nicht so vorherbestimmt. Oder war es das? *Bis daß der Tod euch scheidet.*

Tante Gullan war aus Spanien gekommen. Fast ununterbrochen war sie bei Sven im Haus. Sicher, sie trauerte auch, aber auf eine ganz andere Art als der Vater. Sie redete ununterbrochen. Von Maud, von Erinnerungen, von der Wohnung in Marbella, von allem, was ihr einfiel ... Agnes bemerkte, wie ihr Vater abschaltete. Er konnte ja nirgendwohin ausweichen, hatte keine Arbeit, zu der er gehen mußte. Agnes fragte sich aber, ob das jetzt für ihn besser gewesen wäre. Arbeitskollegen, die ihm tröstend auf die Schulter klopfen konnten. Ein fester Rhythmus. Sie selbst sehnte sich nach ihrer Arbeit. Sie wollte zurück in ihr gewohntes Leben, ihre Gewohnheiten, statt in diesem schwarzen Loch zu hocken, das nun um sie war. Es war irgendwie nichts greifbar. Nur schwarze und undurchdringliche Trauer.

Madde und sie arbeiteten bei den Vorbereitungen für die Beerdigung Hand in Hand. Am kommenden Freitag war der Termin. Der Besuch beim Bestattungsinstitut erschien Agnes wieder so unwirklich, als sei es ihre eigene Beerdigung, die sie bestellte. Freundliche, unpersönliche, förmlich angezogene Fremde, die sie fragten, ob Maud spezielle Wünsche für die Beisetzung gehabt hätte. Was für eine absurde Frage! Sie war viel zu jung bei einem Fahrradunfall ums Leben gekommen, da war keine Zeit gewesen, danach zu fragen. Und zufällig war das Thema nicht beim letzten Sonntagsessen auf den Tisch gekommen.

Sven hatte zum Ablauf kommentarlos seine Zustimmung gegeben. Das einzige, wobei er mitreden wollte, und dies mit erstaunlichem Nachdruck, war die Auswahl der Psalme gewesen. Sie sollten ›Wie herrlich ist die Erde‹ und ›Breite deine Flügel aus‹ spielen. Da war er sich sicher. Es waren Mauds Lieblingspsalme.

Schließlich entschied Agnes sich, nach Hause zu fahren. Gullan würde sich um ihren Vater kümmern. Auch Madde versprach, so oft wie möglich vorbeizukommen. Die Freunde waren benachrichtigt. Die Nachbarn auch. Fjellners waren schon einige Male vorbeigekommen. Für Agnes blieb nichts zu tun. Es war nicht mehr lang bis zur Beerdigung, bald war sie wieder da.

Erst vor eineinhalb Wochen war sie mit diesem Zug gefahren. In die andere Richtung. Trotzdem kam es ihr vor, als wäre es in einem anderen Leben gewesen. Als sie in Stockholm ausstieg, regte sie sich über die vielen Menschen dort auf. Wie eilig es alle hatten. Die Leute telefonierten auf dem Handy, eilten zu ihren Verabredungen, machten Schaufensterbummel und kauften Thunfischbrötchen im Bahnhof. Sah sie denn niemand? Sah ihr keiner an, wie sehr sie trauerte? Daß ihre Mutter gestorben war, daß alles mit einem Mal anders war?

Als sie zu Hause in Aspudden ihre Wohnung betrat, zitterte sie am ganzen Körper. Sie dachte eigentlich, sie wäre gefaßt, sie wäre vorbereitet, aber plötzlich wurde ihr klar, daß sie wieder ganz am Anfang stand.

Im Flur sank sie nieder, wie ein Haufen Elend sank sie zu Boden. Sie schluchzte. Es klang nicht einmal wie Weinen. Als ob die Trauer so angewachsen war, daß sie eigene Laute fand. Wie lange sie dort so gelegen hatte, wußte sie nicht mehr, doch so nach und nach begann sie, ihre Umgebung wieder wahrzunehmen. Die Werbeprospekte, auf denen sie lag. Sonderangebote in Hochglanz, die eingeworfen worden waren, als sie unterwegs gewesen war. Im Schuhregal standen die Schuhe, die sie in ihrem alten Leben getragen hatte. Darüber hingen ihre Jacken, sie erkannte sie kaum wieder. Alles war anders, sah anders aus. Sollte das Leben wirklich einfach so weitergehen? Sollte sie weiter zur Arbeit gehen? Butter einkaufen, den Müll raustragen? Sich in die Waschmaschinenliste eintragen und sich über Nachbarn mit schlechtem Musikgeschmack aufregen? Oder würde sich auch das nun alles ändern?

Sie hatte aufgehört zu schluchzen, atmete nur schwer, konnte aber noch nicht aufstehen. Als das Telefon klingelte, reagierte sie kaum, doch da gab jemand nicht so schnell auf. Der Anrufbeantworter war ausgeschaltet. Agnes richtete sich auf, hockte erst auf den Knien, bis sie schließlich stand. Sie nahm den Hörer ab. Ihre Mutter war es nicht.

»Hallo Agnes, bist du zu Hause?« Es war Kalle. »Wie geht es dir?«

»Nicht besonders.« Ihre Stimme war ihr fremd. Sie setzte sich aufs Sofa.

»Soll ich vorbeikommen?«

»Danke, das ist nicht nötig.«

»Bist du sicher?«

»Ja, ich glaube schon.« Langsam kam ihre Stimme zurück. Sie war noch schwach und belegt, aber sie erkannte sie immerhin.

»Ich weiß gar nicht, was ich sagen soll, es tut mir so leid, was passiert ist. Es macht mich wirklich sehr traurig. Kann ich irgend etwas für dich tun?«

»Nein, aber lieb, daß du fragst.« Sie hatte Kalle angerufen und ihm von dem Unfall ihrer Mutter erzählt, damit er wußte, daß sie ein paar Tage fort sein würde. Dann hatte sie noch einmal Bescheid gesagt, als sie gestorben war, und daß es sich noch hinziehen würde. Kalle hatte sie in jeder Hinsicht unterstützt, ihr Hilfe angeboten und gesagt, sie solle sich in keiner Weise unter Druck setzen. Die Arbeit im Restaurant schafften sie, sie sollte sich die Zeit nehmen, die sie brauchte. Jetzt saß sie zu Hause auf ihrem Sofa und wußte mit ihrer Zeit nichts anzufangen. »Ich möchte gern so bald wie möglich wieder arbeiten, wenn es geht«, sagte sie.

»Willst du dich nicht noch ein bißchen erholen?«

»Ich muß auf andere Gedanken kommen. Wie läuft es denn eigentlich?«

»Gut, aber ohne dich macht es keinen Spaß.«

»Habt ihr inzwischen mehr Gäste?«

»Nein, im Grunde nicht, aber es wird schon werden.« Er wollte sie nicht beunruhigen, Agnes merkte es.

»Ist Lola noch einmal dagewesen?« Wie schön, vom Restaurant zu sprechen, als würde sie sich ihr Leben Stück für Stück wieder zurückerobern.

»Nein. Sie ist jetzt dreimal dagewesen, ich glaube nicht, daß sie noch einmal kommt. Jetzt können wir nur noch warten.« Stille.

»Ich schaue vielleicht heute abend mal vorbei. Und, wie gesagt, ich fange gern so schnell wie möglich wieder an.«

»Wenn du willst, kannst du morgen arbeiten. Pernilla und Henrik wissen Bescheid. Aber fühl dich nicht verpflichtet, entscheide selbst, was dir guttut.«

»Okay. Vielen Dank, Kalle.«

Kurz danach rief auch Lussan an. Sie verabredeten sich für acht Uhr im Restaurant. Agnes war ganz gerührt, was für liebe Freunde sie hatte. Und dann dachte sie an Madde. Jonas hatte an den Tagen im Krankenhaus nicht viel gesagt, aber er war dagewesen. Hatte sie in dem wackligen Ford hingebracht und abgeholt, in der Stadt beim Chinesen Mittagessen gekauft, als sie die Baguettes aus dem Krankenhaus nicht mehr sehen konnten. Sie merkte es Madde an, wenn sie morgens mit neuer Energie kam, nachdem sie eine Nacht zu Hause gewesen war. Da konnte sie Kraft tanken. Agnes spürte es jetzt, hier bei ihren Freunden. Sie mußte an ihren Vater denken. Woher würde er seine Kraft nehmen? Konnten ihm die Nachbarn und die alten Arbeitskollegen wirklich helfen? Sie würde ihm so gern zur Seite stehen, aber sie wohnte nun einmal in Stockholm. Sie konnte ihn ja nicht jeden Tag besuchen. Nur anrufen. Und Madde wohnte ja in seiner Nähe. Sie würde für ihn da sein.

Agnes war eine halbe Stunde vor ihrer Verabredung mit Lussan im Restaurant. Sobald sie die Tür geöffnet hatte, war es ihr, als würde ihr ein Stein vom Herzen fallen, und sie spürte für einen ganz kurzen Moment ein Gefühl wie Freude. Pernilla kam auf sie zu, und auch Kalle schloß sie in seine Arme. Sie warf einen Blick in die Küche und begrüßte Filip. Er nickte und murmelte etwas, aus dem sie nur »traurig ... ähh ... Mutter« verstand. Sie nickte zurück und ging zur Theke. Kalle machte es sich neben ihr gemütlich und strich ihr über die Wange.

»Mensch, du Arme«, sagte er. Agnes spürte die Tränen kommen, das ging ganz schnell.

»Hör auf«, sagte sie. »Das macht es mir noch schwerer.«

»Okay, wenn das so ist, dann bitte ich dich, dich zusammenzureißen, denn wir brauchen dich, wenn Lolas Rezension in der Zeitung erscheint.«

Agnes mußte lachen. Eine Träne lief ihr über die Wange. Schnell wischte sie sie fort. »Sie kann doch nur gut sein, oder?«

»Wir haben jedenfalls unser Bestes gegeben. Ich kann nichts finden, das schiefgelaufen ist. Oder was meinst du?«

»Nein.« Sie mußte an den Franzosen denken und an Lolas scharfe Blicke an diesem einen Abend. »Ich hoffe, nicht. Das Essen war auf jeden Fall perfekt.«

»Also, wann willst du wieder anfangen?«

»Am liebsten morgen.« Kalle sah sie zweifelnd an. Doch sie redete weiter auf ihn ein. »Ernsthaft. Am Freitag ist die Beerdigung, das heißt am Freitag und am Samstag kann ich nicht arbeiten, aber danach ist hoffentlich alles wieder normal.«

Kalle schaute sie noch immer skeptisch an. »Agnes, du hast gerade deine Mutter verloren. Es kommt auf eine Woche nicht an.«

»Hör auf, mich zu bemitleiden, habe ich gesagt.« Wieder hatte sie diesen Kloß im Hals. Die Tränen schossen ihr in die Augen. Kalle machte einen Rückzieher.

»Okay, dann machen wir es so. Du arbeitest am Mittwoch und Donnerstag, und dann fängst du am Sonntag wieder an.« In diesem Moment kam Lussan durch die Tür. Kalle entschuldigte sich und verzog sich wieder in die Küche.

Lussan lief auf Agnes zu und drückte sie ganz fest und sehr lange. Wieder mußte sich Agnes Tränen aus dem Gesicht wischen.

»Du schaffst das, Mädel«, sagte Lussan schließlich, als sie ihre Umarmung löste und Agnes ansah. »Man schafft es. Das ist einfach so.«

Ja, wer hätte das besser wissen können als Lussan.

Ein Pärchen kam herein und setzte sich neben Lussan und Agnes an die Bar. Die Frau redete laut, mit schriller Stimme, und lachte viel. Einfach so, ohne Grund, wie es schien, der Mann an ihrer Seite sagte kaum ein Wort. Agnes schielte zu ihnen hinüber und wandte sich dann Lussan zu.

»Was hältst du von einem Spaziergang?«

»Gute Idee.«

Sie zogen ihre Jacken an und verabschiedeten sich von Pernilla, bevor sie gingen. Sie bogen rechts ab in die Skånegata und liefen Richtung Nytorg.

»Wie alt warst du, als deine Mutter starb?« fragte Agnes und unterbrach damit die Stille.

»Vierzehn.«

»Und woran ist sie damals gestorben?« Obwohl sie sich schon so lange kannten, hatten sie noch nie darüber gesprochen. Es hatte nie einen Anlaß gegeben. Lussan hatte zwar mal erzählt, daß ihre Mutter tot sei, aber damit war das Thema für sie erledigt gewesen. Damals jedenfalls, in ihrem alten Leben.

»Sie hat eine Überdosis genommen.«

»Drogen?« Agnes blieb stehen. Sie hatte zwar gewußt, daß Lussan aus einer Problemfamilie kam, aber Drogen … Mit einemmal schämte sie sich wahnsinnig. Sie war so mit sich beschäftigt gewesen, daß sie nie danach gefragt hatte!

Lussan ging weiter. »Na ja, sie war keine Drogenabhängige wie die in der Stadt, sie war privilegierter. Es fing an, als ich zur Welt kam. Da hat sie eine Art Depression bekommen. Dann hat ihr ein Arzt Tabletten verschrieben. Und immer mehr Tabletten. Und immer mehr. Manchmal riß sie sich am Riemen und beschloß, damit aufzuhören. Als mein kleiner Bruder zur Welt kam zum Beispiel, schaffte sie es fast drei Jahre lang, dann kamen die Depressionen wieder.«

»Und die Ärzte haben ihr einfach immer weiter die Tabletten verschrieben, ohne zu kontrollieren, wie es ihr geht?«

»So muß das wohl gelaufen sein. Sie hat aber auch getrickst. Hat die Ärzte gewechselt, wenn sie mißtrauisch wurden. Sie wußte sich zu helfen. Leif, mein Stiefvater, Jespers Vater, hat sich mehrere Jahre lang etwas vorgemacht. Er hat versucht, sie davon wegzubringen, einmal hat er sie sogar eingeschlossen, als sie keine Tabletten mehr hatte. Aber es gelang ihr auszubrechen. Aus dem dritten Stock. Sie kletterte über die Balkone und sprang vier Meter tief.« Lussan verstummte. »Dann nahm sie eine Überdosis. Stopfte eine halbe Dose Tabletten in sich hinein, als sie an einem Wochenende allein war. Als wir am Sonntag nach Hause kamen, war sie tot.«

»Selbstmord?«

»Ja. Oder ein verzweifelter Versuch, die Angst loszuwerden. Obwohl das vielleicht aufs gleiche rauskommt.«

Sie hatten den Nytorg überquert und die Renstiernasgata. Nun stiegen sie langsam die Holztreppe zum Vitabergspark hinauf. Die Frühlingsvögel zwitscherten noch im Abendlicht.

»Was wurde dann aus dir?« Agnes sah Lussan an.

»Mein Stiefvater sollte sich um mich und Jesper kümmern, aber wie gesagt, ich war ja mitten in der Pubertät. Superanstrengend, nach ein paar Jahren konnte er nicht mehr. Er schrie nur noch rum, und alles war verboten! Ich bin ausgezogen, als ich siebzehn war.«

Agnes hielt inne. »Warum hast du darüber nie gesprochen?«

»Vielleicht weil ich mich selbst nicht gern daran erinnere. War nicht gerade die schönste Zeit meines Lebens.«

Es wurde still. Sie näherten sich der Sofiakirche. Die Tür stand offen, und in der Kirche schien ein Chor zu üben, man hörte Gesang. Ein Stück, das sie mittendrin abbrachen und dann von neuem begannen.

»Das ist eine schreckliche Geschichte«, sagte Agnes schließlich.

»Das ist mein Leben.« Lussan lachte ein bißchen trocken.

»Wollen wir eine kleine Pause einlegen?« Agnes zeigte auf eine Holzbank vor der Kirche. Lussan nickte und sie setzten sich.

»Entschuldige«, begann Lussan nach einer Weile. »Ich hatte wirklich nicht vor, dir das heute zu erzählen. Das war nicht der Grund, weshalb ich dich sehen wollte. Ich wollte dich trösten, und jetzt mußt du dir meinen alten Mist anhören. Tut mir leid.« Sie nahm Agnes' Hand. »Wie geht es dir?«

»Na ja, was soll ich sagen. Es ist alles so relativ...«

»Agnes, das ist passiert, als ich vierzehn war. Du kannst es glauben oder nicht, aber ich bin darüber hinweg. Du mußt kein schlechtes Gewissen haben, weil du jetzt trauerst.«

»Nein, das habe ich nicht. Aber im Vergleich war es doch noch ein glücklicher Tod. Sofern es so etwas gibt.«

»Das glaube ich nicht. Und ein geliebter Mensch hinterläßt ja immer Trauer und Schmerz. Deine Mutter ist viel zu früh gegangen. Du mußt dich nicht zusammenreißen und gefaßt sein. Es ist schrecklich traurig. So ist es einfach, und ihr werdet sie den Rest eures Lebens vermissen.«

Agnes sank in sich zusammen. »Es erscheint so furchtbar sinnlos. Ein Autounfall, ich meine...« Wieder liefen ihr die Tränen übers Gesicht. Lussan nahm sie in den Arm und drückte sie an sich. Ein Mann, der seinen Hund ausführte, schaute neugierig zu ihnen hinüber.

»Ja, ist schon gut, weine nur«, tröstete sie Agnes still und strich ihr übers Haar. Als ihr Schluchzen abklang, fuhr sie fort. »Aber eins kann ich dir sagen, Agnes, man lernt, damit zu leben. Und am Ende stellt man sogar fest, daß man etwas daraus gelernt hat. Wie sonderbar das jetzt auch klingen mag.« Agnes sah auf.

»Was hast du gelernt?«

Lussan ließ Agnes los und richtete sich auf. Sie dachte einen Moment nach. »Daß nichts selbstverständlich ist. Ich weiß, das klingt abgedroschen, aber mir bedeutet diese Erkenntnis wirklich etwas.« Sie machte eine Pause. »Und um das, was ich will, zu kämpfen, denn niemand sonst tut das für mich. Oder hat es je getan.« Agnes nickte schwach. Typisch Lussan. Lussan nahm die Dinge in die Hand, sie wartete nicht auf andere oder das Schicksal. Manchmal klappte es, manchmal ging der Schuß nach hinten los, aber dann hatte sie es immerhin versucht. Diese Eigenschaft hatte Agnes immer bewundert. »Du überstehst das, das weiß ich genau. Auch wenn du jetzt nicht das Gefühl hast. Und du wirst daraus lernen. Nicht zuletzt einiges über dich selbst. Und das ist schließlich auch nicht verkehrt.«

Sie standen von der Bank auf. Agnes hatte oft genug Blasenentzündungen gehabt, um zu wissen, daß es nicht gut war, in einer dünnen Hose auf kalten Parkbänken zu hocken. Sie setzten ihren Spaziergang fort, redeten über belanglose Dinge. Und es tat ihnen gut.

Bei der U-Bahn-Station Skanstull trennten sie sich mit dem Versprechen, bald wieder zu telefonieren. Agnes war müde, als sie nach Hause fuhr, aber sie fühlte sich irgendwie erleichtert. Nicht froher, aber das Gewicht, das an ihr zog, war etwas schwächer geworden, und in dieser Nacht schlief sie zum erstenmal nach langer Zeit, ohne schweißnaß und voller Panik immer wieder aufzuwachen.

Natürlich kam sie klar. Ohne Zweifel. Aber mehr auch nicht. Sie begrüßte die Gäste wie immer, führte sie zu ihrem Tisch, reichte ihnen die Karte, nahm Bestellungen auf und servierte das Essen. Sie schenkte Wein nach, goß Wasser ein, räumte ab und verabschiedete die Gäste, wenn sie das Lokal verließen. Henrik war wachsam und behielt sie im Auge. Kalle hatte ihn darum gebeten, und das war gut so. Zweimal am Abend mußte Agnes sich einen Moment lang setzen und tief durchatmen. Ein Glas Wasser trinken und die eine oder andere Träne abwischen, die ihr einfach über die Wange lief. Aber trotzdem war sie stolz, als sie abends nach Hause ging. Sie hatte wieder angefangen zu arbeiten, und das war ein gutes Gefühl. Doch der Kloß im Hals war nie ganz verschwunden, und sie zitterte vor der Beerdigung.

Am Freitag morgen war Agnes früh wach. Sie hatte schlecht geschlafen, hatte Alpträume von großen einsamen Kirchen gehabt, das völlige Gegenteil der schönen weißen Kirche in Länninge, in der sie getauft und konfirmiert worden war und wo ihre Eltern sich hatten trauen lassen. Und wo nun Mutters Trauerfeier stattfinden sollte.

Nach einem halb leergegessenen Teller Dickmilch zog sie sich an. Sie hatte ihre Kleider am Abend zuvor bereits gebügelt und zurechtgelegt. Schwarze Hose, weißes Hemd und schwarzes Jackett. Jetzt stand sie vor dem Spiegel im Flur und schaute sich an. Es sah langweilig aus, als sei sie auf dem Weg in ein Büro. Als ob sie eine Anstellung in einer Bank angenommen hätte, nur um ihre tote Mutter zu erfreuen. Agnes zog Jackett und Hemd wieder aus und begann, in ihrem vollen Kleiderschrank zu kramen. Schließlich fand sie etwas, wonach ihr der Sinn stand, einen roten Pullover, mit langen Armen und einem hübschen Ausschnitt, ohne dabei zu feierlich zu wirken. Sie probierte ihn mit dem Jackett darüber. Viel besser. Dabei blieb es, sie würde ihrer Mama sicher keine Ehre erweisen, indem sie sich wie eine graue Maus kleidete.

Sie warf auch einen Blick in ihr Schmuckkästchen. Da lag sie, die Kette, die sie von ihren Eltern zur Konfirmation geschenkt bekommen hatte. Ein goldenes Herz mit einem winzig kleinen Diamanten in der Mitte. Eigentlich ganz kindlich, sie hatte sie nicht oft angelegt, aber nun fand sie sie passend. Als sie die Kette im Nacken geschlossen hatte, sah sie noch einmal in den Spiegel. Das kleine Herz saß genau in der Halskuhle. Nun konnte es losgehen.

Zum ersten Mal wünschte sich Agnes, die Bahnfahrt würde länger dauern. Sie war nervös, ein Gefühl, als würden tausend kleine Heinzelmännchen mit ihren Stiefeln in ihrem Magen herumtrampeln.

Sie wollten sich zu Hause bei ihrem Vater und Gullan treffen und dann zusammen zur Kirche fahren. Als Agnes im Snickarväg ankam, waren Madde und Jonas schon da. Auch Madde hatte auf konventionelle Beerdigungskleidung verzichtet. Sie trug neue Jeans, immerhin schwarz, darüber eine schwarze Tunika mit kleinen Blumen. Agnes sagte nichts. Madde hatte sicher genau die gleichen Gedanken gehabt wie sie selbst, sie wollte sich nicht verbiegen. Mama hätte es auch nicht gewollt.

Gullan saß auf dem Sofa und war ungewöhnlich still. Ihre Wangen waren blaß, und der schwarze Hut, den sie schon aufgesetzt hatte, tauchte ihre Augen in Schatten.

Ihr Vater war auch schon fertig. Er trug einen klassischen schwarzen Anzug und eine weiße Krawatte. Er machte einen gefaßten Eindruck, aber die Trauer sah man ihm von weitem an. Jede Pore, jede Haarsträhne zeugte von seiner Trauer und dem Schmerz. Agnes umarmte ihn, und er drückte sie fest. Richtig fest und lange. Das war nicht so eine übliche Vater-Tochter-Umarmung, es war, als ob ihm zum ersten Mal bewußt war, was er tat: Er umarmte seine Tochter. Dann mußten sie los.

Der Pastor begrüßte sie vor der Kirche. Mit ernstem Gesicht drückte er ihnen die Hände. Er sprach langsam und belehrend, während er ihnen den Ablauf der Zeremonie erklärte. Durch die Türen hindurch erblickte Agnes ganz hinten in der Kirche den Sarg. Ihr Kinn begann wieder zu zittern, sie konnte nichts dagegen tun. Sie sah, daß auch Maddes Blick auf den Sarg fiel. Der Pastor schlug vor hineinzugehen, bevor die anderen Gäste kamen, damit sie sich an den Anblick gewöhnen konnten.

In Agnes sträubte sich zunächst alles, ihr Herz schlug, als wollte es aus ihrem Körper hinausspringen, die Beine schienen jeden Moment den Dienst zu versagen. Madde hakte sie unter.

»Wir schaffen es«, sagte sie ruhig. Die Tränen liefen ihr über die Wange, ihre Mascara war nicht wasserfest. Agnes konnte sich ein Lachen nicht verkneifen, als sie ihre Schwester so stehen sah, wie ein Halloweengespenst mit schwarzen Spuren über den Wangen.

»Heute Mascara, du Dummchen«, sagte sie liebevoll und

schüttelte den Kopf. Sie zog ein Taschentuch aus der Tasche und begann, Maddes Wangen abzuwischen. Der Pastor wartete auf der Treppe auf sie. Ihr Vater kam auf sie zu.

»Seid ihr soweit, Mädchen?« fragte er und legte ihnen die Hände auf die Schultern. Nicken. Dann gingen sie hinein.

Es wurde eine schöne Beerdigung. In den Liedern sangen sie vom Wandel der Zeiten und von der Vergänglichkeit. Und zum ersten Mal im Leben erhielten diese wohlbekannten Worte eine Bedeutung. Agnes ließ die Tränen in ihren Schoß fallen, und sie konnte spüren, wie die Haut ihrer Oberschenkel naß wurde. Madde saß neben ihr, in Jonas' Arm. Manchmal ergriff sie Agnes' Hand und drückte sie.

Als es vorbei war und an der Zeit aufzustehen, sah Agnes sich zum ersten Mal in der Kirche um. Sie war verblüfft, wie viele Leute gekommen waren. Sie hatte keine Ahnung gehabt, daß ihre Eltern so viele Freunde hatten. Viele erkannte sie, aber einige hatte sie noch nie gesehen.

Hinterher gab es Kaffee und Kuchen im Gemeindesaal. Ihr Vater hatte darauf bestanden, die Torte bei Roland's zu bestellen, obwohl Gullan angeboten hatte, welche zu backen. Maud hatte es immer sehr feierlich gefunden, in die Konditorei zu gehen.

Als sich alle gesetzt hatten, bat Sven um Aufmerksamkeit. Er erhob sich und faltete einen kleinen Zettel auseinander, den er in der Innentasche getragen hatte. Es wurde still.

»Liebe Freunde, liebe Familie«, begann er. Agnes holte ihr nasses Taschentuch hervor. »Dies ist der traurigste Tag meines Lebens.« Er blinzelte und schluckte ein paarmal, dann setzte er von neuem an. »Und wie kann es auch anders sein. Denn mit Maud habe ich die glücklichsten Tage meines Lebens erlebt.« Immer mehr Anwesende holten Taschentücher heraus. In dem spartanisch eingerichteten Raum hörte man von überall her das Schluchzen. »Sie hat uns unsere Töchter, Agnes und Madeleine, geschenkt. Sie schenkte uns ihre Zeit und ihre Liebe. Ihre Aufmerksamkeit und Sorge. Maud war meine Ehefrau, und sie war die beste, die man sich nur denken konnte. Sie war einfach da, ohne viel Aufhebens, ganz selbstverständlich. Jetzt ist sie tot. Sinnlos, denkt man, aber was nützt das noch. Besser erinnern wir uns daran, wie erfüllt unser Leben war, als sie noch bei uns war. Ihr Ehemann, ihre Kinder, ihre Schwester und ihre Freunde gewesen sein zu dürfen. Ich hoffe, ihr, die sie kanntet, fühlt die gleiche Dankbarkeit darüber, die ich fühle.« Er stand einen Augenblick stumm, bevor er sich wieder setzte.

Agnes, die neben ihm saß, ergriff die Hand ihres Vaters, die still auf dem Tisch ruhte. So saßen sie eine ganze Weile. Das Schweigen lag noch über dem Raum. Schließlich erhob sich Madde und ging auf ihren Vater zu, der noch immer still dasaß, den Blick auf den Schoß gerichtet. Sie hockte sich neben seinen Stuhl und streichelte seinen Arm. Er griff nach ihrer Hand und hielt sie eine Weile, dann sah er auf. »Bitte, nun bedient euch. Ich hoffe, die Torte schmeckt.« Jemand mußte husten, und langsam begannen die Gespräche wieder.

Anfangs noch leise, dann wurde es wieder lebhafter. Besteck und Geschirr hörte man klappern. Agnes holte eine Thermoskanne und füllte Kaffee nach. Es wurde keine Rede mehr gehalten, es war, als wäre alles gesagt worden, als Sven die Worte, die auf seinem kleinen Zettel standen, zu Ende gelesen hatte.

Nach einer guten Stunde bedankten sich die Gäste mit Handschlag, Umarmung und Worten höchster Anerkennung. Dann verschwanden die kleinen schwarzgekleideten Grüppchen hinter der Steinmauer, die die alte Kirche umschloß, in Richtung Parkplatz. Papa und Agnes fuhren mit dem Auto zurück in den Snickarväg. Madde und Jonas kamen mit Gullan in ihrem Ford hinterher.

Agnes schlug ihrem Vater vor, sich im Wohnzimmer aufs Sofa zu setzen. Dann holte sie eine Flasche Whiskey aus dem provisorischen Barschrank über dem Kühlschrank. Dort war das Hochprozentige gelandet, nachdem ihr Vater die Bar im Hobbykeller abgeschraubt hatte. Sie stellte sie zu den Gläsern und einer Schale Eis auf ein Tablett. Papa nickte, als sie ihm ein Glas anbot. Gullan und Jonas auch. Madde lehnte ab. Dann schenkte Agnes sich selber ein Glas ein und ließ sich in einen Sessel fallen. Sie unterhielten sich ein bißchen über die Beerdigung, über den Pastor und die Gäste, die gekommen waren. Gullan redete wie immer am meisten. Über Maud fiel kein Wort.

Madde hatte fast die ganze Zeit geschwiegen. Sie rutschte unruhig hin und her und zupfte am Stoff ihrer geblümten Tunika. Jonas saß neben ihr auf dem Sofa, wieder den Arm um ihre Schultern. Schließlich holte sie tief Luft und begann zu sprechen. Ziemlich laut, als brauchte sie viel Kraft, um die folgenden Worte herauszubringen.

»Auf gewisse Weise wird Mama weiterleben«, sagte sie, ohne dabei den anderen im Raum ins Gesicht zu sehen. Gullan war verstummt. Papa und Agnes sahen Madde an. Jonas streichelte ihre Schulter. »Denn ich erwarte ein Kind.«

Am Sonntag war Agnes wieder bei der Arbeit. Sie war alles andere als glücklich. Aber beruhigt. Sie hatten ihre Mutter beerdigt, schlimmer konnte es in der nächsten Zeit nicht kommen, soviel stand fest. Und dieser Gedanke war ihr ein kleiner Trost. Maddes Neuigkeit hatte natürlich auch seinen Teil dazu beigetragen. Mitten in der Trauer hatte es einen Grund zur Freude gegeben, wie wenn an einem hoffnungslos grauen Tag plötzlich die Sonne durchbricht. Sie hatten alle geweint, selbst Jonas hatte sich eine Träne getrocknet. Madde hatte den Schwangerschaftstest erst am Morgen vor der Beerdigung gemacht. Das konnte kein Zufall sein, es hieß ja auch: Geschlecht folgt auf Geschlecht. Agnes mußte sogar an Seelenwanderung denken, obwohl sie keinen Hang zu so etwas hatte. Auf sonderbare Weise hatte der Abend, dieser in Trauer getauchte Tag, trotzdem ein glückliches Ende. Zumindest eines voller Hoffnung. Agnes liebte ihre Schwester dafür.

Agnes war auf dem Weg in das Personalzimmer, um sich umzuziehen, und schaute in die Küche hinein. Paolo saß dort auf einem Schemel und war ganz bleich im Gesicht.

»Was ist los?« fragte Agnes.

»Na ja«, antwortete er und zog ein Gesicht. »Ehrlich gesagt, mir ist ein bißchen schlecht.«

»Oh, das klingt gar nicht gut.«

»Nein. Es hat heute nacht angefangen, aber ich dachte, es würde vorbeigehen, wenn ich nur auf die Beine komme.«

»Sieht aber nicht so aus?«

»Nein.« Wieder verzog er das Gesicht und hielt sich den Bauch. »Oh, Mist ...!« Er sprang auf und flitzte aus der Küche.

Kalle tauchte ein bißchen später auf. Als er hörte, wie es Paolo ging, traf er eine schnelle Entscheidung.

»So kannst du nicht arbeiten. Ich fahre dich nach Hause.«

»Das mußt du nicht, ich kann die U-Bahn nehmen.« Mehr konnte er nicht sagen, dann rannte er wieder. Kalle holte seine Jacke.

»In einer halben Stunde bin ich zurück. Wir müssen etwas später aufmachen, aber ich schätze, nicht mehr als zehn Minuten.«

»Kommst du heute abend allein in der Küche klar?«

»Ja, es ist ja nichts los. Sonntags abends ...«

Paolo kam ins Lokal zurück. Er war blaß und ging etwas vornübergebeugt. Kein Wort mehr von der U-Bahn.

Als sie sich auf den Weg gemacht hatten, begann Agnes mit der Arbeit. Sie deckte die Tische, faltete Servietten und füllte Salz- und Pfefferstreuer nach. Dann schnitt sie Zitronen und kümmerte sich darum, daß genügend Eis im Eisschrank war. Kalle kam um Viertel nach sechs zurück. Es waren noch keine Gäste da, und so fuhr er mit der Arbeit fort, die Paolo in der Küche liegengelassen hatte.

Kalle hatte recht, es wurde ein ruhiger Abend. Zu zweit ging es ohne Probleme.

»Ich rufe Filip an, er soll morgen für Paolo einspringen«, sagte er, während er in der Küche aufräumte und die nicht verbrauchten Zutaten an ihren Platz zurückstellte. »Brauchst du morgen Hilfe beim Servieren, oder meinst du, du schaffst es allein?«

»Das geht ganz gut allein, keine Frage«, antwortete Agnes.

»Okay. Und wie war die Beerdigung?«

Sie überlegte kurz. »Gut. Natürlich kein Freudenfest, aber ein schöner Abschied.«

Kalle klopfte ihr auf die Schulter. »Ja, es ist sicher hart, die eigenen Eltern zu beerdigen. Ich hoffe, mir steht das noch lange nicht bevor.«

»Das habe ich auch gedacht.« Sie verstummte. Es war ein Gefühl von Trauer, das sie überkam, aber es war nicht unerträglich. Dieses Mal kamen ihr nicht die Tränen. Kalle sah ihr ins Gesicht, um herauszufinden, was in ihr vorging. Im Inneren. Dann wandte er sich ab und hängte den Lappen über den Wasserhahn, mit dem er gerade die Bänke abgewischt hatte. »Na komm«, sagte er mit einem Lächeln. »Wollen wir für heute mal Feierabend machen?«

Am nächsten Morgen rief Kalle bei Agnes zu Hause an. Er klang jämmerlich.

»Agnes, schlechte Neuigkeiten. Es hat mich auch erwischt. Das gleiche, was Paolo hat. Irgendein Magenvirus. Nicht so angenehm, kann ich dir sagen.«

»Du Armer! Kann ich dir helfen?«

»Nein, Sofia kümmert sich um mich.« Er lachte. »Sie muß mich wirklich lieben. Bin gerade eher ein Häufchen Elend.«

»Kann ich mir vorstellen, ich habe ja Paolo gesehen. Hast du mit Filip gesprochen?«

»Ja, und genau das ist das Problem. Er ist verreist. Er kommt erst morgen zurück. Ich hatte es völlig vergessen.«

»Was machen wir denn dann? Schließen?«

»Lieber nicht. Das können wir uns nicht leisten. Außerdem haben wir zwei Reservierungen, und montags ist immer etwas mehr los. Moment mal, ich rufe dich gleich noch mal an.« Ein Klicken im Hörer. Fünf Minuten später rief Kalle zurück. Jetzt klang er noch elender. »Tut mir leid«, sagte er mit schwacher Stimme. Agnes wollte ihm helfen. Sie versuchte, sich kurz zu fassen.

»Aber wenn wir öffnen, wer ist dann in der Küche?«

»Deshalb rufe ich an. Im Büro hängt ein Zettel, auf dem der Name Rolf steht und eine Telefonnummer.«

»Ja.«

»Er hat mal nachgefragt, weil er eine Anstellung als Koch suchte. Ich habe ihn nicht persönlich kennengelernt, aber er hatte gute Zeugnisse. Kannst du ihn fragen, ob er einen Abend bei uns einspringen würde? Nur, bis Filip wieder da ist.«

»Du willst jemand Fremden in die Küche lassen?«

»Kommt auf dich an ... Glaubst du, du kannst ihm Anweisungen geben?«

»Ja ...« Agnes wußte nicht recht. Natürlich war sie mit den Rezepten und den Abläufen in der Küche vertraut, aber die Verantwortung dafür zu übernehmen, war doch etwas anderes. »Ja, das kriegen wir hin«, sagte sie schließlich. »Weißt du nicht mehr, wie dieser Rolf mit Nachnamen hieß, dann könnte ich ihn gleich anrufen.«

»Nein, leider nicht.« Er stöhnte kurz. »Du, ich muß aufhören. Ruf mich bitte an und sag Bescheid, was dabei herausgekommen ist.« Er wartete keine Antwort mehr ab, schon hatte er aufgelegt. Agnes zog sich an und stand eine Stunde später im Restaurant.

Sie knipste das Licht in der Küche an und ging in die kleine Rumpelkammer, die sie Büro nannten. Nach kurzer Zeit fand sie den Zettel unter einer Auftragsbestätigung des Fleischgroßhändlers. Sie wählte die Nummer und hatte die Hoffnung schon aufgegeben, als schließlich jemand den Hörer abnahm und etwas orientierungslos »Hallo« sagte. Agnes stellte sich vor und fragte, ob sie mit Rolf spreche. Sie war richtig. Es dauerte eine ganze Weile, bis er verstand, worum es ging. Er wußte nicht, wer Kalle Reuterswärd war und erinnerte sich auch nicht mehr an den Namen des Restaurants.

»Ich habe mit so vielen Leuten gesprochen«, war seine Entschuldigung. »Ich kann mir unmöglich alle Namen merken.«

Als Agnes schließlich zu der Frage kam, ob er für einen Abend als Koch einspringen könne, zögerte er. Ob er das Geld in bar bekommen könne? Direkt auf die Hand, am gleichen Abend? Agnes wußte nicht recht, das mußte eigentlich Kalle entscheiden, entschloß sich aber, es in diesem Fall selbst zu tun. »Ja, das geht«, sagte sie. Irgendwie würde sie das hinkriegen. Das Wichtigste war jetzt, daß der Abend gerettet war. Um die Buchführung konnten sie sich später kümmern. Sie verabredeten, daß er um drei Uhr vorbeikommen sollte, um gemeinsam die Speisekarte durchzugehen und ihm die Küche zu zeigen. Als sie auflegte, war ihr mulmig zumute. Sie hatte von diesem Rolf keinen besonders guten Eindruck gewonnen, seinen Nachnamen wußte sie noch immer nicht. Jedenfalls rief sie Kalle sofort an, um ihm mitzuteilen, daß das Problem gelöst war. Sofia war am Apparat, Kalle schlief. Agnes bat sie, die Nachricht und Grüße auszurichten. Dann fuhr sie wieder nach Hause. Sie mußte sich noch ein bißchen ausruhen, bevor es mit der Arbeit losging. Auch in der letzten Nacht hatte sie nicht viel Schlaf bekommen.

Um Viertel vor drei war sie im Restaurant. Sie holte eine Flasche Mineralwasser aus dem Kühlschrank und setzte sich an einen Tisch, um auf Rolf zu warten. Um Viertel nach war er noch immer nicht da. Um halb vier wurde Agnes langsam unruhig. Niemand ging ans Telefon, als sie die Nummer auf dem Zettel erneut wählte.

Zwanzig vor vier ging die Tür auf. Agnes zuckte zusammen.

Sie stand unter Hochspannung, hatte schon alle Möglichkeiten durchgespielt und wieder verworfen. Das einzige, was ihr sinnvoll erschien, war, nicht zu öffnen. Als sie das Drücken des Türgriffs hörte, fiel ihr ein Stein vom Herzen. Doch dann sah sie den Mann in der Tür.

Rolf kam auf sie zu und begrüßte sie mit einem viel zu festen Händedruck. Er war Mitte Fünfzig, die Augen rotgeädert, die Haare zerrauft und das Gesicht unrasiert. Seine Kleider machten einen ungepflegten Eindruck, und er roch stark nach Nikotin. »Tut mir leid, daß ich spät dran bin«, sagte er mit rauher Stimme. Als er den Mund aufmachte, kam ihr eine widerliche Bierfahne entgegen. Eine Erklärung für seine Verspätung gab er nicht ab. Das sah alles nicht gut aus. Agnes spürte, wie die Panik wuchs, aber sie machte gute Miene und versuchte sich einzureden, daß Köche meistens sonderbare Typen waren. Klar, er sah wie ein Penner aus, aber darunter mußten die Gäste ja nicht unbedingt leiden.

Sie führte Rolf in die Küche und zeigte ihm, wo alles stand. Er nickte zustimmend und murmelte vor sich hin.

»Dann gehen wir jetzt die Karte durch«, sagte sie, als sie mit der Besichtigung fertig waren. Sie setzten sich an den Tisch, an dem Agnes vorher gewartet hatte. Sie holte zwei Karten, für jeden eine, und ging mit ihm jedes Gericht durch. Sie nannte ihm alle Details, die ihr einfielen. Ab und zu stöhnte Rolf auf. War wohl nicht sein Geschmack, dachte Agnes, hoffte aber inständig, daß sie falschlag. »Haben Sie noch Fragen?« beendete sie die Einführung. Er sah nachdenklich auf die Speisekarte und kratzte sich am Kopf mit einem Fingernagel, der einen ordentlichen Trauerrand aufwies.

»Diesen Thunfisch, wie bereiten Sie den zu?«

»Wie meinen Sie das?«

»Sie sagten, daß Sie ihn grillen. Wie ein Steak, oder?« Er zog ein zerknittertes Paket Prince aus seiner Tasche und zündete sich eine Zigarette an.

»Nein«, antwortete sie leise. »Nicht so wie ein Steak ...

Glauben Sie, daß das problematisch ist?« fügte sie eilig hinzu. »Wir können ihn auch heute abend von der Karte nehmen.«

»Nein, das wird schon gehen. Muß ja nur gegrillt werden. Fleisch ist Fleisch.«

»Obwohl es ja eigentlich kein Fleisch ist ...«

»Doch, Fischfleisch!« Er begann zu lachen. Dabei löste sich etwas Schleim in seinem Hals, der im Rachenraum hin- und herzog, bevor er ihn wieder schluckte und erneut seine Zigarette tief inhalierte.

»Wo, sagten Sie, haben sie vorher gearbeitet?«

»Ach, überall.« Er pustete den Rauch heraus und nickte, als hätte er soeben seine Lebensgeschichte erzählt.

»Zum Beispiel?«

Er seufzte. »Hier und da.«

»Aha.« Agnes setzte noch einmal an. »Kalle sagte, Sie hätten gute Zeugnisse gehabt.«

»Welcher Kalle?«

»Mein Chef. Mit dem Sie gesprochen haben, als Sie anriefen.«

»Ach so. Ja.« Er machte keine Anstalten, auf die Frage zu antworten. »Ja, man kommt eben rum mit der Zeit«, sagte er schließlich. Agnes gab auf. Rolf saß nach wie vor auf seinem Stuhl.

»Sie wollen jetzt sicher anfangen. Ich zeige Ihnen noch die Dinge im Kühlschrank.«

»Nein, nicht nötig. Ich finde das schon.«

In einer Stunde sollten sie öffnen. Rolf saß auf seinem Stuhl und rauchte. Nicht eine Zwiebel war gehackt. Agnes stand auf.

»Nein, Schluß jetzt, es gibt genug zu tun«, sagte sie energisch. »Wir fangen jetzt an.«

»Ja, langsam können wir anfangen.« Er zog ein letztes Mal an seiner Zigarette. Die Glut stieß an den Filter. Dann drückte er sie in dem Aschenbecher aus, den Agnes ihm hingestellt hatte.

»Sie sagen Bescheid, wenn etwas unklar ist«, sagte sie noch einmal, bevor er sich auf den Weg in die Küche machte.

Er nickte, doch er stand schon mit dem Rücken zu ihr, und sie hoffte nur, daß er es wirklich tun würde. Sobald er in der Küche verschwunden war, räumte sie den Aschenbecher weg und begann, die Tische zu decken. Wenn doch bloß keine Gäste kämen, dachte sie, bis ihr einfiel, daß Kalle von Reservierungen gesprochen hatte. Sie überflog die Liste. Es waren zum Glück nicht viele. Einmal vier Personen, einmal nur zwei. Wenn sie Glück hätten, kämen keine weiteren Gäste, dachte sie und versuchte, sich selbst gut zuzureden. Es gelang ihr überhaupt nicht.

Eine Viertelstunde bevor sie öffnen wollten, warf sie einen Blick in die Küche. Was sie sah, fand sie immerhin beruhigend. Backofen, Herd und Warmhaltevorrichtungen waren angestellt, und die Zutaten, die Rolf sich zurechtgestellt hatte, schienen vorbereitet. Daraus konnte man zumindest schließen, daß er irgendwann in seinem Leben einmal als Koch gearbeitet hatte. Sie war selbst erstaunt, daß sie diese Schlußfolgerung tröstlich fand, doch mit ihren Erwartungen hatte das alles wenig zu tun.

Agnes war dankbar für jeden Gast, der nicht kam, aber um halb sieben erschienen dann doch die ersten Besucher. Sie brachte sie alle dazu, einen Martini Dry vor dem Essen zu bestellen, und machte diesen sehr viel stärker als üblich. Vielleicht könnte der Alkohol die Geschmacksnerven ein wenig betäuben.

Die Gäste schienen erstaunt, als sie ihre Drinks probierten, und Agnes ließ der Gedanke nicht los, daß sie vielleicht zuviel hineingetan hatte. Es war nur ein Teil Wermut im Glas, der Rest war reiner Gin. Doch es schien, als seien die Gäste sehr angetan davon, und Agnes atmete auf. Schweden konnte man wohl nie zu starke Getränke einschenken, das hatte mal ein Bekannter von ihr gesagt, der in einer Bar auf Teneriffa gearbeitet hatte. Italiener und Franzosen würden sich über zuviel

Alkohol im Drink beschweren, aber ein Schwede (und auch ein Finne) dankte nur seinem Glücksstern.

Als sie ihr ein Zeichen gaben, daß sie bestellen wollten, ging sie mit unsicheren Schritten auf ihren Tisch zu. Sie hatte Glück, denn sie bestellten Bruschetta und dann die frische Pasta mit Safran und Scampi. Das waren die einfachsten Gerichte. Die Pasta hatte Kalle am Vortag gemacht, so daß Rolf nur noch die Brotscheiben rösten und die Pastasauce machen mußte. Erleichtert ging sie mit der Bestellung in die Küche zurück.

»Zwei Tomatenbrote und Spaghetti mit Safran, haben Sie gesagt?« Es war eine rhetorische Frage. Rolf hatte schon das Brot herausgeholt. Agnes widersetzte sich dem Reflex, daneben stehenzubleiben und das Ganze zu überwachen. Sie zwang sich, wieder hinaus in den Speiseraum zu gehen und servierte den Gästen Rotwein und Wasser. Sie hoffte, daß sie durstig waren, aber sie hatten kaum mehr als vom Wein gekostet, als die Vorspeise fertig war. Immerhin schien er flink zu sein. Agnes war sich nicht sicher, ob das ein gutes oder ein schlechtes Zeichen war.

Sie ging in die Küche, um die zwei »Tomatenbrote« abzuholen. Als sie die Tür öffnete, hielt sie die Luft an. Dann sah sie die Teller auf der Ablage und atmete auf. Sie sahen ganz manierlich aus, abgesehen von den Petersilienstengeln, die Rolf in alter Ratskellermanier hineingesteckt hatte. Sie zupfte die Zweige diskret ab und legte sie an die Seite. Als sie einen genaueren Blick darauf warf, sah sie, daß er zuviel Öl benutzt hatte, es lief an der Seite des Brotes hinunter. Na ja, so schlimm würde es schon nicht sein, es duftete immerhin nach Knoblauch, und es waren genügend kleingeschnittene Tomaten darauf.

Agnes servierte die Bruschetta und verließ den Tisch sicherheitshalber rasch. Als ob sie der Abstand unverletzlich machte. In dem Moment tauchte eine weitere Gesellschaft auf. Sie waren zu viert, und Agnes vermutete, das waren tatsächlich diejenigen, die einen Tisch reserviert hatten. Zwei Paare, ein älteres und ein jüngeres. Vermutlich Eltern mit Tochter und deren Freund, zumindest war die jüngere Frau ein Abbild der älteren, nur etwas stärker geschminkt.

Agnes bot ihnen einen Tisch an und versuchte noch einmal ihr Manöver mit den Drinks. Ohne Erfolg, sie wollten mit der Bestellung der Getränke noch warten. Während die neu angekommenen Gäste die Karte lasen, räumte Agnes das Geschirr von der Vorspeise beim ersten Tisch ab. Vorsichtig fragte sie, ob es ihnen geschmeckt habe, und die Gäste nickten. Doch es war noch zu früh, um daraus Schlußfolgerungen zu ziehen. Eine Bruschetta zu vermasseln, war nahezu unmöglich.

Agnes ging wieder an den Tisch zu den neuen Gästen. Sie berieten sich noch, doch dann waren sie soweit. Der Vater bestellte die marinierten Fleischspieße mit geröstetem Gemüse, der Freund auch. Die Mutter nahm Hähnchen, und die Tochter entschied sich für die Safranpasta mit Scampi. Im Grunde alles kein Problem. Noch immer keine großen Herausforderungen. Die Fleischspieße waren bereits eingelegt und mußten nur noch gegrillt werden. Agnes hatte Rolf erklärt, welches Gemüse geröstet wird, und sie hoffte, daß Rolf rechtzeitig damit begonnen hatte. Wahrscheinlich war das Hähnchen das schwierigste an der Bestellung. Im Grunde war es auch nicht schwer, aber wenn man es zu lange im Ofen hatte, wurde es trocken und unappetitlich und fiel auseinander, kein Thymianschaum der Welt konnte das verbergen.

Als sie die Preise gerade eintippte, waren die Pastaportionen fertig. Agnes nahm die Teller vom Tisch und zupfte wieder Petersilienstengel ab, die auch hier den höchsten Punkt des Gerichtes krönten wie der Sternenbanner den Mond. Die Nudeln sahen ziemlich verkocht aus. Sie vermutete, daß er sie mindestens fünf, sechs Minuten gekocht hatte. Frische Pasta gab man nie mehr als zwei Minuten ins heiße Wasser. Oben auf den Nudeln, die heute mit grünen Erbsen belegt waren, wo auch immer er die nun wieder aufgetrieben hatte, lagen, wie sie annahm, gehackte Scampi.

»Die Scampi werden unzerkleinert serviert«, sagte sie so freundlich wie möglich zu Rolf. »Und kochen Sie die Pasta bitte nicht länger als zwei Minuten. Höchstens. Und keine Erbsen.«

Rolf schimpfte ein bißchen vor sich hin und nahm einen Schluck aus einer Bierflasche, die er neben dem Herd stehen hatte. Offensichtlich hatte er sich an der Bar bedient. Bevor sie hinausging, um die matschige Pasta zu servieren, nahm sie wieder die Petersilienstengel vom Teller. Sie versteckten nämlich einen Teil der gehackten Scampi.

Zum Glück schien es ein ruhiger Abend zu bleiben. Gegen halb acht waren erst drei Tische belegt. Das Essen, das Rolf kochte, kam nicht im entferntesten an den Standard im Zitronen, klein und gelb heran, aber es beschwerte sich niemand – bis auf die Mutter, die das Hähnchen sehr trocken fand. Als die Tür wieder aufging, sah Agnes erschrocken hoch. Sie atmete auf. Nie hatte sie gedacht, daß sie sich freuen würde, David Kummel zu sehen, aber wenn schon an diesem unglückseligen Abend noch mehr Gäste kommen sollten, dann war sie froh, daß es wenigstens nur ihr Nachbar war. Zum ersten Mal begrüßte sie ihn freundlich, und er strahlte über den netten Empfang.

»Arbeitest du in der Nähe?« fragte Agnes, während sie ihn zu seinem Tisch führte. »Ich meine, weil du so oft kommst.«

»Nein, das kann man eigentlich nicht sagen«, antwortete er und nahm Platz. Agnes wartete auf eine Fortsetzung seiner Antwort, aber es kam keine, und so sehr interessierte es sie nun auch wieder nicht, daß sie nachfragte. Sie reichte ihm die Karte und erwähnte nur ganz nebenbei, daß sie heute abend einen neuen Koch hätten.

»Nur aushilfsweise«, fügte sie hinzu. »Damit du Bescheid weißt.«

Er nickte und las. Es ging schnell, er kannte die Karte ja. Gerade als er ein Handzeichen machte, um zu zeigen, daß er sich entschieden hatte, ging die Eingangstür wieder auf. Agnes, die gerade dabei war, Kaffee zu servieren, hätte um ein Haar das Tablett fallen lassen, als sie aufschaute. Die zwei Personen in der Tür starrten sie an, als sie es in einem verzweifelten Manöver noch in letzter Sekunde schaffte, die Balance wiederzugewinnen und rettete, was sich auf dem Tablett befand. Bei einem Cappuccino war ein bißchen Milchschaum über den Rand geschwappt, aber ansonsten hatte sie sich geschickt wieder gefangen. Die Dame erhob ihre mit Handschuhen bekleideten Hände und klatschte Beifall.

»Bravo«, sagte sie trocken und kam die Treppe hinunter. Der Herr im beigen Trenchcoat folgte ihr. Agnes schluckte. Beinahe hatte sie schon einen Tunnelblick bekommen und einen sonderbar hohen Ton im Ohr. Nun war ihr immerhin klar, daß der Abend nicht schlimmer werden konnte. Lola war da.

Im Eiltempo servierte Agnes den Kaffee und wandte sich dann dem Paar zu, das in der Mitte des Raumes stand. Es war derselbe Franzose, mit dem Lola das letzte Mal erschienen war. Heute war er ein bißchen legerer gekleidet. Anstelle der Krawatte steckte ein Seidentuch im geöffneten Hemd. Agnes nikkte ihnen zu und sagte leise »Bonsoir«, bevor sie anbot, ihnen die Garderobe abzunehmen. Sie suchten sich selbst einen Tisch aus. Bevor sie fragen konnte, wußten sie schon, was sie trinken wollten. Er nahm auch dieses Mal einen Martini Dry, sie bestellte einen Kir Royal. Agnes traute sich nicht, darauf hinzuweisen, daß sie keinen Kir Royal auf der Karte hatten. Statt dessen ging sie an die Bar und holte eine Flasche Pol Roger aus dem Kühlschrank. Das würde der kostbarste Kir Royal werden, den sie je serviert hatte, dachte sie, als sie den Korken vorsichtig zog. Eine ganze Flasche Champagner für ein einziges Glas, noch dazu verunreinigt mit schwarzem Johannisbeerlikör. Sie hoffte, Kalle würde es ihr verzeihen, sie hoffte, daß das Geld gut investiert wäre ...

Auf dem Weg zurück sah sie David noch immer gestikulieren. Sie servierte die kostbaren Getränke, entschuldigte sich und ging hinüber zu Davids Tisch.

»Tut mir leid, daß du warten mußtest«, sagte sie lächelnd, jedoch ohne Mitgefühl. David lächelte zurück, er schien nicht verärgert.

»Ich denke, heute probiere ich mal den Thunfisch«, sagte er und schlug die Karte wieder zu.

»Thunfisch, okay... Ansonsten kann ich die frische Tagliatelle mit Safran und Scampi wirklich empfehlen«, versuchte sie ihn zu überreden. Sie rechnete damit, daß es Rolf beim dritten Versuch schaffen würde, die Pasta so hinzubekommen, daß sie wenigstens annähernd an das Original erinnerte.

»Ja, die ist lecker, aber... ich nehme doch lieber Thunfisch. Den habe ich noch nicht probiert.« Er lächelte sie an und reichte ihr die Karte.

»Gut«, sagte sie und schickte noch einmal einen Dank in den gerade regenverhangenen Himmel, daß es nur David Kummel war, der als Versuchskaninchen herhielt. Auf dem Weg in die Küche nahm sie gerade noch wahr, daß Lola mit einer diskreten, aber eleganten Handbewegung darauf aufmerksam machte, daß sie bestellen wollte.

»Wir haben gewählt«, sagte sie mit einem Blick zu dem Franzosen, der ihr gegenüber saß. »N'est-ce pas?« Er nickte. »Monsieur möchte den Fleischspieß mit geröstetem Gemüse. Was für Gemüse ist das eigentlich?«

»Kartoffeln, Mohrrüben ...« Plötzlich stockte sie, ihr fiel nicht ein einziges Gemüse mehr ein, obwohl in der Mischung eine Menge enthalten war. »Ähh ...« Sie versuchte, sich das Gericht bildlich vorzustellen. »Zucchini, Aubergine und rote Bete«, brachte sie schließlich hervor. Ein bißchen zu schnell, daher mußte sie es noch einmal wiederholen. Weder Lola noch ihr Franzose fragten nach weiteren Details.

»Ich selbst nehme den Thunfisch.«

Agnes schluckte. Sie hatte gedacht, der Abend hätte bereits

seinen Tiefpunkt erreicht. Doch die Prüfungen nahmen einfach kein Ende. »Ansonsten könnte ich Ihnen empfehlen, die ...«

»Bitte?« Die Dame zog die Augenbrauen hoch. Mehr war nicht nötig. Agnes verstand den Wink. Lola hatte Thunfisch bestellt, es bestand kein Grund, etwas anderes zu empfehlen, als ob der Gast nicht wüßte, was für ihn das Richtige ist. Auch wenn sie das in diesem Fall nicht wußte. Agnes nickte dezent und empfahl auf Nachfrage einen passenden Wein. Dann ging sie in die Küche.

Rolf hielt noch immer eine Bierflasche in der Hand, doch neben ihm standen bereits zwei leere. Agnes gab ihm die Bestellungen.

»Zuerst den Fleischspieß und den Thunfisch«, sagte sie. Eigentlich wäre Davids Bestellung vorher an der Reihe gewesen, aber er mußte sich damit abfinden, noch eine Weile zu warten. Sie befanden sich in einer Notlage. Sie entschloß sich, Rolf nicht darüber in Kenntnis zu setzen, wie wichtig diese Bestellung war. Sie hatte das Gefühl, daß es für ihn überhaupt keine Rolle spielte.

Dann ging sie wieder hinaus und brachte der Familie die Rechnung. Sie bedankten sich für das Essen, bevor sie das Restaurant verließen. Agnes vermutete, daß sie das aus Höflichkeit taten. Noch ein Paar kam durch die Tür, die beiden, die einen Tisch bestellt hatten. Es war ihnen ein bißchen unangenehm, als sie sahen, wie leer es war. Die Reservierung wäre wohl kaum nötig gewesen. Doch Agnes beschloß, sich keine Gedanken mehr zu machen. Sie versuchte, so freundlich zu sein, wie sie konnte, auf das Essen hatte sie sowieso keinen Einfluß, denn das, was sich gerade in der Küche abspielte, lag außerhalb ihrer Kontrolle.

Schließlich war das Essen fertig. Der Teller mit dem Spieß war okay, wenn man von der Petersilie absah. Rolf hatte sich daran erinnert, ihn in Sesam zu rollen, das hatte er beim ersten Mal vergessen, und das Gemüse sah einigermaßen frisch aus. Agnes hob den Spieß ein wenig an, so daß er am Gemüse lehnte, statt platt auf dem Teller. So wirkte es schon etwas moderner. Dann betrachtete sie den anderen Teller. Allein die Tatsache, daß sie wußte, daß es sich um Thunfisch handeln mußte, war der Grund, daß sie das graue »Kotelett«, das in reichlich flüssiger Bratensoße schwamm, identifizieren konnte. Das Spargelrisotto war ein völlig danebengegangener, viel zu groß aufgehäufter Milchreis mit grünen Erbsen anstelle von Spargel.

»Ich habe den Spargel nicht gefunden«, sagte Rolf kurz, als ob er ahnte, daß Agnes mit seinem gewählten Ersatz nicht ganz zufrieden war.

»Und was haben Sie mit dem Fisch gemacht, wenn ich fragen darf?«

»Gegrillt. Mit Grillgewürz und dann fünf Minuten von jeder Seite. Ich habe probiert, kaum zu glauben, daß es Fisch ist«, sagte er zufrieden.

»Aber es ist Fisch und es soll Fisch sein!« Agnes schrie beinahe. »Haben Sie mit dem anderen schon angefangen?«

»Nein.«

Agnes dachte schnell nach. »Okay, Zitrone und Meersalz, und dann vermischen Sie das mit dem Rosmarinöl aus dieser Flasche. Und dann grillen Sie es, kurz, maximal zwei Minuten von jeder Seite. Thunfisch ist wahnsinnig empfindlich, er wird sofort trocken, wenn Sie ihn zu lange braten!« Rolf zog ein Gesicht. »Sofort!« schrie Agnes. »Sie warten, und der Spieß wird kalt.« Agnes probierte das Risotto, es schmeckte wie brauner Milchreis mit Erbsen. »Als Beilage zum Thunfisch servieren wir auch das geröstete Gemüse. Diesen Brei kann man ja keinem anbieten«, sagte sie kurz. Mittlerweile war ihr seine Ehre als Koch völlig egal. Als er den Fisch fertig hatte, legte er ihn mit dem Gemüse auf einen Teller. »Zitrone«, sagte Agnes, die in der Küche stehengeblieben war, um den Prozeß zu überwachen. Rolf schnitt eine dünne Scheibe ab, teilte sie in der Mitte und legte jede Hälfte auf eine Seite des Fisches, als würde er ein Krabbenbrötchen in einer Bäckerei garnieren. »So nicht«, zischte Agnes. »Es muß eine dicke Scheibe sein. Und sie liegt nicht auf dem Fisch, sondern an der Seite!« Rolf legte die Scheibe dorthin, und Agnes schnappte sich den Teller mit dem Spieß. Er hatte unter der Wärmelampe gestanden, sie konnte nur hoffen, daß das Essen nicht zu sehr abgekühlt war.

Als sie das Essen servierte, warf Lola ihr einen fragenden Blick zu.

»Ich dachte, die Beilage wäre Spargelrisotto?«

»Ja, ich bitte vielmals um Entschuldigung, es muß in der Küche ein Mißverständnis gegeben haben. Ich kann den Koch bitten, das Risotto zu machen, doch es würde ein wenig Zeit in Anspruch nehmen.« Agnes drückte die Daumen, die Dame im fischgrätgemusterten Jackett sah mit großen Augen auf den Teller vor sich.

»Ja, dann werde ich es wohl so nehmen«, sagte sie schließlich. Als müßte sie nun eine lebende Grille schlucken. Agnes wünschte ihnen einen guten Appetit und zog sich zurück. Dann fiel ihr Blick auf David Kummel, der an seinem Tisch saß und vorsichtig Zeichen machte. Agnes hatte ihn völlig vergessen. Eilig lief sie zu seinem Tisch.

»Einen Moment, dein Essen kommt gleich«, entschuldigte sie sich und flitzte in die Küche. »Haben Sie noch Thunfisch?« fragte sie Rolf, der sich nun mit seinem vierten Bier entspannte.

»Nein, mehr habe ich nicht aufgetaut.«

Agnes warf einen Blick auf den Teller mit dem ersten Thunfisch, der noch unter der Wärmelampe stand. Er sah nicht gerade gut aus. »Bereiten Sie noch einen Teller mit geröstetem Gemüse vor und schneiden Sie eine ordentliche Scheibe Zitrone ab«, befahl sie ihm. Rolf tat, was sie sagte. Vorsichtig hob sie den Thunfisch auf ein Stück Haushaltspapier, um das Grillfett aufzusaugen, dann plazierte sie ihn auf dem neuen Teller und gab vorsichtig etwas Rosmarinöl darüber. Am Ende garnierte sie ihn mit der Zitronenscheibe und trug den nun leicht maskierten Fisch zu dem wartenden Gast. Noch einmal bat sie das Fehlen des Risottos zu entschuldigen. David war leichter zu umgarnen als Lola, denn er nickte nur und sagte, das sei schon in Ordnung.

Lola und der Franzose waren mit dem Essen fertig. Als es an der Zeit war abzuräumen, zwang sich Agnes, die Frage zu stellen, ob es ihnen geschmeckt habe. Der Franzose nickte, Lola schwieg. Agnes merkte, daß sie noch immer sauer über den Austausch des Risottos war, aber sie konnte es nicht ändern. Unter den gegebenen Umständen war sie heilfroh, daß sie überhaupt ein Essen auf den Tisch bringen konnte. Natürlich konnte sie ihren Gästen dieses Dilemma nicht erklären, denn Köche mit Brechdurchfall kamen bei Restaurantkritikern nicht besonders gut an. Genausowenig wie biertrinkende Penner in der Küche. Agnes notierte, daß sie Tiramisu und Espresso als Nachtisch wünschten, und verließ den Tisch mit leicht zitternden Knien. Bald würde es vorbei sein.

Als die Tür hinter Lola und ihrer französischen Begleitung zuschlug, seufzte Agnes so laut, daß sich die übrigen Gästen umdrehten, um zu sehen, was passiert war. Sie wußte nicht, ob sie lachen oder weinen sollte. Das war keine geglückte Vorstellung gewesen. Als Trost versuchte sie sich einzureden, daß es immerhin keine vollständige Katastrophe gewesen war. Obwohl auch das wohl eher eine Definitionsfrage war.

Am Tisch in der Ecke saß noch immer David Kummel. Er hatte sich über seinen Fisch nicht beschwert, aber Agnes wertete das nicht als Kompliment für den Fisch, sondern eher als ein Zeichen der zurückhaltenden Persönlichkeit ihres Nachbarn. Plötzlich war sie dieser einsamen Gestalt am Tisch unglaublich dankbar. Sie ging zu ihm hinüber.

»Es tut mir leid, daß du heute abend keinen guten Service bekommen hast«, sagte sie, ließ aber das Essen unkommentiert. Vielleicht hatte er nichts gemerkt, und dann war es ja überflüssig, ihn darauf aufmerksam zu machen. »Kann ich dich als

Entschädigung zu einem Nachtisch auf Kosten des Hauses einladen? Oder Kaffee, oder beides?«

David strahlte. »Oh, sehr nett. Gerne!«

»Willst du die Karte?«

»Nein, danke, ich nehme ein Tiramisu. Und einen Espresso, wenn es geht?«

»Natürlich.« Agnes ging in die Küche. Rolf saß drinnen auf einem Stuhl. Sein Gesicht war knallrot, und er schwitzte stark. Die Anzahl der leeren Bierflaschen war beträchtlich angestiegen, seit sie das letzte Mal in der Küche gewesen war. Sie holte eine Schale mit Kalles Tiramisu aus dem Kühlschrank, puderte etwas Kakao darüber und stellte es auf eine Untertasse. Dann ging sie an die Bar und machte einen doppelten Espresso. Als sie David den Nachtisch serviert hatte, kassierte sie bei dem letzten Paar, das noch im Gästeraum saß, ab. Dann ging sie in die Küche und sagte Rolf, daß er gehen könne. Sie konnte in der Küche selber Ordnung machen, Hauptsache, sie wurde diesen übelriechenden Säufer los, der ihre guten Zutaten und ihren Ruf an diesem Abend so mißhandelt hatte.

Sie hielt ihm zweihundert Kronen hin. Er wollte mindestens fünfhundert. Agnes zögerte einen Moment, dann gab sie ihm noch einen Hunderter. Sie wies auf die Kolonie leerer Flaschen auf der Küchenbank. »Da stehen Ihre restlichen zweihundert«, sagte sie so energisch sie konnte. Sie war es nicht gewohnt, Geld zu verteilen. Doch ihre Argumente schienen zu ziehen. Rolf schimpfte ärgerlich vor sich hin, zog aber Kalles Kochjacke aus und warf sie auf den Stuhl. Dann holte er seine abgerissene Lederjacke und verließ die Küche. Agnes ging hinterher und schloß die Tür hinter ihm ab. Zuletzt sah sie noch zwei ungeöffnete Bierflaschen aus beiden Jackentaschen zum Vorschein kommen.

»Um Gottes willen ...«, sagte sie halblaut vor sich hin. Erst da fiel ihr ein, daß David Kummel noch immer auf seinem Platz in der Ecke saß und sein Blick auf ihr ruhte.

»Wer war das?« fragte er und wies auf die Tür, durch die Rolf, Nachname unbekannt, gerade verschwunden war.

»Du wirst es nicht wissen wollen, glaube ich«, antwortete Agnes völlig erschöpft.

»Okay.« David nickte. »Aber darf ich fragen, ob er vielleicht der Grund war, warum mein Thunfisch ein bißchen nach Fleischgewürzmischung schmeckte?« Er sah sie ernst an, dann begann er zu lächeln. Agnes, die eigentlich die Form wahren wollte, konnte nicht anders, sie mußte schmunzeln. Dann begann sie zu lachen.

»Fleischgewürzmischung hast du gesagt?«

»Ja. Oder vielleicht Grillfleischgewürz.« Sie mußten beide lachen.

»Keine Ahnung«, bekam sie noch heraus. »Aber ich werde ihn fragen, wenn ich ihn irgendwo auf einer Parkbank entdecke.« Agnes mußte so sehr lachen, daß sie einen Schluckauf bekam. Eigentlich wußte sie gar nicht, warum. Es war einfach zuviel gewesen. Köche mit Brechdurchfall, ein Betrunkener in der Küche, eine Starkritikerin im Speiseraum und dann sie, die alles unter Kontrolle behalten sollte. Dann beruhigte sie sich wieder. Sie setzte sich auf einen Stuhl neben Davids Tisch. »War es so furchtbar?« fragte sie schließlich und sah ihn desillusioniert an.

»Also, es ...« Er suchte nach den passenden Worten, aber gab auf. »Ja, wie ...«, war schließlich die Antwort. »Was für ein Glück, daß ihr heute nicht mehr Gäste hattet«, versuchte er sie zu trösten.

Agnes seufzte. »Es geht nicht darum, *wie viele* da waren, sondern *wer* ... Hast du die gesehen?« fragte sie nach einer kurzen Pause und zeigte auf den leeren Tisch, wo Lola und ihre Begleitung gegessen hatten. David nickte. »Weißt du, wer das war?« Sie wartete gar keine Antwort ab. »Schwedens wichtigste Restaurantkritikerin.«

»Ach wirklich?«

»Lola«, fügte Agnes hinzu, aber der Name schien ihm nichts

zu sagen. »Wenn ihr Essen genauso miserabel war wie deins, dann können wir einpacken.«

»Aber was, so schlimm wird's wohl nicht gewesen sein, oder?« David schien amüsiert. Agnes wurde ein bißchen ärgerlich.

»Doch, natürlich«, zischte sie zurück. David lächelte nicht mehr.

»Aber wenn sie so professionell ist, wie du sagst, wird sie doch öfter kommen.« Er legte den Kopf ein bißchen schräg, als wollte er sie trösten. »Sie kann doch das Restaurant nicht nach einem Besuch beurteilen. Oder? Und ihr serviert doch in der Regel hervorragendes Essen. Das war eine Ausnahme. So etwas kann passieren.«

Agnes schüttelte mißmutig den Kopf. »Sie ist mehrmals dagewesen, und dieser Abend war sicher eine Ausnahme, aber er wird trotzdem ihre Beurteilung beeinflussen. Eine schlechte Kritik ist der Tod eines Restaurants.«

»Jetzt übertreibst du aber.«

»Ich wünschte, es wäre so, aber es stimmt. Das ist doch bekannt in der Branche. Ich kenne unzählige Lokale, die nach einem Verriß von Lola dichtmachen konnten.«

»Aber dann hatten sie es wohl auch verdient?«

»Schon möglich, aber ich finde nicht, daß wir das verdient haben, nur weil die Köche zufällig am selben Abend krank geworden sind.«

»Ich glaube nicht, daß du dir Sorgen machen mußt. Ihr habt ein gutes Restaurant, du kannst mich fragen, ich bin ja hier Stammgast.« Er lächelte. Agnes wurde weich.

»Danke, lieb von dir.«

Sie saßen eine Weile schweigend da. David aß den Rest seines Tiramisus. Agnes mußte unentwegt an Lola denken, vielleicht würde ein schlechter Abend doch nicht die ganze Kritik zunichte machen? Sie erhob sich, um die restlichen Tische abzuräumen, gerade in dem Moment, als David sie noch mal ansprach.

»Warst du eigentlich verreist? Ich habe dich eine ganze Weile nicht gesehen.«

»Ja, das stimmt.« Sie hielt inne. David sah aus, als wartete er auf eine weitere Erklärung. »Meine Mutter ist vor zehn Tagen gestorben.« Komisches Gefühl, das so zu sagen. »Ich bin bei meinem Vater gewesen. Und am Freitag war die Beerdigung.«

»Aber ... wie schrecklich. Sie kann nicht sehr alt gewesen sein.«

»Siebenundfünfzig.«

»Ist sie lange krank gewesen?«

»Nein. Es war ein Autounfall.«

»Ach, wie schrecklich ...«, sagte er noch einmal. Agnes räumte die leeren Kaffeetassen zusammen. David erhob sich. »Du, das mit deiner Mutter tut mir wirklich leid. Mein aufrichtiges Beileid.«

»Danke.«

»Ja, dann werde ich mal gehen.« Er ging Richtung Ausgang, doch dann kam er wieder zurück. »So was, ich habe ja ganz vergessen zu bezahlen.« Er fing an, nach seinem Portemonnaie zu suchen. Agnes winkte ab.

»Vergiß es! Dafür können wir wirklich nichts verlangen. Gib uns lieber ein anderes Mal eine Chance.«

»Bist du sicher?«

»Absolut.«

»Ja, dann ...« Er lächelte und machte wieder einen Schritt auf die Tür zu. Erneut blieb er stehen. »Du ... hast nicht vielleicht Lust, bei mir vorbeizukommen, wenn du hier fertig bist? Dann kann ich mich vielleicht revanchieren. Auf einen Tee?« Er wirkte so unbeholfen, daß Agnes lachen mußte. Doch dann biß sie sich auf die Lippe, man konnte doch nicht über jemanden lachen, nur weil er schüchtern war.

»Mal sehen«, sagte sie.

»Ich würde mich riesig freuen. Natürlich nur, wenn du willst«, fügte er schnell hinzu. »Du kannst auch noch spät klingeln, ich bin immer lange auf.«

»Und hörst Musik, stimmt's?«

»Ja ... warum?«

»Das Haus ist ziemlich hellhörig.«

»War es wieder zu laut?« Er machte ein erschrockenes Gesicht.

»Nein, kein Problem ... Die Sache ist weniger die Lautstärke, als das, was du hörst ...«

David machte ein unglückliches Gesicht. »Tut mir echt leid, ich habe überhaupt keinen Musikgeschmack.«

»Nein, ich weiß.« Agnes lächelte.

»Nein, ich meine, ich hatte noch nie einen Musikgeschmack. Buchstäblich nicht. In jungen Jahren war ich so ein richtiger Briefmarkensammler. Habe zu Hause gesessen und den ganzen Tag gelesen. Ich versuche mich langsam in die Musik einzuarbeiten.«

»Kannst du nicht mit etwas anderem anfangen als mit Pink Floyd und Bob Dylan ...«

David seufzte. »Ich habe mir schon eine Menge Platten von einem Freund leihen können. Er hat die ausgesucht, von denen er glaubte, daß sie mir gefallen würden. Die zur *musikalischen Allgemeinbildung* gehören. Aber ich weiß auch nicht recht, ob mir das alles so zusagt ...«

»So so.« Agnes lachte. »Dann hast du ja doch Musikgeschmack.«

»Na ja, so habe ich es noch nicht betrachtet ...« David grinste und öffnete die Tür. »Und wie gesagt, wenn du vorbeikommst, freue ich mich.« Sie sah ihm in die Augen. Er hatte auch braune Augen, hellbraune, genau wie sie. Warme Augen.

»Okay, so machen wir's«, sagte sie nach kurzem Nachdenken. Sie wunderte sich selbst über ihre Entscheidung. Mitten in der Nacht dazusitzen und Tee zu trinken, war eigentlich nicht ihre Art, und David Kummel war ja nun nicht gerade ein enger Freund. Aber der Gedanke, allein zu Hause zu sitzen, war ebensowenig verlockend. Es war ein nervenaufreibender Abend gewesen, ja nicht nur der Abend. Ihr ganzes Leben war gerade sehr anstrengend. Ein bißchen Gesellschaft könnte nicht schaden, und bei genauerem Hinsehen war David Kummel gar nicht so blöd. Wenn es langweilig wurde, war immerhin der Weg nach Hause nicht weit.

David ging, und Agnes blieb allein zurück. Es würde viel Zeit in Anspruch nehmen, die Küche aufzuräumen, aber es war noch nicht spät. Sie hatte das Restaurant eine Stunde früher als sonst geschlossen, damit nicht noch mehr Gäste kamen.

Nach einer guten Stunde Putzen war sie fertig. Gerade wollte sie die Alarmanlage einschalten, da fiel ihr der Champagner im Kühlschrank ein. Sie hatte die Flasche mit einem Spezialkorken wieder verschlossen, aber er würde sich kaum bis morgen halten. Um eine nahezu volle Flasche Pol Roger wäre es jammerschade, da könnte sie ihn genausogut mit nach Hause zu David nehmen. Auf sonderbare Weise machte sich ein Gefühl der Vorfreude in ihr breit.

Agnes ließ ihren Blick an der Fassade hinaufwandern. Alle Fenster waren dunkel, nur in Kummels Wohnung brannte Licht. Sie tippte den Türcode ein und drückte die Eingangstür auf. Im Treppenhaus war es dunkel, sie knipste das Licht an. Da sie nur in den zweiten Stock mußte, nahm sie die Treppe. Vor Kummels Tür stockte sie. Nach den Prüfungen dieses Abends fühlte sie sich nicht gerade frisch. Vielleicht sollte sie lieber erst noch mal hochgehen und einen neuen Pulli anziehen? Noch einmal die Haare bürsten?

Sie stieg die nächsten Stufen hoch. Auf halbem Weg ging das Licht aus. Mit der Hand am Geländer tastete sie sich die letzten Schritte im Dunkeln voran, bis sie den rot leuchtenden Klingelknopf an ihrer Tür zu Gesicht bekam. Als sie die Tür öffnete und das Licht aus der Wohnung in den Flur schien, bekam sie einen Riesenschrecken. Vor ihrer Tür saß eine Gestalt auf dem Boden mit einer Tasche neben sich.

Es war Tobias.

Agnes stand regungslos da. Das Echo ihres Aufschreis war noch im Treppenhaus zu hören. Sie starrte Tobias an. Er stand langsam auf und ging einen Schritt auf sie zu. Sie machte einen Schritt zurück.

»Was machst du da?« Sie versuchte, sich zu beherrschen, aber ihr Herz schlug, als hätte sie gerade einen Marathonlauf hinter sich.

»Können wir drinnen weiterreden?«

Agnes wollte ihn nicht hineinlassen, nein, lieber wollte sie ihn zum Mond schießen. Statt dessen zog sie den Schlüssel aus dem Türschloß, und den Blick starr nach vorne gerichtet, ging sie vor in die Wohnung. Tobias wartete, bis sie die Schuhe ausgezogen hatte, dann kam er nach. Einen Moment stand er wie ein begossener Pudel in dem kleinen Flur, als ob er auf ein »hereinspaziert« warten würde. Es kam nicht. Agnes ging ins Wohnzimmer und setzte sich in den Sessel. Nicht auf das Sofa, da wäre ja Platz für zwei gewesen. Sie schlug die Beine übereinander und kreuzte die Arme. Dann wartete sie.

Tobias zog die schwarze Jacke und die Stiefel aus und schlurfte hinterher. Er ging vorsichtig, als wäre der Boden von Glassplittern bedeckt. Wieder hielt er inne. Kein »setz dich«. Er ging zum Sofa und hockte sich auf die äußerste Kante. Es sah steif und unbequem aus. Agnes sah ihn an, und zwar so feindselig sie konnte.

»Du siehst traurig aus«, sagte er. Ihre Strategie schien nicht zu funktionieren. Sie wollte nicht traurig aussehen. Sie wollte wütend sein. Abweisend. Herablassend. Cool. Glücklich. Was auch immer, nur nicht traurig.

»Was willst du?«

Tobias zupfte nervös an einem der Sofakissen. »Ich dachte, wir könnten mal reden.«

»Mitten in der Nacht? Mit einer Reisetasche in der Hand?«

»Du kommst wohl von der Arbeit? Ich habe ziemlich lange auf dich gewartet.«

Na und, wollte sie antworten. Bildete er sich ein, daß sie beeindruckt war, weil er stundenlang auf ihrer Treppe gehockt hatte? Sie sah ihn wieder an. »Was willst du?«

»Du hast mir gefehlt.« Langes Schweigen. Ihr Herz, das sich gerade beruhigt hatte, begann wieder zu hämmern. Er hatte ein schwarzes T-Shirt an mit einem Playboy-Bunny darauf. Agnes hatte es noch nie gesehen. Vielleicht ein Geschenk seiner Freundin?

»Und?«

»Und …« Er zögerte. »Und ich dachte, vielleicht hast du mich auch vermißt …«

Tobias vermißt? Wie kam er denn darauf? Sie hatte ein paar Tage getrauert und dann war es gut gewesen. Was glaubte er eigentlich? Daß sie noch immer herumlief und sich wegen ihm die Augen ausheulte?

»Und was gedenkst du dagegen zu tun?«

»Ich weiß nicht. Ich wollte dich einfach sehen. Reden.«

»Und was hält deine Freundin davon, daß du mitten in der Nacht zu deiner Ex gehst, um zu reden?«

Tobias wand sich. Die Frage gefiel ihm nicht, das konnte man ihm ansehen. »Sie ist nicht mehr meine Freundin. Oder … Wie soll ich sagen?« Er überlegte gequält, wie er es formulieren sollte. »Wir haben eine Auszeit genommen«, platzte es schließlich aus ihm heraus. Es war ihm offensichtlich peinlich.

»Ihr habt also eine Auszeit genommen, und da kommst du mitten in der Nacht her, mit einer Reisetasche in der Hand, um zu ›reden‹? Habe ich das richtig verstanden?« Agnes war sich ganz sicher, daß ihr der feindselige Ausdruck im Moment wirklich gut gelang.

»Mir ist klar, wie das klingt, aber es ist nicht so.«

»Ach nein?«

»Ich *habe* dich vermißt. Ich habe mich nach dir gesehnt. Das war einer der Gründe für die Auszeit.« Tobias wirkte erleichtert, er glaubte die Situation gerettet. Zumindest so lange, bis Agnes die Lücke in seiner Argumentation entdeckt hatte.

»Und was waren die anderen Gründe?«

Er seufzte. »Spielen die eine Rolle? Es geht doch um dich und mich.« Agnes sah ihn schweigend an, bis er sich einen Ruck gab. Schließlich begann er zu reden. »Es war Ida. Sie war sich nicht sicher, ob ihr Ex wirklich keine Rolle mehr spielte. Das wollte sie erst für sich klären. Na ja, du kennst das ...«

»Dann habt ihr sozusagen beschlossen, daß jeder in seiner ›Vergangenheit‹ aufräumt?«

Tobias sah erleichtert aus, endlich hatte Agnes es kapiert. »Ja, genau!«

Agnes wußte nicht, ob sie lachen oder weinen sollte. Das, was sie gerade zu hören bekommen hatte, war schon ein starkes Stück, selbst wenn es von Tobias kam.

»Und was hast du dir gedacht, was ich dazu sagen werde?«

»Ich weiß nicht, Agnes, das liegt bei dir.«

Wie wahr. Es lag bei ihr. Tatsache war, daß die Entscheidung bereits gefallen war. Sie wollte mit Tobias nichts mehr zu tun haben. Er war aus ihrem Leben verschwunden, und nun sollte er sich am besten schleunigst aus ihrer Wohnung verziehen. Sie unternahm einen Versuch, aufzustehen, sie wollte zur Wohnungstür gehen, mit dem Finger daraufzeigen und »hinaus!« sagen. Aber es passierte nichts. Die Hände, mit denen sie sich resolut von den Sessellehnen abstoßen wollte, die Füße, die sich gegen den Boden stemmen sollten, der Mund, der die passenden Worte formen mußte – alle waren still. Das einzige, was funktionierte, war ihre Atmung, aber normal war auch sie nicht. Ihre Atemzüge waren kurz, oberflächlich und stoßartig.

Statt dessen stand Tobias auf. Er ging auf ihren Sessel zu und sank neben ihr auf die Knie.

»Agnes, ich weiß, daß du sauer bist. Und traurig. Und ich bitte dich nicht darum, daß du mich mit offenen Armen wieder aufnimmst. Alles, worum ich dich bitte, ist eine Chance. Geh in dich, versuch herauszufinden, was du fühlst. Vielleicht hast du keine Gefühle mehr für mich, dann gehe ich, wenn du es willst. Aber vielleicht gibt es doch noch welche. Bist du es dir nicht auch selbst schuldig, das herauszufinden?« Tobias streckte seinen Arm aus und berührte ihre Hand. Noch immer lag sie bewegungslos da. Jetzt nahm er sie, hob sie an, streichelte sie und legte sie an seine Wange. Agnes saß nur da.

»Okay«, sagte sie schließlich. Ihre Stimme war so dünn, daß das Wort kaum aus ihrem Mund kam. Aber Tobias hörte es. Er lächelte, nicht froh, eher wehmütig und dankbar.

»Danke«, sagte er. »Ich schlafe auf dem Sofa.«

Agnes konnte kein Auge zutun. Sie lag da und starrte an die Decke. Sie hatte die Fliegen in der Lampe noch nicht entfernt. Man sah sie nicht, wenn das Licht aus war, aber sie wußte, sie waren noch da. Und dort, auf der anderen Seite der Wand, auf ihrem Sofa, unter ihrem blaugestreiften Bettbezug lag Tobias. Ob er schlief? Oder lag er wach, genau wie sie?

Nachdem das Gespräch beendet war, hatte er einfach die Gästebettdecke und das Laken geholt, er kannte sich ja aus, die Zahnbürste aus seiner Tasche genommen und war kurze Zeit im Bad verschwunden. Agnes war solange in die Küche gegangen. Hundertmal hatte sie ihre Entscheidung bereut, während sie das Wasser durch den Abfluß rinnen hörte, hörte, wie er pißte und spülte. Trotzdem sagte sie kein Wort, als er fertig war und herauskam und ihr eine gute Nacht wünschte. Er bewegte sich in der Wohnung vorsichtig, sprach leise. Als ob er Angst hätte, daß eine zu laute Bewegung oder ein unerwartetes Geräusch all die Worte provozieren könnte, die Agnes bisher nicht über die Lippen gebracht hatte.

Und nun lagen sie da, jeder auf seiner Seite der Wand und warteten. Worauf? Das die Antworten kämen?

Schließlich merkte sie, daß sie schläfrig wurde. Ihr Kopf sank schwer ins Kissen. Die Atmung wurde tief und gleichmäßig. Ein paarmal zuckte ihr Bein, dann war sie eingeschlafen.

Als sie erwachte, war es hell. Die Sonne umrahmte die Ränder des Rollos. Sie streckte sich, rollte sich noch einmal auf die Seite, so daß sie zur Tür schaute. Plötzlich war sie hellwach. In der Türöffnung stand Tobias. Nur in Unterhosen. Enge, schwarze. Sie hatte beinahe vergessen, wie schmal er war, fast dünn. Die dunklen Haare fielen ihm auf die Schultern, seine grünen Augen fixierten sie. Dann ging er auf das Bett zu, und ohne ein Wort hob er die Bettdecke und kroch hinein.

Hinterher konnte sie nicht sagen, was passiert war, außer daß sie es nicht bereut hatte. Das Gefühl von Tobias' Haut an ihr, sein Duft, sein weiches Haar zwischen ihren Fingern. Es war, als ob ihre Muskeln fünf Monate krampfartig verschlossen, als ob die Lungen nur halb gefüllt gewesen waren, seit der Nacht, in der er angerufen und Schluß gemacht hatte. Genau dieses Gefühl hatte sie jetzt in seinen Armen, sie war entspannt, fast willenlos, aber voller Leben. Er strich ihr über das Haar, küßte ihre Stirn, legte seine Hand auf ihren Bauch und ließ sie dort liegen. All ihr Widerstand war verschwunden. Sie konnte sich nicht einmal mehr erinnern, warum sie sich gewehrt hatte. Wogegen eigentlich? Gegen den Mann, der neben ihr im Bett lag und der Grund war, daß es ihr so gut ging? Der sie in all der Trauer fast zum Lachen brachte.

»Mama ist tot«, sagte sie mit einemmal. Tobias mußte noch mal eingeschlafen sein, denn er zuckte.

»Was hast du gesagt?« Tobias löste die Umarmung und setzte sich auf.

»Mama ist tot«, wiederholte Agnes. »Wir haben sie am Freitag beerdigt. Sie ist von einem Auto überfahren worden, als sie mit dem Fahrrad unterwegs war.« Tobias war geschockt.

»Nein, das kann doch nicht wahr sein ...« Agnes schaute ihm ins Gesicht. »Maud ... Maud ist tot?« Seine Augen waren schlagartig wach. »Wie furchtbar«, sagte er immer wieder. »Kleine Agnes, wie furchtbar.« Er zog sie an sich und drückte sie lange ganz fest. So lagen sie eine Weile da, dann begannen sie wieder, sich zu küssen.

Sie blieben im Bett, bis kurz nach Mittag das Telefon klingelte. Das Bett war voller Krümel von den Broten, die Tobias ihnen gemacht hatte. Eine halbleere Tasse mit kaltem Kaffee stand auf Agnes' Nachttisch. Sie hatte keine Zeit gehabt, ihn auszutrinken. Auf der anderen Seite stand die Champagnerflasche, die sie mit nach Hause genommen hatte und die nun leer war.

Lustlos hob sie den Hörer ab und setzte sich auf. Sie zog die Decke hoch, damit sie nicht fror. Tobias zog sie wieder hinunter und küßte ihre entblößten Brüste. »Wunderschön«, flüsterte er, während Agnes etwas unkonzentriert mit Kalle sprach.

»Wie lief es denn gestern?«

»Gestern? Du meinst mit ...?«

»Rolf.«

»Rolf? Ach so, du meinst Rolf! Was war noch mit ihm, sagtest du?«

»Wie lief es?«

»Es lief ... äh, warte mal.« Agnes hielt den Hörer zu und schubste Tobias zur Seite, der sich nun an ihrem Bauch zu schaffen machte. Sie gestikulierte und zeigte auf das Telefon, versuchte es ohne Worte. Er grinste sie an, legte sich aber brav auf die Seite und strich nur zart mit einem Finger über die Außenseite ihres Oberschenkels. Agnes setzte noch einmal neu an. »Entschuldigung, was hast du gerade gesagt?«

»Rufe ich gerade unpassend an?«

»Absolut nicht. Ich muß nur, äh ... das Radio ausschalten.«

»Aha. Na ja, ich habe nur gefragt, wie es gestern lief. Mit Rolf.«

»Ja, was soll ich sagen. Willst du die Wahrheit wissen, oder soll ich einfach sagen, es lief gut?«

»O Gott, muß ich mir Sorgen machen?«

»Na ja, Rolf hatte mit seinen Zeugnissen gelinde gesagt etwas übertrieben.«

»Wirklich? Er sagte, er habe im KB und Panorama und L'escargot gearbeitet ...«

»Wahrscheinlich *bevor* er anfing, Bier auf Parkbänken zu trinken und draußen zu schlafen.«

»Ist das dein Ernst?«

Kalle stöhnte in den Hörer. Agnes hätte beinahe das gleiche getan, als Tobias seinen Finger wieder über ihren Körper wandern ließ.

»Entschuldige Agnes, ich hatte keine Ahnung ...«

»Schon okay, ich habe es überlebt, aber wahrscheinlich wird dir der Rest der Geschichte nicht gefallen.«

»Gibt es eine Fortsetzung?«

»Ja, leider.« Agnes schob Tobias' Hand wieder zur Seite und gab sich Mühe, ihn streng anzuschauen.

»Hat er Alkohol mitgehen lassen?«

»Bier, logisch, aber das meine ich nicht.«

»Sondern?«

»Wir hatten gestern einen ziemlich wichtigen Gast ...«

Der Seufzer, den Kalle ausstieß, klang, als hätte man ihm den Todesstoß versetzt. »Nein, bitte sag, daß das nicht wahr ist! Lola?«

»Leider.«

»Wie schlimm war es?«

»Ziemlich schlimm. Ich glaube, ich habe eine wirkliche Katastrophe noch abwenden können, aber es war absolut nicht gut.« Schweigen auf der anderen Seite. »Wie geht es dir eigentlich?«

»Jetzt wieder schlechter«, antwortete Kalle und atmete schwer.

»Tut mir leid, ich hätte das Restaurant vielleicht schließen sollen, als ich sah, wohin die Reise ging, aber ich wollte ihm eine Chance geben.«

»Liebe Agnes, das ist doch nicht deine Schuld. Ich trage die Verantwortung ganz allein. Es tut mir so leid, daß du das ausbaden mußtest.«

»Schon gut, Kalle.« Sie mußte an Davids Worte denken, daß damit nicht alles gelaufen sein mußte. »Es nützt gar nichts, nun den Teufel an die Wand zu malen. Wir haben die Kritik noch nicht auf dem Tisch. Vielleicht sieht sie über den gestrigen Abend hinweg, sie ist ja schon einige Male bei uns gewesen. Und da gab es doch bislang wirklich nichts zu beanstanden, oder?«

»Schon möglich.« Kalle klang nicht überzeugt. Agnes wollte das Gespräch beenden, Tobias wurde ungeduldig.

»Du, zerbrich dir nicht mehr den Kopf darüber«, sagte sie so betont aufmunternd. »Heute abend ist ja auf jeden Fall Paolo zurück.«

»Ja, Gott sei Dank ... Okay, wir sehen uns morgen. Danke für deine Hilfe gestern. Und noch einmal Entschuldigung, das war wirklich unangenehm für dich ...«

Sie verabschiedeten sich. Agnes sank zurück ins Kissen. Tobias beugte sich über sie und küßte ihren Mund.

»Du«, sagte er nachdenklich. »Mein Lundell-Bild, was hast du mit dem eigentlich gemacht?«

»Ich habe es in Stücke gerissen.«

Tobias zuckte und starrte sie mit weit aufgerissenen Augen an. »Du machst Witze«, sagte er langsam. Agnes konnte sich das Lachen nicht verkneifen.

»Ja, natürlich ist es ein Witz, was denkst du, wer ich bin, Glenn Close in ›Eine verhängnisvolle Affäre‹? Es liegt unter dem Bett.«

»Warum?« Tobias entspannte sich wieder.

Agnes überlegte kurz. »Weil es mir nicht gefällt«, sagte sie schließlich.

»Du hast es doch früher gemocht.«

»Nein, du hast es gemocht. Ich habe es ertragen.«

»Und jetzt willst du's nicht mehr sehen?«

Agnes zuckte mit den Schultern.

Tobias nickte. »Ist es dann in Ordnung, wenn ich es jetzt wieder aufhänge?«

Agnes dachte an das Bild unter dem Bett. Da lag es nicht besonders gut. Es war ein Staubfänger und stand an einer Seite etwas hervor, so daß sie schon ein paarmal beinahe darüber gestolpert wäre. Sie überlegte.

»Gut«, sagte sie schließlich. »Tu, was du nicht lassen kannst.«

Sie saßen auf dem Sofa, aßen Pizza vom Bringdienst und schauten ›Die nackte Kanone‹ an. Vielleicht hätten sie die Zeit besser zum Reden nutzen sollen, um Dinge zu klären, aber keiner von ihnen konnte die Energie dazu aufbringen. Natürlich waren die Fragen am Nachmittag immer lauter geworden, aber Agnes hatte alles getan, um sie zu verdrängen. Zu gegebener Zeit würde sie Antworten haben wollen, doch jetzt wollte sie sich einfach nur bei ihm anlehnen. Seinen Herzschlag unter dem schmalen Brustkorb spüren und mit ihm über die gleichen Witze lachen – obwohl, ehrlich gesagt, er derjenige war, der am lautesten lachte. Sie hatte nie richtig verstanden, wofür Leslie Nielsen so berühmt war.

Jetzt war es vier Uhr und an der Zeit, sich auf den Weg ins Restaurant zu machen. Auch Tobias zog sich an. Er hatte ein paar Dinge zu erledigen, sagte er. Agnes verkniff sich, zu fragen, worum es ging, es spielte ja doch keine Rolle. Bevor sie hinausgingen, nahm Agnes einen Hausschlüssel vom Haken neben der Tür. Sie gab ihn Tobias ganz nebenbei.

»Ich werde sehr spät zu Hause sein. Brauchst du ihn?« Ihre Blicke trafen sich. Tobias nahm den Schlüssel.

»Danke«, sagte er. Klang, als meinte er es wirklich so.

Als sie ins Treppenhaus kamen, hörte sie Musik. Agnes bemerkte es kaum mehr, aber Tobias stutzte.

»Deep Purple, mein Gott! Hast du neue Nachbarn oder hat eine der Damen hier ihre Plattensammlung ausgegraben?«

»Nein, das ist ein neuer Nachbar.« Agnes bekam ein schlechtes Gewissen. David hatte sie ja völlig vergessen. Und wenn auch, sie hatte ja nichts versprochen. Tee konnten sie immer noch ein anderes Mal trinken.

Sie gingen weiter die Treppen hinunter. Gerade als sie bei

Kummel vorbeikamen, ging die Tür auf. Musik dröhnte heraus. David, der in der Tür stand, zuckte zusammen, als er die beiden zu Gesicht bekam. Es war offensichtlich, daß er niemanden erwartet hatte. Er trug seine gräßlich braune Cordhose und Badelatschen an den nackten Füßen. Dazu ein ungebügeltes rotkariertes Flanellhemd, das so ausgeblichen war, daß man es eher als rosa bezeichnen konnte.

David schaute Agnes an, dann Tobias und dann wieder Agnes.

»Es tut mir leid, daß ich gestern nicht mehr vorbeikommen konnte«, sagte sie kurz, als wollte sie die Entschuldigung loswerden, bevor er schneller war. »Ich hatte plötzlich Besuch.« David sah auf Tobias, der fröhlich grüßte und dann weiter die Treppe hinunterstieg. Agnes blieb noch einen Moment stehen. »Wir holen das nach«, sagte sie und versuchte zu lächeln.

»Klar«, sagte David und ging zurück in seine Wohnung. Die Mülltüte hielt er noch immer in der Hand. »Wir holen das nach.«

An der Station Slussen sprang Agnes aus der U-Bahn. Tobias mußte weiter zum Hauptbahnhof. Während der Fahrt hatte er einen Arm um sie gelegt, sie ab und zu am Haaransatz geküßt oder aufs Ohr. Ihr war klar, daß sie ein schlechtes Gewissen haben müßte. Sie hätte an ihren Prinzipien festhalten und den moralischen Sieg feiern müssen. Wahrscheinlich mußte sie sich eingestehen, daß sie zu schwach war. Immerhin waren es besondere Umstände, denn ihre Mutter war gestorben, und statt einsam und allein Rückgrat zu beweisen und das Richtige zu tun, genoß sie einfach die Wärme von Tobias' Körper. Seine Finger, die unablässig an ihrem Haar zupften, die Worte, die er ihr ins Ohr flüsterte. Es war seine Schuld gewesen, er hatte sie betrogen und war abgehauen, aber nun bereute er es. Er war zurückgekommen, und sie hatte ihm verziehen. Was war daran so falsch? Was war so falsch daran, der Liebe eine zweite Chance zu geben?

Gerade als Agnes den Bahnsteig verlassen hatte, die Lippen noch feucht von seinem Abschiedskuß, klingelte das Handy. Sie sah den roten Lichtern der U-Bahn nach, die sich in Richtung Gamla Stan in Bewegung setzte.

»Hallo, hier ist Agnes.«

»Louise Werner.«

»Lussan, hi!«

»Wie geht's?«

Agnes ging die Treppe zur Götgata hinauf. »Gut!« Ihre Antwort war ein bißchen überschwenglich für einen normalen Dienstagnachmittag.

»Ist etwas passiert?«

Agnes zögerte. Von Tobias wollte sie nicht gerade erzählen, das würde Lussan nicht gefallen. Erst einmal wollte sie es genießen, bevor sie die unangenehmen Gespräche mit der Familie und den Freunden über sich ergehen lassen mußte. Zudem bestand ja keine Verpflichtung, Lussan zu allem Rede und Antwort zu stehen, sie schien ja auch ihre kleinen Geheimnisse zu haben, warum sollte Agnes es dann nicht auch so halten? »Nein, es ist nur so schönes Wetter«, sagte sie ganz locker.

»Findest du? Ist doch bedeckt.«

»Schönes Wetter für so einen bedeckten Tag, finde ich ...«

Lussan seufzte. »Ja, so kann man es auch sehen ...«

»Und wie läuft es bei dir?« Agnes wollte dem Gespräch eine andere Richtung geben.

»Ach danke, gut. Streß, wie immer. Ich war den ganzen Tag unterwegs. Trinke gerade meine sechste Tasse Coffee to go.«

»Rekord?«

»Nein, aber ich arbeite dran. Sind ja noch ein paar Stunden bis zum Feierabend. Arbeitest du eigentlich?«

»Ja, ich bin gerade auf dem Weg ins Lokal.«

»Prima, ich wollte heute abend bei euch vorbeischauen.«

»Um *mich* zu treffen, oder ...?«

»Ja ...« Lussan ging auf ihre Stichelei nicht ein. »Hast du damit ein Problem?«

»Nein, überhaupt nicht.« Agnes wollte nicht nachkarten. Sie stand nun auf der Götgata und machte sich auf den Weg zum Medborgarplats. Komisches Gefühl, Lussan zu treffen, ohne von Tobias zu erzählen. Na ja, das würde sich schon regeln. »Schön, wir haben uns lange nicht gesehen.«

»Ja, mindestens ein paar Tage.«

Sie legten auf und Agnes lief zum Restaurant. Paolo war schon da. Kalle wollte lieber noch einen Tag zu Hause bleiben. Agnes erzählte Paolo die Geschichte von Rolf, woraufhin er sich vor Lachen auf den Stuhl warf. Agnes konnte mitlachen, obwohl sie es gestern abend alles andere als witzig gefunden hatte.

Gegen halb acht kam Lussan. Auf dem Weg zur Bar steckte sie den Kopf in die Küche. Agnes tat so, als hätte sie nichts bemerkt, aber als Lussan zur Theke kam, hatte sie knallrote Wangen und redete eine Weile wirres Zeug. Dann bat sie Agnes um eine Cola light.

Es war ruhig im Lokal, und Agnes freute sich über die Gesellschaft, obwohl es nicht einfach war, Tobias nicht zu erwähnen. Sie würde es ihr natürlich erzählen, aber nicht heute abend. Lussan war so mit sich beschäftigt, daß sie gar nicht merkte, wie Agnes immer stiller wurde. Eine Weile ging es gut. Lussan erzählte von der Arbeit und schielte zur Küchentür, Agnes erzählte ihr von Rolf und der Katastrophe mit Lola.

Zwanzig Minuten später ging die Tür auf und Tobias stand da. Agnes, die gerade Kaffee an einem Tisch servierte, zuckte zusammen. Nicht, daß sie sich nicht freute, ihn zu sehen. Im Gegenteil, sie freute sich riesig beim Anblick des dunklen schmalen Mannes mit Cowboyhut und Jacke. Aber ein paar Meter weiter hinter der Wand saß Lussan, und wenn Tobias das Restaurant nicht sofort wieder verließ, würden sie aufeinandertreffen, das war unvermeidbar. Agnes fluchte über sich selbst. Warum hatte sie Lussan nichts gesagt, früher oder später wäre es ja doch herausgekommen? Das würde jetzt ganz schön peinlich werden.

Tobias kam lächelnd auf sie zu, und ohne das Tablett mit den Kaffeetassen, das sie in der Hand hielt, zu beachten, umfaßte er ihre Taille und küßte sie in den Nacken. Agnes grinste verlegen. Es war ihr ziemlich unangenehm.

»Einen Moment.« Sie versuchte, streng zu klingen, aber Tobias nutzte die Situation auf seine Weise und küßte sie auf den Mund.

»Hab dich vermißt!«

»Mmh ... setz dich doch bitte.« Sie wies auf den Tisch, der am weitesten von der Bar entfernt stand. Tobias war brav, und Agnes flitzte mit dem leeren Tablett zur Theke. Sie konnte es nicht mehr verhindern, es war zu spät. Jetzt ging es um Schadensbegrenzung. Lussan schaute sie verwundert an, als ihr das Tablett aus der Hand rutschte und sie sich hinunterbeugte, um es aufzuheben.

»Du, Lussan«, begann sie unsicher. »Eine Sache habe ich dir noch ... nicht erzählen können.« Zu mehr kam sie nicht, da stand Tobias bei ihr an der Bar. Er hatte ein kleines Päckchen in der Hand. Agnes sah erst ihn an und dann Lussan. Ihre innere Stimme riet ihr, Augen und Ohren zu schließen. Es würde kein freudiges Wiedersehen werden.

Tobias blieb ein paar Schritte entfernt stehen. Er hatte Lussan entdeckt. Sie saß noch immer mit dem Rücken zu ihm, aber von Agnes' hilflos starrendem Blick irritiert, drehte sie sich um.

»Und was zum Teufel macht *der* hier?« Lussan polterte los. Agnes fing an zu stottern. Tobias war schneller.

»*Er* ist hier, um seine Freundin zu besuchen. Und ihr das hier zu schenken.« Mit einem Lächeln im Gesicht hielt er Agnes ein Geschenk hin, aber sie konnte ihm ansehen, daß er mindestens ebenso angespannt war wie sie. Ihre Abneigung beruhte auf Gegenseitigkeit. Agnes nahm das Geschenk. Ein kleines

Päckchen in goldenem Papier mit einem gekräuselten Goldband obendrauf. Lussan beäugte den Vorgang.

»Nein, wie süß von ihm!« sagte sie zynisch. »Agnes, hast du gehört, er nennt dich seine Freundin?« Sie sah Agnes an, um sie für den bewaffneten Widerstand zu gewinnen. Agnes grinste. Sie hoffte, daß Lussan ihr Lächeln ironisch verstehen würde und Tobias als Dankeschön. Plötzlich erklang ein »Fräulein!« aus dem Speisesaal, und Agnes blickte auf. Sie legte das Paket auf der Theke ab.

»Einen Moment, ich muß arbeiten!« sagte sie förmlich und ließ die beiden stehen. Als sie ein paar Minuten später wiederkam, war die Diskussion voll im Gange.

»Du glaubst doch nicht im Ernst, daß du Agnes zurückbekommst? Nach dem, was du ihr angetan hast!«

»Ich habe sie um Entschuldigung gebeten, und sie hat mir verziehen. Ich brauche nicht noch *deinen* Segen!«

Lussan sah auf, als Agnes zum Schlachtfeld zurückkam.

»Agnes, sag, daß du ihm nicht verziehen hast!«

»Ich habe ihm nicht verziehen ...« Sie schaute Tobias an, der auf die Theke starrte. Die Hand in seinem Schoß war geballt. »So würde ich es nicht nennen ... Aber, ich meine, man kann doch nicht ständig mit dem Gedanken an Rache leben, oder ...?«

»Wenn du mich fragst, kannst du ihn gerne zusammenschlagen! Ich gebe dir ein Alibi.«

Agnes kicherte etwas nervös.

»Willst du das Päckchen nicht öffnen?« Tobias ergriff ihre Hand.

»Doch, schon ... später ...«

»Mach es jetzt auf.«

Lussan pflichtete ihm bei. »Ja, Agnes, mach es jetzt auf. Vielleicht ist es eines seiner benutzten Kondome. Oder hast du die alle bei Fräulein Silikon gelassen?«

»Liebe Lussan, krieg dich mal wieder ein. Ich erkläre es dir.«

Lussan starrte Tobias wütend an. »Gib mir ein Glas Wein«, zischte sie Agnes zu, die ohne mit der Wimper zu zucken gehorchte. »Was wirst du erklären?«

»Daß Tobias gestern plötzlich aufgetaucht ist und daß ich ...« Sie stellte das Weinglas auf die Theke. Lussan nahm es und trank hastig einige Schlucke. »Daß ich mir überlegt habe, ihm eine Chance zu geben.«

Lussan stöhnte auf. »Du bist wirklich nicht mehr zu retten ...«

»Vielleicht bist auch du nicht mehr zu retten«, fiel Tobias ein. »Seit wann bist du denn so eine Beziehungsexpertin? Solange ich dich kenne, hast du keine Beziehung gehabt, jedenfalls keine, die länger als eine Nacht gehalten hat.«

»Als ob du mich kennen würdest!« schimpfte Lussan.

»Meine Güte, jetzt kommt mal wieder runter!« Agnes wurde laut. Der Streit war vermutlich im ganzen Restaurant zu hören. »Das ist mein Leben! Ich allein bestimme darüber. Lussan, danke, daß du dich so um mich sorgst, aber im Augenblick schaffe ich es nicht, so konsequent zu sein, wie ich es deiner Meinung nach sein sollte. Tobias macht mich glücklich, ist das nicht erlaubt?«

»Dafür kannst du auch Amphetamine nehmen ... Kapierst du nicht, daß ich das hier nicht mit ansehen kann? Das wird dir alles schlecht bekommen!«

»Schlecht oder nicht. Im Moment ist es, wie es ist.« Agnes sah, wie Tobias Lussan angrinste. »Aber das bedeutet nicht, Tobias, daß wir beide miteinander fertig sind«, fügte sie hinzu. »Du hast noch einiges zu bereinigen, bis du mich wieder deine Freundin nennen kannst!« Tobias gefror das Lächeln im Gesicht.

»Ja, sicher ...«

Es war ganz still. Lussan gab Agnes zu verstehen, daß sie mehr Wein wollte. Nachdem Agnes nachgeschenkt hatte, ging sie in den Speisesaal. Jemand wollte bezahlen. An einem anderen Tisch mußte abgeräumt werden. Als sie etwas später wieder an die Bar zurückkam, saßen Tobias und Lussan mit dem Blick stur nach vorn gerichtet da, wie zwei fremde Fahrgäste in einem Bus. Sie schienen kein Wort mehr miteinander geredet zu haben.

»Willst du nicht dein Geschenk aufmachen?« fragte Tobias vorsichtig, als er Agnes sah. Sie seufzte. Es war nicht gerade die passende Gelegenheit, ein Geschenk zu öffnen, aber gut, was sollte es. Sie zog an dem goldfarbenen Band und faltete das Papier auseinander. Die Schachtel war von einem Juwelier. Sie schluckte. Was hatte er sich denn da ausgedacht? Sie hätte die Schachtel am liebsten zur Seite gelegt, aber sie sah Tobias' erwartungsvollen Blick und traute sich nicht. Auch Lussan schielte auf das Geschenk.

Vorsichtig drückte sie den kleinen Verschluß des Kunststoffkästchens, es knackte und war offen. Der Inhalt war unter rosa Watte verborgen. Sie nahm sie ab. Darunter lag ein goldenes Medaillon. Sie öffnete es, und für einen Moment erstarrte Agnes. Sie sah ihre Mutter vor sich. Eine winzig kleine lachende Maud, frisch frisiert und mit glühenden Wangen.

»Gefällt es dir?« Tobias flüsterte fast.

Agnes nickte. »Es ist wunderschön. Danke.« Ihr Hals war wie zugeschnürt. Lussan schaute sie an.

»Darf ich mal sehen?« sagte sie, als ihre Neugierde schließlich größer war als die Entrüstung. Agnes hielt ihr das Schmuckstück hin, und Lussan betrachte lange das Bild. Dann schloß sie das Medaillon wieder und gab es Agnes zurück. »Es ist schön«, sagte sie kurz.

Tobias strahlte. Er hatte es nicht nur erreicht, die Prinzessin mit seinem Geschenk zu erobern, er hatte auch die böse Freundin besiegt. »Wie schön, daß es dir gefällt«, sagte er schüchtern zu Agnes. »Ich dachte, du möchtest sie vielleicht immer bei dir haben.« Agnes mußte sich eine Träne wegwischen, und Tobias rutschte von seinem Barhocker, um sie in die Arme zu nehmen. »Aber es soll dich nicht traurig machen.«

»Ich bin nicht traurig wegen des Schmuckstücks, sondern wegen Mama.«

»Ich weiß.« Tobias hielt sie noch fester.

Lussan wandte den Blick ab. »Ich muß jetzt los«, sagte sie schließlich und leerte ihr Glas mit dem restlichen Wein. Lussan stand auf und nahm eilig ihre Sachen. Agnes löste sich aus Tobias' Umarmung und ging zu ihr hinüber.

»Sei mir nicht böse, Lussan«, sagte sie ruhig.

Lussan strich ihr über den Kopf, wie man das bei Kindern tut. »Ich bin nicht böse auf dich, Kleine. Ich bin böse auf ihn. Und jetzt habe ich mich schon wieder beruhigt. Bis bald.« Und schon machte sie auf dem Absatz kehrt und war aus der Tür.

Tobias blieb, bis Agnes Feierabend hatte. Er half ihr beim Abräumen und begrüßte Paolo in der Küche. Paolo sah Agnes fragend an, aber Agnes mied seinen Blick. Für heute hatte sie genug deutliche Worte gehört. Wenn die Zeit reif war, würde er auch erfahren, wer hier sein Comeback gestartet hatte.

Als sie nach Hause kamen, holte Agnes das Medaillon noch einmal heraus. Sie betrachtete das Foto.

Tobias zog sie an sich. »Ich habe deine Mutter sehr gern gehabt«, sagte er sanft.

»Ich weiß«, murmelte Agnes. »Mama mochte dich ja auch sehr.« Sie sah wieder auf das Bild im Medaillon. »Wann hast du diese Aufnahme eigentlich gemacht?«

»Als ich mit euch in Länninge Weihnachten gefeiert habe.« Er sah Agnes zufrieden an, dann fügte er hinzu: »Das war übrigens ein schönes Weihnachtsfest, in einer richtigen Familie.«

Ehrlich gesagt war ihre Lust nicht besonders groß, nach Länninge zu fahren, aber sie hatte keine Wahl. Tante Gullan war nach Spanien zurückgereist, und ihr Vater war allein. Sie wußte, daß er auf sie wartete.

Wäre Tobias nicht aufgetaucht, dann hätte sie ihren Vater gerne besucht, sie wollte ihm schon unter die Arme greifen, so gut es ging. Schwer genug, Witwer zu sein. Vielleicht wäre es gut gewesen, wenn er den Job noch gehabt hätte, dachte Agnes. Feste Zeiten, Stempelkarte, Freunde und Kollegen, Kantine und die Tippgemeinschaft mit Pelle, Gert, Olof und wie sie alle hießen. Die Sicherheit, die eine lebenslange Anstellung mit sich brachte. Aber es nützte nichts, das Werk war geschlossen, und wenn die ehemaligen Kollegen weiter gemeinsam Lotto spielen wollten, dann mußten sie das anders organisieren. Sie hoffte, daß sie Sven nicht vergaßen, daß alle, die auf der Beerdigung waren, sich bei ihm meldeten, ihn stützten, ihn aufmunterten. Er würde alle Hilfe gebrauchen können, die er bekam.

Agnes hatte ihn beinahe täglich angerufen. Sie spürte, wie er sich anstrengte, so normal wie möglich zu klingen, aber es tat ihr in der Seele weh, daß ganz offensichtlich nichts mehr für ihn normal war.

Sie wollte auch Tobias nicht nach Länninge mitnehmen. Noch nicht. Sie wollte zumindest erst Madde vorwarnen. Das würde voraussichtlich genauso anstrengend werden wie mit Lussan, soviel war ihr klar. Agnes zupfte an dem Medaillon, das an ihrem Hals hing. Sie hoffte, daß Madde einsehen würde, daß Tobias sich geändert hatte. Daß er um Verzeihung gebeten hatte und es nun wirklich ernst meinte. Und wenn sie auch sonst kein Verständnis dafür hatte, würde sie vielleicht wenigstens einsehen, daß Agnes ihn gerade jetzt brauchte.

Agnes jammerte Tobias vor, daß sie an diesem Wochenende viel lieber zu Hause geblieben wäre, da sie doch schon einmal frei hatte, aber Tobias tröstete sie. Er laufe ja nicht weg. Sie hatten noch alle Zeit der Welt. Kein Grund zur Eile.

Als sie am Samstag morgen losfuhr, schlief er noch. Er lag auf dem Bauch, beide Arme um das Kopfkissen geschlungen. Seine Haare waren wie eine Gardine über sein Gesicht gefallen. Er schnarchte leise, und das eine Bein stak unter der Decke hervor. Agnes schlich sich leise hinaus. Sie wollte ihn nicht wecken.

Im Snickarväg war alles beim alten. Alles und nichts. Im Haus sah es aus wie immer. Die Schürze ihrer Mutter hing an einem Haken neben dem Herd. Ihre Perlenclips lagen in einer Schale auf dem Sekretär im Flur. Es war offensichtlich, daß Sven nicht wußte, was er mit all den Dingen tun sollte. Nach dem Mittagessen, das Agnes zubereitet hatte, fragte sie vorsichtig an, ob sie gemeinsam Mamas Sachen durchgehen wollten. Schauen, ob sie das eine oder andere nicht mehr brauchten. Vielleicht auch etwas weggeben konnten? Ihr Vater nickte.

»Willst du dabei sein? Oder soll ich das alleine machen? Ich dachte, wir könnten im Badezimmer anfangen.«

Sven machte ein gequältes Gesicht. »Fang schon mal an«, sagte er, »ich komme nach.«

Agnes ging ins Bad und öffnete das Schränkchen. Es war voll mit Tuben, Flaschen und Döschen. Maud war wirklich nicht eitel gewesen, aber ihre Haut hatte sie gepflegt. Wenn auch nicht mit besonders teurer Kosmetik. Agnes nahm Reinigungsmilch, Gesichtswasser, Tagescreme und Nachtcreme heraus. Alles aus der Apotheke für trockene Haut. In einem kleinen Gläschen mit rosa Deckel lagen ein paar mysteriöse kleine geleeartige Kapseln. Agnes las auf dem Etikett: *Time capsules*, stand da. Sie versprachen, die Zeit zurückzudrehen. Wenn man sich vorstellte, so etwas würde funktionieren! Agnes wußte genau, wie weit sie sie zurückdrehen würde, wenn sie darüber bestimmen dürfte. Aber sie durfte es nicht, die Dose mit den *Time capsules* war genau wie all die anderen Wundermittel: voller Versprechungen, die niemals eingelöst wurden.

Nun begann sie, alles in eine Plastiktüte zu packen. Frisierlotion, Haarspray, Haarbürste, Puder und ein sehr alter Lidschatten. Agnes konnte sich nicht erinnern, daß sie ihre Mutter jemals mit türkisfarbenem Lidschatten gesehen hatte. Die Art des Logos ließ auf ein Produkt aus den achtziger Jahren schließen. Eine eingetrocknete Mascara gehörte auch zu den Produkten, die sie direkt wegwarf. Die Hautcreme ließ sie stehen. Männer brauchten auch Hautcreme, auch wenn es ihnen selbst nicht so klar war.

Als Agnes mit ihrer Arbeit fertig war, war der Badezimmerschrank fast leer und die Tüte ziemlich voll. Sie versuchte, die Utensilien ihres Vaters großzügig zu verteilen, damit es im Schrank nicht so leer aussah. Sie stellte die Flasche Old Spice in die Mitte des Regals und legte den Rasierapparat daneben. Der Rasierschaum stand einsam in einem Fach, und das Deo hatte sehr viel Platz neben der Tube mit der Hautcreme. Ihr kamen fast die Tränen, als sie sah, wieviel Luft plötzlich in den Fächern war. Die Leere, die ihre Mutter hinterließ. Da hörte sie die Schritte ihres Vaters auf dem Weg ins Bad. Sie nahm sich zusammen. Keine Gefühlsausbrüche, sie war hier, um ihren Vater zu stützen, nicht umgekehrt.

»So«, sagte sie betont forsch und hielt die Plastiktüte hoch. »Ich kümmere mich um die Sachen.«

Ihr Vater ging zum Schrank und öffnete. Er stand einen Moment da und musterte das Ergebnis. Agnes bereute sofort, daß sie nicht ein paar mehr Dinge hatte stehenlassen. Dann räusperte er sich nachdenklich.

»Mmh, hast du vielleicht meine Dose mit den ...«

»Mit?«

»Mit diesen kleinen ...« Er zeigte mit den Fingern die Größe einer Erbse an. Agnes beugte sich über die Tüte und fischte die Dose mit den *Time capsules* heraus.

»Meinst du die?«

»Ja, genau.«

Agnes konnte sich das Lachen nicht verkneifen. »Die gehören dir?«

Ihr Vater lächelte verlegen, es war ihm peinlich. »Na ja, ich habe sie Maud einmal zum Geburtstag geschenkt. In der Parfümerie wurde mir gesagt, daß sie unheimlich gut seien, aber Maud hat sie nie genommen, also hab ich sie probiert. Und mir haben sie sehr gutgetan. Wie Öl von innen. Man bekommt davon Wangen, so weich wie ein Kinderpopo.« Er lachte. »Ich nehme sie immer dann, wenn ich besonders schön sein will.«

Agnes ging zu ihm und drückte ihn fest. »Du bist doch immer besonders schön, weißt du.«

»Übrigens«, sagte er, »ich habe dir noch nicht gezeigt, was diese Woche gekommen ist. Komm mit.« Agnes folgte Sven ins Wohnzimmer. Auf dem Couchtisch lag eine Ausgabe von ›Unser Garten‹. Papa nahm sie in die Hand. »Lies mal«, sagte er und blätterte eilig. Agnes fragte sich, was daran so interessant sein könnte. Dann hatte er die Seite gefunden und zeigte triumphierend auf eine Doppelseite mit Bildern von Samentüten, Strohhüten, Gartenscheren und Harken. »Da!« sagte er. Agnes schaute näher hin. Unter der Überschrift »Echte Gartenfreude« war zu lesen: *Bei Maud und Sven Edin in Länninge blühen die Obstbäume das ganze Jahr. Zumindest auf ihrer Homepage. Dort erfahren Sie alles über den Garten der Familie: Pflege, Probleme und Spezialthemen, liebevoll und mit viel Erfahrung vermittelt. Lassen Sie sich nicht die Tips entgehen, wie man Rehe abschreckt! Die Adresse im Internet: www.edinslustgard.se*.

Agnes schaute ihren Vater überrascht an. »Wie schön! Habt ihr schon Besucher auf der Seite gehabt?«

Papas Lächeln verschwand. »Ich habe ehrlich gesagt gar nicht nachgeschaut«, sagte er.

»Warum nicht?« Agnes ärgerte sich sofort über ihre Frage. »Nein, verstehe«, schob sie rasch hinterher. »Wollen wir mal zusammen nachsehen?«

»Mmh, ich weiß nicht ...«

»Ach komm, Paps.«

Ihr Vater machte den Eindruck, als würde er nach einer gescheiten Ausrede suchen, aber schließlich gab er auf. »Also gut.«

Sie gingen hinunter in den Keller. In der Dunkelheit sah man, wie verstaubt der Bildschirm war. Agnes wischte mit ihrem Ärmel darüber, während ihr Vater den Rechner hochfuhr. Es dauerte eine ganze Weile, bis sie die Homepage aufgerufen hatten. Er machte alles sehr langsam, als müßte er bei jedem Manöver einen inneren Widerstand überwinden. Er tat Agnes so leid, aber sie konnte nicht mehr tun als mit einer liebevollen Hand auf seiner Schulter bei ihm stehen.

Als sie im Programm waren, gab er einen überraschten Laut von sich.

»Und?« fragte Agnes.

»Das gibt es doch nicht! Wir haben 887 Besucher gehabt.«

»So viele sind auf eurer Homepage gewesen?«

»Ja.«

»Aber das sind ja Unmengen!«

»Ja.« Papa mußte lachen. »Schau mal in unser Gästebuch! Mehr als vierzig Einträge. Er begann, leise vor sich hin zu lesen. Agnes sah ihm über die Schulter. *Danke für diese schöne Homepage mit wunderbaren Fotos und guten Tips ... Der Tip mit dem Fuchsschwanz klingt sehr interessant, werde ich auf jeden Fall ausprobieren ... Haben Sie eine Idee, was mit meiner Pfingstrose los ist? Die Knospen werden schwarz und schlagen nicht aus ... Ich hätte nie geglaubt, daß man so weit im Norden Rhododendron yakushimanum anbauen kann, was für Prachtexemplare! ... Versuchen Sie, um das Geißblatt herum Kalk zu streuen, es könnte an zu saurer Erde liegen ...* Ihr Vater saß völlig versunken über den Briefen. Summte ein bißchen vor sich hin. Agnes streichelte seine Schulter und schlich sich Richtung Treppe davon.

Es dauerte über eine Stunde, bis Sven wieder oben erschien. Er hätte einige Fragen beantwortet, sagte er. Den Rest des Abends war er in seine eigene Welt versunken. Das war schon früher so gewesen, aber nun war es anders. Er grübelte nicht, sondern war irgendwie bedächtiger. Als Agnes den Fernseher anstellte, entschuldigte er sich und sagte, er würde noch ein bißchen am Computer arbeiten. Ein paar Kleinigkeiten auf der Homepage mußten umgestaltet werden. Agnes sah ihm hinterher, während er durch den Flur nach unten ging. Seine Schritte wirkten energiegeladen, und Agnes hörte ihn summen auf dem Weg in den Keller. War es tatsächlich möglich, daß drei Zeilen in einer Gartenzeitschrift so eine Wirkung hatten?

Am Sonntag morgen bestätigte sich ihr Eindruck. Nach dem Frühstück stülpte Sven Handschuhe über und zog Stiefel an. Er setzte sich den Strohhut auf, den er vor drei Jahren auf einer Pauschalreise nach Kreta erstanden hatte, um sich gegen die starke Frühlingssonne zu schützen.

»Wenn ich die elenden Tomatenpflanzen heute nicht in die Erde bringe, dann gibt es dieses Jahr keine Tomaten«, sagte er und ging, die Stiefel an den Füßen, durch die Terrassentür hinaus. Auf dem Küchenboden lagen kleine getrocknete Erdklümpchen, die sich von seinen Sohlen gelöst hatten. Agnes hob sie auf und putzte mit einem Wischlappen hinterher, um die Reste zu beseitigen. Ruhe stellte sich ein. Madde war schwanger, Papa pflanzte Tomaten, und sie hatte Tobias wieder.

Mutter war tot, nichts konnte daran etwas ändern, doch die Familie würde zurechtkommen. Das spürte sie jetzt.

Tobias hatte sich tatsächlich verändert. Das war offensichtlich. Er kümmerte sich um Agnes auf eine völlig neue Art. Wenn er ging, erzählte er immer, was er vorhatte und wann er wieder zurückkommen würde. Er fragte sie, wie es bei der Arbeit war, kochte zu Mittag und schrieb Agnes kleine Zettel. Er kaufte sogar ein. Und er war abends öfter zu Hause. Wenigstens an den Abenden, an denen Agnes nicht arbeiten mußte. Sie sahen zusammen fern, und Agnes hörte ihm zu, wenn er Gitarre übte – vielleicht nicht die vollen drei Stunden am Stück, aber sie blieb immer noch eine ganze Weile auf dem Sofa sitzen. Manchmal drehte er sich zu ihr um und spielte extra für sie. ›Angie‹, zum Beispiel, den Song von den Stones, obwohl er ihn in Agnes umtaufte. Sie kam sich ein bißchen blöd dabei vor, es war ihr peinlich, aber Tobias wirkte nicht nur ernst, sondern auch aufrichtig dabei, so entspannte sie sich mit der Zeit. Es waren innige Stunden.

Im Restaurant plätscherte es so vor sich hin. Sie hatten immer noch zu wenig Gäste, ein paar mehr als im ersten Monat, aber nicht genug, als daß Kalle zufrieden sein konnte. Er wurde immer stiller. Saß oft mit Papierstapeln und einem Taschenrechner an einem Tisch, wenn Agnes nachmittags eintrudelte. Er jammerte nicht, sah aber todunglücklich aus. Schließlich konnte Agnes nicht anders. Sie fragte ihn, wie es um das Restaurant stand, obwohl sie es im Grunde lieber nicht wissen wollte. Kalle seufzte ergeben.

»Den Monat schaffen wir noch, danach ist es vorbei.«

Agnes setzte sich auf den Stuhl gegenüber. »Gibt es denn nichts, was wir tun können?«

Kalle schüttelte den Kopf. »Na ja, wir könnten anfangen, einfacheres Essen zu servieren, aus billigeren Zutaten, aber dann melde ich lieber gleich Konkurs an.« Er biß die Zähne zusammen und richtete sich kurz auf, sank aber dann wieder in sich zusammen und schwieg. »Ich hatte so auf diese Gastrokritik gehofft«, sagte er schließlich leise. »Ich verstehe nicht, wo sie bleibt.«

»Wahrscheinlich ist Lola sehr genau.«

»Ja, bestimmt, aber was will sie denn noch testen? Sie hat ja schon die ganze Karte durchprobiert. Ich dachte, der Artikel wäre vielleicht letzten Samstag erschienen, aber dann hat sie über dieses Fischrestaurant in der Linnégata berichtet. Jetzt vergehen wieder zwei Wochen bis zur nächsten Besprechung, und wenn wir dann nicht dran sind, können wir genausogut schließen.«

Agnes hätte so gern etwas Aufmunterndes gesagt, aber sie spürte, daß es wenig Sinn hatte. Kalle hatte recht mit dem, was er sagte. Man konnte kein Restaurant betreiben, das im Prinzip jeden Abend Verluste einfuhr.

»Es wäre so schade«, versuchte sie ihn zu trösten. »Ich habe wirklich an unser Restaurant geglaubt.«

»Ich auch.« Sie saßen noch eine Weile still da und dachten über die Zukunft nach. Dann stand Kalle auf. »Aber noch haben wir nicht aufgegeben!« Er versuchte, forsch zu klingen, was ihm nicht ganz gelang. »Nun wird es aber Zeit, an die Arbeit zu gehen!«

Ob ihre Gebete erhört worden waren? Der Abend begann erstaunlich gut. Kurz vor acht war das Restaurant nahezu voll besetzt, und gerade als es in der Küche immer heißer wurde und Kalle und Filip schon schweißgebadet dastanden, tauchte noch eine Gruppe auf. Fünf schwarzgekleidete Typen, ein paar mit Sonnenbrillen, ein paar mit großen glitzernden Gürtelschnallen, kamen die Treppe hinunter. Agnes sah sich unruhig um, vielleicht könnte sie die in die Ecke quetschen, wenn sich einer von ihnen unter den Giebel setzen würde? Erst da erkannte sie Tobias. Er zwinkerte ihr zu.

»Ich bringe euch ein paar Gäste«, sagte er gutgelaunt.

»Du bist das?« Agnes war überrascht, sammelte sich aber schnell. »Wie schön, herzlich willkommen!« Agnes drückte seine Hand, wand sich aber, als er sie küssen wollte. »Ihr könnt es euch da hinten gemütlich machen.«

Zwei der Jungs gingen zur Garderobe und lehnten ihre Gitarrenkoffer an die Wand. Wahrscheinlich Musikerkollegen. Die Geräuschkulisse war bedeutend lauter, seit die fünf Typen eingetroffen waren, aber Agnes sagte nichts. Sie bestellten sowohl Vorspeise als auch Hauptgang, und schon in der ersten halben Stunde hatten sie acht große Biere getrunken.

Agnes hatte alle Hände voll zu tun. Hätten sie geahnt, daß so ein Andrang sein würde, dann hätten sie selbstverständlich Pernilla oder Henrik dazugeholt, aber dafür war es nun zu spät. Lussan tauchte auch noch auf. Wie gewohnt wollte sie nichts essen, sondern hockte sich direkt an die Bar, wo es sich schon ein anderes Paar in den Sesseln gemütlich gemacht hatte und Wodka-Cranberry in der Hand hielt. Agnes schenkte ihr ein Glas Wein ein. Obwohl sie sich noch nicht wieder gesprochen hatten, war Agnes froh, daß sie gekommen war. Das schien wohl zu bedeuten, daß sie nicht länger sauer sein konnte.

An diesem Abend gab es keine ruhige Minute. Sie mußten sogar Gäste abweisen, weil sie ihnen keinen Platz anbieten konnten. Agnes arbeitete wie ein Tier, um hinterherzukommen, aber gegen zehn Uhr wurde es ruhiger und nur ein paar wenige Tische waren noch belegt. Von den Jungs waren nur noch drei übrig, darunter Tobias. Er ließ die beiden anderen einen Moment allein und begab sich zu Agnes und Lussan an die Bar. Lussan betrachtete ihn mit einem abfälligen Blick.

»Na, und wie geht es unserem ›Rockstar‹ heute?« sagte sie, ohne ihre Ironie zu verbergen. Tobias ging gar nicht darauf ein.

»Danke, prima.«

»Du hast ja auch Freunde dabei.«

»Ja, alles Musiker.«

»Was du nicht sagst.«

Agnes wurde unruhig. Lussan war vielleicht nicht mehr sauer auf sie, aber Tobias stand nach wie vor auf der Abschußliste. Agnes entschuldigte sich. Als sie zurückkam, hatte sich die Gesprächsatmosphäre nicht nennenswert verändert.

»Millennium of Rock, sagst du? Tausend Jahre Rock, also.« Lussan setzte ein fieses Grinsen auf.

»Ja, mit Christer Hammond.« Tobias war sichtlich stolz. Agnes krampfte sich der Magen zusammen, er schien Lussans Falle überhaupt nicht zu ahnen.

»Wie interessant. Welche Rockorchester waren denn im dreizehnten Jahrhundert aktuell? Hilf mir auf die Sprünge, ich habe so ein schlechtes Gedächtnis.«

»Wieso im dreizehnten Jahrhundert?« Tobias sah inzwischen skeptisch aus.

»Oder im fünfzehnten Jahrhundert? Es muß doch wahnsinnig viel gute Rockmusik geben, wenn man ein ganzes Jahrtausend zur Auswahl hat. Aber die Show, bei der du arbeitest, heißt doch auch ›The Greatest Rockshow Ever‹, oder?«

»Lussan, willst du noch was trinken?« Agnes versuchte, sie abzulenken.

»Ja, danke.« Sie trank die letzten Tropfen aus und schob Agnes ihr Glas hin. »Ich plaudere mit Tobias gerade ein bißchen über die Show, bei der er arbeitet.« Sie setzte erneut an. »Wenn ihr ›ever‹ sagt, meint ihr dann ›ever‹ während dieses Jahrhunderts oder ›ever‹ seit der Entstehung der Welt?« Tobias versuchte, ihr zu folgen, aber es schien ihm nicht zu gelingen. »Ich meine«, begann Lussan erneut, »wenn man mal richtig nachdenkt, dann ist es doch verrückt, wie beschränkt die Leute so sind. Viele gehen gar nicht weiter zurück als Chuck Berry oder Elvis Presley, wenn sie sich über Rock unterhalten. Was glauben die denn, welche Musik lief, als die Cromagnon-Menschen ihre Zotteln schüttelten? Na klar, Rockmusik! Und jetzt haben Christer Hammond und du und deine Freunde diese wunderbaren alten Lieder hervorgeholt und präsentieren sie. Das ist doch phantastisch! Ein echt historischer Kulturbeitrag.« Lussan war wirklich in ihrem Element. Tobias saß da mit offenem Mund, dann stand er auf und sprach Agnes an.

»Du, ich glaube, ich muß los.«

»Schon, na gut ... dann sehen wir uns zu Hause.«

»Ja, es wird wahrscheinlich spät werden, wir drehen noch eine Runde.«

»Okay.« Agnes nickte. Auch keine schlechte Idee. Der Abend war sehr anstrengend gewesen, und sie würde vermutlich sofort ins Bett fallen. »Dann mache ich mal die Rechnung fertig«, sagte sie und begab sich in Richtung Kasse. Tobias kam mit schnellen Schritten hinterhergesprungen.

»Aber, also, ich dachte ... Also, ich habe doch extra Leute mitgebracht, weil ich dachte, ihr braucht ein bißchen Werbung für euer Restaurant. Ich meine, jetzt können die doch bei ihren Freunden erzählen, daß es hier ganz gut war ... wenn du verstehst, was ich meine.« Tobias machte ein zufriedenes Gesicht.

»Du dachtest im Ernst ...«

»Ja, klar! Das sind doch alles Musiker, keiner von denen kann sich so ein Essen leisten.«

Agnes stand vor der Kasse, bereit zum Tippen. Sie wußte nicht, was sie davon halten sollte. Sie konnte nicht fünf Leute zum Essen einladen. Es war nicht ihr Restaurant. Was sollte sie Kalle sagen? Der nicht einmal seinem Bruder ein Gratisessen spendierte.

»Aber ich kann doch nicht ...«, stammelte sie.

»Ach was, das kriegst du schon hin.« Er küßte sie auf die Stirn. »Sei nicht sauer, Schatz. Nicht wenn ich für euch Werbung mache. Eigentlich müßte ich ja fast das Geld kassieren!« Er lachte. »Nein, nein, war nur ein Witz«, fügte er hinzu. Dann machte er kehrt und ging zurück zu seinen zwei Freunden, die am Tisch saßen und rauchten. Sie standen auf und zogen ihre Jacken an. Tobias winkte und warf Agnes eine Kußhand zu. Sie stand noch immer an der Kasse, dann hob sie die Hand und winkte zurück. Als sie gegangen waren, tippte sie die Rechnung ein. Zweitausendvierhundertsiebenundvierzig Kronen. Es gab nur eine Lösung, sie mußte die Rechnung aus eigener Tasche begleichen. Und morgen ein ernstes Wörtchen mit Tobias reden. Auf jeden Fall mußte die Summe geteilt werden. Irgendwie hatte er schon recht. Neue Gäste waren gut für die Werbung. Und solche Typen hielten sich viel in Kneipen auf, auch wenn sie nicht immer ein Drei-Gänge-Menü bestellten. Außerdem hatte sie vor kurzem ihr Gehalt bekommen, also war Geld auf dem Konto. Nicht viel, aber es würde reichen. Im Grunde war es nicht der Rede wert.

Als sie gerade auf dem Weg nach draußen war, um ihre Kreditkarte zu holen, sah sie Lussan wieder mit einem gefüllten Glas an der Bar sitzen. Sie mußte sich selbst nachgeschenkt haben. Das war nicht schlimm, auch wenn die Gewerbeaufsicht es sicher nicht gerne sah, daß sich die Gäste ihren Alkohol selbst servierten. Lussan zahlte immer. Wie sollte sie sonst ihr Geld investieren, als vom Konkurs bedrohte Restaurants zu sponsern, sagte sie immer und bestand darauf, daß Agnes alles eintippte. Selbst die Erdnüsse.

Lussan rief sie. »Worum ging es denn?« Agnes stellte sich dumm.

»Was meinst du?«

»Na, ihr habt doch an der Kasse diskutiert.«

»Ach so, ja, ja, das war nichts Besonderes.«

»Er wollte den Preis drücken, oder?«

Agnes versuchte, die Situation mit einem Lachen zu überspielen. »Nein, nein, das war nur ein Mißverständnis.« Dann flitzte sie wieder davon. Besser, Lussan nichts zu erzählen, sie würde nur voreilige Schlüsse ziehen. Und die brauchte gerade keine von ihnen.

Als Agnes zu Hause in Aspudden angekommen war, nahm sie vor Müdigkeit den Fahrstuhl in den dritten Stock. Ihre Beine taten weh und ihre Füße fühlten sich an, als hätte sie sie in Zement getaucht.

Einen Moment mußte sie in ihrer Tasche nach dem Schlüssel suchen. Das hatte sie neulich auch getan, als Tobias hinter ihr aufgetaucht war. Sie war froh, daß sie ihrem Impuls nicht nachgegeben und ihn zum Teufel geschickt hatte. Sie hatte ihm noch eine Chance gegeben, und er hatte sie angenommen. Das Leben konnte manchmal so wunderbar sein.

Sie drehte den Schlüssel um und drückte die Tür auf. Erst da bemerkte sie, wie leise es im Treppenflur war. Keine Deep Purple, kein Neil Young, nicht einmal das nasale Gekrächze von Bob Dylan. Sie versuchte sich zu erinnern, ob sie in Davids

Wohnung noch Licht gesehen hatte, aber sie wußte es nicht mehr.

Noch immer plagte sie das schlechte Gewissen, weil sie an jenem Abend seine Einladung völlig vergessen hatte. Sicherlich hatte sie gute Gründe gehabt, aber sie hätte immerhin anrufen und ihm sagen können, daß sie verhindert sei.

Seitdem war er auch nicht mehr im Restaurant gewesen. Agnes, die sich beinahe schon an seine einsamen Besuche gewöhnt hatte, war drauf und dran, ihn ein bißchen zu vermissen. Ob sie mal bei ihm klingeln sollte? Ihn auf einen Nachmittagstee einladen? Obwohl das nicht einfach war, Tobias übte oft um diese Zeit, und abends arbeitete sie. Na ja, irgendeine Gelegenheit würde sich schon finden, dachte sie und schloß die Tür hinter sich.

Hinter dem Rollo war ein schwacher Lichtschein zu ahnen. Die digitalen Ziffern des Weckers zeigten 03.17 Uhr an, und Agnes hatte nur wenige Stunden geschlafen. Wie immer, wenn mitten in der Nacht das Telefon ging, schreckte sie hoch. Sie tastete nach dem Hörer, und ihr »Hallo« klang heiser und besorgt. Es war Tobias.

»Hallo, hab ich dich geweckt?«

»Ja.«

»Entschuldige, das wollte ich nicht.«

»Ist etwas passiert?«

»Nein. Ich wollte nur Bescheid sagen, daß ich heute nacht bei Räven schlafe.«

»Bei wem?«

»Bei Räven. Der mit mir im Restaurant war. Wir wollten bei ihm noch ein bißchen Gitarre spielen.« Das Wort »Gitarre« nuschelte Tobias heraus, ansonsten klang er erstaunlich nüchtern.

»Okay.«

»Ich dachte, ich sage dir Bescheid. Damit du dir keine Sorgen machst.«

»Ja. Gut, daß du angerufen hast. Kommst du morgen?«

»Ja, natürlich. Und jetzt schlaf weiter, mein Schatz.«

»Ja.«

»Küßchen, Küßchen.« Er war schon weg, bevor Agnes zurückküssen konnte. Sie legte das Telefon auf den Nachttisch, lag noch eine Weile wach und blinzelte im Halbdunkeln, bis sie wieder ans Einschlafen dachte. Es stimmte, Tobias hatte sich wirklich verändert. Sie lächelte vor sich hin, bevor sie die Augen wieder schloß. Wie fürsorglich von ihm, extra anzurufen.

Am Tag darauf war das Lokal so leergefegt wie immer. Am Ende des Abends hatten nicht mehr als acht Gäste bei ihnen gegessen und bezahlt. Und Kalle hatte extra Henrik zu Hilfe gerufen, um einem Ansturm wie am Abend zuvor gewachsen zu sein! Nun mußten sich Agnes und Henrik die wenige Arbeit auch noch teilen, die restliche Zeit standen sie untätig herum und hielten durch das Fenster Ausschau nach weiteren Gästen. Auch in der Küche war die Stimmung am Boden.

Nicht einmal Lussan schaute vorbei. Sie hatte ein Date mit einem Mann, den sie in einer exklusiven Bar ein paar Abende zuvor kennengelernt hatte. Er trug Anzüge von Armani, hatte eine goldene Amex, seine Schuhe waren geputzt, sein Haar schütter, und er hatte nicht den geringsten Humor, so die Kurzbeschreibung für Agnes. Wahrscheinlich war er trocken wie ein Mandelhörnchen, sagte sie, aber er paßte wunderbar zu ihrer neuen Handtasche und war so gut erzogen, daß er wenigstens über all ihre Witze lachen würde. Höhere Anforderungen stelle sie zur Zeit gar nicht, hatte Lussan erklärt, als Agnes nachfragte, ob das wirklich genug für ein Date sei.

Henrik war zwar ganz unterhaltsam, wenn er ausführlich von seinen Versuchen als Schriftsteller erzählte und dabei anmerkte, daß seine Wohnung nie mehr so sauber war wie damals, als er sich entschlossen hatte, sich ganz seinem Roman zu widmen. Dennoch hatte Agnes Sehnsucht nach Tobias. Er war erst nachmittags um drei Uhr nach Hause gekommen und hatte sich dann direkt ins Bett gelegt. Zwei Minuten später war er eingeschlafen. Er und Räven hatten angeblich bis sieben Uhr morgens dagesessen und Gitarre gespielt. Und getrunken, konnte Agnes hinzufügen, denn er roch sauer nach einer Menge Alkohol vom Vorabend, als er kam.

Als Agnes sich auf den Weg zur Arbeit machte, war er noch nicht aufgewacht. Im Grunde war sie daran gewöhnt, daß sein Rhythmus ein anderer war als der ihre, und vermutlich würde er taufrisch und ausgeschlafen sein, wenn sie von der Arbeit zurückkam, aber es hatte ihr gefehlt, mit ihm reden zu können.

Um halb elf war das Restaurant leer, Kalle kam seufzend aus der Küche und bat Agnes abzuschließen. Auch wenn es ihr natürlich leid tat, daß der Abend nicht gut gelaufen war, freute sie sich, ein bißchen früher als sonst Feierabend machen zu können. Weil sie zu dritt waren, ging das Aufräumen schnell, und bevor die Uhr elf geschlagen hatte, saß Agnes schon in der U-Bahn.

Im Fenster brannte Licht, und Agnes flitzte die Treppen hinauf. Nach Hause zu kommen zu Tobias war ein Gefühl, als würde ein Geschenk auf sie warten. Sie schloß die Tür auf und trat in den Flur mit einem erwartungsvollen »Hallo!«.

Tobias lag auf dem Sofa und sah fern. Auf dem Couchtisch stand ein leerer Pizzakarton und ein halb getrunkenes Glas Milch. Er sah zu ihr auf.

»So ein Mist im Fernsehen!« sagte er ohne wahrzunehmen, daß sie viel früher da war als sonst.

»Dann schalte doch ab.«

»Und was soll ich dann machen?«

»Tja ...«

»Vielleicht ein Buch lesen?« Es war nicht so, daß Tobias nie ein Buch las. Soweit Agnes wußte, hatte er ein paar Bücher von Charles Bukowski gelesen. Und einige Male hatte er versucht, etwas über Zen zu lesen und ein Buch über Reparaturen am Motorrad. Aber im Grunde seines Herzen war er wohl weniger der literarische Typ.

»Aber jetzt bin ich ja da.« Agnes kam ins Wohnzimmer, kroch aufs Sofa zu Tobias und kuschelte sich an ihn. Es wurde eng, und Tobias maulte ein wenig, als er seine Lage ändern mußte. Sie küßte ihn. Er roch noch immer ein bißchen verkatert und nach Zwiebeln und Milch. Egal. Sie küßte ihn noch einmal. Dieses Mal ging er darauf ein.

»Ach, das hast du vor«, sagte er und zog sie zu sich. Sie küßte ihn, und bald spürte sie, daß er an ihrer Einladung nicht ganz uninteressiert war. Sie schliefen miteinander auf dem Sofa, sie auf ihm, und er flüsterte zufrieden in ihr Haar, daß sie gerne noch mehr arbeiten könne, wenn der Job ihr solche Lust machte.

Danach blieben sie eine Weile auf dem Sofa liegen. Agnes liebkoste Tobias' schmale Arme.

»Du, Liebling«, sagte sie zaghaft.

»Mmh.«

»Ich mußte gerade an die Rechnung denken ...«

»Welche Rechnung?«

»Die von gestern, aus dem Restaurant.«

»Was ist damit?«

Agnes überlegte. Die richtige Situation, um über Geld zu sprechen, war es genaugenommen nicht, aber irgendwie wollte sie es hinter sich bringen. »Ich konnte das nicht anders abrechnen, ich ... mußte es selbst bezahlen.« Keine Antwort von Tobias. »Sag mal: Können wir den Betrag nicht wenigstens teilen?«

Er schwieg noch eine Weile. »Super Idee ...«, sagte er schließlich und richtete sich so kraftvoll auf, daß Agnes beinahe vom Sofa flog.

»Versteh mich nicht falsch«, sagte Agnes besorgt. »Ich habe mich riesig gefreut, daß du mit deinen Freunden gekommen bist, aber das Restaurant läuft leider nicht so gut, daß ...«

»Dann versucht ihr also gerade die loszuwerden, die euch helfen wollen und ein bißchen Werbung machen könnten. Tolle Taktik!«

»Aber, Schatz, jetzt sei doch nicht sauer.«

»Wieviel willst du?«

»Aber ...«

»Wieviel willst du, habe ich gefragt.«

»Na ja, ein paar Hunderter auf jeden Fall ...« Agnes brachte kaum noch einen Ton heraus.

»Okay, okay, die bekommst du. Wenn das für dich so wichtig ist, dann ist es klar, dann sollst du dein Geld bekommen.« Er schob Agnes zur Seite, stand auf und ging in den Flur. Ein paar Sekunden später war er wieder da, nackt, mit dem Portemonnaie in der Hand. Er zog zwei Hunderter heraus und warf sie auf den Couchtisch.

»Bitte schön.«

Agnes wagte es kaum, ihn anzuschauen. Es war nicht ihre Absicht gewesen, ihn zu verärgern. Sie nahm das Geld vom Tisch und bedankte sich. Dann wurde nicht mehr darüber gesprochen.

Gegen ein Uhr wollte Agnes schlafen gehen, aber Tobias war nach seinem langen Nachmittagsschlaf überhaupt noch nicht müde, eher ruhelos von einem Abend in der Wohnung und außerdem noch immer beleidigt wegen der Diskussion um die Rechnung. Als Agnes gute Nacht sagte und ihn in den Nacken küßte, saß er schon wieder vor dem Fernseher und zappte zwischen MTV und Discovery hin und her. Wieder fluchte er über das schlechte Programm und schlug vor, daß sie doch Pay-TV anschaffen könnten. Er hatte sich in den Hotels daran gewöhnt, sagte er. Agnes, die auf dem Weg ins Schlafzimmer war, hielt nicht viel davon – immerhin sah sie schon die normalen Programme nie an –, aber sie nickte. Dann legte sie die Kette mit dem Medaillon ab, die sie um den Hals trug, und ging ins Bett.

Gegen Mittag wollte Tobias zum Proben fort. Er hatte mit ein paar anderen Musikern von der Show eine neue Band gegründet. Sie wollten ihre eigenen Lieder schreiben, betonte er, nicht nur Covers spielen wie bei Christer Hammond.

Obwohl er stolz war, als Musiker eine feste Anstellung zu haben, war nicht zu übersehen, daß es ihm wenig Spaß machte, im Hintergrund zu agieren. Er war nicht der Star Christer Hammond, und er war auch nicht Gaststar oder einer der anderen Sänger, er war nicht einmal der Bandleader. Er war nur Gitarrist, und zwar einer der Gitarristen in dieser riesigen Show. Seine Rolle war es nicht, gesehen zu werden oder aufzufallen, sondern den anderen den Vortritt zu lassen und die zu unterstützen, die im Rampenlicht stehen sollten. Eine verzwickte Lage für jemanden, der es gewohnt war, vorn auf der Bühne zu stehen, zwar nur in Kneipen wie Tre Backar und Farsta Ungdomsgård, aber immerhin.

So wie er nun dastand, mit Cowboyhut und Gitarrenkoffer, so kannte Agnes ihn. Sie beobachtete ihn durch das Fenster und sah ihn die Straße hinunterlaufen. Ganz schön sexy.

Als Madde anrief, hatte sie noch immer Tobias im Kopf, und kaum hatte sie richtig nachgedacht, da hatte sie auch schon von der Rückkehr des Helden berichtet.

Madde wurde fuchsteufelswild. Sie schimpfte und fauchte und spottete und fluchte, bis Agnes damit drohen mußte aufzulegen, falls sie sich nicht beruhigte. Madde holte tief Luft und senkte die Stimme ein bißchen.

»Dir ist wirklich nicht zu helfen, Agnes!« sagte sie mit Nachdruck.

»Jetzt hörst du auf!« Agnes konnte ihre Wut nicht mehr unterdrücken.

»*Ich* soll aufhören?! Ich kann dir sagen, wer hier aufhören sollte. *Du!* Du solltest aufhören, dieses Miststück immer wieder mit offenen Armen aufzunehmen, wenn er angekrochen kommt!«

»Tobias ist kein Miststück.« Agnes tat alles, um nicht zurückzuschreien.

»Doch!«

»Nein!«

»Und woher weißt du, daß du ihm dieses Mal vertrauen kannst?«

»Weil ich es weiß. Weil mir das meine Intuition sagt.«

»Deine *Intuition*?« Madde klang, als wollte sie jeden Moment in vernichtendes Gelächter ausbrechen. Doch sie schnaubte nur wütend.

»Ja, meine Intuition. Das ist doch das einzige, worauf man sich stützen kann, das Gefühl.«

»Und was hat das mit Vernunft zu tun?«

»Seit wann liest du Jane Austen?«

»Was bitte schön?«

»Ach nichts.« Einen Moment Stille.

»Du bist echt ein Idiot«, sagte Madde unverblümt – das war der berühmte Tropfen, der das Faß zum Überlaufen brachte.

»Darauf pfeife ich! Und du mußt verdammt noch mal nicht meinen, über mein Leben zu bestimmen oder darüber, mit wem ich zusammen bin! Hock du da, du selbstzufriedene Kuh, mit deinem Baby und deinem häßlichen Reihenhaus und deinem langweiligen Freund und sei mit dir selbst zufrieden, aber laß mich in Ruhe!« Dann schmiß sie den Hörer hin. Sie war völlig außer Atem und zitterte am ganzen Körper. Über ihre heftige Reaktion war sie selbst ein wenig erschrocken. Normalerweise reagierte sie nie so extrem. Aber Madde hatte sie in die Ecke gedrängt. Wollte ihr eine Entscheidung aufzwingen. Aber die hatte sie bereits getroffen. Sie hatte sich für Tobias entschieden.

Agnes sank auf dem Sofa in sich zusammen. Sie zitterte noch immer, und nach kurzer Zeit liefen ihr die Tränen übers Gesicht. Schließlich lag sie zusammengekauert wie ein kleiner Ball da und heulte so, daß dunkle Flecken auf dem hellen Sofabezug sichtbar wurden.

»Scheiße, scheiße, scheiße«, fluchte sie vor sich hin. »Scheiße, scheiße, scheiße.«

Mit der Zeit beruhigte sie sich, hörte endlich auf zu weinen und lag still da. Als es wieder klingelte, wußte sie nicht recht, was sie tun sollte. Abnehmen? Wahrscheinlich war es Madde, die sich entschuldigen wollte. Sagen wollte, daß sie zu weit gegangen sei, daß sie sich in Dinge eingemischt hatte, die sie nichts angingen, und daß sie Agnes mit Tobias selbstverständlich viel Glück wünschte.

Agnes setzte sich auf und nahm das Telefon, das sie demonstrativ in die andere Ecke des Sofas geschmissen hatte.

»Ja?« sagte sie kurz. Sie wollte Madde nicht allzu herzlich empfangen. Am anderen Ende der Leitung war es still.

»Ähh, ist Tobias da?« fragte schließlich eine Frauenstimme.

»Nein, er ist bei einer Probe. Mit wem spreche ich?«

Die Frau ignorierte ihre Frage. »Weißt du, ob er sein Handy dabei hat?«

»Nein, weiß ich nicht. Wer will das wissen?«

Die Frau zögerte. »Eine Kollegin.« Sie wollte auflegen, das hörte man.

»Kann ich ihm etwas ausrichten?«

»Nein.« Irgend etwas in der Stimme der Frau brachte Agnes auf eine Idee.

»Aber was willst du eigentlich?«

Wieder Zögern. »Tobias hat gestern ein paar Sachen liegenlassen.«

»Gestern?« Agnes dachte nach. »Bei Räven?«

»Bei Räven?« Die Frau lachte. »Ja klar«, sagte sie. »Bei Räven.«

Ob es die Stimme der Frau war, das, was sie sagte, oder dieses provozierende Lachen, das Agnes die letzte Frage auf die Zunge legte, war schwer zu sagen, aber ohne viel nachzudenken, hakte sie nach.

»Ich soll ihn von Ida grüßen, sagtest du?«

»Ja, genau.« Wieder Stille. Agnes konnte es förmlich hören,

wie bei der Blondine mit dem gepiercten Nabel und den Riesengranaten der Groschen fiel.

Dieses Mal mußte Agnes nicht auflegen. Statt dessen hörte sie nun das Klicken in der Leitung, und das Gespräch war beendet.

Sie hatte nicht geweint, nicht geschrien, war nicht wie gelähmt auf dem Bett oder Sofa oder auf dem Boden zusammengesunken. Sie war nicht verzweifelt, sie mußte sich nicht übergeben, sie hatte auch keinen Kloß im Hals. Sie hatte einfach das Telefon seelenruhig zur Seite gelegt, und dann hatte sie angefangen.

Es war nicht viel, und mit Agnes' ruhiger und überlegter Art dauerte es nicht lange, seinen Krempel zusammenzupacken. Ein paar ziemlich kaputte Geox-Schuhe, die Zahnbürste, das Haargel, ein paar CDs, die rote Fender-Gitarre und dann die Tasche mit seinen Kleidern, die meisten davon wieder aus dem Wäschekorb herausgefischt.

Der Haufen vor der Wohnung war nicht groß, eher so klein, daß man Mitleid bekam. Agnes hätte gewünscht, er wäre größer gewesen, damit man an der Menge der Sachen, die sie aus ihrer Wohnung warf, das Ausmaß ihrer Wut messen konnte. Wenn die Gitarre nicht schon kaputt gewesen wäre, hätte sie sie wenigstens an die Wand schleudern können oder etwas in der Art. Oder wenn er einen Flügel gehabt hätte, hätte sie ihn kurz und klein schlagen können oder in Flammen aufgehen lassen ... Aber er hatte keinen.

Sie sah sich in der Wohnung um, war das wirklich alles? Da fiel ihr Blick auf das Bild. Der alte Mann mit dem komischen Blick und der großen Nase. Tobias liebte Lundell. Zum zweiten Mal nahm sie das Bild von der Wand. Sie trug das unhandliche Ding durch den Flur hinaus ins Treppenhaus und stellte es zu den anderen Sachen.

Jetzt war der Haufen größer, das war gut so, aber es sah

noch zu ordentlich aus. Die Klamotten in der Tasche waren zwar nur zusammengeknüllt und hineingeschmissen, aber das konnte man nicht sehen, weil Agnes so nett gewesen war und den Reißverschluß geschlossen hatte. Und die roten Turnschuhe standen auch brav nebeneinander. Sie trat ordentlich dagegen, so daß einer ein paar Meter weiterflog. Das war besser. Aber das Bild stand noch da, heil und unversehrt. Im Grunde würde Tobias die Tasche über die Schultern hängen, die Gitarre in die eine Hand, das Bild in die andere nehmen können – es war höchstens etwas unbequem, weil es so groß war – und sich davonmachen. Als wäre nichts passiert.

Agnes stand einen Moment still und starrte das Bild mit dem unerklärlichen Gotlandmotiv an, dann ging sie in die Wohnung zurück und kam mit einem Edding zurück. Mit einem dicken roten. Ganz so leicht fiel es ihr nicht, als sie zu malen begann, denn Vandalismus war nicht ihre Sache, aber sie riß sich zusammen.

Oberhalb der großen Nase malte sie zwei weit aufgerissene Augen. Jetzt war es eindeutig ein alter Mann. Er sah total wahnsinnig aus. Agnes verpaßte ihm auch einen Schnurrbart. Nach den ersten Strichen ging es leichter, und so malte sie ihm noch rosige Wangen, einen Ring ins Ohr und einen Pferdeschwanz. Als sie schließlich aufhörte, merkte sie, daß sie richtig im Rausch war. Das einzige, was sie betrübte, war die Tatsache, daß das Bild jetzt viel besser aussah. Hoffentlich würde Tobias diese Meinung nicht teilen.

Dann ging sie zurück in die Wohnung und schloß die Tür hinter sich.

Es war noch keine halbe Stunde seit dem Telefongespräch vergangen, und Agnes saß wieder am Küchentisch. Mit einemmal stieg Angst in ihr auf. Nicht wegen dem, was sie getan hatte, nicht wegen der Eiseskälte, die plötzlich von ihr Besitz ergriffen hatte, nein, es war die Angst, diese Wut könnte vorübergehen. Wenn sie sich einfach in Luft auflösen würde! Und ihr würden wieder die Tränen übers Gesicht laufen, und die

Traurigkeit wäre wieder da. Oder, was noch schlimmer wäre, wenn sie ihre Meinung wieder ändern und Tobias noch einmal bei sich aufnehmen würde.

Wie lange sie dort gesessen hatte, wußte Agnes am Ende nicht mehr, aber sie zuckte zusammen, als es plötzlich an der Tür klingelte. Es klingelte ein zweites Mal, dann klopfte es.

Das Adrenalin schoß durch ihren Körper, instinktiv. Doch es war nicht der Instinkt der gejagten Gazelle, sondern eher der des wütenden Tigers. So sprang sie vom Tisch auf und rannte in den Flur.

»Verpiß dich!« schrie sie so laut und aggressiv, daß es sie nicht gewundert hätte, wenn die Tür von der Druckwelle in viele kleine Pulverteilchen zerfallen wäre. »Verpiß dich!« ein zweites Mal. Genauso kräftig, aber dieses Mal eher knurrend. Außer Agnes' lauter Atmung war es mucksmäuschenstill im Flur, und aus dem Treppenhaus war nichts zu hören. Hatte er so leicht aufgegeben? Agnes war fast enttäuscht, sie hatte bislang doch nur die Zähne gefletscht. Wollte er sich nicht wenigstens mit ihr streiten, sich von ihr in Stücke reißen und sie die blutigen Reste, die von seinem Leben übrig waren, wieder ausspucken lassen, genau wie sie es mit seinen dreckigen Unterhosen getan hatte?

Da vernahm sie wieder ein sehr vorsichtiges Klopfen, kaum zu hören. Das war genug. Agnes stürmte los, drehte den Schlüssel um und stieß die Tür auf mit mächtigem Schwung.

»Was zum Teufel glaubst du eigentlich ...!?« Weiter kam sie nicht. David Kummel war erschrocken zur Seite gesprungen und gerade noch der Tür entkommen. Statt dessen schlug sie hart gegen die Wand, daß die Scharniere knackten, und raste direkt zurück, wo Agnes sie mit einer Hand gerade noch bremsen konnte. Sie starrte David verwirrt an. Die Schimpftirade, mit der sie begonnen hatte, lag ihr noch immer wie ein schlechter Geschmack auf der Zunge. Es gelang ihr nicht, ihren Ärger auf einmal hinunterzuschlucken, da sie so in Fahrt war. »Und was um alles in der Welt machst du hier!?« brachte sie heraus. Wütend sah sie David an, der einen Schritt zurück machte.

»Ich ... ich habe die Sachen gesehen, und dann habe ich mich gefragt ...« Weiter kam er nicht.

»Was gefragt!? Was hast du mit meinen Sachen zu tun?« fauchte Agnes, unfähig, ihre Wut zu zähmen, obwohl ihr der arme Mann, der da vor ihr stand, wirklich keinen Grund gab.

»Ich bitte um Entschuldigung. Es war nicht meine Absicht ...« Er ging noch ein paar Schritte zurück und tastete nach dem Treppengeländer. »Ich will nicht stören.« Er drehte sich um und begann, eilig die Treppe hinunterzulaufen. Agnes blieb vor der Tür stehen. Mittlerweile atmete sie wieder normal. Sie sah Davids Rücken verschwinden.

»Warte!« rief sie. »Entschuldige, ich bin unmöglich.« Sie sah ihn nicht mehr, aber die Schritte auf der Treppe waren auch nicht mehr hörbar. »Du ...« Plötzlich klang sie ganz jämmerlich. Einen Moment war es still, dann hörte sie die Schritte wieder. Nach einer Sekunde erschien David erneut auf der Treppe.

»Ich wollte wirklich nicht stören«, sagte er zaghaft. »Ich war oben auf dem Dachboden, dann sah ich die Sachen und habe mir ein wenig Sorgen gemacht ... Ist etwas passiert?« Er stand nun wieder auf dem Treppenabsatz. Agnes seufzte. Der abnehmende Adrenalinspiegel ließ ihren Körper mit Zittern zurück. Sie wußte nicht, was schlimmer war, die Erleichterung, daß es nicht Tobias gewesen war an der Tür, oder die Enttäuschung.

»Ich dachte, du wärst jemand anders«, sagte Agnes schließlich. »Entschuldige, daß ich so gebrüllt habe.«

»Macht nichts.« Sie sahen sich eine Weile an. Keiner von beiden wußte, was er nun sagen oder tun sollte.

»Willst du einen Moment reinkommen?« Agnes sah ihn an. Er trug Blue jeans, nicht die braune Cordhose, und ein ganz normales schwarzes T-Shirt. Sie senkte den Blick. Und Schuhe, richtige Schuhe mit Strümpfen.

»Ja ...« Er zögerte. »Bist du sicher? Ich meine, ich kann auch ein andermal wiederkommen.« Er schielte auf den Haufen mit Tobias' Sachen. Agnes registrierte seinen Blick. Sie wurde wieder sauer. Sollte Tobias sie daran hindern, ihren Nachbarn einzuladen?

»Ja, ganz bestimmt«, sagte sie überzeugt. »Komm rein!« Das klang fast wie ein Befehl, weniger wie eine Einladung. David trat vorsichtig in Agnes' Flur.

»Möchtest du einen Tee?« fragte sie als erstes, noch immer mit etwas Wut in der Stimme.

»Ja, danke.« David lächelte nervös.

Agnes ging in die Küche und setzte Teewasser auf. Milch hatte sie nicht, die hatte Tobias gestern zur Pizza ausgetrunken. Schon tat es ihr wieder leid. Was machte jetzt eigentlich ihr Nachbar hier? Wenn es etwas gab, wonach ihr jetzt nicht der Sinn stand, dann war das Gesellschaft. Zumindest nicht die Gesellschaft eines Fremden. David kam in die Küche und nahm auf einem Küchenstuhl am Tisch Platz.

»Darf man fragen, was es mit den Sachen da draußen auf sich hat?« Er nickte in Richtung Wohnungstür. Agnes klirrte mit den Tassen, die sie aus dem Küchenschrank nahm. Eigentlich wollte sie nichts erklären, David hatte mit Tobias und ihr nichts zu tun. Aber irgendwie begann es plötzlich aus ihr herauszusprudeln. Es war ganz leicht. Sie mußte weder Tobias noch sich selbst verteidigen. Statt dessen erzählte sie die Geschichte von Anfang bis Ende. Vom ersten Treffen im Tre Backar und der Liebe auf den ersten Blick, zumindest was sie anging, über Untreue, Lügen, Versöhnung und Versprechungen, bis zum heutigen Telefonat mit Fräulein Silikonbrust. David schwieg fast die ganze Zeit, nickte, hörte zu. Sie tranken die ganze Kanne Tee aus, und Agnes setzte neuen auf. Sie bekam Hunger und holte ihnen Knäckebrot aus dem Schrank und dazu ein altes Glas Marmelade, das sie ganz hinten im Kühlschrank fand.

Es wurde langsam Abend, auch wenn die Sonne noch viele

Stunden am Himmel zu sehen sein würde. Der Rasen vor dem Haus auf der anderen Straßenseite leuchtete schon intensiv grün, man hörte Vogelsingen durch die geschlossenen Fenster. Noch zwei, drei warme Tage und die Natur würde explodieren und es wären Blumen überall. Agnes tunkte ihr Knäckebrot in den lauwarmen Tee, ein kleines Stück fiel ab. Sie sah auf, und ihre Blicke trafen sich. Er guckte sie mit ernstem Gesicht an. Agnes wandte vor Erschöpfung den Blick nicht ab, es war ihr nicht einmal peinlich.

»Ich finde dich sehr mutig«, sagte er schließlich.

»Was ist mutig daran, sich immer wieder hereinlegen und auf sich herumtrampeln zu lassen, jahrelang?«

»Es ist mutig, nein zu sagen.«

»Ich habe früher auch schon nein gesagt.«

»Ist es dieses Mal nicht etwas anderes?«

Agnes überlegte; sie versuchte das Fünkchen Hoffnung und Sehnsucht, das es immer gab in all der Wut und Verzweiflung, zu finden. Einen Moment lang machte sie die Augen zu. Atmete tief durch. »Ja«, sagte sie dann. »Dieses Mal ist es etwas anderes.«

»Siehst du.« David lächelte. »Du hast deine Sichtweise geändert. Das braucht Mut.«

Als Tobias schließlich den Schlüssel ins Schloß steckte, war die Wut verflogen. Agnes ging einfach in den Flur und bat ihn, seine Sachen zu nehmen. Tobias stellte sich dumm. Er stand an der Schwelle, tat beleidigt und fühlte sich ungerecht behandelt. Was sollte das denn? Er war doch nur bei einer Probe gewesen. Diesmal wollte sie ihm nicht einmal das glauben.

»Geh jetzt«, sagte sie kalt. Sie wollte sich nicht wieder aufregen.

Tobias schielte zu dem Haufen neben der Tür. »Was zum Teufel hast du mit meinem Bild veranstaltet?«

»Ich hoffe, ich habe es zerstört. Bitte entschuldige, aber ich bin ein bißchen wütend geworden, als deine Freundin anrief.«

»Wieso Freundin? Ich habe keine Freundin!«

Agnes legte den Kopf schief und lächelte über Tobias' unfreiwilligen Versprecher. »Nein, ganz richtig«, sagte sie bissig, »du hast keine Freundin.«

»Du bist ja völlig übergeschnappt, du hast meinen Lundell beschmiert! Das wirst du bezahlen!«

»Soll ich für ein Bild bezahlen, das ich schon einmal bezahlt habe?«

»Es ist meins, das hast du selbst gesagt!«

»Ja, ist es immer noch. Bitte schön, ich habe es nur ein bißchen verschönert. Ein Abschiedsgeschenk.«

»Jetzt beruhige dich! Du kannst mich doch nicht einfach so rausschmeißen.« Es versuchte es nun auf die jämmerliche, bettelnde Tour. »Du hast dir ja nicht mal angehört, was ich zu sagen habe.«

»Und, was hast du zu sagen?«

»Daß ... daß ... daß das ein blödes Mißverständnis ist.«

»Was ist ein Mißverständnis?«

»Daß ... und wer zum Teufel ist *er?*«

Agnes drehte sich um. David war im Flur aufgetaucht.

»Du erinnerst dich nicht? Wir haben uns schon kennengelernt«, sagte David betont höflich. Agnes sollte ihn eigentlich bitten zu gehen. Er hatte mit dieser Auseinandersetzung nichts zu tun, aber irgendwie war es ein schönes Gefühl, daß er da stand. Auf ihrer Seite.

»Nein, ich kann mich nicht an alle Idioten erinnern, die ich einmal begrüßt habe!« Tobias wandte sich wieder an Agnes, ganz offensichtlich gefiel ihm Davids Gesellschaft nicht. »Und meine Sachen?« Der jämmerliche Tonfall war weg.

»Die stehen doch da.« Agnes zeigte auf den Haufen neben der Tür.

»Das können doch nicht all meine Sachen sein.«

»O doch.«

»Und ... und meine Plektren?«

»In der Tasche.«

»Aber, Agnes, Mensch ...« Tobias versuchte es noch mal über die romantische Schiene. »Ich liebe dich doch.« Er schielte nervös zu David. »Wir hatten doch eine super Zeit.«

»Ja, war schade, daß du die wegpoppen mußtest. Mit anderen, meine ich.«

»Aber, Schatz ... okay, ich bin blöd gewesen, aber das ist doch nur einmal passiert ...«

»Meinst du jetzt das erste Mal, oder das zweite? Oder das dritte vielleicht? Oder waren all die Male, die du fremdgegangen bist, irgendwie mehrere einmalige Ausrutscher?«

»Wir können doch darüber reden, Agnes.« Tobias machte Anstalten, in den Flur zu kommen.

»Hast du nicht gehört, daß Agnes dich gebeten hat zu gehen?« David sprach mit tiefer Stimme und tat einen Schritt auf ihn zu. Tobias hielt inne, mit Widerstand hatte er nicht gerechnet.

»Verdammt ...! Agnes, schmeiß diesen Kerl hinaus. Oder willst du, daß ich das tue?«

»Nein, das will ich nicht. Ich will, daß *du* gehst. Und zwar *sofort!*« Endlich kam die Wut zurück. Von einer Stelle in der Brust strahlte sie aus in den ganzen Körper. Im Bruchteil einer Sekunde war sie kampfbereit. Sie hob die Hände und knallte Tobias eine.

»Hau ab, du Idiot, habe ich gesagt! Verpiß dich!« David schloß hinter ihr auf.

Tobias stolperte. »Was machst du denn?«

»Ich sage, du sollst verschwinden und nie mehr wiederkommen! Denn jetzt habe ich ein für alle Mal die Nase voll von dir!« Sie holte noch einmal aus. Tobias machte einen Schritt zurück über die Schwelle. Agnes griff die Türklinke und knallte sie gegen Tobias, der aufschrie. »Geh halt zur Seite!« Agnes holte noch einmal aus, und Tobias machte einen Satz. Die Tür flog mit einem lauten Knall ins Schloß.

Agnes blieb im Flur stehen und hörte, wie Tobias draußen fluchend seinen Kram packte. Seine Schritte hinunter hörte man noch in der Wohnung. Dann war es still. Agnes stand wie angewurzelt da. Da spürte sie eine Hand auf ihrer Schulter. Ach ja, David.

»Geht's?« fragte er sanft.

Erst war es nur ein Schauer den Rücken entlang, ein tiefer Atemzug. Dann kam es. Die Tränen, die Schreie, die Verzweiflung. Doch David nahm sie schweigend in die Arme und hielt sie fest. Sie stammelte unzusammenhängendes Zeug, von tiefen Schluchzern unterbrochen, die tief aus dem Innern kamen. Sie bemerkte nicht einmal Davids unbeholfenes Streicheln. Sie war allein. Ganz allein, und als ihr diese Einsicht klar wurde, in all ihrer tränenreichen Verzweiflung, war das einzige, das sie wahrnehmen konnte, das Echo eines einzigen Wortes. Mama.

Es war das erste Mal, nein, eigentlich das zweite. Als sie sich vor ein paar Jahren beim Joggen den Fuß verstaucht hatte, mußte sie sich auch schon mal krank schreiben lassen. Ansonsten konnte sie sich nicht erinnern, wann sie zuletzt wegen Krankheit nicht bei der Arbeit erschienen war.

Jetzt lag sie im Bett. Sie hatte Kalle nichts vorgelogen, als sie ihm gesagt hatte, daß sie ein paar Tage nicht arbeiten könne. Daß es private Gründe hatte und daß sie bald wieder zurück wäre. Kalle hatte verständnisvoll reagiert. Dann würde er Pernilla und Henrik anrufen, das sei sicher kein Problem. Er hatte vermutet, daß es mit dem Tod ihrer Mutter zusammenhing. Daß die Trauer sie übermannt hätte. Vielleicht hatte er recht. Daß es mit ihrer Mutter zusammenhing, das tat es sicherlich auch. Für Agnes war es unwichtig, ob es um ihre Mutter oder um Tobias ging. Sie fühlte sich einfach so leer. Jetzt lag sie im Bett und hörte das leise Summen des Kühlschranks in der Küche an- und ausgehen.

Lussan hatte angerufen. Sie klang besorgt, vielleicht lag es an Agnes' einsilbigen Antworten, die sie ungewohnt fand. Sie hatte sich für abends selbst eingeladen. Agnes wollte widersprechen, nach Gesellschaft stand ihr überhaupt nicht der Sinn, aber Lussan war stur.

Es war halb sechs. Lussan wollte nach der Arbeit kommen, so war es verabredet. Das konnte bedeuten, jetzt oder auch erst in zwei Stunden. Agnes hoffte insgeheim, es würde später werden, doch um kurz vor sechs klingelte es an der Tür. Agnes quälte sich hoch und öffnete. Lussan starrte sie an.

»Aber, Kleine, wie siehst du denn aus?«

»Wieso?«

»Na, schau doch mal in den Spiegel!«

Agnes drehte sich um. Die Gestalt, die ihr gegenüberstand, wirkte durchsichtig. Ihre dünne Haut schien farblos, fast weiß, die Lippen bleich, die Augen groß und dunkel. Wie ein Gespenst. »Ich hatte mich gerade hingelegt«, sagte sie als Entschuldigung.

»Du brauchst ein bißchen Blut in den Körper.« Lussan zog eine Flasche Rotwein aus der Tasche.

»Nein danke, will ich gar nicht.«

»Du brauchst Eisen, das sieht man dir an. Im Wein ist eine Menge! Ein Glas mußt du auf jeden Fall trinken.« Lussan ging in die Küche und holte zwei Gläser und einen Korkenzieher. »Hast du etwas gegessen?«

»Nein.«

»Dann rufe ich beim Pizza-Service an.«

»Meinetwegen nicht.«

»Du mußt etwas essen.«

»Keine Pizza.«

»Okay, was hast du denn da?« Lussan fing an, den Küchenschrank zu durchsuchen. »Willst du lieber Nudelsuppe?«

»Nein.«

»Haferschleim?«

»Nein.«

»Spaghetti?« Sie öffnete den Kühlschrank und warf einen Blick hinein. »Spaghetti und Parmesan, kriegst du das runter?« Agnes antwortete nicht. Sie wollte sich wieder hinlegen, aber widerwillig spürte sie, wie Lussans Energie auf sie abfärbte. Lussan füllte einen Topf mit Wasser, setzte ihn auf den Herd, dann schenkte sie Agnes und sich selbst ein Glas Wein ein. »Okay, dann laß mal hören. Er ist wieder fremdgegangen und du hast ihn rausgeschmissen. Und dann ...?«

»Dann nichts.«

»Und hat er sich noch einmal gemeldet? Hast du ihn angerufen?«

»Nein.«

»Ist es vorbei?«

»Ja.«

»Im Ernst?«

»Ja.«

Lussan saß eine Weile schweigend da. Sie verkniff sich Gratulationen und Freudenschreie. Und Agnes war dankbar dafür. »Weißt du, was ich glaube«, sagte sie schließlich. Agnes sah auf. »Wenn du in ein paar Jahren darüber nachdenkst, wirst du sehen, hier war der Wendepunkt.«

»Der Wendepunkt?«

»Ja. Klingt vielleicht komisch, aber ich glaube, jeder kommt im Leben an Wendepunkte. Ein Ereignis oder auch mehrere, die dem Leben eine neue Richtung geben.«

»Du meinst: wenn das Schicksal zuschlägt?«

»Ja, vielleicht kann man es so bezeichnen. Allerdings kein Schicksal, dem man ausgeliefert ist, sondern eines, das man selbst bestimmt.«

»Du meinst, ich habe das selbst bestimmt?«

Lussan richtete sich auf. »Ja, ich weiß, das klingt ein bißchen hart ...«

»Machst du Witze, du klingst wie der übelste Scientologe. *Ach, tut mir leid, daß du im Rollstuhl sitzt, aber du hast eben in deinem früheren Leben gesündigt ...*«

»Ich meine doch nur, daß ich glaube, daß alles einen Sinn hat. Einen Sinn für dich. Auch wenn es schwierig ist, ihn *jetzt* zu erkennen ...«

Das Wasser im Topf fing an zu sprudeln, und Lussan stand auf, um die Spaghetti hineinzuschütten. Agnes war dankbar, daß sie nun schwieg. An und für sich hatte sie vermutlich recht, vielleicht begann nun wirklich eine neue Zeitrechnung. Etwas Altes war zu Ende, machte Platz für Neues. Vielleicht. Oder es war einfach ein Unglück?

Lussan schien ihren Zweifel zu spüren, denn sie führte ihre Überlegungen nicht fort. Statt dessen fragte sie nach Tobias' Abgang, während sie die al dente gekochten Spaghetti in zwei tiefen Tellern anrichtete und ordentlich Parmesan darüber rieb. Agnes stocherte im Essen. Dann fing sie an zu erzählen, anfangs lustlos. Lussan wußte ja schon, wie es ausgegangen war, die Pointe, wozu sollte sie also alles, was passiert war, noch einmal durchkauen? Aber nach kurzer Zeit spürte Agnes, daß ihr das Erzählen immer leichter fiel. Es wurde eine Geschichte, eher eine Anekdote als ein tragischer Vorfall aus ihrem Leben. Lussan fragte nach, wollte alle Details wissen, bat sie, ein paar Dinge noch einmal zu wiederholen. Und Agnes erzählte. Lussan lachte sich schlapp, als sie die Episode mit dem Bild hörte.

»Aber sag mal, dieser David, wo ist der denn abgeblieben?« fragte sie schließlich.

»Ich glaube, er ist in seine Wohnung gegangen. Ich bin eingeschlafen, und als ich aufgewacht bin, war er fort.«

»Hat er sich nicht mehr gemeldet?«

»Heute morgen hat jemand an die Tür geklopft, aber ich konnte einfach nicht aufstehen.«

Lussan schwieg eine Weile. »Er macht einen netten Eindruck.«

Agnes sah auf. »Laß das!« sagte sie scharf.

»Wieso?«

»Das brauchst du gar nicht zu denken.«

»Was denn?«

»Laß es einfach, ich kenne dich.«

Lussan grinste. »Aber meine Liebe, du kannst doch wenigstens anrufen und Bescheid geben, daß du noch lebst. Ich meine, er macht sich doch Sorgen. Wenn er an deinen Zustand gestern abend denkt.«

»Ja ...« Ein Fünkchen Wahrheit war daran. »Aber nicht jetzt.«

»Nein, nein, jetzt bin ich ja noch da! Jetzt muß das nicht sein. Aber dann ...«

»Wie, dann?«

»Wenn ich gegangen bin.«

»Du bist nicht bei Trost!« Agnes mußte lachen. »Ich habe gerade eine Beziehung versaut und du meinst, ich sollte mich jetzt meinem Nachbarn in die Arme werfen.« Sie schüttelte den Kopf.

»Zum ersten: Ich habe nichts von in die Arme werfen gesagt. Das waren deine Worte.« Lussan verteidigte sich. »Ich fand nur, du könntest ihn anrufen und sagen, daß du noch lebst.«

»Ja, ja, schon klar ...«

»Zum zweiten: Du hast keine Beziehung versaut. Tobias hat die Beziehung versaut. Du hast eine beendet.«

»Und der Unterschied wäre?«

»Die Würde.« Lussan schenkte den Rest aus der Weinflasche ein. »Du hast Würde. Er nicht.«

Als Lussan gegangen war, saß Agnes noch eine Weile in der Küche und dachte nach. Sonderbar, es war erst ein Tag vergangen, nachdem Tobias sie verlassen hatte, oder sie ihn, wie man die Dinge nun betrachten wollte, und schon konnte sie wieder durchatmen. Sie hatte das Ganze schon einmal durchgemacht, erst vor ein paar Monaten. Normalerweise war es nicht so leicht. Es war etwas geschehen, etwas war anders. Vielleicht hatte sie schon so oft mit Tobias abgeschlossen, daß sie eigentlich mit ihm fertig war? Vielleicht hatte sie beim letzten Mal schon genug getrauert.

Sie stand auf, um die Teller abzuräumen. Lussan hatte recht, sie sollte zu David hinuntergehen und ihm Bescheid sagen.

Einfach hallo sagen und ihm zeigen, daß sie sich wieder gefangen hatte. Vielleicht machte er sich tatsächlich Gedanken. Ja, das sollte sie tun, auf jeden Fall, nur nicht heute abend. Es war zwar erst zehn Uhr, aber sie war schon sehr müde.

Bevor sie ins Bett ging, rief sie Kalle im Restaurant an. Sagte ihm, daß sie morgen kommen könne, wenn er sie brauchte. Er klang erleichtert und schlug nicht vor, sich noch ein paar Tage mehr Ruhe zu gönnen. Offensichtlich war es nicht ganz so einfach gewesen, sie zu ersetzen, wie er geglaubt hatte.

»Super!« sagte er nur. »Ich werde nur Pernilla Bescheid geben, sie wollte nämlich wegfahren, da wird sie sich freuen.«

Etwas später lag Agnes im Bett und spürte die Leere in sich. Aber es war anders. Sie spürte keine Leere, die etwas hinterließ, weil es fehlte, vielmehr eine Leere, die darauf wartete, von etwas Neuem ausgefüllt zu werden.

Doch, natürlich war er zu Hause. Es war melancholische Musik aus seiner Wohnung zu hören. Wie hieß der noch, dieser Schönling? Chris Isaak – der Schutzpatron aller sentimentalen Männer. Definitiv ein Schritt nach vorn in der musikalischen Allgemeinbildung ihres Nachbarn.

Agnes zögerte einen Moment, bevor sie die Klingel drückte. Sie strich sich mit der Hand durchs Haar und kontrollierte mit Daumen und Zeigefinger ihre Mundwinkel. Ein Reflex, denn sie hatte keinen Lippenstift aufgetragen. Die Lautstärke nahm ab, bevor David die Tür öffnete. Er lächelte etwas unbeholfen, als er sah, wer es war.

»Hallo.«

»Hallo.« Agnes sah verlegen zu Boden. Es wäre eindeutig untertrieben zu sagen, sie würde sich dem Mann, der in der Tür stand, in die Arme werfen. Sie hatte in seinen Armen gelegen, geweint und nach ihrer toten Mutter geschrien. Er hatte sie hochgehoben und ins Bett getragen. Sie zugedeckt, ihr übers Haar gestrichen, bis sie eingeschlafen war. Es wäre vermutlich weniger intim gewesen, wenn sie mit ihm geschlafen hätte.

»Wie geht es dir?«

»Besser.« Sie machte eine kleine Pause, David schwieg. Die Töne einer halbakustischen Gitarre waren aus dem Wohnzimmer zu hören. *I thought you loved me. I was wrong, but life goes on ...* »Danke für deine Hilfe.«

»Ach, nicht der Rede wert.«

»Nein, wirklich.«

David richtete seinen Blick in die Wohnung. »Du ...«, begann er zögerlich. »Ich würde dich gern einladen, aber ... ich bin gerade beschäftigt. Ich warte auf einen Freund und ...«

Agnes kam sich blöd vor, machte automatisch einen Schritt zurück. »Klar. Ich wollte nicht ... Ich meine, ich bin auch gerade auf dem Weg zur Arbeit.« Eine Sekunde herrschte angespannte Stille. »Du kannst ja irgendwann wieder im Restaurant vorbeischauen, wenn du willst, meine ich ... Ich würde dich gern auf einen Cappuccino einladen.«

»Ja, vielleicht.« Er klang nicht gerade überzeugt.

»Okay, machen wir es so. Ich wollte mich nur bedanken. Wie gesagt.«

David nickte. »Okay.« Er trat von einem Bein aufs andere. »Aber bis bald.«

»Ja, bestimmt.« Agnes sprach betont forsch. »Tschüs!« Sie drehte sich um und flitzte die Treppen hinunter. Das Geräusch von der zuschlagenden Tür hörte sie auf halbem Wege.

Als sie draußen auf die Straße kam, mußte sie einen Moment innehalten. Ihr Herz puckerte, sie keuchte. Was hatte sie denn erwartet? Natürlich zog sich der Typ jetzt zurück. Er hatte ja am Abend nur geklingelt, weil er wissen wollte, wie es ihr ging. Und dann war er in einen emotionalen Schiffbruch geraten. Natürlich war das zuviel. Für jeden wäre das zuviel.

Sie lief die Straße entlang. Jetzt war es warm, fast schon Sommer. Sie mußte die Jacke gar nicht überziehen, und die Nylonstrümpfe, die sie zu ihrem dünnen Rock trug, waren eher unangenehm. Sie ging schneller, stolperte und fluchte laut vor sich hin. Eine Frau, die mit ihrem Hund spazierenging, warf ihr einen kritischen Blick zu.

Agnes ging zur U-Bahn hinunter und wanderte unruhig den Bahnsteig hin und her, während sie auf die nächste Bahn wartete. Als sie kam, las sie die Reklame, immer und immer wieder. Als ob die eine verborgene Botschaft enthielt. Falls es so war, gelang es ihr nicht, sie zu entschlüsseln, bis sie an der Station Slussen aussteigen mußte.

Kalle merkte es ihr gleich an, daß sie nicht im Lot war, aber sie wich seinen Fragen aus. Sie murmelte nur, daß sie Kopfweh hätte. Als die ersten Gäste eintrudelten, kam sie auf andere Gedanken. Das Restaurant war längst nicht voll besetzt, aber um halb acht waren immerhin sechs Tische belegt. Agnes war gerade an die Theke gegangen, um eine Flasche Wein zu holen, als neue Gäste eintrafen. Sie hörte die Tür knarren und beeilte sich, sie am Eingang zu empfangen. Sie stockte, als sie sah, wer gekommen war. Wie auf ein unsichtbares Kommando stellte sie die Weinflasche beiseite und richtete sich auf.

Lola.

Agnes machte zögernd ein paar Schritte auf sie zu und wünschte einen guten Abend. Lola nickte und deutete ein Lächeln an. Agnes sah sich schnell um, wollte wissen, ob sie in Gesellschaft sei und welcher Tisch sich für sie eignen würde, aber Lola kam ihr zuvor.

»Ich bin heute nicht zum Essen gekommen«, sagte sie knapp. Das Lächeln war verschwunden. »Ich habe ein anderes Anliegen.«

Agnes wußte keine Antwort. Sie hatte das Gefühl, alle würden sie beobachten. Vermutlich reine Einbildung. Lolas Stimme war deutlich, doch sie sprach leise und stand nah bei Agnes.

»Und das wäre?«

»Wie heißen Sie eigentlich?«

»Agnes.«

»Agnes, angenehm.« Sie lächelte wieder, ganz kurz, dann sprach sie weiter. »Ich habe eine Frage an Sie, Agnes. Können wir uns morgen zum Mittagessen treffen. Um eins?«

Agnes zögerte. Bevor sie antworten konnte, fuhr Lola fort.

»Wunderbar. Im Hotel Diplomat. Sie können an der Rezeption nach Beatrice Brunelle fragen.« Sie streckte die Hand aus. Es dauerte einen Moment, bis Agnes begriff, daß sie gemeint war. Als sie den Händedruck erwiderte, spürte sie Lolas kühle Handfläche. »Dann bleibt's also dabei. À demain!«

Agnes nickte stumm. Sie blieb mitten im Lokal stehen und sah der gutgekleideten Dame hinterher, die das Restaurant verließ. Ein Hauch von exklusivem Parfüm hing noch in der Luft.

Jemand räusperte sich hinter ihr. »Unser Wein, Fräulein ...«

Agnes sah auf. Ja, natürlich, der Wein. Sie holte ihn schnell und beeilte sich, ihn den durstigen Gästen zu servieren. Dann ging sie zu Kalle und Paolo in die Küche.

»Es ist gerade etwas Sonderbares passiert«, sagte sie langsam und setzte sich auf den Hocker an der Tür.

»Was denn?« Kalle sah von seiner Soßenpfanne auf.

»Lola war da.«

Er zuckte zusammen. »Lola? Ist sie draußen?«

»Nein.«

»Aber du sagtest doch ...«

»Daß sie hier war, ja. Dann ist sie wieder gegangen.«

Paolo kam nach vorn. »Was wollte sie denn?«

»Sich mit mir verabreden. Morgen im Hotel Diplomat.«

Kalle und Paolo sahen sich an.

»Lola wollte *dich* treffen?«

»Ja.«

»Warum?«

»Keine Ahnung. Mehr hat sie nicht gesagt. Nur, daß sie mich morgen im Hotel Diplomat um ein Uhr treffen wolle.

Daß sie mich etwas fragen wolle. Sie heißt übrigens nicht Lola. Sie heißt Beatrice ...«

Kalle unterbrach sie. »Lola ist ja ein Pseudonym. Das wußten wir doch. Ich verstehe trotzdem nicht ... Ich dachte, die Sache sei erledigt, hatte mich schon damit abgefunden, daß sie nun keine Rezension schreiben wird.«

Agnes zuckte mit den Schultern. »Wir werden wohl erst morgen wissen, worum es geht.« Sie stand auf, um die Küche zu verlassen. Bevor sie draußen war, hörte sie Paolo lachen. Sie drehte sich um.

»Du hast dir wohl eine Verehrerin eingehandelt«, sagte er grinsend. Agnes schnaubte. »Und denk daran, daß du zuvorkommend bleibst. Das Restaurant steht auf dem Spiel ...«

Agnes konnte sich für den Rest des Abends kaum konzentrieren. Die gewohnten Arbeitsabläufe konnten sicherlich die Gedanken an das, was in den vergangenen Tagen passiert war, verdrängen, aber das mysteriöse Erscheinen von Lola verwirrte sie sehr. Ohne es zu wollen, wurde sie nervös. Wenn es nun so war, wie Paolo sagte, daß sie an ihr interessiert war. Auf diese Art. Wenn sie nun deshalb mit der Kritik so lange gewartet hatte. Um immer wieder einen Grund zu haben, das Restaurant aufzusuchen. Agnes war der Gedanke unheimlich. Wie konnte sie so eine Einladung höflich ablehnen, ohne daß es auf das Restaurant zurückfiele?

Als Lussan spät am Abend hereinschneite, war Agnes froh. Lussan sah die Dinge normalerweise glasklar. Aber irgend etwas war heute mit ihr los. Es dauerte einen Moment, bis Agnes merkte, was es war. Lussan war betrunken. Wie es dazu gekommen war, konnte Agnes nicht nachvollziehen. Schon so oft hatte sie Lussan Alkohol trinken sehen, sogar ziemlich viel, aber nie war sie auch nur beschwipst gewesen. Zumindest nicht das, was Agnes darunter verstand. Natürlich war sie mal ein bißchen angeheitert, aber nie betrunken.

Jetzt saß sie auf dem Barhocker und redete laut mit zwei

Typen, die in den Sesseln ihr Bier tranken. Sie lachte übertrieben, als sie den Gin Tonic über ihren kurzen Rock kippte. Agnes beobachtete sie besorgt, während sie die Rechnung für die letzten Gäste fertig machte. Die Jungs an der Bar tranken ihr Bier aus. Der eine drehte sich noch einmal zu Lussan um, schüttelte den Kopf und verließ das Restaurant.

Agnes brachte den Gästen im Speiseraum die Rechnung und nahm eine Kreditkarte entgegen. Sie beeilte sich mit der Quittung, um eine Unterschrift zu bekommen und ließ die Gäste für einen Moment allein. Lussan hatte sich einen neuen Drink besorgt. Ihr Kopf hing herunter, und der eine mit einem Stiefel bekleidete Fuß wippte im Takt zu einem Lied, das sie versuchte zu summen. Als sie aufschaute, sah sie Agnes.

»Agnes! Jetzt ziehen wir um die Häuser!« lallte sie. »Wir lassen es richtig krachen, wir beide.«

»Was ist los mit dir, Lussan?« Agnes ging zu ihr und legte die Hand auf die Schulter ihrer Freundin.

»Mir geht's supergut! Aber hier ist nichts mehr los, wir müssen in die Stadt.« Lussan versuchte, vom Barhocker herunterzuspringen, aber ein Absatz verhakte sich in der Fußstütze, so daß sie vornüber auf den Boden kippte. Agnes konnte sie gerade noch vor einer kompletten Bauchlandung retten. »Mist!« schimpfte Lussan, dann begann sie zu lachen. Als sie mit Agnes' Hilfe wankend wieder auf die Beine kam, hatte sie ein großes Loch in ihrer schwarzen Strumpfhose. Und ein blutiges Knie.

»Du hast dich verletzt.«

»Macht nichts.« Lussan packte ihr Glas auf der Theke und trank den Rest aus. Es war zuviel auf einmal, die Flüssigkeit lief ihr aus den Mundwinkeln und tropfte über das Kinn auf die dünne rote Bluse. Lussan schien es nicht einmal zu merken.

»Lussan, jetzt hörst du mir mal zu!« Agnes packte sie an den Schultern und versuchte, ihr in die Augen zu sehen. Sie machte sich ernsthaft Sorgen, so hatte sie Lussan noch nie gesehen. »Was ist denn passiert? Du bist ja total sternhagelvoll.«

»Es ist nichts passiert, hab ich doch schon gesagt«, zischte Lussan und schlug Agnes' Arm herunter. »Darf man nicht mal ein bißchen Spaß haben?«

In dem Moment kam Paolo aus der Küche. Er war schon umgezogen. Es dauerte keine Sekunde, da war er im Bilde. Er ging zu ihr.

»Du mußt nach Hause«, sagte er kurz angebunden.

»Ist das nicht mein Freund Paolo.« Lussan zog ein Gesicht, das einem Lächeln kaum ähnlich war. Sie machte einen Schritt zur Seite und taumelte. Agnes fing sie auf. »Süßer, kluger Paolo ... Und du meinst, Lussan soll ins Bett?«

»Ja, Agnes, ruf bitte ein Taxi.«

Agnes flitzte zum Telefon und wählte die Nummer von Taxi Stockholm. Sie hörte Lussan im Hintergrund lallen.

»Kommst du mit zu mir, kleiner Paolo?« Sie legte die Arme um seinen Hals. Paolo nahm sie weg und versuchte, Lussan in einen der Sessel zu setzen.

»Ich nehme deine Sachen, und Agnes und ich werden dich nach Hause begleiten«, sagte er und sah sie ernst an. Dann streckte er die Hand aus und strich ihr über die Wange.

Lussan sah verloren aus, wie sie da so saß, die kurzen dunklen Haare zerzaust und mit der Wunde am Knie. Wie ein kleines Mädchen, das vom Fahrrad gefallen war. Und das jetzt Trost brauchte.

Agnes ging zu Paolo. »Das Taxi ist gleich da. Willst du wirklich mitkommen?«

»Auf jeden Fall. Ich sage nur Kalle Bescheid, daß er heute abend abschließen muß.« Er verschwand in Richtung Küche und kam kurz darauf zurück. »Alles in Ordnung, Kalle weiß Bescheid.« Dann ging er zu Lussan, die den Kopf nicht mehr halten konnte. Es sah aus, als würde sie schlafen, aber als Paolo ihr aufhalf, begann sie wieder zu reden.

»Ihr müßt nicht mitkommen. Ich kann das allein!«

»Ja, ja, das wissen wir«, sagte Paolo liebevoll. »Aber jetzt wollen Agnes und ich gern mitkommen. Okay?« Paolo machte ein Zeichen zu Agnes, daß sie auf der anderen Seite anfassen sollte. So zogen sie Lussan aus dem Sessel und schleppten sie hinaus zum Taxi.

Der Taxifahrer warf einen mißtrauischen Blick auf die willenlose Frau. »Wenn sie kotzt, müßt ihr das bezahlen«, sagte er säuerlich. Agnes nickte. Im Auto schlief Lussan an Paolos Schulter ein, schwer atmend und mit offenem Mund. Sie roch nach Alkohol, nicht nur ihr Atem, auch ihre ganze Kleidung.

Das Taxi hielt vor der Haustür in der Sankt Eriksgata, und Agnes bezahlte, während Paolo versuchte, Lussan zu wecken. Keine leichte Aufgabe, aber schließlich gelang es ihnen, sie aus dem Auto zu ziehen, ins Haus und in den Fahrstuhl. Agnes mußte in Lussans Handtasche nach dem Wohnungsschlüssel suchen. Zuerst nahm sie das Portemonnaie und das Handy heraus, um besser sehen zu können. Am Taschenboden fand sie den Schlüsselbund inmitten einer Puderdose, einem Lippenstift, einem Kajal, Zigaretten, einzelnen Halsbonbons, einem Kugelschreiber, zwei Tampons, leerem Bonbonpapier, ein paar Bons und einer kleinen Dose.

Agnes schloß die Tür auf. Sie kämpften sich durch die Unordnung im Flur, um Lussan gleich in ihr ungemachtes Bett zu legen. Paolo war diskret und ging, als Agnes sie auszog und die Decke über sie zog. Abschminken stand nicht zur Diskussion, ihr Make-up war ohnehin zum größten Teil schon verwischt. Die Farbe vom Kajalstift war an den Augen verlaufen, die Lippen waren blaß und die Wangen ebenso. Nur die wasserfeste Mascara schien anstandslos zu halten.

Als Agnes die Nachttischlampe auslöschte und das Schlafzimmer verließ, schnarchte Lussan bereits laut und deutlich. Agnes ging zu Paolo, der auf einem Küchenstuhl hockte. Auf der Küchenbank standen eine leere Flasche Absolut Wodka Kurant und eine Flasche Russian. Ein großes Glas mit einer getrockneten Zitronenscheibe darin stand daneben. Agnes nahm Platz.

»Ist das schon mal vorgekommen?« fragte Paolo nach betretenem Schweigen.

»Nein. So hab ich sie noch nie erlebt.«

»Weißt du, ob irgend etwas passiert ist?«

Agnes schüttelte unglücklich den Kopf. »Moment mal, eine Sache kam mir merkwürdig vor«, sagte sie plötzlich, stand auf und ging in den Flur. Sie kam mit Lussans Tasche in der Hand wieder zurück. Sie öffnete sie und holte die kleine Dose heraus, die sie eben beim Suchen des Schlüssels gesehen hatte. Es war eine Art Medizin. Ein rotes Dreieck war darauf. Sie gab sie Paolo, der sich die Aufschrift ansah.

»Ja«, sagte er leise. »Wenn sie ein paar von denen zum Wodka geschluckt hat, dann ist es ein Wunder, daß sie sich überhaupt noch auf den Beinen halten konnte.« Er umschloß die Dose mit der Hand und verstummte. »Was sind das für Ärzte, die jemandem, dem es nicht gutgeht, solche Dinger verschreiben?« meinte er schließlich. Er machte ein verkniffenes Gesicht. »Mist, das ist mein Fehler.«

»*Dein* Fehler?«

»Ja.« Er seufzte tief. »Wir haben darüber gesprochen, daß sie sich an einen ...«

»... einen Psychologen wenden sollte?«

Paolo nickte. »Es war meine Idee. Ich meinte, sie sollte sich mit einer psychologischen Beratungsstelle in Verbindung setzen. Darüber haben wir gesprochen, als du uns beim Essen getroffen hast.« Er lächelte ein bißchen und schüttelte die Dose in seiner Hand, so daß die Tabletten rasselten. »Hier hast du das Ergebnis.«

»Aber warum braucht Lussan einen Psychologen?« Agnes begriff nicht. Klar, Lussan hatte eine schwierige Kindheit gehabt, das wußte sie. Aber sie kam doch damit klar. Oder?

»Weil sie ein unglücklicher Mensch ist, der seine Probleme im Alkohol zu ertränken versucht. Und in der Arbeit.« Paolo sah sie besorgt an. »Ich habe versucht, mit ihr zu reden, aber sie hat es abgestritten. Natürlich. Sie glaubt, sie könnte jederzeit mit dem Trinken aufhören. Ich habe es fast geglaubt. Obwohl ich derjenige bin, der es am besten wissen müßte.«

Agnes sah Paolo fragend an. Gedankenverloren biß er an einem Fingernagel.

»Und darf ich fragen, warum du das wissen müßtest, wenn es keiner von uns anderen kapiert hat?«

Er kaute weiter auf dem Nagel herum. Agnes wartete. »Weil ich selbst schon an diesem Punkt gewesen bin«, sagte er schließlich. »Ich war auch nahe dran, Alkoholiker zu werden, wußtest du das?« Agnes schüttelte langsam den Kopf.

»Du? Du trinkst doch fast nie etwas.« Sie verstand nicht, was Paolo gerade erzählte.

»Stimmt. Aber früher war das anders. Und verdammt viel. Du weißt, wie es in der Gastronomie ist.«

Ja, das wußte Agnes. Viele Köche standen den ganzen Abend in der Küche und tranken Wein, manche blieben noch, wenn schon geschlossen war und feierten weiter. An Wochen- und an Feiertagen.

»Und was ist passiert?«

»Ich habe nur noch einen draufgemacht, jeden Tag. Hab mir eingebildet, daß es kein Problem sei, vielmehr eine Art Lebensstil. Aber eines Morgens, als ich wie üblich einen Kater hatte und mir ein Bier aus dem Kühlschrank nahm, setzte ich mich an den Küchentisch. Und da saß ich mit einem Brot und einer Flasche, und plötzlich war mir, als sähe ich mich von außen. Ich saß da und trank Bier zum Frühstück. Allein. Ich geriet so dermaßen in Panik, daß ich das Bier in den Ausguß schüttete und dann nur dasaß und zitterte. Ich fing an nachzurechnen, wie viele Tage am Stück ich getrunken hatte. Ich kam auf mehr als einen Monat. Mein Gott, ich war noch nicht einmal dreißig und auf dem besten Wege, Alkoholiker zu werden. Da habe ich beschlossen, bei der Arbeit nichts mehr zu trinken. Nicht mehr als ein Lightbier.«

»Und hast du dich daran gehalten?« Agnes war beeindruckt. Was sie eben gehört hatte, veränderte ihr Bild von ihm. Plötzlich war es nicht mehr dieselbe Person, die am Tisch gegenüber saß. Paolo ein Alkoholiker? Darauf wäre sie nie gekommen.

»Ja. Wirklich«, sagte er und lächelte. »Klar war die Versuchung groß, wenn die anderen nach der Arbeit noch auf ein Bier gegangen sind, aber dann hatte ich immer diesen Morgen in der Küche im Kopf. Und dann habe ich es gelassen. Begreifst du, ich war so nah dran ...« Paolo hielt Daumen und Zeigefinger dicht zusammen in die Luft. »So nah dran, Alkoholiker zu werden. Und ich habe es selbst nicht gemerkt.«

»Du hast nie was davon gesagt ...«

»Nein.« Er zog eine kleine Grimasse. »Und ich bitte dich auch, den anderen bei der Arbeit nichts davon zu erzählen.«

»Natürlich nicht ...« Sie saßen eine Zeitlang schweigend da. Was sollte sie dazu sagen? Sie hatte nichts von dem, was Paolo erzählt hatte, geahnt. Ganz zu schweigen von dem, was mit Lussan vorgefallen war. Sie war so mit sich selbst beschäftigt gewesen, daß sie nicht gesehen hatte, wie schlecht es ihrer Freundin eigentlich ging. Daß sie sogar bei einem Arzt gewesen war. Und Tabletten verschrieben bekommen hatte. Sicherlich hatte sie schon oft gedacht, daß Lussan zuviel trank. Aber dann hatte sie die Augen davor verschlossen. Es lieber Lussan selbst überlassen. Sie schämte sich plötzlich.

Paolo schob seine Hand über den Tisch. Er schien ihre Gedanken zu verstehen. »Agnes, es ist nicht deine Schuld, daß es Lussan schlechtgeht«, sagte er leise.

»Vielleicht nicht«, sagte sie besorgt, »aber ich hätte es merken müssen. Ich bin ihre beste Freundin. Warum habe ich nicht wenigstens aufgepaßt, daß sie nicht soviel trinkt?«

»Wie denn? Wie hättest du aufpassen können?«

»Keine Ahnung ... Irgendwie. Ich hätte es irgendwie versuchen können.«

»Es ist nicht deine Schuld, Agnes. Begreif das«, wiederholte Paolo.

»Warum habe ich nicht gesehen, was mit ihr passiert?«

»Weil du keinen Anhaltspunkt hattest. Sie sieht nicht aus, als käme sie von der Parkbank, oder?«

»Nein. Sie wird ja nicht mal betrunken.« Agnes sah Paolo trotzig an. »Bis heute.«

»Siehst du.« Er zuckte mit den Schultern.

»Ich habe es auch nur gemerkt, weil es mir so bekannt vorkam. Aber es war auch nicht einfach. Lussan ist hart. Sie hat so lange auf eigenen Beinen gestanden, daß sie nicht begriffen hat, daß es nicht immer die beste Taktik ist, sich aufrecht zu halten, sondern sich lieber mal weich fallenzulassen.«

Sie saßen eine Weile still da. Die Küchenuhr tickte, es war fast halb zwei.

»Und was machen wir jetzt?« fragte Agnes schließlich.

»Wir lassen sie ausschlafen. Und morgen reden wir mit ihr. Dieses Mal wird sie sich nicht so leicht aus der Affäre ziehen können.«

»Glaubst du, sie kommt zurecht? Tun wir genug für sie?«

»Genug Hilfe gibt es nicht. Aber sie muß vor allem selber kämpfen. Wir können sie dabei unterstützen. Oder professionelle Hilfe holen. Aber alles ist besser als dieser Mist.« Er nahm die Dose, die er auf dem Tisch abgestellt hatte, in die Hand. »Dieses Zeug lasse ich nicht hier«, sagte er und stand auf. Agnes folgte ihm.

»Meinst du, wir können gehen?« fragte sie. Paolo zuckte mit den Schultern.

»Heute nacht können wir nichts mehr für sie tun.« Er ging auf die Wohnungstür zu.

»Warte mal.« Agnes sah sich in der Küche um und fand schließlich ein leeres Kuvert. Sie holte einen Stift aus Lussans Handtasche und schrieb ein paar Zeilen. Sie wollte, daß Lussan wußte, daß sie an sie dachten. Daß sie für sie da waren, daß sie sie nicht im Stich lassen würden. Zum Schluß schrieb sie alles Liebe und malte ein kleines Herz darunter. Bevor sie die Wohnung verließen, holte sie aus dem Badezimmer noch einen leeren Eimer. Sie stellte ihn neben Lussans Bett, die noch tief und fest schlief. Dann schlichen sie leise hinaus.

Am nächsten Morgen erwachte Agnes mit einem flauen Gefühl im Bauch. Sie war erst im Morgengrauen nach Hause gekommen und hatte dann sehr unruhig geschlafen. Ihr erster Gedanke galt Lussan, wie es ihr ging, ob sie schon anrufen könnte? Sie warf einen Blick auf die Uhr. Zehn nach zehn. Nein, das Risiko war zu groß, daß sie noch im Bett lag und schlief. Lieber noch ein bißchen warten.

Sie blieb auch noch eine Weile liegen. Dann fiel ihr plötzlich die Verabredung zum Mittagessen ein. Das flaue Gefühl im Magen wurde wieder wach. Sie hatte nicht die geringste Lust auf diese Verabredung. Sie hatte wirklich Wichtigeres zu tun. Was wollte Lola nur von ihr? Hatte Paolo recht? Hatte sie die falschen Signale ausgesandt? Sie stand auf und ging ins Bad. Vielleicht sollte sie doch hingehen, wenn auch nur wegen des Restaurants für Kalle.

Sie duschte lange, wünschte sich, daß sie ihr Unwohlsein mit Wasser und Seife wegschwemmen würde, aber sie fühlte sich unverändert, als sie aus dem dampfenden Badezimmer herauskam.

Um Viertel vor zwölf rief sie Lussan an. Keine Antwort. Sie probierte es auf dem Handy. Nichts. Agnes tippte eine SMS ein und schickte sie weg. *Hallo? Bist du zu Hause?* Sie wartete ein paar Minuten, aber es kam keine Antwort. Sollte sie hinfahren, in die Sankt Eriksgata? Aber jetzt mußte sie los, wenn sie nicht zu ihrer Verabredung mit Beatrice Brunelle zu spät kommen wollte. Auf dem Weg zur U-Bahn rief sie Paolo an.

»Klar«, sagte er sofort, als Agnes ihm die Situation erklärt hatte. »Ich fahre gleich zu ihr.« Agnes war etwas beruhigter nach diesem Gespräch, aber ihr schlechtes Gewissen nagte. Was war sie eigentlich für eine Freundin? Sobald sie dieses blöde Mittagessen hinter sich hatte, würde sie es wieder bei Lussan versuchen.

Um fünf vor eins stand sie an der Rezeption im Hotel Diplomat. Die Dame am Empfang nahm den Telefonhörer ab und teilte Frau Brunelle mit, daß Agnes da sei. Sie bat Agnes, solange in einem der Ledersessel Platz zu nehmen. Agnes war nervös, und als Beatrice Brunelle aus dem Fahrstuhl kam, sprang sie auf und wischte sich die schweißnasse Hand an der Hose ab. Die ältere Dame war wie gewohnt tadellos gekleidet mit Rock und passendem Blazer. Eine doppelreihige Perlenkette trug sie um den Hals und passende Perlen an den Ohren. Ihre Handtasche war übersät von Yves-Saint-Laurent-Logos. Wieder begrüßte sie Agnes mit ihrer kühlen Hand.

»Ich habe uns einen Tisch reserviert«, sagte sie und wies auf den Eingang zum Restaurant. Agnes folgte ihr wie ein braves Hündchen. Sie hatte nicht die leiseste Ahnung, was sie erwartete, was diese Frau im Kostüm von ihr wollte. Etwas ungelenk nahm sie auf der anderen Seite des runden Tisches Platz. Beatrice bestellte einen Hummersalat und ein Perrier. Agnes schloß sich an. Nicht weil sie Appetit auf Hummersalat hatte, sie hatte im Grunde auf gar nichts Appetit, sie wollte nur dieses peinliche Treffen nicht unnötig in die Länge ziehen.

Beatrice Brunelle lehnte sich in ihrem Korbstuhl zurück und stützte die Fingerkuppen aufeinander. Sie lächelte. Vermutlich wollte sie freundlich wirken, aber Agnes fand sie eher respekteinflößend in all ihrer antrainierten Perfektion. Eine Weile plauderten sie über das Wetter, die Stadt und die Geschichte des Hotels. Als die Bedienung ihre Salate brachte, beugte Beatrice Brunelle sich zu Agnes hinüber.

»So, Agnes«, begann sie. »Sie fragen sich sicherlich, wer ich bin und was ich von Ihnen will.« Sie sah Agnes ernst an, aber ihre Augen glänzten. Die Situation schien sie zu amüsieren.

Ich weiß, wer du bist, dachte Agnes, schwieg aber. Lieber nichts von der Kritik sagen, Lola könnte ja auf den Gedanken kommen, daß sie bevorzugt behandelt worden wäre, wenn sie erfuhr, daß sie Bescheid wußten. Das durfte sie nicht riskieren. Die Brunelle bedeutete Agnes, doch mit dem Salat zu beginnen.

Agnes wurde immer unruhiger. Sie wollte zu Lussan. Da wurde sie jetzt gebraucht.

Lola kaute langsam und schluckte den letzten Bissen hinunter, bevor sie weitersprach. »Dann werde ich es Ihnen mal erzählen«, sagte sie endlich. »Ich arbeite für ein Unternehmen, das ›Brunelle & Hubert‹ heißt.« Wieder eine Pause, sie sah Agnes an. Keine Reaktion. »Ich bin mit Georges Brunelle verheiratet«, fuhr sie fort, als ob das die Erklärung der ganzen Sache sei.

»Aha ...«

»Ja, vielleicht kennen Sie unser Unternehmen ...«

»Leider ...« Agnes wußte nicht, was sie davon halten sollte. Lola arbeitete doch für eine Zeitung. Aber offensichtlich war sie verheiratet, immerhin, dann war sie vielleicht doch nicht auf Agnes selbst aus.

»Wenn ich sage La gerbe d'or, L'escapade, Le pré catalan ...«

»Ja ...«, Agnes begriff noch immer nicht. Daß die Restaurants, die Beatrice gerade aufgezählt hatte, zu den besten der Welt gehörten, war ihr schon klar, sie hatte schließlich im Bateau bleu gearbeitet. Tatsächlich pflegte Gérard ein paarmal im Jahr nach Frankreich zu reisen, nur um im L'escapade zu speisen. Um sich »inspirieren zu lassen«, wie er es ausdrückte. Danach hielt er ellenlange Vorträge über jedes Salatblatt, das dort serviert worden war. Und zwar andächtig, als wäre es Christi Leib selbst gewesen, den er dort verspeist hatte.

Beatrice sprach weiter. »Das sind alles Restaurants unserer Gruppe.« Sie sah Agnes an, die noch immer nichts verstand. »Sie gehören folglich meinem Mann«, fügte sie hinzu und wurde etwas ungeduldig. »Wir haben weitere Häuser. In Brüssel, London ... Und jetzt sind wir in Stockholm angelangt.«

Sie lächelte wieder, als ob sie Agnes soeben zwanzig rote Rosen überreicht hätte. Fehlte nur noch der Glückwunsch!

»Ach wirklich ...«

»Wir werden die Räume von Leonardo im Millerska Palast übernehmen. Die Renovierung ist schon im Gange. Le bec fin soll am ersten Oktober eröffnen.« Agnes starrte sie an. Das waren schon interessante Neuigkeiten, aber was hatte das mit ihr zu tun?

»Ich bin nun seit zwei Monaten in Stockholm, um Personal zu finden. Das passende Personal«, fügte sie hinzu. »Und Sie sind eine derjenigen, die ich ausgesucht habe«, sagte sie feierlich, als ob sie nun das nächste hübsch eingepackte Geschenk aus dem Seidenfutter ihrer Kostümjacke hervorgeholt hätte. Agnes fehlten die Worte. Sollte sie in Jubel ausbrechen? Sich bedanken? Sich geehrt fühlen? Oder dagegen protestieren, wie eine Flasche Spülmittel im Angebot behandelt zu werden, ein Schnäppchen? Sie entschied sich für die vorletzte Alternative.

»Ich fühle mich geehrt«, sagte sie, wenn auch ein wenig zögerlich.

»Sie machen Ihren Job sehr gut, Agnes, der Meinung war auch mein Mann. Sie erinnern sich vielleicht an ihn?« Agnes nickte vorsichtig. Beatrice sprach weiter. »Wir denken, daß Sie mit ein bißchen Übung gut in der Lage sein werden, den Standard zu erreichen, den wir von unserem Personal verlangen.«

»Aha ...«

»Drei Monate Ausbildung in unserem Haus in Nice, und Sie werden mehr über die Gastronomie erfahren, als Sie bislang während Ihrer ganzen Berufstätigkeit gelernt haben. Unsere Ausbildung ist *außerordentlich* gründlich. Aber natürlich braucht man die entsprechenden Voraussetzungen ...« Beatrice Brunelle sah sie so eindringlich an, daß Agnes sich fragte, welche »Voraussetzungen« sie wohl gemeint habe. Vielleicht ging es nun doch noch um ihren Körper? Sie blinzelte.

»Und warum ich?« sagte sie und schluckte.

Beatrice mußte lachen. »Ich muß zugeben, daß es eine Art Zufall war. Eines Abends habe ich einen Spaziergang durch die Südstadt gemacht, der Stadtteil hat sich ja so verändert und gleicht überhaupt nicht mehr dem Viertel, das es war, als ich in den siebziger Jahren von Stockholm weggezogen bin. Damals prägten hier Palästinensertücher und Hausbesetzer das Stadtbild.« Sie machte eine abfällige Handbewegung, als wollte sie diese unangenehme Erinnerung wegfegen. »Und dann ist mir Ihr Restaurant ins Auge gefallen. Zitronen, klein und gelb. Na ja, es war wohl eine Art Eingebung hineinzugehen. Es ist sehr nett.« Sie nickte, als hätte sie soeben eine Perle aus dem Mund fallen lassen und wartete nun darauf, daß Agnes sie aufhob.

»Danke.«

»Vielleicht ein bißchen provinziell, aber das Essen ist ausgezeichnet ... zumindest für Stockholm. Na ja, ich muß wohl zugeben, daß ich nicht gleich, wie sagt man ... auf Sie ›angesprungen‹ bin, als ich Sie gesehen habe, aber mein Mann hat mich überzeugt, daß Sie die Richtige für den Job sind.«

»Wäre es nicht einfacher, jemanden über das Arbeitsamt zu suchen?«

»Arbeitsamt ... schon bei dem Wort bekomme ich eine Gänsehaut. Sozialdemokraten, Zuschüsse, Arbeitsamt, Schneematsch ... all die Dinge, die ich an diesem Land nicht ausstehen kann!« Sie verstummte und sah aus dem Fenster. Auf der anderen Seite vom Strandväg fuhr ein Schärendampfer soeben aus der Nybrobucht hinaus. Sie seufzte leicht. »Aber die Natur ist hier so schön, wirklich ganz herrlich. Zumindest um diese Jahreszeit.« Sie wandte sich wieder Agnes zu. »Und, was sagen Sie?«

»Das ist ein sehr verlockendes Angebot«, sagte Agnes zurückhaltend.

»Na dann!« Beatrice erhob ihr Glas mit Mineralwasser, als wolle sie auf die Entscheidung anstoßen.

»Aber…« Agnes unterbrach sie. »Ich muß darüber erst einmal nachdenken.«

Beatrice machte ein enttäuschtes Gesicht. »Ach so, na gut…« Agnes rechnete fast damit, daß sie ihr Angebot wieder zurückziehen würde, doch nichts geschah.

»Ich muß spätestens nächste Woche Bescheid wissen«, sagte Beatrice statt dessen.

»Ja, natürlich.«

Dann aßen sie ein paar Bissen ihres Hummersalates und schwiegen. Agnes gingen tausend Fragen durch den Kopf, doch sie konnte sie nicht in eine sinnvolle Reihenfolge bringen. Statt dessen kaute sie mechanisch auf ihrem Essen, ohne den Geschmack von Hummer oder Friséesalat wahrzunehmen. Beatrice stellte ein paar Fragen über ihre Ausbildung, vermutlich aus reiner Höflichkeit. Brunelle & Hubert stellten offensichtlich kein Personal aufgrund herausragender Zeugnisse ein.

Beatrice lehnte den Kaffee dankend ab, als die Bedienung kam, um die Teller abzuräumen. Dann erhoben sie sich und Beatrice zog ein Kärtchen aus ihrer Handtasche. »Bitte rufen Sie mich an, sobald Sie sich entschieden haben«, sagte sie mit diskreter Stimme. »Ihnen ist sicher klar, daß wir Alternativen für die Besetzung der Stelle haben.« Dann lächelte sie, um das Gespräch zu beenden. Agnes nahm die Karte wortlos entgegen und steckte sie in die Tasche.

Beatrice war bereits in Richtung Fahrstuhl marschiert und hatte den Knopf gedrückt, als Agnes schließlich den Mund aufmachte.

»Und Lola?« sagte sie. Endlich war es ihr gelungen, die Frage zu formulieren, die ihr die ganze Zeit durch den Kopf schwirrte.

»Wie bitte?« Beatrice drehte sich um.

»Lola?« Agnes starrte die Frau im Kostüm an, als ob sie die Antwort an ihr ablesen könnte, irgendwo zwischen den staubfreien Wildlederpumps und den unzweifelhaft echten Perlen. »Wer ist denn dann Lola?«

»Ja«, antwortete Beatrice mit hochgezogenen Augenbrauen, bevor sie den Fahrstuhl betrat, der soeben gekommen war. »Wer ist Lola?«

Kalle sah sie mißtrauisch an. »Wie, sie ist ›nicht Lola‹?«

»Sie war es nicht«, wiederholte Agnes. »Lola war nicht Lola. Sie heißt Beatrice Brunelle und ist ...« Kalle schnitt ihr das Wort ab.

»Stop mal! Wie heißt sie, was hast du gesagt? Ihr Nachname?«

»Brunelle.«

Kalle starrte sie an. »Hat sie zufälligerweise etwas mit Georges Brunelle zu tun?«

»Das ist ihr Mann.«

»Mein Gott!« Kalle konnte es nicht fassen. »Hat Georges Brunelles Frau bei uns gegessen und ...« Agnes räusperte sich.

»Georges Brunelle selbst auch.«

»Was?!«

»Kannst du dich an den Franzosen in ihrer Gesellschaft erinnern? Das war er.«

»Mein Gott ...«, wiederholte Kalle und mußte sich auf der Arbeitsplatte abstützen.

»Sie fanden, Zitronen, klein und gelb sei ein nettes Restaurant.«

»Hat sie das gesagt?«

»Ja. Sie fand das Essen ausgezeichnet.«

»Mein Gott«, murmelte Kalle zum dritten Mal. »*Ausgezeichnet* ...« Er grinste übers ganze Gesicht. »Und was wollte sie?«

Agnes wußte nicht recht, wie sie es sagen sollte. Es war ihr unangenehm, da es ja im Grunde um sie ging und nicht um das Restaurant. »Ja ...« Sie zögerte.

»Nun erzähl schon!«

»Sie hat mir einen Job angeboten.« Kalle sah sie ernst an. Machte sie Witze?

»Sie hat dir einen Job angeboten?«

»Ja.«

»Was für einen Job?«

»Sie wollen in Stockholm ein Restaurant eröffnen, und da ...«

»Wie bitte? Brunelle & Hubert wollen ein Restaurant in Stockholm eröffnen?«

»Ja.«

»Aber das ist ja phantastisch.«

»Ja.« Agnes war sich nicht sicher, ob sie das phantastisch fand oder ob sie einfach von Kalles Enthusiasmus angesteckt wurde. »Sie sind gerade dabei, die alten Räume vom Leonardo im Millerska Palast zu renovieren.«

»Und sie möchten gern, daß du dort für sie arbeitest?« Kalle sah sie mit großen Augen an. Agnes war das alles peinlich.

»Ja. Aber ich habe nicht zugesagt«, schob sie rasch hinterher.

»Warum nicht?«

»Ja ...« Agnes war irritiert. »Ich arbeite nun mal hier.«

Kalle lächelte. »Agnes, du bist wunderbar, weißt du das?« sagte er und drückte sie fest. »Aber es ist dir doch sicher klar, daß du so ein Angebot nicht aussschlagen kannst.«

»Kann ich nicht?«

»Nein. Besonders weil ...« Er verstummte und das Lächeln auf seinem Gesicht verschwand. »Ich muß das Restaurant ohnehin schließen«, sagte er nach einer kurzen Pause.

»Aber ...«

»Für dich sind das hervorragende Neuigkeiten, Agnes. Das meine ich ernst, aber ...« Kalle holte Luft und sprach dann weiter. »Dann heißt das aber auch, daß wir nicht auf eine Gastrokritik warten müssen. Und ohne Kritik ...« Er zuckte die Schultern. »Ich weiß nicht, was ich falsch mache, aber wir haben einfach zu wenig Gäste. Mir geht das Geld aus. Es ist vorbei.«

Agnes wollte widersprechen. Sie wollte nicht, daß das Restaurant schließen mußte. Sie hatte das Gefühl, es war ebenso ihr Restaurant wie Kalles. Außerdem war es gut. Mein Gott, sogar Georges Brunelle hatte bei ihnen gegessen. Und war wiedergekommen! Mit so einem Kundenstamm konnten sie ohne Probleme die Königsfamilie bewirten.

»Aber dein Freund hat doch gesagt, daß Lola uns begutachten wollte ...«

»Dann hat er sich wohl geirrt. Oder sie hat es sich anders überlegt.« Sie standen eine Weile schweigend da und sahen sich an. »Wir öffnen heute und morgen und am Sonntag«, sagte Kalle schließlich. Seine Stimme klang sonderbar belegt. »Dann ist Schluß.«

Dieses Mal nahm Agnes Kalle in den Arm. »Was wird dann aus dir?«

»Wird schon. Dann werde ich eben wieder Küchenchef.« Er lachte trocken. »Sofia wird sich freuen, sie hat in den letzten Wochen nicht viel von mir gesehen. Es nimmt viel Zeit in Anspruch, selbständig zu sein.«

»Du könntest ein neues Restaurant aufmachen«, versuchte Agnes ihn zu trösten.

»Ja, das könnte ich wohl. So in zehn, fünfzehn Jahren, wenn ich wieder genug Geld zusammengespart habe ...« Sie schwiegen wieder. Es gab nicht viel zu sagen. »Nein, jetzt geht es erst einmal hier weiter.« Kalle wies auf sein Sabatier-Messer und den Haufen ungeschälter Schalotten, der vor ihm auf der Arbeitsplatte lag. »Wenn wir schon untergehen sollen, dann mit wehender Fahne.« Er lachte spöttisch.

»Willst du, daß ich bleibe?«

»Nein, heute hast du frei. Mach irgendwas Schönes. Feiere ...« Er stieß sie mit dem Ellenbogen an, um sie in Bewegung zu bringen.

»In Feierlaune bin ich nicht gerade«, entgegnete Agnes.

»Ach, das kommt schon! Auch wenn alles im Moment ein bißchen düster aussieht ... Manchmal passieren Dinge, die man gar nicht will, die man überhaupt nicht eingeplant hatte. Das ist zwar frustrierend, aber dann gibt's ja auch immer wieder schöne Überraschungen.«

»Jetzt klingst du wie Lussan.«

»Ach ja?« Kalle lachte. »Ja, ich durfte mein Restaurant eröffnen und habe riesigen Spaß gehabt. Jetzt muß ich wohl eine Weile meine Wunden lecken und darüber nachdenken, was falsch gelaufen ist. Und dann sehen wir, was kommt. Nicht so schlimm, Agnes. Es ist traurig, wirklich sehr traurig, das Restaurant schließen zu müssen, aber das Leben geht weiter. So ist das, und jetzt los – geh feiern! Wir sehen uns morgen.«

Sobald Agnes zu Hause war, rief sie Lussan an. Sie erwischte sie auf dem Handy. Als die wohlbekannte Stimme erklang, atmete sie vor Erleichterung auf.

»Wie ist es? Wie geht's dir?« fragte sie als erstes.

»Wie ich es verdient habe, nehme ich an«, antwortete Lussan. »Es fühlt sich an, als hätte ich heute nacht mit meinem Kopf Bowling gespielt.«

»Wo bist du jetzt?«

»Im Muffin. Ich versuche, mich mit einem riesigen Caffè latte und einem monströsen Muffin mit Schokoladenkaramell zu kurieren.«

»Und das klappt?«

»Keine Ahnung. Aber man sagt ja, die Summe der Laster bliebe konstant ...«

Agnes zögerte. Lussan klang so normal, als wäre der letzte Abend nichts anderes als ein gewöhnlicher Ausflug in der Stadt gewesen, den man in ein paar Minuten auf dem Handy abhandeln konnte. Sie könnte einfach darüber hinwegsehen, ein paar Sprüche machen und dann zum nächsten Thema übergehen, als sei nichts geschehen. Agnes mußte sich anstrengen, das Bild von der fast besinnungslosen Lussan wieder herzuholen, von der Wodkaflasche und der Dose mit den Tabletten.

»Lussan ... Ich habe mir gestern wahnsinnige Sorgen um dich gemacht.« Sie rechnete mit abwehrendem Gelächter oder einem blöden Kommentar, aber Lussan schwieg. Agnes konnte die Leute im Biergarten hören, die im Hintergrund redeten und lachten.

»Kann ich verstehen.«

»Kann ich rüberkommen und mit dir reden?«

»Ja ... vielleicht nicht gleich. Ich sitze hier noch mit Paolo.«

»Okay.« Agnes schämte sich. Schöne beste Freundin: war einfach Essen gegangen, hat ein super Jobangebot erhalten, statt sich um Lussan zu kümmern. Paolo hatte diese Rolle jetzt übernommen. Er war nun derjenige, der da war, sie tröstete und ihr ins Gewissen redete. Ein komisches Gefühl, aber trotzdem war sie froh, daß Lussan nicht allein dort saß.

»Wir können uns morgen sehen. Ich weiß nicht, wie viele ernste Gespräche ich heute vertrage. Paolos Vorträge sind lange nicht so leicht zu verdauen wie so ein Muffin ...« Sie lachte, und Agnes hatte das Bild vor Augen, wie sie Paolo ansah.

»Okay«, wiederholte Agnes. »Dann sprechen wir uns morgen. Du meldest dich, wenn etwas ist, okay?«

»Ja, klar. Und du ...« Lussan klang verlegen, dann sprach sie weiter. »Danke für deine Hilfe gestern. Und deinen Zettel. Ich hab mich gefreut, als ich ihn gesehen habe. Und danke, daß du Paolo zu mir geschickt hast.«

Agnes lächelte. »Keine Ursache.«

»Du bist eine gute Freundin.«

»Du auch.«

Agnes lief in der engen Wohnung auf und ab wie ein eingesperrtes Tier. Es war draußen richtig warm geworden, nun war definitiv Sommer, Frühsommer. Nächste Woche würde schon das Ende des Schuljahres gefeiert werden und die Abiturienten mit ihren Kappen durch die Straßen ziehen. Lautstark und strotzend vor Selbstbewußtsein, am Tor zum Leben – als ob es eine Institution wäre, die nur auf sie wartete: Universität, Arbeitsstelle, Reisen ins Ausland, eine Familie. Wenn das alles so einfach wäre.

Als das Telefon klingelte, flitzte sie. Ob es Lussan war?

»Hallo, hier ist Madde«, sagte eine verkniffene Stimme am anderen Ende der Leitung.

»Hallo.« Seit dem Streit hatte Funkstille geherrscht. Normalerweise war Agnes immer diejenige, die einlenkte, wenn sie sich nicht grün waren, aber dieses Mal war ihr Widerstand zu groß gewesen. Zudem war es unangenehm, zugeben zu müssen, daß Madde recht hatte.

»Wie geht's?«

»Geht so.« Sie wollten sich beide nicht aus der Reserve locken lassen.

»Du ... ich wollte mich entschuldigen.«

»Aha.«

»Was ich über Tobias gesagt habe, war blöd, sorry.«

»Nein.« Agnes schluckte.

»Was meinst du damit?«

»Es war nicht blöd.«

Madde war irritiert. »Nee?«

»Es ist aus.«

»Wieder mal?«

»Nein. Diesmal ist es wirklich vorbei.«

»Ist das wahr? Was ist denn passiert?«

»Das erzähle ich gerade dir, damit du wieder sagen kannst, du hättest es ja gewußt.«

»Nein, Ehrenwort!« Madde war zu neugierig.

»Er ist wieder fremdgegangen.«

»Dieses Schwein!«

»Spar's dir!«

»Okay.« Madde hielt die Luft an. »Darf ich dir wenigstens gratulieren?«

»Nein.«

»Schade. Wäre eine gute Gelegenheit gewesen.«

Agnes mußte lachen. »Du bist unmöglich!«

»Ja, aber er ist doch wirklich ein Schwein!«

»Ja, stimmt. Aber jetzt ist es gut.«

»Okay.«

»Und ich habe auch ein paar blöde Sachen gesagt. Entschuldige. Ich finde Jonas nicht doof.«

»Oh, das paßt gut, denn wenn ich es ihm erzählt hätte, dann glaube ich, hätte er dich nicht so gern als Patentante für unser Kind gehabt.«

»Wie? Darf ich Patentante werden?« Das überraschte Agnes jetzt aber wirklich! Sie sehnte sich zwar nicht gerade selbst nach Kindern, aber seit sie wußte, daß Madde ein Kind erwartet, hatte sie immer mal mit dem Gedanken gespielt, wie es mit einem Baby wäre. Nun war es nicht gerade der richtige Zeitpunkt, aber trotzdem ... Patentante zu werden, war ein guter erster Schritt.

»Wir hatten uns das so gedacht. Wenn alles gutgeht. Bis November ist es noch eine Ewigkeit hin.«

»Ach was, die Zeit wird rasen! Jetzt müßt ihr wahrscheinlich schon das Kinderzimmer einrichten?«

»Heißt das jetzt, du willst?«

»Patentante werden? Und ob! Ich freue mich total, daß ihr mich fragt! Obwohl ich jetzt natürlich auch das Gefühl habe, daß es bis November noch ewig lang dauert.«

»Vielleicht wirst du ja auch scheinschwanger, so wie Jonas. Er hat schon fünf Kilo zugenommen. Fast mehr als ich.« Madde lachte und Agnes fiel ein.

»Ich habe ein Bild vor Augen, wie ihr in zehn Jahren ausseht. Die kleine Familie im Reihenhaus. Alle in den gleichen Trainingsanzügen, Jonas mit ein paar Kilos mehr unter der Jacke, die ihm gut stehen, und du mit neuer Dauerwelle. Die Kinder ...«

»*Die* Kinder?«

»Na ja, mindestens drei. Oder mehr.«

Madde lachte wieder. »Und was ist mit dir?«

»Wie?«

»Was ist mit dir in zehn Jahren?«

Agnes verstummte, dachte einen Augenblick nach. »Keine Ahnung. Ich wünschte, ich wüßte es.«

»Wäre das nicht langweilig?«

»Ja, da hast du wohl recht ...«

Agnes war froh, als Madde das Thema wechselte. »Kommst du uns bald besuchen?«

»Ich muß das ganze Wochenende arbeiten, vielleicht nächste Woche. Da wird es ruhiger.«

»Dann halten wir das fest!«

»Wie geht es eigentlich Vater?« Agnes hatte ein etwas schlechtes Gewissen. Sie hatte ihn zwar häufig angerufen. Und er sie. Aber sie war schon seit Wochen nicht mehr dort gewesen.

»Ich glaube, es geht ihm ganz gut. Natürlich trauert er, und ich habe den Eindruck, er ist älter geworden, aber er kümmert sich um den Garten und arbeitet am Computer. Ich denke, es geht auf und ab.«

»Ja. Und wie ist es für dich?«

»Mit Mama, meinst du?«

»Ja.«

»Ich vermisse sie wahnsinnig. Es ist so unsagbar traurig, daß sie mein Kind nie sehen wird.«

»Das kann ich verstehen. Ich vermisse sie auch ...« Beide verstummten, aber sie verstanden sich auch so. Madde ergriff als erste wieder das Wort.

»Okay du, ich muß noch ein paar Dinge schaffen«, sagte sie. »Ich hoffe, es klappt dann nächste Woche.«

»Ja. Danke für deinen Anruf. Tschüs.«

»Tschüs. Und ...«

»Ja?«

»Herzlichen Glückwunsch!«

Den ganzen Abend hatte sie sich schon den Kopf zerbrochen. Das Für und Wider abgewogen, alles durchgespielt. Gab es irgendeinen Grund abzulehnen? Nein. So einfach war das. Kalle hatte recht. Es war eine Wahnsinnschance. In ihrer Branche war das nicht zu toppen. Und zudem gefiel ihr der Gedanke, was für eine nette Rache an Gérard es wäre, wenn sie mit einemmal als Angestellte in Brunelle & Huberts neuem Vier-Sterne-Restaurant auftauchen würde.

Ja, ihr Entschluß stand fest. Das Schicksal hatte ihr eine Tür zugeschlagen, aber eine andere geöffnet. Sie mußte sich nur in Bewegung setzen.

Am Abend zuvor war sie früh ins Bett gegangen und hatte richtig gut geschlafen. Natürlich war sie noch müde nach der letzten Nacht bei Lussan, aber sie war dennoch zufrieden. Zufrieden, daß sie eine Entscheidung getroffen hatte. Zudem eine gute. Nun würde endlich Ordnung in ihrem Leben einkehren.

Als das Telefon gegen zehn Uhr morgens klingelte, hatte sie schon zwei Stunden wach gelegen. Sie war ausgeschlafen, aber trug noch immer ihr Nachthemd.

»Bist du wach?« Kalle war am Apparat. Er selbst klang hellwach, obwohl er am Abend vorher gearbeitet hatte.

»Schon lange.« Sie holte tief Luft. »Ich weiß, warum du anrufst. Ich habe mich entschieden ...«

»Nein!«

Agnes verstand nicht. »Doch. Mit dem Job.«

»Nein, das interessiert mich nicht.«

»Aber gestern hast du doch ...«

»Ich weiß, was ich gesagt habe, aber bitte tu mir einen Gefallen, bevor du jetzt irgend etwas sagst.«

»Das wäre?«

»Hol dir die Zeitung.«

»Aber ...«

»Bitte, keine Widerrede. Tu's einfach!«

»Okay.«

Agnes zog sich langsam an. Sie war ein bißchen enttäuscht, eigentlich wollte sie mit Kalle über ihre Entscheidung reden. Von ihm bestätigt bekommen, daß sie das Richtige tat, das einzig Richtige. Aber er hatte sie nicht zu Wort kommen lassen. Sie ahnte, weshalb.

Agnes schlug die Tür hinter sich zu und ging die Treppe hinunter. Sie warf einen Blick auf Davids Tür, als sie vorbeiging. Stille.

Unten im Tabakwarenladen nahm sie die Zeitung aus dem Ständer vor dem Ladentisch. Sie kaufte auch gleich die Abendzeitungen. ›Expressen‹ hatte Michael Jacksons mißlungene Nasenoperation auf der Titelseite, ›Aftonbladet‹ hielt mit der Enthüllung von Nacktbildern der Sängerin Carola dagegen.

Als sie bezahlte, spürte sie, daß ihre Hand zittrig war. Draußen auf der Straße hielt sie einen Moment lang inne und holte tief Luft. Dann marschierte sie nach Hause, die Zeitungen unter den Arm geklemmt.

Zu Hause plazierte sie den Zeitungsstapel auf dem Küchentisch und machte sich einen Tee. Während sie darauf wartete, daß das Wasser kochte, holte sie Butter, Brot und Käse aus dem Schrank. Die Marmelade war fast alle, aber wenn sie das Glas auskratzen würde, könnte es für eine Scheibe noch reichen.

Als ihr Frühstück fertig vorbereitet war, ließ sie sich am Tisch nieder. Sie starrte die Zeitungen an und nahm dann die oberste. Michael Jackson sah mit seinen aufgerissenen Augen und der mit Pflaster verklebten Nase ganz schön unheimlich aus. Langsam blätterte Agnes die Zeitung durch. Dann legte sie sie zur Seite und nahm die nächste. ›Aftonbladet‹. Die falschen Bilder von Carola waren im Internet aufgetaucht. Agnes warf einen Blick auf die Nacktfotos, die die Zeitung freundlicherweise gleich zur Illustration des Artikels benutzte, und dachte dabei, daß sie sich doch geschmeichelt fühlen könnte, wenn jemand ihren Kopf auf solch einen Körper montierte.

Als sie auch in dieser Zeitung nichts Interessantes mehr finden konnte, legte sie sie beiseite. Nun war nur noch eine übrig. Agnes nahm sie und versuchte, gelassen Seite für Seite durchzugehen, doch sie konnte sich nicht ewig beherrschen. Sie wußte genau, um welche Seite es ging und hätte sie sofort aufschlagen können. Ihr Herz begann wie wild zu klopfen. Da war es also. Eine halbe Seite, wie immer. Keine Bilder, keine Embleme. Nur Text. Und eine Überschrift. »Saures in der Südstadt«.

Agnes schluckte. Sie wagte es kaum, weiterzulesen, zwang sich aber, die kurze Einleitung zu überfliegen.

*Bislang scheinen nur wenige Gäste den Weg in das relativ junge Restaurant Zitronen, klein und gelb in der mit Restaurants übersäten Skånegata gefunden zu haben. Schade. Hier wird frische Mittelmeerküche für hohe Ansprüche serviert.*

Agnes' Herz schlug schneller, als sie weiterlas.

*Das Restaurant liegt im Souterrain und die Zitronen sind das Leitmotiv – von den Schalen voller Zitronen im Fenster bis zu den intensiv zitronengelben Wänden im Inneren. Es herrscht eine einladende Atmosphäre, das Personal ist hilfsbereit und professionell, mitunter fast ein bißchen sehr korrekt.*

*Im Zitronen, klein und gelb macht man mit der Karte keine Experimente. Mittelmeerküche kennen wir in Stockholm schon seit den achtziger Jahren, und allein Meeresfrüchte, Fisch und Huhn mit Knoblauch, Olivenöl und frischen Kräutern zu servieren, ist noch lange nichts Besonderes.*

Agnes war angespannt. Sie starrte so intensiv auf die Buchstaben, daß ihre Augen beim Zwinkern brannten.

*Trotzdem gelingt es diesem kleinen Restaurant, der italienischen Küche neues Leben einzuhauchen. Mit einer Mischung aus hervorragender Qualität der Zutaten, ein bißchen Phantasie und beeindruckenden Fähigkeiten in der Küche verwandelt man sogar einen in vielen anderen Häusern so mißhandelten Klassiker wie Bruschetta zu einem Gaumen- und Augenschmaus.*

*Die Inspirationen kommen vor allem aus Italien, wie bei*

*der leckeren, frischen Tagliatelle mit Scampi und mit Safran abgeschmeckter Sahnesauce, doch auch andere Länder rund ums Mittelmeer standen Pate: Spanische Tapas mit Manchego und Sardellen, und die saftigen Lammspieße aus der marokkanischen Küche, mit Kreuzkümmel dezent gewürzt, werden mit einem Klecks gutgekühltem Minzjoghurt serviert. Weitere Einflüsse finden wir aus der neuen asiatischen Küche, besonders Thailand und Japan. Zu den eher lieblichen Pilgermuscheln, perfekt gebraten, wird ein kalter Nudelsalat gereicht, der mit Chili, frischem Koriander und geröstetem Sesam angerichtet ist. Dies kann sowohl als Vorspeise als auch als Hauptgang bestellt werden. Ein wunderbares Beispiel für ein geglücktes Cross-over. Sogar die Fleischspieße mit einer aromatischen Soße, die an Satay erinnert und mit feingehackten Walnüssen versehen ist, duftet nach Asien und schmeckt hervorragend.*

*Das gegrillte Hähnchen mit Thymianschaum und geröstetem Gemüse ist ein sehr preiswertes warmes Gericht. Saftige Hähnchenfiletscheiben und bißfestes Gemüse der Saison. Die Fischsuppe mit Krebsen und Seeteufel ist bedeutend teurer, jedoch Löffel für Löffel ihren Preis wert. Man hätte allerdings auf die Krabben verzichten können, die in diesem Zusammenhang nicht so recht zum Tragen kommen.*

*Nach Rosmarin duftender Thunfisch mit Spargelrisotto kann ein Volltreffer sein, allerdings ist die Zubereitung von Thunfisch keine leichte Angelegenheit und gelingt selbst den Köchen in dieser Küche nicht immer.*

*Auch die Desserts sind durchdacht und hervorragend zubereitet. Das Mangosorbet mit Anis ist ebenso ungewöhnlich wie wohlschmeckend, das gleiche gilt für die Himbeerpannacotta. Das Tiramisu nach Art des Hauses ist lecker cremig und schmeckt ganz dezent nach Marsala. Auch die Crème brûlée mit Mokka ist eine gute Wahl. Man kann sagen, die Küche setzt auf sichere Karten. Daran ist nichts zu beanstanden, wenn man es gut macht. Und das tut man im Zitronen, klein und gelb, ein Restaurant, das alle Voraussetzungen mitbringt, ein Klassiker in der gastronomischen Welt Stockholms zu werden.*

Der Artikel endete mit einer winzigen Signatur Lolas. Agnes ließ ihren Blick über die Seite gleiten. Aus dem Text sprangen ihr Worte wie lecker, wohlschmeckend, perfekt und Klassiker entgegen.

Sie nahm das Telefon und wählte Kalles Nummer. Sofia nahm ab. Kalle war ins Restaurant gefahren, sagte sie, er wäre inzwischen sicher da.

Agnes versuchte es, aber die Leitung war besetzt. Sie wartete ein paar Minuten und versuchte es noch einmal. Wieder besetzt. Nach weiteren Versuchen mit dem gleichen Ergebnis zog sie die Jacke an und schlüpfte in die Turnschuhe.

Auf der Fahrt grinste sie in die schwarzen Fenster der U-Bahn. Sie mußte daran denken, wie stolz ihre Mutter auf sie gewesen wäre. Als sie im Restaurant eintraf, hing Kalle am Telefon. Er winkte ihr zu. Ein paar Sekunden später hatte er sein Gespräch beendet und kam auf sie zu. Sie umarmten sich und lachten, konnten für ihre Begeisterung kaum Worte finden und gratulierten sich gegenseitig. Bis wieder das Telefon klingelte. Kalle war außer sich.

»So geht das schon, seit ich hier bin. Es klingelt unentwegt! Alle wollen einen Tisch reservieren. Der Abend war nach zehn Minuten ausgebucht. Wir haben jetzt Bestellungen für zehn Tage im voraus.« Er hob den Hörer ab. Wieder eine Reservierung. Als er aufgelegt hatte, wählte er selbst eine Nummer.

Ich muß unbedingt Pernilla und Filip Bescheid sagen. Heute abend brauchen wir alle, die wir kriegen können.« Sie hörte, wie er mit ihnen sprach, ihnen von der Kritik erzählte und versicherte, daß es kein Scherz war. Lachte, juchzte. Als er aufgelegt hatte, drehte er sich zu Agnes um, die sich an einen Tisch gesetzt hatte. »Jetzt brauche ich dich noch nicht«, sagte er. »Aber wenn du etwas früher kommen könntest, so gegen vier, wäre es klasse. Die anderen sind dann auch schon da.«

»Klar.« Agnes nickte. Wieder klingelte das Telefon, und Kalle winkte zum Abschied, während er in dem bislang fast unbenutzten Terminkalender blätterte, den Hörer zwischen Kopf und Schulter geklemmt.

Sie ging. Der Hochdruckeinfluß hielt sich. Selbst im Schatten war es warm. Sie lief weiter zum Nytorg und kaufte sich ein Eis, saß eine Weile auf einer Parkbank, bevor sie weiterging. Sie hatte noch ein paar Stunden Zeit, bevor sie wieder zur Arbeit mußte. Doch eines mußte sie vorher noch erledigen.

Agnes drückte auf den kleinen Messingknopf. Sie war nervös, spürte ihren Puls bis zum Hals schlagen und wußte, daß sie rot anlief. Ein paar Sekunden vergingen. Sie horchte. Nein, nichts. Sie klingelte noch einmal. Obwohl sie die Klingel von innen deutlich hören konnte, klopfte sie zusätzlich an die Wohnungstür. Sicherheitshalber. Noch immer nichts. Sie überlegte kurz, ob sie das Päckchen an die Tür hängen sollte, dann klopfte sie noch ein letztes Mal. Als noch immer niemand öffnete, ging sie langsam fort.

Henrik und Pernilla waren bereits da. Filip auch. Sie warteten nur noch auf Paolo. Kalle sprang durchs Lokal, alle unterhielten sich und lachten. Als Agnes eintrat, umarmten und gratulierten sie sich. Kurz darauf tauchte Paolo auf, und die Prozedur wiederholte sich. Kalle erschien plötzlich mit einem Tablett, auf dem Gläser und eine Flasche Sekt standen. Alle applaudierten.

»Ihr habt ja keine Ahnung«, begann er feierlich, als der Sekt eingeschenkt und alle Gläser verteilt waren, »wie ich diesem Tag entgegengefiebert habe. Und damit meine ich nicht, seit ich dieses wunderbare Restaurant eröffnet habe, sondern seit ich zum ersten Mal meinen Fuß in die Küche eines Wirtshauses gesetzt habe, oder damals war es eher eine Imbißbude, muß man wohl sagen …« Die anderen kicherten, Kalle hatte ihnen ja von dem Wurststand in Hökarängen erzählt, wo er zum Leidwesen seines Vaters als Fünfzehnjähriger mit einem Ferienjob seine Laufbahn in der Gastronomie begonnen hatte. »Ich danke euch von Herzen, daß ihr mir geholfen habt, meinen Traum zu verwirklichen. Ohne euch gäbe es diese Kritik …«, er hielt die Zeitung in die Luft, »… nicht. Ich hoffe, ihr seid euch darüber im klaren.« Er sah mit ernstem Gesicht in die Runde. Dann blieb sein Blick an Agnes hängen. »Deshalb zum Wohl, auf euch und auf uns alle. Und auf Zitronen, klein und gelb!« Er erhob das Glas, und alle prosteten sich zu und tranken einen Schluck. Sogar Paolo nippte am Sekt, bemerkte Agnes, doch als er das Glas wieder abstellte, sah es fast unberührt aus. »Mehr bekommt ihr jetzt nicht«, sagte Kalle mit strenger Stimme, während er die letzten Tropfen verteilte. »Wir haben viel Arbeit vor uns, aber wenn wir heute abend schließen, hoffe ich, daß ihr alle noch Lust habt weiterzufeiern, und ich verspreche, dann werden mehr Korken knallen.« Er hielt die leere Flasche hoch, und sie freuten sich schon auf das Fest nach der Arbeit.

Jeder war wieder an seine Arbeit gegangen, nur Agnes saß noch auf ihrem Stuhl. In dem Moment, in dem sie sich erheben wollte, stand Kalle plötzlich vor ihr.

»Kann ich dich kurz sprechen?« fragte er. Sie nickte und folgte ihm in den kleinen Büroraum.

»Ich weiß, daß du deine Entscheidung getroffen hast, Agnes. Und ich respektiere sie und habe auch vollstes Verständnis dafür. Du hast ein hervorragendes Angebot bekommen, und wäre ich du, ich hätte keine Sekunde gezögert … aber seit gestern hat sich die Situation verändert.« Kalle grinste. Agnes nickte lächelnd. »Es wird hier jetzt einiges zu tun geben«, fuhr Kalle fort. »Das habe ich mir gedacht. Es wird Spaß machen, aber es ist ein Berg Arbeit.«

»Das kann ich mir vorstellen.«

»Ich werde das unmöglich allein bewältigen.« Agnes wollte gerade widersprechen, da hob Kalle die Hand und schnitt ihr das Wort ab. »Jedenfalls nicht jetzt, da Sofia ein Kind erwartet.«

»Sie ist schwanger?« Kalle nickte. »Herzlichen Glückwunsch!«

»Danke. Es ist wunderschön, aber so wie bisher kann ich auf keinen Fall weiterarbeiten. Sonst bin ich Sofia irgendwann los!« Er lachte laut. »Agnes, so viel wie Frau Brunelle kann ich dir natürlich nicht bieten. Aber wenn du es dir wenigstens einmal anhören willst, dann wäre mein Vorschlag ... daß du Teilhaberin bei Zitronen, klein und gelb wirst. Fifty: fifty.«

»Ich soll Teilhaberin werden? Aber ich habe doch gar kein Kapital.«

»Ich weiß. Dann sagen wir einfach, dein noch ausstehender Lohn gilt als Kapital.«

»Ich habe doch gar keinen Lohn ausstehen.«

»Doch, hast du. Unmengen! Du hast geschuftet wie ein Tier. Wenn du nicht gewesen wärst, wären wir nicht da, wo wir heute sind. Das Geld dafür werde ich dir nie auszahlen können. Deshalb mein Angebot. Und im übrigen will ich dir noch sagen, daß ich das nicht dir zuliebe tue, sondern aus rein egoistischen Beweggründen, falls dir das noch nicht klar ist. Ich brauche deine Hilfe.« Er sah Agnes mit großen Augen an. Ihr fehlten die Worte. Das kam völlig unvorbereitet. Es traf sie wie ein Blitzschlag. »Denk in Ruhe darüber nach, Agnes, bitte«, sagte Kalle. »Mir zuliebe.«

»Okay.«

»Danke! Das ist alles, worum ich dich bitte.« Er nahm ihre Hände symbolisch in seine und drückte sie fest. Dann ließ er sie los und stand auf. »So, nun aber an die Arbeit, jetzt geht's richtig rund!«

Agnes hatte es schon fast vergessen, wie es war, unter Hochdruck zu arbeiten. Ab sechs Uhr war es proppenvoll. Zum Glück konnte sie auf ihre Erfahrungen als Oberkellnerin zurückgreifen. Man mußte sehr geschickt sein, um die Sitzplätze optimal auszunutzen. Sie wies den Gästen die Tische zu, servierte Getränke, fragte, ob das Essen in Ordnung sei, nahm weitere Bestellungen an und sprang ein, wenn Essen zu servieren war. Es machte ihr Spaß, genau so war es richtig, auch wenn ihr bald vor Müdigkeit die Beine schmerzten.

Gegen zehn tauchte Lussan auf. Sie sah sich um und staunte. Das Restaurant war noch immer komplett besetzt, auch wenn die meisten Gäste mittlerweile beim Kaffee angekommen waren.

»Ich komme, um zu gratulieren«, sagte Lussan, als Agnes sich eine Minute hinausstehlen konnte. »Paolo hat angerufen und von der Kritik erzählt. Ich habe zwar gewußt, daß sie wichtig ist, aber daß sie soviel in Gang setzt, hätte ich nicht geglaubt ...« Sie sah zu den Tischen. »Aber ihr habt es verdient, keine Frage.«

»Danke. Und wie geht es dir?«

»Gut. Ganz okay.«

»Warte mal, ich bin gleich zurück.« Agnes flitzte zur Kasse und tippte eine Rechnung ein, auf die noch ein paar Gäste warteten. Dann kam sie zu Lussan zurück. »Bald ist es hier ruhiger.«

»Genieß den Trubel, ich habe es nicht eilig.«

»Wie war es gestern mit Paolo?«

»Gut.« Lussan sah auf den Boden.

»Wirst du etwa rot?«

»Nein.«

»Doch!« Agnes mußte lachen. »Hast du dich vielleicht verliebt?«

»Nein!« Lussan sprach leiser und sah sich um. Dann grinste sie breit übers Gesicht. »Oder mal sehn, wer weiß ...«

Agnes prustete: »Ich hab's doch gewußt!« Dann wurde sie wieder ernst. »Lussan, es gibt soviel zu besprechen. Ich komme mir so blöd vor, daß ich nicht kapiert habe ...«

Lussan schnitt ihr das Wort ab. »Ach was, hör auf, dich zu entschuldigen! Es gibt keinerlei Grund dafür.«

Agnes seufzte. »Okay, aber reden sollten wir auf jeden Fall.« In dem Moment wurde sie von einem Gast gerufen. Lussan spornte sie an.

»Los jetzt, an die Arbeit! Zum Reden haben wir dann immer noch Zeit genug.«

Eine halbe Stunde später war es im Lokal ruhiger geworden. Agnes ließ sich neben Lussan auf einem Barhocker nieder. Sie wußte nicht recht, wie sie anfangen sollte.

»Und, worüber hast du mit Paolo gesprochen?« fragte sie vorsichtig.

»Über Alkohol. Und Tabletten ... Romantisch, nicht?«

»Nicht besonders, ich kann es mir vorstellen.« Agnes zögerte. »Aber wohl interessant, er weiß ja, wovon er spricht ...«

Lussan sah sie fragend an. »Du weißt Bescheid?«

»Ja, er hat es mir erzählt, als wir dich nach Hause gebracht haben.«

Lussan fiel ein Stein vom Herzen. »Tut mir leid, daß ich so ein Geheimnis daraus gemacht habe, aber ich hatte hoch und heilig versprochen, nichts davon zu erzählen.«

»Kann ich verstehen. Ich hätte dir glauben sollen.« Betretene Stille, dann fuhr Lussan fort:

»Kaum zu glauben, daß er Alkoholprobleme hatte, oder?«

»Ja, aber er hat es geschafft.«

»Nicht ganz.«

»Nein. Und du?«

»Wir haben einen Monat ganz ohne vereinbart. Dann sehen wir weiter.«

Agnes war erstaunt, wie leicht ihrer Freundin das Wort »wir« über die Lippen ging. Als sei es die natürlichste Sache der Welt, daß Paolo und sie sich gegenseitig halfen.

»Ich bin so froh, daß du Paolo an deiner Seite hast. Ich hätte dir auch helfen müssen.«

»Du *hast* mir geholfen, Agnes! Du hast versucht, mich wachzurütteln.«

»Ich habe geredet, aber nichts *getan* ...«

»Was hättest du schon tun können? Ich wollte dir ja nie zuhören, obwohl ich die ganze Zeit wußte, daß du recht hast.«

»Genau wie damals, als du mich wegen Tobias bequatscht hast …«

»Ja. Hätte ich irgend etwas *tun* können, damit du ihn rausschmeißt?«

»Nein …«

»Na siehste. Man muß es selbst kapieren.«

»Und jetzt hast du es kapiert?«

»Ich glaube schon. Mal sehen, ob ich es einen Monat schaffe. Vier Wochen kommen einem ganz schön lang vor, ehrlich gesagt.«

»Du mußt immer von einem Tag zum anderen denken.«

»Habe ich eine andere Wahl?« Lussan grinste. »Ich glaube, Wochen sind so konstruiert – Tage, die sich aufeinanderstapeln …«

»Ich werde dir helfen, das weißt du doch, oder? Und Paolo sowieso.«

»Ja.« Lussan machte plötzlich ein trauriges Gesicht. »Obwohl es ja nicht nur um mein Alkoholproblem geht. Ich habe fast das Gefühl, das ist noch das einfachste.«

»Was meinst du damit?«

»Na ja, schau doch mal, wie mein Leben aussieht!« Lussan machte eine verzweifelte Geste. »Ich arbeite ununterbrochen. Immer. Ich kann einfach abends nicht allein zu Hause sitzen. Und dann laufen mir immer wieder diese Idioten über den Weg, die so viel Interesse an mir haben wie an einem Stück Rindfleisch im Angebot.«

»Bist du jetzt nicht ein bißchen hart mit dir selbst?«

»Schon möglich, aber bisher hat mich kein Torben, oder wie sie alle heißen, gefragt, ob ich den Rest meines Lebens mit ihm verbringen will.«

»Würdest du das denn wollen?«

»Als Geliebte in einem Dreieck … sicher nicht!« Lussan grinste. »Ach was, du weißt, wie ich es meine.«

»Ja, natürlich.« Nach einer kurzen Pause ergänzte Agnes: »Man will ja so geliebt werden, wie man ist. In guten und in schlechten Zeiten. Nicht wahr?«

»Ja, genau. In guten und in schlechten Zeiten.«

Als die letzten Gäste gegangen waren, kam Kalle aus der Küche und entkorkte den versprochenen Sekt. Die Stimmung war gemäßigt, alle waren erledigt. Paolo und Lussan stießen mit Orangensaft an. Pernilla hatte sich die Schuhe ausgezogen und die Füße auf Henriks Schoß gelegt, der sich ein paar Witze über deren Geruch nicht verkneifen konnte. Filip hatte sich am Abend in den Finger geschnitten und brauchte ein bißchen Mitgefühl. Kalle nannte ihn Weichei und führte seine diversen Narben nach Verbrennungen und Schnittverletzungen an den Händen vor. Agnes war todmüde, und so richtig kam keine Partystimmung mehr auf. Sie sah, wie Kalle immer wieder versuchte, mit ihr Blickkontakt aufzunehmen. Ihr war klar, daß er auf ihre Entscheidung wartete. Er würde sie auch bekommen. Nur nicht heute abend.

Agnes ging als erste. Bevor sie das Lokal verließ, sah sie, wie Lussan sich an Paolo schmiegte. Er legte seinen Arm um sie. Lussan und Paolo? Tja, warum nicht. Er war anders als Lussans bisherige Männer, das konnte nur gut sein. Auch für sie ein neuer Abschnitt?

Die Nachtluft war kalt. Noch reichte die Wärme der Tage nicht aus, um den hellen Nächten die Kühle zu nehmen. Agnes legte sich die Jacke über. Dann spurtete sie im Laufschritt zur U-Bahn.

An ihrer Tür hing ein Zettel. Sie nahm ihn ab und las. Tee? Es war halb eins, aber sie hatte schon von der Straße aus das Licht in der Wohnung im zweiten Stock gesehen.

Als sie an seiner Tür klingelte, mußte sie nicht warten. David öffnete sofort, und ein Lächeln zog über sein Gesicht, als er sie sah.

»Komm rein!« sagte er und machte ihr Platz.

Sie ging in den Flur, der nicht viel größer war als ihr eigener. David nahm ihr die Jacke ab und hängte sie über einen Bügel. Neugierig warf sie einen Blick ins Wohnzimmer. Er hatte auch eine Zweizimmerwohnung wie sie, doch sie wirkte kleiner als ihre. Vielleicht hatte er mehr Möbel als sie. Am Fenster stand ein kleiner Schreibtisch und ein herrlich abgewetztes Ledersofa und zwei Sessel mit roten Blumen auf dem Stoff, die um einen kleinen Coachtisch aus Teakholz plaziert waren. An einer Wand stand ein riesiges Bücherregal, und auf dem Fußboden lag ein Stapel LP's. Die Wohnung war aufgeräumt und sauber. Sie wußte nicht recht, was sie erwartet hatte, vielleicht eine Wohnung, die mehr an einen Bohemien oder Junggesellen erinnerte?

»Magst du dich mit mir in die Küche setzen?«

Agnes nickte und folgte David. Er setzte Teewasser auf. Auf dem Klapptisch brannte eine Kerze in einem kleinen Messingbehälter. Agnes setzte sich.

Es dampfte, als David den Tee in zwei große Tassen einschenkte. Agnes goß ein bißchen Milch hinein und stellte die Tassen auf den Tisch.

»Danke«, sagte sie und sah David an. Sie machte ein ernstes Gesicht.

»Keine Ursache, ist doch nur ein Tee.«

»Ich meine nicht den Tee. Ich meine die Kritik. Du bist das doch, oder? Bist du Lola?«

David schien peinlich berührt, einen Moment schwieg er. »Im Moment jedenfalls«, gab er schließlich zu. »Wir wechseln uns ab.«

Agnes lachte. »Du hast uns ganz schön an der Nase herumgeführt.«

»Das war keine Absicht.« Sie konnte ein Funkeln in seinen braunen Augen sehen.

»Warum hat es so lange gedauert?«

»Ich wollte meine Sache gut machen und sicher sein ...« Agnes ließ ihn nicht aus den Augen. Er senkte den Blick. »Und wahrscheinlich wollte ich das Ganze ein wenig in die Länge ziehen ...« Er sah wieder auf und setzte neu an. »Aber dann habe ich mich letzte Woche verquasselt und meiner Chefin erzählt, daß du eine Nachbarin von mir bist. Sie achtet sehr darauf, daß alles seine Richtigkeit hat, und da mußte ich versprechen, den Kontakt zu dir abzubrechen.«

»Hast du deshalb ...«

»Ja. Tut mir leid, wenn ich unfreundlich war.«

»In dem Fall hast du dich bereits auf eine sehr großzügige Art entschuldigt ...«

»Aber du mußt nicht denken, daß die Kritik irgend etwas mit ... Ich meine es ernst, jedes Wort!«

»Um so besser.« Sie schwiegen, sahen verlegen zu Boden und nippten an ihrem Tee. »Übrigens«, sagte Agnes mit einemmal. »Ich habe dir etwas mitgebracht.« Sie flitzte in den Flur und holte das Päckchen, das sie in der Tasche hatte. »Bitte schön«, sagte sie und hielt es David unter die Nase. Er machte ein verdutztes Gesicht.

»Für mich? Warum?«

Agnes zuckte mit den Schultern. »Schenke ich dir, einfach so.«

David entfernte das Papier und las laut, was auf der Hülle der CD stand. »Norah Jones ... Danke!« Er zögerte. »Ist die gut?«

Agnes mußte lachen. »Das darfst du selbst beurteilen. Ich hab mir nur gedacht, du könntest dir auch mal Musik anhören, die in diesem Jahrtausend aufgenommen worden ist. Du hast doch einen CD-Player?«

»Ja, schon ... Soll ich sie mal auflegen?« David stand auf.

»Wenn du magst.«

Er verschwand im Wohnzimmer, und kurz darauf hörte man die Musik in der Wohnung. David kam zurück in die Küche und nahm Platz.

»Ich kenne das irgendwoher«, sagte er, nachdem er eine Weile gelauscht hatte. »Finde ich gut.«

»Besser als Bob Dylan?«

»Darüber wage ich keine Aussage.« David lächelte. »Da muß ich erst meinen Musikcoach fragen.«

»Ja, das wird das beste sein.« Agnes lächelte zurück. Dann saßen sie wieder da. Agnes wußte nicht, was sie sagen sollte. Es war so viel geschehen. So vieles, was sie nicht gewollt hatte, so vieles, womit sie nicht gerechnet hatte. Und nun saß sie plötzlich hier, mitten in der Nacht, in Davids Küche. War es das, was Lussan gemeint hatte? Begann jetzt eine neue Zeitrechnung?

»Sag mal ...«, sagte Agnes zaghaft. »Wie lange gilt dieses Kontaktverbot denn? Verstößt du gerade gegen die Regeln?«

David machte ein ernstes Gesicht, aber Agnes sah wieder das Funkeln in seinen Augen. »Das hat sie offengelassen«, antwortete er langsam, »daher würde ich sagen, das ist Auslegungssache.«

»Und wie siehst du das?«

Er warf einen Blick auf seine Armbanduhr. »Tja, die nächste Tageszeitung ist bereits im Druck, also kann man davon ausgehen, daß diese Geschichte den Inhalt nicht mehr beeinflussen kann ...«

»Heißt das, daß du und ich ein abgeschlossenes Kapitel sind?« Agnes sah David ins Gesicht. Sie grinsten sich an.

»Nein«, sagte er und schob sacht eine Hand über den Tisch. »Das will ich doch nicht hoffen.«

Agnes zögerte einen Moment, bevor sie die ausgestreckte Hand berührte. Sie war warm. »Gut«, sagte sie leise. »Denn ich glaube, mir gefällt diese Geschichte.«

## Reihenweise Dankeschön

Dieses Buch spielt zum Teil in einem Restaurant. An und für sich gehöre ich zu den fleißigen Restaurantbesuchern, aber meine Kenntnisse über die Arbeit hinter den Kulissen sind begrenzt. Deshalb ein großes Dankeschön an Clas Westfelt, der mich mit seinem Wissen vom »perfekten Anrichten und von Warmhaltevorrichtungen« durch diese wohlduftende und nervenaufreibende Welt gelotst hat.

Dank auch an Malin Westfelt für die Inspiration und Hilfe während der fünf Jahre, in denen ich Romane geschrieben habe.

Ich möchte mich auch bei meiner Freundin Karin Nordlander bedanken, daß sie so ist, wie sie ist. Konstruktive Kritik hat ihre Berechtigung, nur dann nicht, wenn man zitternd die ersten zwanzig Seiten zum Lesen weiterreicht. Da braucht man eine Portion Lob. Danke, daß Du das so hervorragend kannst, Karin.

Wenn Karin mein »good cop« ist, dann ist Lasse eindeutig mein »bad cop«. Ein genauso wichtiger Job, allerdings sehr undankbar. Lasse ist derjenige, der gegen den Strich liest, der unschöne Kommentare abgibt wie »da fehlt der Zusammenhang«, »das verstehe ich nicht« oder »findet du das wirklich so geglückt?« Danke, daß Du es aushältst, mir die Laune zu verderben, obwohl Du mit mir zusammenlebst. Deine Skepsis ist eine Riesenhilfe für mich. Ich liebe Dich!

Und natürlich danke an alle im Forum Verlag: Karin Linge Nordh, die so freundlich war, meine Manuskripte anzunehmen, Anna Käll, die meine Bücher so treffend mit ihren Umschlägen bebildert hat. Und dann natürlich meine Lektorin, Eva Holmberg, die eine Heidenarbeit mit meinen Büchern hatte und dabei immer noch phantastisch positiv und ermutigend war!

Und letzten Endes danke an meine Mutter, auf deren Konto nicht nur die umfangreichsten Stützkäufe gehen, sondern die mich immer wissen ließ, daß ich es schaffe.